야구는 선동열

선동열
에세이

야구는
선동열

자신만의 공으로 승부하라

민음인

차례

나는 오늘도 마운드에 오른다

선동열입니다. 평생 야구공만 만지고 살던 제가 이번엔 펜을 들었습니다. 책을 한 권 쓰게 되었습니다. 여러분들과 책을 통해 제 생각을 나누고 싶었습니다. 제 살아온 이야기를 하고 싶었고, 제 살아갈 비전을 함께 토론하고 싶었습니다.

돌이켜 보면 선수로서 감독으로서 제법 화려했던 시절이 있었습니다. 한때는 '국보 투수'라 불러 주시기도 했지요. 물론 자랑스러운 경험입니다. 하지만 저는 일본에 진출했을 때 2부 리그도 아닌 교육리그에서 뛰기도 했습니다. 추락이었지요. 삼성 라이온즈 감독 시절에는 우승 트로피를 들기도 했지만, 기아 타이거즈 감독은 중도 사퇴했습니다. 국가대표 전임 감독으로서 아시안게임 금메달을 획득했습니다만, 이 자리 또한 지난겨울 내려놓았습니다.

잠시 그라운드에서 멀어져 지낸 지난 1년 동안, 비로소 거침없는 광속구로 살아온 제 인생을 성찰하며 미래를 설계하는 시간을 갖게 되었습니다. 그 과정에서 한 번도 꿈꾼 적 없는 활자를 통해 여러분을 만날 결심을 하게 되었습니다. 제 딴엔 용기가 필요했습니다. 편안하게 받아들여 주시길 바랍니다.

저는 야구인으로 살아오면서 야구에는 1회부터 9회까지 반드시 3번의 찬스가 있다고 믿어 왔습니다. 또 마치 3진법처럼 9회를 3등분하여 3회씩 나누어 생각하는 버릇도 갖게 되었습니다. 이는 인생에도 적용할 수 있다고 생각합니다. 돌이켜 보면 선수로서 30년을 살았습니다. 지도자로서는 15년여를 살았습니다. 아직 지도자로서 미처 이루지 못한 과제들이 많다는 것을 새삼 깨닫습니다. 그다음 남은 인생의 1/3 기간 중에는 제게 어떤 삶이 기다리고 있을까요? 그 삶을 위해 무엇을 준비해야 할까요? 저의 과제입니다. 제가 할 일은 노력하는 일이고 준비하는 일일 것입니다. 이 책은 그런 과정의 하나입니다.

이 책은 3부로 구성됩니다. 먼저 제1부는 저의 정직한 고백입니다. '저는 결코 국보가 아닙니다.' 진정입니다. 저는 국보 투수가 못 됩니다. 물론 화려했던 시절도 있었지만, 영광만큼이나 고통과 상처의 시절이었습니다. 일본 진출 첫해의 처절한 실패와 좌절은 지금 회고하기도 쉽지 않습니다. 하지만 저는 러닝에서부터 시작하여 기본으로 돌아가 다시 되돌아왔습니다. 일본 진출 4년 차에는 마침내 리그 우승 트로피를 들었고, 헹가래 투수의 영예를 안기도 했습니다. 정상에서 바닥으로, 다시 정상으로 되돌아갔던 과정, 그리고 꿈의 리그라는 메이저리그 진출의 못다 이룬 꿈들을 진실되게 적었습니다.

　2부는 지도자로서, 특히 감독으로서 겪었던 리더십에 대한 이야기입니다. '투수 양성론', '지키는 야구론', 좌우명인 '원칙과 순리'를 중심으로 한 저의 경험적 리더십을 야구의 9회로 나누어 체계적으로 정리해 보았습니다. 해 놓고 보니 대부분 반성과 성찰임을 깨닫습니다. 다음으로 오늘의 나를 있게 해 준 스승들, 그리고 함께해 준 여러 감독님들, 투수들과 타자들에 대한 회고에도 정성을 담았습니다.

　3부는 제가 어떻게 야구를 시작했는지, 저는 지금 어디에 서 있는지, 어디를 향해 갈 것인지를 이야기합니다. 그리운 아버지에 대한 잊지 못할 기억들, 야구를 사랑했지만 어린 나이에 세상을 뜬 형에 대한 추억들을 처음으로 세상에 내놓게 되었습니다. 그라운드에서의 모든 관계와 도움들이 오늘의 저를 만들었던 것처럼, 저를 위해 희생했던 부모님과 가족들의 헌신에 대해서도 비로소 깨닫게 되었습니다.

　이미 언론 보도를 통해 알려져 있듯, 저는 내년 초 뉴욕 양키스 스프링캠프에 참가하기로 계획되어 있습니다. 책을 통해서도 느꼈듯 이런 과정들을 통해서 좀 더 배우고 좀 더 단련해 한국 야구의 미래와 함께할 수 있도록 늘 노력하겠다는 다짐을 이 자리를 빌려 남기고자 합니다.

모든 야구 경기가 그러하듯 삶 또한 복합적인 것 같습니다. 이 책을 쓰게 된 계기 또한 그런 점에 있습니다. 이 책의 맨 마지막은 가족들의 희생에 대한 감사, 특히 이번 가을 결혼하는 제 딸아이 민정에 대한 감사 편지로 끝을 맺습니다.

그렇다고 오늘의 선동열을 있게 해 준 야구를 사랑하는 여러 시민과 팬들, 선후배 야구인들, 언론인들의 은혜가 저의 가족 다음일 순 없습니다. 여러분들이 계셨기에 한국 야구가 있었고, 투수 선동열이 있었고, 감독 선동열이 있었습니다. 그라운드 밖에서 여러분들을 향해 가슴 숙여 인사 올립니다. 고맙습니다.

2019년 가을 선동열

제1부

나는
쿡보가
아니다

"왜 이렇게 야구가 안됩니까.
저는 왜 이렇게 야구를 못합니까.
정말 괴롭습니다."

1.
처절한 추락

　　1996년 4월 5일 일본 프로야구 개막전. 나는 일본 무대에 처음 서게 됐다. 주니치 드래곤스 소속이었다. 히로시마 시민구장에서 열린 히로시마 카프와의 원정 경기. 팽팽한 승부가 이어졌다. 2-1로 앞선 9회말 1점 차 승리를 지키기 위해 첫 출전을 했다. 한국 프로야구 무대에 섰을 때는 전혀 느껴 보지 못했던, 진한 압박감이 밀려왔다. '어떻게든 막아야겠다. 뭔가를 보여 줘야겠다.'는 다짐으로 마운드에 올랐다.

　　히로시마는 일명 '아카헤루(빨간 헬멧)구단'이라 불렸다. 더구나 '머신건 타선'으로 불릴 정도로 강력한 타격을 자랑하는 팀이었다. 첫 번째 타자는 3번 마에다. 일본 내에서는 세계적인 스타 스즈키 이치

1996년 4월 5일, 일본 프로야구 개막전 히로시마 카프와의 경기에서 9회말 역투하는 모습.
그립을 보니 포심을 던지려던 참이다.

로보다도 훨씬 정교한 타격 기술을 가진 것으로 알려진 선수였다. 초구는 148km짜리 패스트볼이었다. 마에다는 기다렸다는 듯이 초구를 공략했다. 하필 공은 투수 앞 강습 타구였다. 글러브를 내밀었지만, 공은 글러브를 맞고 굴절되어 중견수 앞으로 굴러갔고 안타가 되었다.

히로시마는 대주자를 내보냈다. 곧이어 2루 도루를 허용했다. 히로시마는 이 경기가 나의 일본 무대 첫 등판이라는 긴장감을 철저히 이용하는 눈치였다. 노아웃 1루 상황과 2루 상황은 구원투수에겐, 더구나 1점 차 세이브 상황에선 하늘과 땅 차이다. 거기다 다음 상대는 4번 타자였다. 4번 타자인 에토 선수는 슬라이더를 던져 헛스윙 삼진으로 돌려세웠다. 다음은 5번 타자 가네모토(전 한신 감독)에게 투스트라이크 스리볼 상황에서 첫 볼넷을 허용했다. 1사 1, 2루가 됐다. 다음은 외인 출신의 6번 타자 로페스였다. 패스트볼을 던졌는데, 우익수 앞에 떨어지는 적시타가 되었다. 첫 실점을 허용했다. 결국, 첫 세이브 기회, 첫 등판에서 블론세이브를 범하고 말았다.

상황은 여전히 1사 1, 3루. 벤치에서 고의 4구 사인이 들어왔다. 7번 타자를 그냥 내보낼 수밖에 없었다. 1사 만루가 됐다. 8번 타자를 내야플라이로 처리했다. 9번 타자는 헛스윙 삼진으로 틀어막았다.

블론세이브였지만, 어찌 됐건 더 이상의 실점은 하지 않았다. 10회에도 등판했다. 10회는 다행히 삼자범퇴로 막아 내면서 2이닝 동안 4개의 탈삼진을 뽑아냈다.

당시 일본 언론은 이날 경기를 이렇게 분석했다.

"스프링캠프에서의 조정 부족과 첫 경기의 부담감으로 인해 승리를 지키는 데에는 실패했다. 하지만 삼진을 4개나 솎아 내며 가능성을 보였다."

세월이 흐른 지금, 냉정하게 분석해 보면 나는 그때 이미 밸런스를 잃어버린 상태였다. 그렇다 보니 본래 나의 주 무기였던, 묵직하게 타자 앞에서 솟아오르던 패스트볼은 역회전이 걸려 가벼운 구질로 변했다. 힘 있는 타자가 중심에만 맞추면 빗맞은 것처럼 보이지만 사실은 거의 안타가 됐다. 일본 프로야구의 배트 컨트롤은 그만큼 정교했다. 6번 타자 로페즈가 때린 우전 적시타도 가볍게 밀어 쳐 우익수 앞에 떨어뜨린 것이었다. 컨트롤도 문제였다. 바깥쪽 패스트볼이 제 코스로 들어가지 않고 한복판으로 몰렸다. 주자가 나간 다음에는 견제와 슬라이드 스텝도 문제였다. 발 빠른 주자가 나설 경우 도루를 방지하기 위해 슬라이드 스텝을 활용하는데, 자칫 피칭 밸런스가 무너져 투구에 좋지 않은 영향을 줄 수 있었다.

나중에 일본 최대의 야구 전문 출판사인 베이스볼매거진사의 『1997 베이스볼 레코드북』도 똑같이 분석했다. "정색을 하고 화를 내면서 던져 꽂는데, 완급 조절이 전혀 이뤄지지 않은 단조로움이 치명타가 됐다."

주니치 드래곤스의 기대감

주니치 드래곤스 팬들에게 나의 입단은 즐거움이자 강렬한 희망이었다. 일본 언론과 팬들은 요미우리 자이언츠가 나에 대한 스카우트전에 뛰어들었다가 주니치보다도 훨씬 많은 돈을 제시했음에도 스카우트전에서 졌다는 것에 대해 황당해했다. 나의 일본 진출은 임대 형식이었다. 그래서 임대료와 연봉 계약이 따로였다. 요미우리는 당시 해태 구단에 임대료로 2년에 7억 5000만 엔, 나에게 연봉으로 2억 5000만 엔을 제시했다. 이에 반해 주니치는 임대료로 2년에 5억 엔, 연봉으로 1억 5000만 엔을 제시했다. 그런데도 나는 주니치를 선택한 것이다.

『1997년 베이스볼 레코드북』의 '센트럴리그 2위 주니치 편'은 나에 대한 이야기로 시작한다.

"한국 프로야구계의 보물, 마무리를 위한 비장의 카드 획득에 성공. 이 보강으로 지난해 리그 5위에 머물렀던 주니치는 단숨에 우승 후보라는 평가를 받았다."

그도 그럴 것이 1995년 시즌에서 주니치는 고작 19개의 팀 세이브만을 기록했었다. 이 기록은 주니치가 속한 센트럴리그에서 최소임은 물론이요, 퍼시픽리그까지 합치더라도 일본 프로야구 12개 구단 가운데 가장 적은 세이브 숫자였다. 나의 입단이 결정된 이후 주니치의 호시노 센이치(星野仙一) 감독은 "선에게 30세이브를 기대한다."고 밝혔다.

일본 타자들의 노림수

4월 20일, 나는 오른쪽 팔꿈치 통증으로 1군 엔트리에서 말소됐다. 그때까지 내 기록은 1승 2세이브, 방어율 5.40이었다. 첫 세이브는 4월 7일 히로시마 카프전에서 1이닝 1안타로 올렸다. 두 번째 세이브는 4월 10일 한신 타이거즈전이었다. 1과 2/3이닝을 던졌다. 이후 나는 재활군으로 내려가 어깨 치료에 몰두했다. 주사 치료, 물리치료, 마사지 등으로 3주를 보내고, 캐치볼부터 다시 시작했다.

2군에서는 선발로 2경기를 던졌다. 실전을 통한 점검 차원이었다. 5월 24일 나고야구장 긴테쓰(현 오릭스로 통합)전에서 2이닝 7타자 무피안타 무실점, 그리고 28일 간노스구장 다이에(현 소프트뱅크)전에서 2이닝 8타자 2피안타 무실점으로 제법 괜찮은 듯 보였다. 5월 29일, 1군에 복귀했다.

1996년 6월은 내 야구 인생에 있어 참으로 잔인한 달이었다. 6월 1일 도쿄돔에서 열린 요미우리전이었다. 3-2로 앞선 7회 2사 후 등판하게 됐다. 긴 이닝의 세이브라기보다는 호시노 감독의 훈련 혹은 배려 차원이었다. 자신감 회복을 위한 속 깊은 배려였다. 그런데 비극이 시작됐다. 8회 요미우리 타선에 집중포화를 얻어맞고 말았다. 5피안타 4실점, 3-6 역전패였다. 일본에 진출한 이후 첫 패전이었다.

당시 요미우리는 정교한 테이블세터진에 이어 마쓰이 히데키(전 뉴욕 양키스), 오치아이 히로미쓰(전 주니치 감독), 셰인 맥이라는 막강한 클린업트리오를 보유하고 있었다. 요미우리 타자들의 노림수는 간단했다. '슬라이더를 버리고 패스트볼만 노린다.' 공개적으로 언론에 흘리기까지 했다.

2군으로 내려가기 전이었던 4월 16일, 첫 도쿄돔 요미우리전에서도 그랬었다. 3-0으로 앞선 8회말 마운드에 올랐다. 그런데 셰인 맥과 오치아이에게 백투백 홈런을 두들겨 맞고 3-3 동점을 허용했다. 다행히 9회초 동료들이 4점을 내준 덕에 힘을 내어 9회말을 틀어막았다. 일본에서의 첫 승리였다. 주니치 선발투수 오치아이 에이지(현 삼성 투수코치)에게 면목이 서지 않는, 정말 낯 뜨거운 승리였다.

밸런스를 잃어버리다

6월 11일, 나고야 야쿠르트전부터 3경기에서 5이닝을 무실점으로 틀어막았다. 잠시 컨디션이 돌아온 듯했다. 그러던 6월 16일 일요일, 히로시마 시민구장에서 낮 경기가 있었다. 주니치가 3-8로 뒤지던 7회초에 3득점을 하여 6-8로 따라붙었고, 나는 더 이상의 실점을 막기 위해 7회말 등판하게 됐다. 그런데 아웃 카운트 하나를 잡는 동안, 7실점을 하고 말았다. 8명의 타자를 상대로 안타 5개와 볼넷 2개를 허용했다. 나를 대신해 등판한 투수가 적시타를 얻어맞는 바람에 내가 내보냈던 모든 주자가 홈을 밟았고, 모두 내 자책점이 되고 말았다.

무엇이 문제였을까. 어떤 볼을 던져도 제구가 되지 않았다. 코너워크가 전혀 되지 않았다. 공은 가운데 복판으로 들어가고 말았다. 그러니 맞아 나가지 않을 재간이 있겠는가. 특히 밸런스가 문제였다.

밸런스가 이미 무너져 있었다. 훈련 부족이었다. 잘 안 풀리다 보니 생각에 생각이 꼬리를 물게 되고, 생각이 많아지다 보니 도리어 평정심을 잃어 갔다. 잘해 보겠다는 욕심이 앞서고, 하루빨리 명예를 회복해야겠다는 그런 자존심이 조급증으로 이어지면서 밸런스는 급격하게 무너져 갔다.

생각이 많아지면서 나중에는 내가 도대체 무슨 생각을 하고 있는지 스스로 혼란에 빠졌다. 그때 읽었던 어느 책의 한 구절.

지네가 걸어가는 것을 유심히 본 여우가 다가와 물었다.
"지네야, 넌 그 많은 다리를 어떤 식으로 움직이니?"
지네가 걸음을 멈추고 말했다.
"생각해 본 적 없는데. 언제나 그냥 걸어 다녔어."
여우가 말했다.
"그럼 절대로 안 돼. 수백 개의 다리를 제대로 움직이려면 어느 다리를 먼저 내딛고 어느 다리를 그다음에 내디딜지 분명한 체계가 있어야만 해."
그다음부터 지네는 제대로 걸을 수가 없었다.

딱 이런 식이었다. 어쩌면 가장 적절한 비유였을 것이다.

주니치 분석팀은 한국에서 가장 좋았을 때의 내 폼과 일본에서의 폼을 비교한 자료를 보여 주며 설명하기도 했다. 사실 폼은 별문제가 아니었다. 왼쪽 어깨가 조금 벌어지고, 오른쪽 팔꿈치가 약간 처져 있는 그런 미세한 차이였다. 하지만 그것만 가지고 현재의 상황을 설명하기에는 턱없이 부족했다. 근본적인 원인을 찾아야 하는데, 그 원인을 찾기가 어려웠다. 나도 불안했고, 팀도 불안해져 갔다.

호시노 감독은 어떻게든 다양한 방식의 투입과 배려를 통해 문제를 스스로 해결할 수 있도록 도와주려 했다. 오죽했으면 선발로까지 투입해서 컨디션을 찾아보게 하겠다고 시도했겠는가.

훗날 내가 감독이 된 다음에는 당시 호시노 감독의 마음으로 들어가 한국의 용병 선수들을 그때의 나와 견주어 가며 비교해 본 적도 있다. '용병 선수들이 당시의 선동열이라면 과연 기다려 줄 수 있을까?'라고. 난 도저히 그럴 수 없을 것 같았다. 그런데 호시노 감독은 나를 기다려 줬다. 그 점에 대해서는 지금도 감사하는 마음이다.

경기 결과도 좋지 않고, 부진에 대한 제대로 된 원인도 찾아내지 못했으며, 또 던지는 공마다 족족 맞아 나가게 되면서 나는 심리적으로 황폐해져 갔다. 처음에는 자신감 있게 덤볐다. 하지만 점점 마운드에 오르는 것 자체가 무섭고 싫었다. 야구가 그토록 두렵고 무섭다는 사실이 놀라웠다. 야구장에 나가는 것이 그렇게 두려운 일일 수 없었다. 유니폼을 입는 것이 무서웠다. 심지어는 유니폼을 입을 때 제발 오늘 경기에 나가지 말게 해 달라고 기도하기까지도 했다. 일평생 야구만을 해 오면서 정말이지 단 한 번도 경험하지 못한 엄청난 좌절이었다.

기대가 냉대로 변하는 순간

지금에 와서 냉정하게 돌이켜 보면 솔직히 나는 준비가 부족했다.

한편으론 오만했다. 일본 야구를 잘 몰랐고, 한국에서의 성취에 도취돼 있었다. 그야말로 우물 안 개구리였다. 세계 무대에서 통했고, 한국 무대를 지배하다 보니 어느 순간 나는 노력과 전진을 멈추고 그저 그런 평범한 야구 선수로 전락해 있었던 것 같다. 그러다 보니 새로운 환경의, 새로운 야구에 적응하기에는 모든 점에서 준비가 부족했다. 한마디로 건방졌었다.

처음 어긋나기 시작한 것은 일본 진출 이후 주니치 소속 선수로 오키나와에서 첫 스프링캠프를 맞이했던 때부터였다. 1996년 1월 29일, 오키나와에 도착했고, 2월 1일부터 정식으로 캠프가 시작됐다. 그러던 며칠 뒤, 고향에서 슬픈 소식이 전해져 왔다. 한평생 자식 사랑으로, 그것도 아들 사랑으로 살아오셨던 어머니가 타계했다는 소식이었다. 서둘러 비행기 편을 마련해 광주로 돌아왔다. 상주로 5일장을 치르고 9일 만에 오키나와로 복귀했다. 당시 훈련 일정에는 차질이 생겼고, 무엇보다 심리적인 상실감 또한 상당했다.

히로시마에 된통 당하고 난 바로 그날 저녁, 또 다른 사건이 발생했다. 회고하기조차 낯부끄러운 일이다. 히로시마에서 신칸센을 타고 밤 10시경 나고야에 도착했다. 당시 주니치에는 김성한 전 기아 감독이 연수를 받고 있었다. 다음 날은 월요일이라 경기가 없었다. 기분도 그야말로 엉망이라서 술이나 한잔하자고 했다. 우리는 한국 술집을 찾았다.

"왜 이렇게 야구가 안됩니까. 저는 왜 이렇게 야구를 못합니까. 정말 괴롭습니다."

"너무 부담 갖지 마라. 너무 잘하려니까 그러는 것이다. 마음 내려

놓고 다시 시작해라."

술자리는 새벽까지 이어졌다. 해장을 하겠다고 새벽에 중국집에 가 짬뽕 국물을 시켜 먹었다. 일본에는 《프라이데이》라는 유명한 가십성 주간지가 있다. 하필 그때 그들이 나를 미행하고 일종의 도촬을 했다. 잡지에는 내가 술집에서 나오는 장면, 중국집에서 나오는 장면, 두 장의 사진이 실렸다. 성적이 안 좋을 때 하필 안 좋은 기사까지 나오게 되니 구단에서도 불편해하는 기색이 역력했다. 정말 가시방석이었다. 기사는 한국 프로야구 스타의 부진과 방황, 거기에 은근히 일본 야구에 대한 우월함까지 교묘하게 버무려 놓았다.

사실 그때 주니치에서의 내 형편은 상당히 안 좋은 방향으로 흘러가고 있었다. 맨 처음 주니치에 진출했을 때만 하더라도 구단과 선수들의 기대를 한몸에 모으고 있었다. 모든 면에서 특별대우를 받았다. 이를테면, 일본의 경우 장례식을 마치면 곧바로 다음 날 복귀하는 것이 관례였다. 나는 어머니의 5일장 후 6일째에 복귀해야 했지만, 주니치 측에서는 충분히 정리하고 오라며 9일간의 휴가를 주었다. 복귀했을 때 선수단은 이미 시범 경기를 위해 본토로 이동한 상태였다. 나는 처음부터 다시 훈련을 시작해야 했다. 주니치 측은 그런 나를 위해 투수코치 한 사람, 마사지 트레이너 한 사람, 불펜 포수 한 사람, 그리고 나와 말벗하라며 연수 중이던 김성한 선배도 남겨 두었고, 통역도 여전히 오키나와에 남겨 두었다. 정말 특별한 대우였다.

처음 팀에 합류했을 때는 정말 환영받는 기분이었다. 코칭스태프는 물론 선수들도 서로들 다가와 내게 말을 걸었고, 어떻게든 나와 친해지려고 노력을 하는 눈치였다. 프런트 또한 마찬가지였다. 그런데 팀이 기대하는 피칭을 제대로 보여 주지 못하고 서서히 블론세이브를 쌓아 가면서 나 스스로에 대한 불신 혹은 자괴감이 들었다. 그런 시각으로 주니치 선수단을 대하다 보니 선수들이나 프런트가 나를 냉대한다는 느낌을 차츰 갖기에 이르렀다. 성적이 안 좋아서 선수들이 나를 이런 식으로 대하는 건 아닌가 하는 생각이 들기도 했다. '네가 한국에서 잘했으면 잘했지, 얼마나 잘했겠냐. 일본 야구에서 네가 통하겠어?' 이런 기분이었다. 서서히 선수들과도 멀어지고 그룹에서 자꾸만 이탈하는 느낌이었다. 인사도 그냥 건성으로 하는 듯했다. 공도 제대로 들어가지 않고, 팀원으로서 융화도 제대로 이루어지지 않았다. 여기에 가십성 주간지에 그런 기사까지 실리는 일을 겪다 보니 모든 면에서 엉망이 되어 가고 말았다.

나는 무너지지 않는다

내가 부진하자 일본 언론들도 분석에 나섰다. 특히 대표적인 야구 전문지인《주간베이스볼》은 다음과 같은 분석 기사를 싣기 시작했다.

"선동열은 스토퍼의 제1조건으로서 '어떠한 장면이라도 두려워하지 않는 마음가짐이 필요하다.'고 거론한 바 있다. (…) 컬쳐쇼크라고 하는 두꺼운 벽에 막혀 발버둥 치면서 힘들어하는 한국의 국보, 무등산 폭격기가 직면한 마음의 병이란? 그 병소에 접근해 본다. 장례로 인한 캠프 이탈이 1주. 한국의 국보라는 칭호도 엄청난 부담이 됐다."

거기엔 문제점과 내가 변화하려는 노력도 적었다.

"가슴 앞에서 모아 몸으로부터 글러브를 떨어뜨린 채 들어가는 세트
포지션이 문제였다. 쿠세(투구 습관)가 읽혀 던지는 구질이 드러난다는
이유로 피칭 폼이 바뀌었다. 이후에는 배에 글러브를 완전히
밀착시키는 형태가 됐다. 새로운 폼으로 개조한 것은 일본 야구계를
향한 새로운 도전이 시작됐다는 것을 의미했다."

역시 나는 내 책임임을 부정하지 않았다.

"'얻어맞은 것은 내 책임이다. 부활? 잘 모르겠다.'고 짧은 코멘트를
남긴 채 투지를 숨겼다. 그러나 그 이면으로는 세트포지션에서 쥐는
공이 타자에게 쉽게 보이지 않도록 자세를 교정하는 등 부활에 온
힘을 쏟고 있다."

《주간베이스볼》, 제51권·제33호

당시 다른 일본 언론들도 나의 실패 원인을 분석하기에 한창이었
다. 대체적인 의견은 두 가지였다.

첫째는 내가 체력적으로나 기술적으로나 전성기를 지나 한계에
달했다는 분석이었다. 그래서 최고의 선수에서 약간 뛰어난 정도의
선수로 전락했다는 것.

둘째는 일본의 국수주의적인 시각이 반영된 분석이었을 텐데, 한
국 프로야구 수준에 대한 논란이었다. 일본 야구가 한국보다 최소한
두 단계 이상 앞선 것 아니냐는 추론이 널리 전파되고 있었다.

사실, 당시 나는 우리 나이로 34살이었고 동계훈련이 충분치 않은 상태라서 그런 의문을 제기하는 것이 당연했을지도 모르겠다. 게다가 나에 대한 일본의 분석 능력은 타의 추종을 불허할 정도였다. 일본의 현미경 야구는 누구나 인정하듯 놀라울 정도였다. 거기다 일본 타자들은 한국 타자보다 스윙 스피드가 빨랐고, 변화구에 대한 적응 능력도 뛰어났다.

　그때 나를 취재하러 일본에 특파원으로 와 있던 이준성 기자가 그해 6월경 나의 코멘트를 따서 한국 언론에 보냈다.

　"정상 페이스를 찾아도 일본 타자들이 내 공을 때려 낸다면 정말 마음 편하게 나 자신의 모자람과 일본 야구의 우수성을 인정하고 싶다."

　이것이 당시 한국 프로야구를 대표한다고 생각하고 그 부담감으로 일본 리그에서 뛰던 나의 솔직한 진심이었다.

　지금 생각해 보면 나도 나약한 한 인간에 불과했다. 심리적으로 철저히 무너져 있었다. 그러나 다른 한편에서는 정반대의 오기가 판을 치고 있었다. 나는 이 둘 사이에서 결국 균형을 잃었다. 심리적 균형을 잃었고, 야구의 밸런스, 즉 야구의 균형도 잃었다. 다만, 마음 한구석에는 이런 분노가 일어서고 있었다.

　"두고 봐라. 나는 무너질 사람이 아니다. 꼭 되갚고 싶다. 너희들이 스스로 와서 나한테 머리 숙이도록 만들어 주고야 말겠다."

2.
교육리그에서 출발하다

1996년 9월 중순, 나는 호시노 감독의 지시에 따라 주니치 드래곤스 2군으로 내려갔다. 몇 경기를 치르고 나니 2군 리그가 끝이 났다. 그때까지도 밸런스는 회복되지 못했다. 이번엔 하이사이리그로 가라는 지시가 내려왔다. 치욕적이었다.

패넌트레이스가 끝나기 3주일 전 호시노 감독은 나를 불렀다.

"선, 올해는 포기해라. 안 되겠다. 밸런스를 회복해서 내년 시즌을 준비하자. 대신 하이사이리그에 가서 공을 던져라. 네가 스스로 납득할 때까지 던져라. 그래서 네 폼을 되찾아라."

더 이상 분노도, 슬픔도 없었다. 스스로에게 냉정해졌다. 나 자신에 대해 엄격하게 판단하기로 했다. '그래 맞다. 나는 우물 안 개구리다.' 정직하게 나를 인정하고 나니 스스로에게 겸허해졌다. '그래, 누구도 아닌 나 자신에게 부끄럽지 않도록 최선을 다해 보자. 노력을 다한 뒤에 재기가 불가능하다고 평가받는다 해도, 결코 부끄럽지 않도록 최선을 다해 보자.'

그랬다. 비로소 나 자신으로부터 자유로워졌다. 한국의 국보 투수라는 명예로부터 스스로 자유로워졌다. 등 뒤에 꽂혀 있던 태극기로부터 자유로워졌다. 그때 비로소 나는 새롭게 출발할 수 있었다.

부연하자면 이렇다. 한국에서 시즌이 끝나면 포스트시즌에 진출하지 못한 팀들은 마무리 훈련을 위해 일본 교육리그에 어린 선수들을 중심으로 파견하곤 한다. 그 리그가 바로 하이사이리그다. 따지자면 2군이라기보다는 사실상 2.5군 내지는 3군에 해당하는, 그야말로 미래의 자원인 신인들을 테스트하는 그런 교육리그다.

사실, 한국 프로야구에서 선수로 활동했던 11년 동안 재활을 위해 2군에 잠시 있었던 적은 있지만, 2군에서 경기를 뛴 적은 전혀 없었다. 일본 프로야구에 진출했을 때도 그랬다. 주니치 드래곤스에서 뛰던 첫해인 1996년 4월, 컨디션 조절을 위해 40일 정도 잠시 2군에 가 있었다. 어깨가 아파 내려갔던 것이라 2군에 있는 것에 대한 별다른 생각은 없었다. 그런데 그 이후로도 컨디션은 쉽게 올라오지 않았다. 호시노 감독은 밸런스를 되찾게 해 줄 목적으로 나를 선발로 기용하기도 했지만, 그 역시도 쉽지 않았다.

기본으로 돌아가다

당시 오키나와 교육리그에는 한국의 프로야구팀 중 세 팀이 참가 중이었다. 최소한의 자존심이었을까. 2군 감독 마사오카 신지를 찾아갔다.

"스스로 밸런스를 회복해야 하기도 하고, 또 호시노 감독의 지시라서 따르겠습니다만, 한국팀과의 경기에서 던지는 것만큼은 피하게 해 주십시오."

"일단은 알겠다. 호시노 감독과 상의해서 결정하겠다."

10월 중순경, 러닝훈련을 하다 발목을 다쳤다. 나고야에 있는 2군에 속한 재활군으로 몸을 옮겼다. 2주 정도 재활을 한 다음 막 캐치볼을 시작할 때였다.

"선, 내가 지도하면 따라올 수 있겠어?"

재활군 투수코치 이나바였다.

"예, 하겠습니다."

지푸라기라도 잡는 심정이었다. 나를 바꿀 수 있고, 밸런스를 회복할 수 있다면, 그리고 명예를 회복할 수만 있다면 뭐든지 하고 싶었다. 정말이지 울고 싶은 심정이었다. 그러던 차에 이나바 코치가 다가온 것이다.

"투수에게 가장 중요한 것이 뭘까?"

"캐치볼이죠."

"그럼 캐치볼 중에서 가장 중요한 것은?"

"스텝앤스로(step and throw) 아닌가요?"

"그러면 당신의 스텝앤스로를 한번 보여 줘 봐."

걸음을 조절해 가며 볼을 서너 개 던져 보였다.

"어때요, 선?"

스텝앤스로가 끝나자 이나바 코치가 물었다.

사실 캐치볼이나, 롱토스나, 스텝앤스로는 야구 선수에게는 그야말로 기본 중의 기본이었다. 초등학교 시절부터 지금까지 매일 운동장에 나가면 투수로서 맨 처음 시작했던 것이 캐치볼이었고, 롱토스였고, 스텝앤스로였다. 그런데 어느 순간 스텝앤스로의 기본기, 그 중요성, 그 필요성을 잊고 살았던 것이다.

"너무 편한데요?"

"그래요, 사실 내가 91년부터 95년까지 주니치 투수코치로 일할 때 한일 슈퍼게임에서 던졌던 선의 폼과 투구 스타일을 지금도 기억합니다. 그런데 지금 폼은 그때 폼이 아닌 것 같습니다. 한번 제대로 해 봅시다."

"그렇게 하겠습니다."

"선, 초등학교 때 기억하나요? 외야로 공이 굴러오면 공을 잡아서 홈 쪽으로 던지던, 가장 편안하던 그 기본자세 말입니다. 그 스텝으로 던지던 그 폼 말입니다."

그 순간 깨달음이 밀려왔다. 다시 한번 잊고 있었던 기본기가 되살아났다. 그렇다. 결국은 기본이었다. 밸런스가 잡히기 시작했다. 하체의 밸런스, 상하체의 밸런스가 되살아나기 시작한 것이다.

그런데 막상 이 원리를 불펜에서 응용해 보려니 쉽지 않았다. 왜냐하면, 스텝앤스로는 역동적인 동작인데 마운드에서 공을 던지는 일은 정지 상태에서 출발하는 일이기 때문이었다. 다시 그 느낌을 잊어버렸고 공이 빗나갔다.

"선, 그렇다면 마운드에서도 한번 스텝앤스로를 응용해 보면 어떨까요? 몇 걸음 걸으면서 던져 보죠."

몇 차례 시도해 보았다. 몸이 반응하기 시작했다. 한동안 잊고 살았던 밸런스가 서서히 잡혀 나가기 시작했다. 놀라운 발견이자 깨달음이었다.

그렇게 1주일, 2주일이 지나자 드디어 폼과 구위가 되살아나기 시작했다. 가슴 깊은 곳에서 환희가 용솟음쳤다. 몸이 좋아지고 있다는 것을 스스로 느낄 수 있었다. 나는 이 느낌, 이 밸런스를 그대로 유지하고 싶었다.

그런데 일본 리그는 휴식기에 돌입했다. 보통 일본 프로야구단에서는 11월 24일까지 훈련을 끝낸다. 월급도 그날이 마지막이다. 그리고 2개월 동안은 일종의 방학을 보낸다. 그래서 25일부터는 시즌이 공식적으로 종료되고 휴식기에 들어가기 때문에 팀 유니폼을 착용해서는 안 된다. 하지만 한시라도 훈련을 쉴 수 없었다. 그 점에서 대단히 조급했다. 나는 이 밸런스를 잊어버려서는 안 되었기에 이나바 코치에게 부탁했다.

"물론 비시즌입니다만, 나를 계속 도와주시겠습니까?"

"최대한 돕겠습니다."

12월 10일까지 이나바 코치는 나 혼자만을 위해 매일매일 내 밸런스를 체크해 주고, 트레이닝 파트너로 함께 뛰어 주고, 캐치볼까지 받아 주었다.

투수가 1루 커버에 들어가는 수비 포메이션 훈련 장면.
1997년 2월 동계훈련 중 오키나와 차탄구장에서.

세탁소 하시모토 상과의 캐치볼

12월 10일, 잠시 국내로 들어왔다. 하지만 마음이 급했다. 밸런스를 유지해야 했다. 딱 일주일만 있다가 다시 나고야로 돌아갔다. 일본으로 돌아갔더니 이나바 코치도 휴가에 들어갔고, 더 이상 함께 훈련할 만한 파트너를 찾을 수 없었다. 혼자 공을 던질 수는 없는 노릇이었다. 통역에게 어려움을 호소했다. 그랬더니 문득 떠올리는 이름이 있었다. 하시모토 기미오(橋本公雄). 호시노 감독의 메이지대학 야구부 1년 후배다. 주니치 선수단의 유니폼 등을 전문적으로 세탁하는 일을 하고 있는 분이었다.

"하시모토 상이 매일 체력 훈련장에 나와서 훈련을 합니다. 그분께 부탁해 보면 어떨까요?"

생각해 보니 그 말이 맞을 성싶었다. 하시모토 상은 시즌 중에도 매일 체력 훈련장에 들어와 선수들과 농담을 하거나 개인 훈련을 하기도 했고, 때로는 마사지를 도와주기도 했다. 워낙 야구를 좋아해서 자기가 직접 펑고를 치거나 심지어는 캐치볼 때 파트너가 되어 주기도 하는 그런 분이었다. 선수들의 폼 체크도 할 정도로 야구 전문가였다. 거기다 한국에 대한 특별한 애정도 있었다. 내가 일본 음식에 적응하지 못할까 염려해 시즌 중에 김치찌개를 해서 전달해 주기도 한 다정한 분이었다. 나는 조심스럽게 체력 훈련장에서 하시모토 상을 만나 부탁을 했다.

"제가 훈련할 파트너가 없는데, 저 좀 도와주시겠습니까?"

"저야 좋지요."

당시 40대 후반이었던 하시모토 상은 그때부터 내 훈련 파트너가 됐다. 캐치볼을 함께 하고, 스텝앤스로를 함께 했다. 롱토스는 어려웠다. 나는 100미터 넘게 던질 수 있었지만, 그분은 그렇지 않았다. 대신 100미터 밖에 있는 나를 향해 펑고를 쳐 주고, 내가 그 공을 잡아 홈플레이트 쪽을 향해 스텝앤스로로 공을 던지는 연습을 계속했다.

이런 식으로 3일 동안 연습하고 하루 쉬는 훈련이 계속됐다. 하시모토 상은 팀에서 마련해 주는 훈련 프로그램에 내 개인적 특성을 결합한 훈련 프로그램을 만들어 왔다. 오전에는 체력 훈련이나 웨이트 트레이닝을 함께 했다. 실내 훈련이 답답할 때면 나고야의 쇼나이 녹지 공원에서 함께 훈련했다. 오후에는 기술 훈련과 캐치볼, 심지어 불펜 투구까지 도와줬다. 규정에 따라 유니폼은 입을 수 없었다. 나와 하시모토 상은 둘 다 트레이닝복을 입고 함께 훈련했다. 불펜에서는 불펜 코치 역할을 자임하고 내 공을 직접 받아 줬다. 참으로 잊을 수 없는 정성이었다. 그렇게 거의 4주에 이르도록 내 훈련을 도와줬다. 1월 15일에 선수단 합동훈련이 시작됐다. 하시모토 상은 그때도 훈련장에 나와 나를 위해 마사지를 해 주거나 폼을 체크해 주었다.

지금도 하시모토 상과의 인연은 계속되고 있다. 세탁소 사업은 이미 그만두었다. 하지만 야구에 대한 열정만은 여전하다. 두 달에 한 번 정도 한국을 방문해 한국 프로야구를 관람하기까지 한다. 하시모토 상 또한 나와의 인연을 소중히 생각하고 있고, 스스로 한일 야구의 파이프라인임을 자부하기도 한다.

하시모토 상은 나를 기념하는 특별 소주도 제조했다. 내가 주니치 소속으로 4시즌 동안 올린 98세이브와 첫 전임 국가대표 감독 취임을 기념한 '마쯔노쯔유(松露, 소나무의 이슬)'라는 한정판 소주를 만든 이가 바로 하시모토 상이다. 소주에는 캐리커처와 사인이 상표로 들어가 있다. 하시모토 상의 친구가 경영하는 규슈 미야자키 지방의 양조장에서 만드는데, 지금도 한국에 올 때마다 한정판으로 만들어 둔 술을 세관의 한도 내에서 나에게 가져다주곤 한다.

3.
화려한 재기

1997년 1월 27일, 오키나와에서 97시즌 주니치 드래곤스의 1군 전지훈련이 시작됐다.

정식 훈련은 2월 1일이었다. 투수조는 첫날 워밍업과 캐치볼을 하고 곧바로 불펜으로 들어가 투구를 시작한다. 미국이나 일본의 경우 이미 비시즌 동안 개인 훈련을 통해 몸을 만들어 오기 때문에 곧바로 투구를 해도 아무런 무리가 없다.

어느 직업군이나 마찬가지로 야구에도 일종의 서열이 있다. 투수는 투수대로, 야수는 야수대로 서열이 있다. 그 서열이 곧 훈련의 서열이다. 나는 투수조 중에서 거의 모든 면에서 가장 빠른 서열이었다. 그래서 곧바로 불펜에 올랐다.

전지훈련 첫날이면 보통 30개 내지 40개 정도의 공을 던진다. 다섯 명이 동시에 올라 그 정도의 공을 던지고 내려가면 다음 조가 올라와 투구를 이어간다. 나는 세 번째 조가 올라올 때쯤 불펜 투구를 끝냈다. 개수로 따지자면 100개 정도 던졌다.

호시노 감독을 의식하지 않을 수가 없었다. 힐끗 쳐다보니 안 보는 척하면서 나를 계속 관찰하는 것을 느낄 수 있었다. 사실 나도 감독 시절에 그랬다. 관심 있는 투수가 있으면 그 근처에서 보지 않고 멀찍이 떨어져서 다른 선수를 보는 척하면서 관찰했다. 부담을 주기 싫어서다. 게다가 어린 선수들의 경우 너무 가까이서 관찰하면 자칫 긴장하거나 오버 피칭을 하게 된다.

당시 전지훈련에서 호시노 감독의 입장으로 돌아가 보자면, 감독은 내가 재기할 수 있는지 여부가 가장 큰 관심사였을 것이다. 100개를 던지고 나니 스스로 꽤 만족스러웠다. 호시노 감독도 놀라는 눈치였다. 이런 식으로 하루에 100개씩 던지기 시작했다. 이틀 던지고, 하루 쉬었다. 3주 동안 거의 매일 100개씩 공을 던지고 나니 밸런스가 돌아오는 느낌이었다. 예전에 좋았던 시절의 폼이 되살아나는 느낌이 들었다. 구위도 한국에서처럼 되살아났다.

올해는 작년과 다를까?

3주 정도 지나면서 이제는 실전에 나가 한번 테스트해 보고 싶은 욕망이 서서히 꿈틀대기 시작했다.

2월 하순 들어 시범 경기가 시작됐다. 오키나와에서 1박 2일로 이동해 오릭스와 두 게임을 하고 오는 일정이었다. 우리 프로야구도 그렇지만 시범 경기는 글자 그대로 시범 경기다. 대개 신인들이나 백업 선수들을 시험하는 것으로 시작한다. 베테랑들은 시범 경기의 마지막에 컨디션 조절 차원에서 혹은 확인 차원에서 투입하는 것이 관례다. 그런데 나는 그야말로 신인들 틈에 끼어 시범 경기 첫 경기에 출전하러 따라나서게 되었다.

첫 경기는 구메지마에서 열린 오릭스와의 시합. 우리 팀이 5-3으로 이기고 있던 8회에 호출됐다. 세 타자를 연속으로 삼진 처리했다. 대단히 만족스러웠다. 한국에서 던지던 볼이 그대로 되살아나고 있다고 느꼈다. 세 타자를 상대했으니 9회에는 마운드에 오르지 않아도 될 것이라 생각하고 있을 때 호시노 감독이 나를 불렀다.

"9회에 다시 올라가라. 대신 이번에는 주자가 있다고 생각하고 던져 봐라. 넌 전지훈련 때 충분히 던졌기 때문에 2이닝 던져도 문제없을 거다."

전지훈련 내내 말은 안 했지만 '나를 관찰했었구나.'라는 느낌을 강하게 받을 수 있었다. 나는 세이브 전문이라 이번엔 주자가 있는 상황을 가정하고 테스트해 보려는 의도 역시 느낄 수 있었다.

9회에 원아웃에서 내야 안타를 맞았다. 다음 타자는 대타 후지이. 스리볼 원스트라이크에서 패스트볼이 한가운데로 들어가는 바람에 홈런을 얻어맞았다. 동점 홈런. 다시 한 타자를 잡아 투아웃. 그리고 볼넷. 9회말 투아웃 주자는 1루, 스리볼 투스트라이크의 풀카운트였다. 이때 등장한 타자가 이치로. 나는 이치로에게 2루타를 얻어맞았다. 끝내기 패배였다.

'아, 올해도 끝났구나. 난 안 되겠구나. 난 틀렸어.'

순간 자괴감이 몰려들었다. 정말 괴로웠다. 시범 경기 첫 등판에 끝내기 패전이라니.

'정말 열심히 훈련했는데 왜 이렇게 안 풀리나. 일본과 나는 안 맞는 모양이다.'

별의별 생각이 다 들었다. 감독도 아무 말이 없었다. 이틀 뒤 오키나와로 되돌아왔다. 감독이 통역과 함께 나를 불렀다.

"구위는 작년보다 훨씬 좋아졌다. 잘하고 있다. 훈련 열심히 한 걸 느낄 수 있다. 다만, 네가 하나 고칠 게 있다. 주자가 있을 때 빨리 던져야 한다. '슬라이드 스텝'을 집중적으로 훈련해라. 네가 마무리니까 그게 중요하다."

맞는 말이었다. 세이브 상황은 대부분 주자가 있는 경우가 많다. 그렇지 않더라도 9회에는 대부분 발 빠른 대주자를 내보낸다. 그렇다면 슬라이드 스텝은 구원투수에게는 생명과도 같다. 그때부터 나는 집중적으로 나만의 슬라이드 스텝을 연마하기 시작했다.

그해 시범 경기는 27경기가 있었는데 나는 9경기에 투입됐다. 최종 성적은 1패 4세이브. 이기고 있는 상황이나 동점 상황에서는 무조건 등판시켜 나를 시험했다. 시범 경기 동안 나는 내 구위에 서서히 만족하기 시작했다. 물론 첫 번째 패배가 나를 힘들게 하긴 했지만 그래도 분명히 구위와 밸런스와 폼이 확연히 나아졌음을 느낄 수 있었다. 시범 경기를 마칠 때쯤 모두들 나에 대해서 평하기 시작했다.

"선 상(宣氏)이 확실히 회복됐다. 작년과는 완전히 다르다. 올해는 잘할 것 같다. 우리 팀의 확실한 마무리가 부활했다."

행운도 나의 편

1997년 4월 4일, 대망의 개막전이 열렸다. 나 또한 모든 준비를 끝
내고 개막전을 기다리고 있었다. 상대는 요코하마 베어스타스. 우리
팀 선발투수는 야마모토 마사였다.

9회초 투아웃 3루 상황에서 야마모토가 안타를 맞고 1실점을 해
3-2가 됐다. 그때 감독이 마운드에 올랐다. 세이브 상황이었다. 나는
동료 구원투수인 나카야마와 동시에 몸을 풀고 있었다. 내가 2군으
로 내려갔을 때 주니치 구원 전문으로 일했던 훌륭한 투수였다. '설
마 나를 부를까?' 생각하면서 지하 불펜장 대형 모니터를 통해 마운
드를 지켜보고 있었다. 그런데 감독의 입 모양을 보니 분명 '선'이었
다. 정말로 나를 부르는 것이었다.

수많은 경기를 치러 왔고, 수많은 위험한 상황에서 등판해 봤지만,
솔직히 이번만큼은 떨렸다. 나고야돔구장 개장 기념 경기였다. 그리
고 개막전이었다. 수용 인원 4만 500명인 경기장이 관중들로 가득
찼다. 돔구장 특유의 함성이 구장을 가득 메우고 있었다. 거기다 나
는 작년에 2군과 3군을 전전하던 위험한 선수였다. 그런데 이 위기
상황에서 나를 호출하다니. 한편으론 고마웠지만, 한편으론 두려웠
다. 마운드에 서서 연습 투구를 하는데 다리가 후들거렸다. 마음을
단단히 먹었다.

초구는 바깥쪽 패스트볼. 148km짜리 스트라이크였다. 2구째에는 포수가 하이패스트볼을 요구했다. 헛스윙을 유도하기 위함이었다. 공을 던졌다. 그런데 포수가 원하는 위치보다 더 높이 날아가 그만 뒤로 빠져 버렸다. 지나치게 긴장한 탓이었을 게다. 포수는 공을 주우러 가고 나는 베이스 커버에 들어갔다. 박빙의 상황이었다. 다행스럽게 포수가 공을 던져 왔다. 나는 급하게 공을 잡아 주자를 태그했다. 아웃이었다. 그렇게 해서 3-2 첫 세이브를 올렸다.

지금에야 돌이켜 보자면 고백할 부분이 있다. 그때 만일 비디오판독이 있었다면 어땠을까. 내가 공을 잡아 거의 동시에 태그한 것은 맞지만, 그때 내 느낌으로는 내가 제대로 태그를 하지 못했다는 생각이 들 때가 있다. 하지만 당시 심판의 판정은 아웃이었고, 나는 세이브를 올렸다. 주자가 있는 상황에서, 3-2라는 박빙의 상황에서, 그것도 돔구장 개장 첫 경기에서, 97시즌 개막전에서 작년의 어려움을 딛고 행운의 세이브를 올리다니, 올해는 뭔가 될 것만 같은 강한 느낌을 받았다.

곰곰이 생각해 보면 나에게는 묘한 징크스가 있는 것 같다. 한국 프로야구에서도 첫 경기에 선발 출전해 패전투수가 됐었다. 일본 프로야구 첫 경기에서도 블론세이브를 범했다. 97시즌에서도 자칫 패스트볼로 하마터면 망칠 뻔했는데, 이번만은 뭔가 다를 것 같았다. 온몸 가득 흥분이 일었다.

1997년 당시 나의 활약상을 전달하고 있는 일본 스포츠 전문지 기사들.

1997년 4월 4일 요코하마 나고야돔, 개장 기념 경기이자 97시즌 개막전이었다.
나는 그때 행운의 세이브를 올리며 부활의 서막을 열었다.

일본에서 통한다!

다음은 원정 경기였다. 도쿄돔에서 요미우리 자이언츠와의 3연전을 치렀다. 첫날부터 등판했다. 3점 차 세이브 상황. 삼자범퇴로 마무리했다. 벌써 2세이브.

요미우리와의 3연전 마지막 날, 또다시 세이브 상황이 찾아왔다. 주니치가 9회초까지 3-1로 이기고 있었다. 9회말, 마운드에 올랐다. 첫 타자를 포볼로 출루시켰다. 다음 타자에게 오른쪽 안타를 얻어맞았다. 노아웃 주자는 1, 3루. 그야말로 대위기였다. 다음 타자는 외야플라이. 3루 주자가 홈으로 들어와 3-2의 1루가 되었다. 요미우리는 1루 주자를 발 빠른 대주자로 교체했다. 다음 타순은 4번 마쓰이, 5번 오치아이, 6번 용병 타자였다. 그야말로 일본을 대표하는 최고의 타순이 기다리고 있었다.

4번 타자를 삼진으로 처리했다. 투아웃. 5번 타자와의 승부 역시 삼진으로 처리했다. 발 빠른 주자가 1루에 있는 상황. 그래서 도루를 끊임없이 의식해야 했다. 더구나 타석에는 일본을 대표하는 최고의 선수들이 서 있었다. 간단치 않은 상황이었지만 나는 주자를 견제하면서도 나만의 자신감과 과감한 투구로 연속 삼진을 잡아냈고, 그 위기를 세이브로 마무리했다. 이때를 계기로 나는 달라졌다.

'아, 통하는구나. 이렇게 하면 되는구나. 내가 충분히 일본에서 성공할 수 있겠다. 그래, 나는 선동열이다.'

확실한 변곡점이었다. 이때부터 나는 강력한 자신감에서 나오는 구위로 일본 프로야구를 제압하기 시작했다.

세이브를 올리고 환호하는 모습.
1997년 6월 7일 나고야돔에서 열린 요미우리 자이언츠와의 경기였다.

그렇게 해서 올스타전 휴식기까지 일본 프로야구 역사상 최단 세이브 신기록을 세웠다. 20세이브였다. '대마신(大魔神)' 사사키보다 7개나 앞서 있었다. 물론 우리 팀 성적이 좋지 않아 하반기 때 뒤집히고 말았지만 말이다. 그해 우리 팀은 센트럴리그 꼴찌를 기록했다. 반면 사사키가 뛰던 요코하마는 리그 우승에 이어 재팬시리즈까지 우승을 차지했다. 그해 나는 38세이브였고, 사사키는 45세이브를 했다. 세이브 상황이 내게 더 주어졌더라면 좀 더 좋은 기록을 남겼을 수도 있었을 것이다.

1997년 최종 성적은 1승 1패, 승률 0.500, 평균자책점 1.28, 38세이브, 세이브 성공률 1위였다. 그만큼 정신적으로나 야구로나 나는 완벽하게 적응했고, 일본에서의 세이브를 즐기고 있었다. 작년 이맘때만 하더라도 야구가 두렵고 등판 상황이 무서웠다. 그런데 올해는 '제발 내가 등판할 수 있었으면.' '제발 나를 불러 달라.' 이런 강력한 자신감을 갖게 되었다.

4.
헹가래 투수가 되다

나에 대한 재평가는 한국 야구에 대한 재평가로 이어졌다. 한국 선수들을 스카우트해야겠다는 흐름으로 이어졌다.

당장 98시즌부터 주니치 구단은 이종범 선수와 이상훈 선수를 영입하게 된다. 한국 선수들에 대한 전력분석 자료를 가져와 내게 묻는 경우도 늘어났다. 특히 투수에 대한 질문이 상당히 많았는데, 내게 추천을 부탁하기도 했다. 가능하면 긍정적인 부분을 늘 이야기하곤 했다. 다만, 책임감은 뒤따라왔다.

일본에는 한국보다 좌타자가 특히 많았다. 그래서 구대성 선수의 가치에 대해서 늘 이야기하곤 했다. 역시나 구대성 선수는 일본에서 훌륭한 선수로 성적을 남겼고, 나중에 정민태 선수, 정민철 선수, 이병규 선수, 이승엽 선수 등이 진출할 수 있는 선례가 되었다. 그 점에 일부라도 기여할 수 있었던 것을 감사하게 생각한다.

나고야의 수호신

1997년, '나고야의 수호신'으로 자리 잡으면서 구단과 선수들은 물론 일본 언론들이 나를 대하는 태도가 완전히 달라졌다. 먼저, 달라진 언론의 사례 한 가지. 일본에서 가장 권위 있는 야구 전문지 《주간베이스볼》(제52권·제25호)은 그해 6월 16일 나에 대한 특집호를 발간했다.

특집호는 나의 투구 모습을 표지 사진으로 쓰면서 「해협을 건너온 특급 마무리 선동열의 모든 것」이라는 제목으로 12쪽 분량의 기사를 실었다. 특집은 크게 3부로 구성됐는데, 1부는 재일 교포 야구 해설가 김일융(전 삼성 투수) 선배와의 대담 기사, 2부는 '굴욕을 이겨 낸 영웅'이라는 제목으로 나의 어린 시절부터 아마추어 경력 그리고 한국 프로에서의 활동상과 일본에 진출하기까지의 과정을 상세하게 소개했다. 3부는 한국의 팬, 매스컴의 반응과 함께 한국 프로야구의 근황을 소개했다. 당시 《주간베이스볼》의 특집 기사는 말 그대로 특별한 의미를 가질 수밖에 없었다. 일본의 스타인 오치아이 히로미쓰(닛폰햄)나 스즈키 이치로(오릭스) 같은 선수들의 특집호도 이 정도의 분량은 아니었기 때문이다.

불과 1년 전과는 달리 주니치 선수들도 적극적으로 내게 다가왔다. 가장 많이 질문한 것은 나의 경험담에 대해서였다. 다음으로는 기술적인 부분에 대한 질문들도 많았다. 특히 내가 일관되게 강조하고 있는 '롱토스'와 '스텝앤스로' 등에 대한 지도를 요청하는 경우들이 많았다.

나고야는 우리나라 대구처럼 대단히 더운 도시다. 그래서 여름에 체력 유지가 간단치 않았는데 어떻게 하면 체력을 유지할 수 있는지 묻기도 했다. 몇몇은 한국 음식에 주목하기도 했는데 그래서 한때 어느 언론은 나를 두고 '김치 파워'라고 묘사하기도 했다.

구단 측의 대우도 달라졌다. 예를 들어 원정 경기를 가게 되면 아예 나를 위해 김치를 준비해 왔다. 그것도 한 가지가 아니었다. 배추김치, 깍두기, 오이김치 이 세 가지를 뷔페식당에 반드시 준비해 줬다. 일본 선수들은 내 힘이 이런 데서 나온다고들 생각했던 모양인지 혹여나 식당에 늦게 가면 김치가 맨 먼저 동이 나기도 했다. 이 또한 즐거움이었다.

팬들은 나의 태양

1996년 일본에서의 첫해, 내가 부진에 부진을 거듭하면서 한국의 야구팬과 국민들께 많은 안타까움을 안겨 드렸다. 정말 부끄럽고 죄송했다.

1996년에 처음으로 한국에서 내 경기가 중계되기 시작했다. 그런데 실망스러운 성적을 거듭하고 2군으로 내려가면서 중계는 끝이 났다. 그러나 1997년 다시 성적을 회복하면서 한국에서는 내 경기를 다시 중계하기 시작했고, 한국의 스포츠신문은 물론 많은 언론에서 나를 주목하기 시작했다. 여러 방송이나 신문 등에서 나를 취재했고, 특집 프로그램을 만들기도 했다.

고국에서의 이런 응원과 관심이 내가 재기할 수 있었던 결정적인 힘이었다는 데에 대해선 지금도 머리 숙여 감사 드린다. 내가 부진했을 때 마치 내 일처럼 염려해 주셨고, 찾아와 걱정해 주셨고. 전화나 편지를 보내 주셨다. 이 글을 쓰는 지금, 그때 그 염려와 걱정을 생각하면 정말 감사한 마음이 든다.

이런 심정은 재일 교포들도 마찬가지였다. 1996년 일본에 진출했을 때 나는 재일 교포의 희망이었다. 당시 나고야에는 비공식적으로 거의 20만 명에 달하는 교민들이 살고 있었다.

야구장에 가면 한글로 '나고야의 태양, 선동열'이라는 플래카드를 언제라도 만날 수 있었다. 일본은 외야에만 응원석이 마련되어 있다. 내야에서의 응원은 관람에 방해가 되기 때문에 하지 않는 게 관례였다. 그런데도 종이에 '선동열'이라고 한글로 이름을 적어 와 들고 계시는 재일 교포들이 많았다. 그분들께 묵례로 답할 수밖에 없었지만, 정말이지 그분들의 응원은 커다란 힘이 되었다.

오사카 고시엔구장이나 도쿄 메이지진구구장은 불펜과 관중석이 굉장히 가까웠다. 나를 만나려고 굳이 그쪽 좌석에 와서 '선동열'을 연호하는 사람들이 많았다. 재일 교포들이었다. 1999년 우승을 결정짓는 마지막 경기가 메이지진구구장에서 열렸는데, 그때 재일한국민단 아이치현지방본부는 3루 쪽에 200석이나 좌석을 예매해 나를

9회만 되면 나고야돔 응원석에는 나를 응원하는 한글 플래카드가 펼쳐졌다.

나를 응원하는 주니치 팬이 기념 티셔츠를 들고 사진을 찍었다.

응원했다.

이때뿐이었을까. 나고야 홈구장은 물론 원정 경기를 갈 때마다 나는 한글로 쓴 내 이름을 찾아볼 수 있었고, 한국말로 내 이름을 연호하는 재일 교포들을 만날 수 있었다. 한국 식당에 가게 되면 음식값을 안 받는 경우가 부지기수였다. 옆 좌석에 앉아 있던 재일 교포들이 음식을 시켜 주거나 음식을 더 가져다주는 경우도 많았다. 이분들의 응원과 정성이 '나고야의 선동열'을 지켜 줬다. 나의 수호신이었다. 나의 태양이었다.

"이상한 사람 만나지 말라"

1998년 초 나고야 교민들은 이상훈, 이종범 선수의 주니치 입단을 기념하는 환영파티를 열었다. 나고야에서 가장 큰 힐튼호텔 대연회장을 예약했다. 교민들 1,500명 정도가 참석했고, 나고야시장과 호시노 감독도 참석해 축사를 했다. 당시 파티에는 입장료가 있었다. 1인당 1만 엔 정도였는데, 호시노 감독도 500만 엔을 기부했다. 행사가 끝나고 정산해 보니 약 3000만 엔 정도가 모였다. 당시 행사를 주관하고 기획한 재일 교포 2세 최윤 씨(현 OK금융그룹 회장)가 상의를 해왔다. 우리는 기부금을 재일 교포 학생들을 위한 장학금으로 활용하기로 의견을 모았고, 교민들을 위해 기부했다.

최윤 회장 이야기를 좀 더 적어야겠다. 최윤 회장은 1996년 9월 초 주니치에서 연수 중이던 김성한 선배의 소개로 처음 만나게 됐다. 나는 일본말에 어두웠고, 최 회장은 한국말에 서툴렀다. 그래서 대화는 늘 겉돌았다. 하지만 머지않아 서로에게 언어 스승이 됐다. 재활에 몰두하던 1996년 겨울, 하시모토 상과 훈련하던 시절 최윤 회장도 함께한 적이 많았다. 세 사람이 함께 쇼나이 녹지 공원에서 러닝 훈련을 하기도 했고, 누군가가 타석에 서 있어야 할 때 최윤 회장이 방망이를 들고 서 있기도 했다. 한번은 장난으로 최윤 회장의 머리 쪽으로 공을 던졌더니 깜짝 놀라서 엉덩방아를 찧던 모습이 기억난다. 물론 해서는 안 될 장난이었다.

일본이라는 낯선 곳에서 일본 사람에 어두운 내게 최 회장의 조언과 정보는 많은 도움이 됐다. 나고야에는 아는 사람이 많았지만, 원정 경기를 떠나게 되면 그곳에는 아는 사람이 없거니와 함께 식사할 사람이 없어 무척 외로웠다. 그럴 때면 최윤 회장은 인맥을 동원해 내게 사람들을 소개해 주었다. 그래서 원정을 떠날 때면 늦게라도 한국 식당에서 식사할 수 있었고, 좋은 일본 친구들을 만날 수 있었다. 그때 만난 친구인 하카쿠 오야카타는 지금도 종종 한국을 찾곤 한다. 우정이 계속되고 있음에 감사하는 마음이다.

한편 내가 만나서는 안 될 사람을 골라내는 것도 최윤 회장의 몫이었다. 언젠가 한번 일본 사람을 소개받아 김성한 선배와 몇 차례 식사를 한 적이 있다. 최윤 회장이 자연스레 그 소문을 듣게 됐다.

"함께 밥 먹거나 술 마실 사람 필요하면 언제라도 내가 나갈 테니 필요하면 이야기하세요."

나중에 알고 보니, 그 일본 사람은 만나지 말아야 할 사람이었다. 좋은 충고였다.

주니치에서 뛰던 시절, 나고야 시민들의 응원 역시 잊을 수 없다. 일본에 진출한 첫해 어느 언론이 붙여 준 내 별명은 만화 캐릭터에서 비롯된 '앙팡맨(호빵맨)'이었다. 사람들은 내가 길거리를 지나가면 앙팡맨이라고 부르며 반갑게 맞아 주곤 했다. 택시를 타면 택시비를 받지 않은 적도 많다. 나를 알아보는 기사들은 무조건 한 푼도 받지 않았다. 식당에서도 음식값은 반값이거나 무료였다.

내가 자주 다니던 중국 식당 피카이치(ピカイチ)는 '앙팡맨'이라는 메뉴를 만들어 팔기도 했다. 제육볶음과 비슷한 고기볶음, 야채와 닭고기를 맵게 볶아 낸 메뉴 등 두 가지였다. 역시나 음식값은 거의 받지 않았다. 어느 한국 식당은 '선상(宣氏)세트'라는 메뉴를 만들기도 했다. 소주 한 병, 레몬, 얼음 이렇게 세트 메뉴였다. 고마운 은혜들이다. 1997년, 나고야시는 나를 나고야시 홍보대사로 위촉했다. 한국 관광객들을 유치하는 프로그램을 만들었을 때 나고야를 안내하는 영상에 참여하기도 했다.

계약을 연장하다

해태와 주니치 간의 2년 임대 계약이 끝이 났다. 나도 당연히 일본에서 선수 생활을 계속하고 싶었고, 주니치는 더욱 그러했다. 다시 2년짜리 임대 계약이 체결됐다. 여전히 나는 임대선수 신분이었다. 사실 계약 자체를 따져 보면 나에게 대단히 불리한 것이었다. 내가 만일 이적을 했다면 계약금을 내가 받을 수 있었는데, 임대선수 신분이어서 임대료 형식으로 해태가 그 금액을 가져가고 있었기 때문이다. 솔직히 말하면 억울한 상황이었지만, 당시 한국에는 FA제도(자유선수계약제도)가 없었기 때문에 어쩔 수 없었다.

1998년도에도 나름 괜찮은 성적을 유지했다. 3승 29세이브, 평균자책점 1.48이었다. 이때부터 이종범, 이상훈 선수가 합류하면서 한결 마음이 편안해졌다. 불펜에서 한국말로 대화할 수 있다는 게 얼마나 편안했는지 모른다. 심리적으로도 많은 안정이 되었던 것 같다.

1997년 2월께부터 본격적으로 일본어를 공부하기 시작했다. 굳이 따지자면 히라가나, 가타카나 쓰기 공부부터 시작했다. 통역에게 부탁해 받아쓰기 시험도 보고, 틈날 때마다 집으로 일본어 선생님을 불러 과외를 받았다. 그렇게 해서 98년 시즌부터는 혼자서 다니기 시작했다. 통역은 이종범 선수를 도우러 갔다. 경기가 없는 월요일이면 대개 투수조나 배터리 회식이 있는데, 97년까지는 통역이 그 자리에까지 따라왔다. 하지만 98년부터는 나 혼자서 식사를 하고 대화를 나눴다. 일본어가 부쩍 느는 것을 느낄 수 있었고, 팀 내에서도 동화되는 것을 느꼈다. 나를 외국인 선수로 대하지 않고, 같은 일본 선수로 대우하는 것을 느낄 수 있었다.

일본에는 승리 후 그날의 수훈선수를 인터뷰하는 '히로인 인터뷰'라는 게 있다. 98시즌부터는 짧게라도 일본말로 직접 했다. 99년부터는 능숙하게 인터뷰를 진행할 수 있었다.

정상에서 떠나라

일본에서의 4년 차 시즌이 시작됐다. 두 번째 계약의 마지막 해였다. 그때까지만 하더라도 선수 생활을 연장할 수 있으리라 생각했다.

시범 경기 전 갑자기 햄스트링이 올라왔다. 지금까지 선수 생활 도중 단 한 번도 겪지 않았던 햄스트링 부상이었다. 당장 쉬어야 했다. 러닝을 중단해야 했다. 체력이 서서히 약화되어 가는 것을 느꼈다. 내가 늘 강조하듯 투수의 생명은 '하체의 중심'인데 이 부분이 무너져 내리는 것을 느꼈다. 무리하게 러닝을 하다 보면 이번엔 무릎이 말썽이었다. 무릎에 물이 찼다. 주사기로 물을 빼내고 소염제 주사를 맞곤 했다. 계속해서 주사를 맞아 가며 경기를 뛸 수밖에 없었다.

아무래도 구위는 조금씩 떨어져 갔다. 구속은 140km대 중반으로 형성됐다. 지난 시즌과 비교할 때 평균 3~4km 정도 떨어진 수준이었다. 내 나이 서른일곱, 구속의 하락은 경험과 경륜으로 극복해 나갈 수 있었지만, 내가 서서히 하락기에 접어들고 있다는 사실은 아무래도 받아들여야만 했다.

구단은 이때부터 이상훈 선수를 나와 더블스토퍼로 활용하기 시작했다. 이때 이상훈 선수는 그야말로 전성기였다. 이상훈 선수는 일본 진출 첫해인 1998년에는 선발로 출전하다가 나중엔 중간계투로 시즌을 마무리했다. 그러다 1999년부터는 중간에서 마무리로 서서히 역할을 옮겨 갔다. 그해 이상훈 선수의 힘과 구위는 완벽했다. 한국에서처럼 배짱도 좋았다. 야생마처럼 머리칼을 휘날리며 마운드를 지배하곤 했다.

일본 프로야구 한 팀에서 한국인 선수 세 사람이 주전으로 뛰는 일은 과거에도 없었고,
앞으로도 흔치 않을 것이다. 정확히 기억나지는 않지만 왼쪽의 이상훈 선수의 헤어스타일을 보니
1999년으로 예상된다. 오른쪽은 이종범 선수.

당시 호시노 감독은 선발투수에게 5이닝만 막도록 했다. 그러곤 훗날 주니치의 수호신이 된 신인 좌완투수 이와세 히토키 선수, 우완 오치아이 에이지 선수, 역시 좌완 이상훈 선수, 그리고 나 이렇게 좌우를 번갈아 가며 6, 7, 8, 9회를 막게 했다. 특히 8회와 9회는 나와 이상훈이 번갈아 가면서 막았다.

호시노 감독은 종종 나를 불렀다.

"종범이와 상훈이를 네가 잘 이끌어야 한다. 그리고 상훈이는 잘 도와줘라. 좋은 마무리가 될 거다. 네가 가진 것을 잘 나눠 주렴."

자랑스러운 후배가 나를 이어 주니치의 뒷문을 담당한다는 것은 또 다른 자부심이었다.

그해 8월경, 해태 구단에서 주니치를 찾아왔다. 해태는 사정이 좋지 않아 보였다. 주니치 구단에 나를 완전 이적시켜 줄 테니 이적료를 달라고 제안했다. 왠지 좀 불편했다. 하지만 내색할 수 없었다. 그때쯤 나는 내 몸 상태를 염려하며 적절한 은퇴 타이밍을 심각하게 고민하고 있었기 때문이다.

우승이 거의 확정되고 난 9월 말경 나는 호시노 감독의 방문을 두드렸다.

"아무래도 올 시즌이 끝나면 은퇴해야겠습니다. 좋을 때 떠나야겠습니다."

"아니 왜? 1년 더 해. 넌 충분히 할 수 있어."

"아닙니다. 어릴 때부터 늘 생각해 온 때가 다가온 것 같습니다."

"아니야. 좀 더 생각해 봐."

"제가 박수 칠 때 떠나야 제 후배들에게도 좋을 것 같습니다. 제가 안 좋은 상황에서 떠나게 되면, 앞으로도 계속 후배들이 일본으로 와야 하고 인정받아야 할 텐데, 제가 그런 쪽에 걸림돌이 될까 두렵습니다."

그랬다. 솔직한 심정이었다.

마침내 리그 우승

1999년 9월 30일, 센트럴리그 우승을 결정지을 수 있는, 그리고 결정지었던 경기가 열렸다. 당시 우리는 요미우리와 우승을 다투고 있었다. 남은 네 경기 중 한 경기만 이기면 우리가 우승하는 상황. 최대한 빨리 우승을 확정 짓고 싶었다.

9회말 5-4로 이기고 있었다. 9회 1사 후 이상훈 선수가 네 번째 투수로 마운드에 올랐다. 미야모토 신야 선수를 우익수 플라이로 잡아냈다. 이상훈 선수가 세이브를 올릴 수 있는 기회였다. 그런데 호시노 감독은 나를 호출했다. 그래서 9회말 2사 상황에 등판하게 됐다.

첫 타자 미나카 미쓰루 선수에게 중전 안타를 맞았다. 다음 타자는 사토 겐이치 선수. 볼넷을 내주고 말았다. 다음 타자는 베네수엘라 출신 로베르토 페타지니. 2루수 플라이였다. 세이브였다. 우승이었다. 누가 먼저랄 것도 없이 포수였던 나카무라 타케시 선수와 나는 서로에게 뛰어가 격한 포옹을 했다. 그리고 일본에서 내 야구의 은인인 호시노 감독과 뜨겁게 껴안았다. 일본 진출 4년 만에 처음 맛보는 리그 우승이었다. 나는 일본 프로야구에서 최고의 영예로 생각하는 헹가

래(도아게, どうあげ) 투수가 됐다. 선수들 사이에서 헹가래를 받았다.

그해 성적은 1승 2패에 28세이브, 평균자책점 2.61. 4년간 일본 프로야구 통산 성적은 10승 4패, 98세이브, 평균자책점 2.70이었다. 재팬시리즈에 진출했지만 1승 4패로 힘없이 물러났다. 그렇지만 아쉬움은 없었다. 그러곤 구단 측에 은퇴하겠다는 의사를 전달했다. 이로써 내 선수로서의 야구 인생은 마침표를 찍었다.

일본에서의 나의 선수 생활을 결산할 만한 일본 쪽 자료가 있다. 그대로 인용해 두는 게 낫겠다. 먼저, 역대 일본 외국인 선수 1,000여 명을 분석한 책이다.

**"1년째는 힘들었다. 2년째부터 본래의 모습을 찾았다. 절대적인
무게감으로 주니치 투수진을 끌었다. 특히 1997년은 좋은 몸 상태로
연간 232명의 타자를 상대로 해서 홈런을 한 개도 안 맞았다. 또한
건실한 인성으로 신망이 두터웠고 그 후 한국 선수가 일본에서
활동하기 쉬운 환경을 만들었다고 전해진다."**
『프로야구 외국인 선수 대사전』

다음은 일본의 야구 전문지 《주간베이스볼》이 창간 60주년을 기념해 특별판으로 기획·제작한 책이다. 구단별 『베스트 셀렉션』이라는 제목으로 전체 12권인데, 그중 7번째 책이 주니치 구단을 다루고 있다. 바로 그중 나를 언급한 대목.

**"KBO에서 7년 연속 우수 방어율에 빛나는 한국 야구계의 우완으로
한국의 국보로 불리었다. 주니치에 들어온 1996년에 불행히도**

주니치 20번의 명예로 역투하던 시절, 1998년 5월 8일 한신 타이거즈 홈구장인
오사카의 고시엔구장이다. 1924년 개장한 그곳은 일본 야구인들에게 꿈의 구장으로 불린다.

어머니가 돌아가셨다. 다음 해 1997년은 넓은 나고야돔임에도 불구하고 타자 232명을 상대로 홈런 0개, 방어율 1.28의 안정감으로 리그 최다 38세이브를 기록했다. 1998년에는 29세이브, 계약 최종 해에는 28세이브로 팀 우승에 공헌했다. 그해로 현역을 은퇴하고 현재는 한국 대표 감독을 하고 있다."

『베스트 셀렉션 제7권』

여기서 주니치 드래곤스 역대 최고 외국인 선수 10인을 다루었는데 이중 투수가 3명, 야수가 7명이었다. 나는 그 투수 중 3명에 포함되는 명예를 안게 되었다. 참고로 투수 1위는 대만의 곽원치, 내가 2위였다.

20번의 영예

마지막으로 주니치 등번호 20번의 영예에 관해서도 이야기를 해야겠다. 나는 1996년부터 1999년까지 4년 내내 20번을 달고 경기를 뛰었다. 프로야구에서는 특정 선수의 등번호를 기념하거나 결번하는 경우가 대부분이다. 하지만 주니치는 구단 최고의 등번호를 팀의 최고 투수에게 이어받게 하는 특별한 전통을 가지고 있다.

주니치에서 20번은 역사상 최고의 투수들에게만 허락되는 백넘버다. 처음에는 야수도 20번을 달 수 있었다. 하지만 1949년부터 1960년까지 리그를 지배하며 1954년 주니치를 재팬시리즈 우승으로 이끌었던 스기시타 시게루(杉下茂) 이래 투수 전속 등번호로 고정됐다. 호시노 감독도 주니치의 20번이었다. 그리고 내가 주니치에 갔을 때 투수코치로 있었던 고마쓰 다쓰오(小松辰雄)도 11년 동안이나 20번을 달고 뛰었다.

이렇듯 주니치의 20번은 아무나 달 수 있는 번호가 아니다. 게다가 20번을 달았던 사람들이 심사를 통해 동의해야만 번호를 달 수 있다. 나도 그런 심사를 받았다. 물론 호시노 감독이 강력히 추천했기에 통과될 수 있었지만, 외국인으로서는 처음이라 그 결정이 마냥 쉽지만은 않았을 것이다. 1996년, 내가 부진했을 때 어느 나고야 상점에 걸려 있는 20번 유니폼에는 내가 아니라 호시노 감독의 이름이 적혀 있었다. 하지만 1997년부터 내가 다시 위력을 되찾자 상점의 유니폼은 내 이름으로 바뀌었다. 은퇴 이후 나도 20번 회원으로서 의사결정에 관여한 적도 있다. 하지만 2018년 이래 현재까지 주니치의 20번 자리는 비어 있다.

5.
한국의 국보 투수

투수는 방어율이다. 투수에 대한 가장 객관적이고 공정한 지표는 방어율이라고 생각한다. 더구나 선발투수에게는 더욱 그렇다.

1985년 프로에 입단한 나는 '(실업야구에 잠시 몸을 담았던 것이) 사회적 물의를 야기시켰다.'는 이유로 징계를 받아 전반기에는 출장금지 처분을 받았다. 그래서 85년 올스타전 이후 후반기에 들어서야 비로소 경기에 출전할 수 있었다.

후반기 첫 게임은 그해 통합우승을 차지한 삼성 라이온즈와 대구에서의 경기였다. 상대편 투수는 그해 25승을 차지한 김일융 선수. 나는 선발로 출전해 7회까지 0-0 게임을 이끌었다. 그러다 8회말 홈런을 포함해 5실점을 당하고 강판됐다. 팀이 5-2로 패하면서 패전투수가 됐다. 프로 첫 경기에서 패전을 기록했지만 억울하지 않았다. 도리어 보약이 됐다. 첫 게임에서 승리했더라면 나는 자칫 오만해졌을지도 모른다. 그런데 첫 게임에서 그렇게 얻어맞고 패전투수가 되고 나니 '역시 프로의 벽은 높구나. 내가 대충해서는 안 되겠구나. 정말 잘해야겠다.'라는 다짐을 새롭게 하는 계기가 됐다.

돌이켜 보면 나의 야구 인생은 늘 그러했다. 프로야구 첫 게임에서도 패전투수가 됐고, 일본에 진출해서는 첫 게임에서 블론세이브를 범했다. 초등학교 때도 나는 엘리트가 되지 못했고, 고등학교 때도 역시 그랬다. 대학교 역시 랭킹 1위로 진학하지 못했다. 하지만 그런 경험들, 나아가 '실패'의 경험들이 나의 약점을 돌아보게 했고, 그 약점은 나를 더욱 노력하게 했다. 그리고 그 노력이 오늘의 선동열을 만들었다고 감히 자부한다.

나만의 방어율 관리법

첫 게임에서 5점을 주고 나니 방어율은 엉망이 되고 말았다. 그때부터 나는 방어율 관리에 대해 좀 더 다른 생각을 하게 됐다. 50이닝을 기준으로 방어율을 설계하는 버릇을 그때부터 들이기 시작한 것이다. 초반 50이닝 동안 방어율을 1점대 이하로 관리해 놓으면 그다음부터는 나름대로 계산이 서는 것이다. 조금 넘어갔다 싶으면 다음 경기 때 열심히 던져서 방어율을 조정해 나가고, 또 방어율이 여유가 있으면 조금 쉬어 가기도 하고, 그런 방식으로 방어율 관리와 컨디션 관리를 맞춰 나가는 나만의 프로그램을 머릿속에 그려 두기 시작한 것이다.

예나 지금이나 나는 방어율 타이틀이 가장 중요하다고 생각한다. 승패는 한편 '병가지상사(兵家之常事)'지만 방어율은 투수가 혼자의 노력으로 관리할 수 있는, 자책점이 표현하듯 투수의 실력을 평가하는 가장 객관적인 지표라고 생각한다. 물론 실제로는 포수의 결정적인 도움이 필요한 지표이긴 하지만 지금도 방어율을 높이 평가하고 있고, 그때도 방어율 관리를 위해 노력했던 것 같다.

프로 첫해인 1985년은 후반기만 뛰었음에도 규정 이닝을 다 채웠다. 그해 방어율 타이틀을 차지했다. 방어율은 1.70. 프로 2년 차인 86시즌은 처음으로 풀타임을 뛴 해인데, 262와 2/3이닝을 던졌다. 방어율은 0.99. 24승 6패에 6세이브, 완투가 19번, 완봉이 8번이었다. 선발, 중간, 마무리를 가리지 않고 뛰었다. 당시 우리 나이로 스물다섯이었다. 87시즌은 전년도의 여파로 몸이 약간 안 좋았던 것 같다. 162이닝을 던졌다. 방어율은 0.89. 3년 연속 방어율 타이틀을 차지했다. 1988년에는 178과 1/3이닝을 던져 16승 5패 8세이브. 방어율은 1.21. 이렇듯 방어율 타이틀은 85년부터 91년까지 7년간 내 차지였다. 그리고 1992년 어깨 건초염으로 쉬는 바람에 타이틀을 놓쳤고, 1993년에 다시 되찾아 왔다.

객관적으로 평가하는, KBO리그에서 나의 최전성기는 1986년부터 1991년까지 6년간이었던 것 같다. 89년부터 91년까지 3년간은 공식적으로는 투수 3관왕, 지금 기준으로는 투수 4관왕을 차지했다. 이러한 차이가 나는 이유는 당시에는 탈삼진 타이틀이 없었기 때문

'91 프로야구 골든글러브 시상식

1991년 골든글러브 시상식, 그해 골든글러브 10개 중 6개를 당시 해태 타이거즈 선수들이 차지했다.
왼쪽에서부터 한대화, 이순철, 김성한, 고 이호성 선수, 나, 장채근 선수.

1986년 나는 페넌트레이스 MVP를 수상했다. 시상식은 한국시리즈 마지막 날 동시에 열렸는데,
그해 해태 타이거즈는 4승 1패로 한국시리즈에서 우승했다.

이다.(탈삼진은 1993년부터 시상 시작) 그럼에도 굳이 내가 여기에 4관왕이라고 적는 이유는 당시 선발투수로서 차지할 수 있는 모든 타이틀을 현재의 기준으로 볼 때 다 획득했었다는 점을 기록에 남기고 싶기 때문이다. 당시 공식적인 투수 타이틀은 다승, 평균자책점(당시 방어율 타이틀), 승률 이렇게 세 가지였다.

잠시 기록을 되살려 보자. 89년에는 21승 3패, 방어율 1.17, 승률은 0.875. 90년에는 22승 6패, 방어율 1.13, 승률 0.786. 91년에는 19승 4패, 방어율 1.55, 승률 0.826를 기록했다. 그리고 89년과 90년에는 2년 연속 리그 MVP를 획득했다. 팀 기준으로는 86년부터 89년까지 4년 연속 한국시리즈에서 우승했고, 다시 91년과 93년에 우승을 차지해 KBO리그에서 뛰는 동안 총 6번의 우승을 차지했다. 골든글러브는 86년, 88년부터 91년까지 4년 연속, 그리고 93년 등 총 6번을 차지했다. 투수로서나 팀 전체로서나 객관적인 지표로 볼 때 86년에서 91년까지가 여러모로 최전성기였음이 입증되는 셈이다.

그로부터 15년 뒤, 내가 삼성 감독일 때 혜성처럼 나타난 투수가 있었다. 류현진이었다. 그것도 고등학교를 졸업하고 막 프로 무대에 진출한 열아홉 신인이었다. 류현진은 그해에 투수 4관왕을 차지했다. 18승 6패, 평균자책점 2.23, 승률 0.750, 204개의 탈삼진을 기록했다. 신인왕 역시 그의 차지였다. 장래를 내다볼 수 있는 화려한 데뷔였던 셈이다. 비슷한 투수로 윤석민이 있다. 윤석민은 2011년에 17승 5패, 평균자책점 2.45, 승률 0.773, 178개의 탈삼진으로 투수 4관왕을 차지했다.

내가 퍼펙트에 실패한 이유

모든 경기를 다 복기할 수는 없지만, 떠오르는 몇몇 경기들이 있다. 엄밀히 말하자면 거의 모든 경기가 다 기억난다. 하지만 특별히 기억하고 싶은, 그래서 반추하고 싶은 경기들이 몇 있다. 그중에 하나가 1986년 5월 6일, 대구시민운동장에서 열렸던 삼성 라이온즈와의 경기다.

상대방 선발투수는 권영호 선수(전 영남대 감독, 전 삼성 투수코치)였다. 우리 팀이 3회에 2점을 획득해 앞서고 있는 상태에서 나는 7회말 투아웃까지 퍼펙트를 기록하던 중이었다. 3번 타자 장효조 선수가 타석에 들어섰다. 투스트라이크 스리볼 상황. 장효조 선수는 계속해서 4개의 공을 커트해 냈다. 드디어 10구째, 슬라이더를 던졌다. 장효조 선수답게 왼쪽 안타를 쳐 냈다. 그것으로 퍼펙트게임은 날아갔다.

장 선배도 그때의 기억이 선명했던 모양이다. 다음은 장 선배의 회고다.

"86년인가 삼성에 있을 때 퍼펙트의 수모를 당할 뻔했는데
좌전 안타로 이를 막은 것이 기억난다. 당시 6회까지 퍼펙트를 당하다
7회 볼카운트 3-2에서 3개의 파울을 치고 몸쪽 직구를 밀어쳐
좌전 안타를 만들었을 때 일그러지던 선동열의 표정이란……."
〈스포츠서울〉, 1993년 1월 11일 자

이제 와 분석하자면 그때 나는 참 지혜롭지 못했다. 욕심이 과했

다. 스트라이크를 던지면 안 됐다. 유인구를 던졌어야 했다. 유인구만이 통할 수 있는 상황이었다. 그런데 나는 끝까지 스트라이크를 고집했다.

다음으로, 늘 강조하는 플랜 B를 생각했어야 했다. 퍼펙트에 그렇게 집착할 이유가 없었다. 노히트노런도 충분히 의미 있는 기록이다. 그렇다면 맞춰 잡을 생각을 하던지 설사 잘못되더라도 포볼로 내보내면 되는 것이다. 그랬다면 안타를 맞을 위험 부담이 훨씬 줄어들었을 것이다.

그런데도 나는 끝까지 정면 승부, 스트라이크 승부를 고집했다. 야구 6년 선배인 장효조 선수의 눈에는 나의 욕심과 정면 승부가 충분히 읽혔을 것이다. 나는 장효조 선수와의 승부에서 지고 말았다. 다시 강조하지만, 지혜가 부족했고 욕심이 앞섰다. 그때 나는 선수로서 어렸었다.

다행히 다음 타자를 삼진으로 잡고 이닝을 마무리했다. 8회에는 삼자범퇴로 끝냈다. 9회초 첫 타자에게 안타를 허용했다. 다음 타자는 포볼이었다. 삼성은 보내기번트를 시도했다. 원아웃에 2, 3루 상황이 됐다. 다음 타자는 홍성규 선수. 좌중간 2루타를 얻어맞았다. 결국, 2-2 동점이 되고 말았다. 이미 퍼펙트는 날아갔고, 완봉승도 날아갔고, 자칫하면 패전투수로 전락할 상황이 되어 버렸다.

다시 장효조 선수가 타석에 들어섰다. 1루가 비어 있어서 벤치의 지시에 따라 고의사구로 내보냈다. 다음 타자는 삼진으로 잡았고, 그 다음 타자는 또다시 포볼로 내보내 투아웃 만루 상황이 됐다. 다음 타자를 다행히 삼진으로 잡고서야 9회말이 끝났다.

1989년 11월 1일, 빙그레 이글스와의 한국시리즈 5차전 중간에 등판해 승리 투수가 됐다. 승리가 확정되는 순간 두 팔을 들어 환호하는 모습.

연장전에 돌입했다. 다행히 11회초 한대화 선수가 2루타를 쳐 주었고, 1점을 얻게 됐다. 그리고 11회말을 내가 틀어막아 3-2로 승리할 수 있었다. 당시 투구 수는 159개. 안타를 3개 맞고, 2자책을 기록했다. 삼진은 11개를 잡았다. 상처뿐인 승리였다. 하지만 이때의 승부는 야구 인생 내내 내게 탁월한 교과서가 됐다. 그 이후로도 KBO 리그에 퍼펙트게임은 기록되지 못하고 있다. 그래서 더욱 미련이 남는지도 모르겠다.

세 번의 노히트노런

광주일고에 재학 중이던 1980년 여름, 봉황대기 전국고교야구 때 나는 경기고등학교를 상대로 노히트노런을 기록한 적이 있다. 그리고 고려대학교에서 뛰던 시절인 1981년 춘계리그 때 건국대학교를 상태로 노히트게임을 기록한 적도 있다. 그러곤 프로에 와서 기념비적인 노히트노런을 기록한 적이 있는데, 한국 프로야구로서는 다섯 번째 기록이었고, 개인적으로는 처음이자 마지막이었다.

때는 1989년 7월 6일, 광주 무등경기장에서 열린 삼성 라이온즈와의 경기였다. 사실 그날 컨디션은 별로였다. 투수들의 컨디션 체크는 대개 워밍업과 캐치볼 단계에서 파악된다. 그날따라 몸이 말을 듣지 않아서 '초반에 버틸 수 있을까?' 하는 걱정이 앞섰다.

역시나 초반에 정타로 맞아 나갔다. 그런데 운이 되려고 그랬던지 거의 야수 정면이었다. 그런 식으로 꾸역꾸역 회를 넘어가고 있는데,

3회가 지나고서부터는 컨디션이 회복되는 게 느껴졌다. 4회, 5회 차츰 좋아지는 느낌이었다. 초반에는 전혀 코너 워크가 형성되지 않았는데 차츰 제대로 공이 들어가기 시작했다.

나는 컨디션에 신경 쓰느라 내가 노히트노런으로 향해 가고 있다는 사실을 전혀 의식하지 못하고 있었다. 우리가 크게 이기고 있는 상태였기 때문에 '적절한 타이밍에 바꿔 달라고 해야지.'라는 생각만 하고 있었다. 7회초를 마무리하고 더그아웃에 들어갔더니 여기저기서 "노히트노런 한번 해 봐야지." 하는 소리가 들리기 시작했다.

7회말 우리 팀은 4점을 더해 10-0으로 앞서고 있었다. 대개 노히트노런이나 퍼펙트를 의식하는 순간 몸에 힘이 들어가게 되고, 그래서 얻어맞는 경우들이 종종 있다. 나도 자칫 그럴 수 있었다. 신중해야 했다. 8회는 삼진 2개와 내야플라이 1개로 처리했다. 9회는 연속 내야 땅볼 2개, 마지막 타자는 삼진으로 마무리했다. 기록상으론 사사구 3개를 내줬고, 삼진 9개를 뺏었다. 이로써 한국 프로야구 데뷔 후 첫 노히트노런을 기록했다.

0-1 패배의 기록

1988년 4월 17일, 광주 무등경기장에서 열린 빙그레전. 상대방 선발투수는 '무명의' 이동석이었다. 경기 시작 전 타자들이 선발투수 명단을 확인하고는 내게 "쟤 누구야?" 할 정도였으니까 말이다. 사실 나조차도 낯설었다.

하지만 그날 이동석 선수는 대한민국 프로야구사에 남을 엄청난 투구를 뿌려 댔다. 그날 이동석은 투구 수 98개에, 삼진을 5개 잡아냈고, 사사구조차 없었다. 8회말 노아웃 상황에서 김성한 선수가 유격수 에러로 1루를 밟아 본 게 유일한 출루였다. 정말이지 위대한 투구였다.

이에 반해 나는 122개를 던져 삼진을 11개 잡아냈지만, 1실점을 했다. 하지만 비자책이었다. 문제의 7회초. 첫 타자를 삼진으로 잡고 나서 다음 타자 장종훈에게 3루타를 얻어맞았다. 그다음 타자를 삼진으로 잡아 투아웃에 3루가 됐다. 다음 타자는 9번 타자 김광길. 1루 땅볼을 유도했다. 그때 우리 팀 1루수가 에러를 범하고 말았다. 결과적으로 3루 주자는 홈인. 그것이 비자책 결승점이 되고 말았던 것이다.

이 책을 위해 다시 당시 기록지를 확인해 보니 나보다도 이동석 투수가 얼마나 훌륭한 투수였고 위대한 기록을 남겼는지 찬탄을 금할 수가 없다. 아쉬운 것은 퍼펙트게임이 가능했었는데, 하필 빙그레팀 유격수 에러로 대기록을 놓친 것이다. 무척 아쉽다.

1988년 4월 17일, 팀이 노히트노런을 당하며 0-1로 지고 난 한 달 반 뒤인 6월 2일 또다시 나는 이동석 투수와 맞붙었다. 0-2 완패였다. 삼진 12개를 잡았지만, 자책점 1점을 포함해 2점 차 패배를 당했다. 나는 완투였고 이동석은 7회까지 던졌다. 당시 신문 기사다. "우리 팀이 못 친 것보다 내가 맞아서 졌다."(《스포츠서울》, 1987년 6월 3일 자) 그만큼 이동석은 해태에 강했고, 뛰어난 투수였다.

내가 0-1로 패한 경기는 모두 다섯 번이다. 기록을 위해 남겨 두자면 위에 적은 경기가 맨 먼저이고, 1989년 5월 4일 잠실 OB전에서,

1989년 6월 16일 잠실 OB전에서, 1991년 8월 8일 대전 빙그레전에서, 그리고 1991년 8월 14일 광주 쌍방울전에서다. 이때 경기를 잠시 복기해 보자.

3회까지 0-0으로 팽팽한 경기가 이어지고 있었다. 4회초 선두 타자는 김기태 선수(전 기아 타이거즈 감독). 볼카운트 투스트라이크 원볼에서 유리한 고지를 선점한 나는 바깥쪽 패스트볼로 승부를 걸었다. 그런데 놀랍게도 김기태 선수는 이를 노리고 있었던 듯, 그것도 밀어쳐서 왼쪽 담장을 넘겨 버렸다. 놀라운 파워였다. 그 홈런이 결승점이 되었다. 나는 0-1로 패하고 말았다. 피안타 5개, 사사구 1개에 삼진을 10개나 잡고도 패한 것이다. 당시 상대방 선발투수는 김원형 선수. 2안타로 완봉을 했고, 그 기록은 최연소 완봉 신기록(만 19세 1개월 10일)이 되었다. 내가 도리어 김원형 선수의 의미 있는 기록의 희생양이 된 셈이다.

심판들의 분석 대상이 되다

영국 프리미어리그 맨체스터 유나이티드의 퍼거슨 전 감독이 특유의 권위로 심판들로부터 '특별한' 메리트를 받을 수 있었다는 뉴스를 본 적이 있다. 모르긴 몰라도 나 또한 한국을 대표하는 투수라는 이유만으로 심판들의 눈에 보이지 않는 혜택을 많이 누렸을 것이라 짐작한다. 다른 한편, 포수 뒤에 서서 내가 던진 '패스트볼'이나 '파울 팁'에 다친 심판들은 또 얼마나 많았을까? 새삼 경건해지며 감사의 기록을 남겨야겠다는 생각이 든다. 이와 관련하여 제법 흥미로운 기사가 하나 있다.

「선동열은 투수 교과서」라는 제목의 기사다.(《일간스포츠》, 1992년 2월 14일 자) 선수들이 전지훈련을 떠나고 나면 심판들은 심판들대로 겨울 훈련에 돌입한다. 그리고 전지훈련에까지 따라와 실전훈련을 한다. 1992년 2월 10일부터 프로야구 심판들이 모여 강습을 하며 당시 주요 투수 30여 명을 종합 분석한 기록이 있다. 결론은 "선동열은 최고의 연구 과제다." 이유를 보자면 "(선동열의) 투구나 견제 수비가 워낙 뛰어나 잘 관찰하지 않으면 정확한 판정을 내리기 어렵다. 공이 빠르고 날카롭게 파고드는 슬라이더나 예리한 각도의 변화구를 끝까지 살피지 못하면 스트라이크와 볼을 가리지 못한다. 주자 견제도 국내에서 제일 빨라 깜빡하면 보크를 범했는지 보지도 못하고 지나치기 일쑤다."

이제 와 다시 읽어 보니 상당히 의미 있는 부분이 있다. 당시 심판들은 나의 견제 동작에 유의할 점도 있다고 지적했다.

"미리 무릎이 움직이고 안쪽 어깨가 먼저 들리는 경향이 있는데, 워낙 빨라 주의해서 관찰하지 않으면 잡아내기 어렵다."

사실 나중에 이 부분이 일본에 진출했을 때 문제가 됐다. 한국에서는 보크 판정을 받지 않았지만, 일본에서는 여지없이 보크 판정을 받았기 때문이다.(이제 와 정직하게 고백하자면, 일본 진출을 시도할 무렵부터 한국의 심판진들이 내게 "한국에서는 괜찮을 수 있겠지만, 당신의 견제 동작이 어쩌면 문제가 될 수 있을 테니 지금부터 늘 신경 쓰는 버릇을 들이는 게 좋을 거요."라고 조언해 준 적이 종종 있었다.) 그러다 보니 일본에서는 주자 견제를 제대로 할 수 없었고, 그래서 주니치 코치진과의 사이에 투구 폼 교체에 대한 이견으로 이어지게 되었다. 이런 불협화음이 진출 첫해 부진으로 이어지는 또 하나의 요인으로 작용하기도 했다.

선수가 심판의 사랑을 받았다고 표현한다면 자칫 공정성에 오해가 있을지 모르겠다. 하지만 당시 내가 심판들의 분석 대상이었고, 또 심판들의 눈에 보이지 않는 사랑과 관심을 받았다는 사실만큼은 분명하게 기록하고 기억해 두어야겠다.

기록은 깨지기 위해 존재하는 것

"기록은 깨어지기 마련."이라는 말이 있다. 혹은 "기록은 깨어지기 위해 존재한다."는 더 냉정한 말도 있다. 내 뒤를 이었던 한국 프로야구의 수많은 명투수들, 예컨대 류현진 선수, 이대진 선수, 윤석민 선수 등에 의해 대부분의 기록은 깨졌지만, 몇 가지는 남아 있다. 기록으로 남겨 둔다.

1991년 6월 19일 광주 무등경기장 빙그레전에서 나는 연장 13이닝까지 완투한 적이 있다. 이때 탈삼진이 18개. 한 경기 최다 탈삼진 기록이었는데, 지금도 여전히 유지되고 있다.

1992년 4월 11일 잠실 OB전에서 9이닝 동안 탈삼진 16개를 기록한 적이 있는데, 최동원 선배, 이대진 선수도 같은 기록을 가지고 있었다. 이 기록은 어떻게 되었을까. 역시나 메이저리그 스타 류현진이 2010년 5월 11일 청주 LG전에서 17개를 기록하면서 깨지고 말았다. 류현진은 이때부터 이미 기록의 사나이였던 것이다.

투수로서 여러 기록이 있지만 나는 '연속 이닝 무실점 기록'도 제법 의미 있는 기록이라고 생각한다. 1986년 8월 27일, 6-2로 완투승을 거둔 빙그레전에서 7회부터 무실점 행진이 시작됐다. 해를 넘겨 1987년 시즌의 3번째 경기까지 총 8게임에 걸쳐 49와 2/3이닝 연속 무실점을 기록했다. 이 기록에 미치지는 못하지만, 삼성이라는 특정 팀을 상대로 1986년 5월 25일부터 1988년 4월 2일까지 10게임에서 7승 2세이브를 따내며 42이닝 연속 무실점 기록을 갖기도 했다.

하지만 역시 이 기록도 언젠가는 깨질 것이다. 멋진 후배들에 의해 기록이 깨지는 것은 결코 서글픔이 아니다. 야구인으로서 자랑스러움이다. 나는 그런 후배들을 기대한다. 그리고 기원한다.

나는 국보 투수가 아니다

단 하루도 야구 생각을 하지 않은 날이 없다. 단 하루도 나의 투수 인생을 되돌아보지 않은 적이 없다. 누군가는 나를 두고 '국보 투수'라고 부르기도 했다. 조용히 나에게 되묻는다. '선동열, 너는 국보 투수 맞느냐?'고. 그럴 때면 나도 모르게 고개를 젓는다.

나는 결코 국보가 못 되었다. 나는 타고난 야구 천재와는 거리가 멀다. 야구 선수에 적합한 신체 조건을 가지고 있는 것도 아니다. 그렇다고 요즘 식으로 표현하면 '멘탈'이 그렇게 강한 성격도 못 된다. 큰 경기에 약했다. 승부에 대해 지나치게 긴장하고 집착하는 바람

에 실수한 적도 많다. 그간의 야구 인생에서 드러나
듯 부상으로 한 시즌을 통째로 날리기도 했다. 몸 관
리가 뛰어나지 못했다는 증거다. 일본에서의 좌절과
실패는 한편으론 내가 성숙해지는 데 밑거름이 되었
지만, 다른 한편 야구 선수로서는 대단히 안일하고
나태했다는 증거다.

  최동원 선배나 박찬호 선수나 류현진 선수와 비교
해도 나의 약점은 손쉽게 드러난다. 그럼에도 나는
과분하게 국보 투수라는 호칭으로 종종 불리곤 했
다. 늘 선후배들에게 미안했고 나 자신에게 부끄러
웠다. 혼자 있으면 슬그머니 그 칭호를 어디 한구석
에 가둬 놓고 자유로워지고 싶었다. 그래서 허공에
대고 조용히 혼자 독백하곤 했다. '나는 국보 투수가
아니다.'라고. 그렇게 나는 자유로워지고 싶었다.

왜 허탈한 표정으로 웃고 있을까, 그것도 무릎을 꿇고서…….
1990년 8월 25일 잠실구장, LG와의 경기였다. 6회까지 노히트노런을 기록하다가
7회말 LG 김영직 선수에게 기습번트를 허용하고 말았다. 때론 사진이 모든 것을 말한다.

6.
선발에서 마무리로

거의 통째로 한 시즌을 쉬었던 적도 있다. 1992년 시즌이었다. 이 해는 내 야구 인생에서 일종의 또 다른 전환점이 됐다. 선발투수 선동열에서 마무리 선동열로 전환하게 된 결정적인 사건이 발생했다. 1992년 시즌, 두 번째 경기였다. 잠실에서 OB 베어스와의 낮 경기였다. 4월의 일기는 예나 지금이나 여전히 불순하고 그때 내리는 봄비는 차갑다. 겨울도 아니고 봄도 아닌 그런 묘한 날씨였다.

컨디션은 좋았다. 그래서 1회부터 제대로 공을 던졌다. 정확히 6회였다. 6회말에 공을 던지는데 오른쪽 어깨의 앞쪽 회전근 부분에 통증이 느껴지기 시작했다. 따끔거리며 상당히 아팠다. 6회를 마치고 벤치로 돌아와 투수코치에게 이야기했다.

"이 부분에 통증이 심하네요. 바꿔야겠습니다."

통증 부위를 정확히 가리키며 투수코치에게 설명했다. 당시 우리 팀은 1-0으로 이기고 있었다.

"야, 1-0이잖아. 이 상황에서 너 말고 누가 던지냐? 그냥 던져."

"어깨가 아파서 도저히 힘들 것 같습니다."

"야! 웃기지 말고 그냥 던져."

"정말 아프다니까요."

"말도 안 되는 소리 그만하고 가서 던져."

고작 처치한다는 게 쿨링 스프레이를 뿌리는 정도였다. 그렇게 잔뜩 뿌리고 올라가 공을 던졌다. 지금으로서야 상상하기 어려운 상황이지만 그때는 그랬다. 우리 팀이 3점을 더 내서 결국 4-0 완봉승을 거뒀다. 공을 던지면서도 계속 안 좋다는 느낌이 들었지만 어쩔 수 없었다. 바꿔 주지 않으면 그저 올라가 던져야만 했었다.

부상을 입고 마운드에 오르다

경기가 일찍 끝나 숙소에서 나와 저녁 식사를 했다. 이강철 선수(현 KT 감독)와 함께 고깃집에 갔다. 그런데 어느 순간 고기를 집을 수 없었다. 손에 힘을 줄 수가 없고, 젓가락조차 들기가 힘들었다. 심해진 통증을 잊기 위해 소주를 몇 잔 들이켰지만, 전혀 효과가 없었다. 밤에 잠을 자다가 통증 때문에 잠에서 깼다. 팔을 위로 움직여 보는데 팔이 올라가지 않았다. 놀라서 이강철 선수를 깨웠다.

"형님, 무슨 일이에요?"

"강철아, 큰일 났다. 팔을 움직일 수가 없어."

다음 날 오전에야 보고가 이뤄졌다. 코치를 거쳐 김응용 감독에게 보고가 올라갔다. 서울에는 지정 병원조차 없었다. 다른 병원에도 데려가지 않았다. 그때는 그랬다. 나중에 광주에 내려가 엑스레이를 찍었다. 그때는 엠알아이(MRI)도 없었다. 엑스레이를 찍어 봐야 뭘 확인할 수 있었겠는가.

한 달 정도 지난 다음에야 광주일고 선배가 하는 병원에서 건초염이라는 진단을 받았다. 처음 광주의 지정 병원에 갔을 때 근육이완제 주사를 맞았다. 아픈 부위를 정확히 특정하지 못하고 주삿바늘을 꽂았는데 그것도 두세 차례나 실패하는 바람에 제대로 주사되는 것 같지도 않았다. 그때 선수 관리 수준은 딱 이 정도였다.

아버지께서는 난리가 났다. 구단 측에 항의하는 일까지 벌어졌다. 하지만 당시 선수 지위나 상황으로는 달리 문제를 제기할 만한 그런 형편이 되지 못했다.

40여 일 정도 지난 다음 캐치볼을 하는데 또다시 문제가 생겼다. 근육이완제 주사를 계속 맞아 봤지만 좋아지지 않았다. 한의원도 다녀 보고 서울에 있는 유명한 물리 치료 병원도 다녀 보고 여기저기를 돌아다녀 봤지만, 어깨는 전혀 좋아지지 않았다.

그때부터 민간요법도 활용하기 시작했다. 여기저기서 용하다는 민간요법을 권유해 왔다. 염증이 심하다 보니 열이 났고, 어깨가 늘 뜨거웠다. 누군가가 생말고기를 붙이고 있으면 좋아진다고 했다. 찬 성질이 있어 열을 내려 준다고 했다. 그래서 한동안 말고기를 통증 부위에 붙인 적도 있다. 혈도술 등 온갖 치료를 총동원했다. 집에서는 보약을 끓여 주시고, 병원 약도 여기저기 많이도 받아먹었다. 하지만 좋아지지 않았다. 무엇보다 심리적으로도 대단히 불안했다. 이러다가 영영 야구 선수로서의 생명이 끝나는 것은 아닌지 불안했다. 정확한 원인을 찾기도 어려웠고, 병원에 다녀도 좋아지지 않으니 불안할 수밖에 없었다.

당시 나도 선수 생활을 하며 처음 겪게 된 부상이라 경험이 부족했고, 구단 측은 당장의 성적 때문에 조급했다. 지금 같으면 상상하기 어려운 일이다. 원인조차 제대로 몰랐던 그 상황에서도 나는 마운드에 올랐던 적이 있다.

4월 25일, 롯데전 마운드에 올랐다. 이때의 등판이 부상 악화에 영향을 끼쳤을 것이다. 그리고 7월 7일에도 마운드에 올랐다. 그때 했던 인터뷰가 있다.

"오랜만에 마운드에 올라서니 예전처럼 판단력이 빠르질 못하더군요. 볼은 주로 패스트볼과 슬라이더만 던졌는데, 슬라이더는 손목의 움직임이 원활치 못해 정확히 던지지 못했습니다."

이날 9회말 2사 1루에서 이강철을 구원해 두 타자를 맞아 피안타 1개와 삼진 1개를 기록하며 경기는 마무리되었다. 이날 투구 수는 모두 9개. 마운드에 오른 것 자체가 문제였지만 어쩔 수 없었다.

이틀 뒤인 7월 9일, 광주 무등경기장에서 선두 빙그레와 열린 9차전에도 출전했다. 5-3으로 불안하게 리드하던 중 8회초 무사 만루의 위기 때 마운드에 올라 마무리했다. 그러곤 다시 어깨 치료에 전념했다.

어깨가 조금 좋아진 듯해, 8월 20일 다시 마운드에 올랐다. 8회에 등판해 3안타를 허용했지만 9회초 1사 1, 2루에서 대타를 병살타로 처리해 8연속 세이브와 함께 26.2이닝 무실점 기록을 남겼다.

다시 옛 기록을 살펴보니 그해 10월 25일에야 첫 번째 캐치볼을 했고, 11월 1일에는 약 10개 정도 캐치볼을 한 기록이 있다. 그렇게 하기가 쉽지 않았다. '이대로 선수 생활이 끝날지도 모른다.'는 불안 감에 여러 가지를 고민하게 됐다. 미국으로 가서 수술하겠다는 제안을 구단 측에 하기도 했었다.

마무리로 전환하다

가을바람이 불면서 어깨가 조금 좋아졌다. 그해는 개막전과 어깨가 아파 온 OB전을 포함해 2승을 거두었고, 8세이브를 기록했다. 그해 팀은 2위로 플레이오프에 진출했다.

어깨가 조금 나아져 대만 전지훈련에 따라가게 됐다. 어깨를 충분히 쉬어 줬기 때문이었을까. 아니면 따뜻한 곳이어서 그랬을까. 어깨가 서서히 회복되기 시작했다. 전지훈련을 제법 알차게 치러 냈다.

그때쯤 주치의로 도와주시던 병원장이 중요한 제안을 건넸다.

"그동안 야구 선수로 어깨를 너무 소모한 것 같다. 이대로 가면 투수 생명이 끝날 수밖에 없다. 투구 수를 줄여라. 어깨를 살려야 한다."

동의할 수밖에 없었다. 구단에 조심스럽게 의사의 조언을 전달했다. 구단으로서는 대단히 부담스러운 상황이었을 것이다. 하지만 구단과 김응용 감독은 고심 끝에 이 제안을 수용했다.

이렇듯 나는 1993년 시즌부터 긴 이닝 동안 많은 투구를 해야 하는 선발투수에서 승리를 지키는 마무리투수로 거듭났다.

1980년대에는 선발투수와 구원투수의 분업이 확실하지 않았다. 지금은 선발, 중간계투, 최종 마무리 등으로 구분하며 계투진도 필승조, 추격조, 패전처리조 등으로 나누지만, 그 시절에는 선발투수로 7~8이닝을 던진 뒤 3일 정도 쉬고 1~2이닝을 지키러 나가는 경우도 많았고, 선발이 5이닝만 책임지면 다음 4이닝을 던져 세이브를 기록하는 경우도 꽤 있었다.

이런 기용법 때문에 구원 마운드는 낯설지 않았다. 실제로 1985년부터 1991년까지 7년 연속 세이브포인트(구원승+세이브) 10걸 안에 항상 들었다. 1988년에는 10세이브를 올리기도 했다. 경기 도중 해태가 리드하고 있을 때 내가 몸을 풀면 상대 팀 선수들이나 팬들이 경기를 사실상 포기했다는 것은 실제로 있었던 일이다.

위기는 기회다

1992년 시즌 전 동계훈련 당시, 나는 내 야구의 전성기를 남은 8년으로 계산을 하고 8개년 계획을 수립했었다. 계획은 크게 3단계였다. 92년부터 3년간은 기초 단계. 95, 96, 97년의 3년간은 가속 단계. 남은 2년은 관리 단계로 계획을 했다.

기초 단계의 골격은 정면 승부다. 그리고 목표 승수는 1년에 15승으로 총 45승, 최소한 40승으로 잡았다. 그때까지 123승이었으니까

200승을 목표로 삼는다면 절반 이상을 1단계에서 잡아내는 것이다. 그리고 91년까지 지켜 온 방어율 1.22를 더 이상 높이지 않겠다는 계획도 가지고 있었다.

2단계에서는 반포크볼과 커브를 사용해 기존의 주 무기와 50대 50으로 섞는다는 계획을 세웠다. 그리고 이때쯤 투수로서는 환갑이 넘는 35살이라는 점을 감안해 체인지업까지 개발을 서두르겠다는 계획을 수립했다. 그리고 2단계에서도 당연히 방어율을 1점대로 유지하는 것을 목표로 삼았다.

3단계는 관리 단계인데, 통산 방어율의 1점대 달성 여부가 3단계의 승부처가 될 것으로 보았다. 3단계에서는 타자의 약점을 철저히 물고 늘어지고, 노련한 경기 운영과 완숙해진 제구력으로 맞춰 잡기에 나선다는 계획을 수립했다. 그래서 최종적으로 통산 200승, 통산 방어율 1점대를 지키겠다는 8개년 계획을 수립했었다.(1992년 4월 1일 자《주간야구》는 당시 장종훈과 함께 나를 표지 모델로 실으며 그해 개막을 앞두고 8개 구단의 전력을 점검하는 기사에서 내 계획을 다루었다.)

그런데 건초염으로 이 계획은 틀어지고 말았다. 선발투수에서 마무리투수로 전환하게 되었고, 결과적으로 방어율에 대한 목표는 지킬 수 있었지만, 통산 승수에 대한 목표는 변경될 수밖에 없었다.

그리하여 1992년의 어깨 부상은 내 야구 인생에서 중요한 갈림길이 됐다. 1995년 구원 1위(38세이브포인트/5구원승 33세이브)로 시즌을 마치고 한일 슈퍼게임에서 마무리로 뛰었던 것이 결국 필승 마무리투수를 구하려고 했던 주니치나 요미우리의 흥미를 끌었고, 일본 프로야구를 경험할 수 있었던 계기가 됐기 때문이다.

1993년 마무리투수로 전환한 첫해에도 규정 이닝(126과 1/3이닝)을 넘겨 0.78이라는 KBO리그 한 시즌 평균자책점 신기록을 작성했고, 41세이브포인트(10구원승 31세이브)로 첫 구원왕 타이틀을 거머쥐었다. 오늘날 손승락이나 정우람 같은 전문 세이브 투수가 50~70이닝 정도를 던지는 것과 비교하면 두 배 가까이 던진 셈이다.

7.
일본으로 진출하다

1991년, 한국 프로야구 발족 10주년과 한일 국교 정상화 25주년을 기념하기 위해 KBO와 일본야구기구(NPB)가 공동으로 주최하는 한일 슈퍼게임이 일본에서 열렸다. 주니치 신문사 후원이었다. 나는 대회 직전 발목을 다쳐 한 게임도 못 던지다가 5차전에 처음 등판했다. 3이닝을 던졌는데 다섯 타자 연속 삼진을 잡았다. 아마 이때 일본 프로야구에 강한 인상을 남겨 준 모양이다. 특히 주니치가 나와 해태 구단 모두에게 스카우트를 제안하기 시작했다.

그 전까지 일본 프로야구에 대해서는 어떠한 생각도 없었다. 미국 메이저리그에 진출하고 싶었지만, 현실적으로 어려워졌기에 그냥 국내에서 최고의 투수가 되겠다는 목표로 최선을 다하고 있었다. 그런데 일본과의 슈퍼게임을 치르고 난 다음, 일본 쪽의 스카우트 교섭이 강하게 시작되면서 '아, 일본도 프로야구가 있지. 거기도 한번 고민해 볼까. 인생에 중요한 선택지가 될 수도 있겠는데.' 이런 생각을 갖기 시작했다.

하지만 역시 FA제도는 그때까지도 존재하지 않았고, 선수들에게는 일종의 '노예계약'에 가까운 '보유선수조항'이 여전히 존재하고 있었다. 한번 프로 구단에 입단하면 평생 그 구단 소속이 되어야 하고, 구단이 동의하지 않는 이상은 해외 진출이나 국내 트레이드조차도 불가능한, 지금 생각하면 악법 중의 악법이었다. 그래서 미국 진출이 어려웠던 것처럼 일본 진출 또한 쉽지 않겠다는 생각은 늘 하고 살았다. 그럼에도 어느 순간부터인가 좀 더 넓은 리그에 가서 좀 더 모험적으로 나를 시험해 보고 싶고, 배워야겠다는 생각이 서서히 강해지고만 있었다.

일본 진출 포부를 품다

1993년 겨울, 일본 주니치 신문사 편집위원이던 하시모토라는 분이 주니치 구단을 대신해서 광주 부모님 댁을 방문한 적도 있었다. 역시 스카우트가 목적이었다. 당시 한국과 일본 간에 '한일 프로야구 협정'이라는 것이 있었다. 그 절차에 따랐어야만 했는데, 주니치 구단이 나에게 직접 접촉해 왔다는 것이 양국 프로야구 사이에 논란이 됐다. KBO는 NPB에 항의 공문을 보냈고, 주니치 구단에 이 공문이

접수되기도 했다. 이 과정에 광주일고 시절 스승이었던 조창수 감독이 일부 관여하고 있었는데, 그분에게도 약간의 불이익이 주어지기까지 했다.

1995년 11월, 일본에서 다시 슈퍼게임이 열렸고, 나는 마무리 투수로 등판했다. 이때도 일본 쪽에서 강한 교섭이 들어왔다. 주니치에 더해 요미우리 자이언츠, 오릭스 블루웨이브 등이 교섭을 요청해 왔다.

당시 요미우리 자이언츠와의 사이에 있었던 이야기 한 토막. 11월 2일 도쿄에서의 밤, 어느 스포츠 전문지 기자가 전화를 걸어 왔다.

"동열 씨, 하나만 물어볼게요. 혹시 장훈 씨가 나가시마 감독의 부탁을 받고 요미우리로 스카우트하려 한다는 얘기 못 들었어요?"

사실 들었었다. 구단 관계자를 통해, 재일 교포 야구 선배인 장훈 씨가 요미우리 자이언츠의 나가시마 감독을 대신해 요미우리 측의 스카우트 의사를 해태 구단 쪽에 전달했다는 이야기를 들었던 것이다. 하지만 역시나 요미우리건 주니치건 해태 구단이 선뜻 동의해 줄 리는 만무했다.

그때 내 나이 서른셋. 나는 결기를 품었다. 지금이야말로 마지막 기회라고 생각했다. 일본을 반드시 가야겠다고, 미국을 못 간 한을 간접적으로라도 풀어야겠다고 다짐하고 또 다짐했다.

한일 슈퍼게임 6차전을 모두 끝내고 난 11월 12일, 나고야에서 환송 리셉션이 있었다. 나는 기자들에게 공개적으로 내 본심을 밝혔다.

"일본에서 뛰고 싶다. 한국에 돌아가는 즉시 구단에 일본 진출을 허락해 달라고 요청하겠다. 올해가 마지막 기회다!"

구단과의 싸움이 시작되다

한국으로 돌아오자마자 구단 쪽에서 전화를 걸어왔다.

"선 선수, 신문에 난 일본행 이야기가 뭔가요? 우리는 죽어도 못 보내 줍니다."

구단은 내가 일본 진출 의사를 번복했다는 기사를 만들어 돌리기도 했다.

나도 가까운 기자들에게 내 진짜 목소리를 알렸다.

"일본에 있을 때 장훈 씨가 박건배 구단주에게 나의 일본 진출을 건의했더니 구단주가 '올해는 어렵고 내년에는 가능하다.'라는 말을 했답디다. 난 그러면 야구 더 이상 못 합니다. 이제 마지막입니다."

11월 20일, 다짜고짜 마포에 있는 구단 사무실을 찾아갔다. 수많은 기자들 앞에서 다시 한번 이상국 단장에게 일본 진출을 요청했다. 역시나 반대였다. 11월 21일, 또다시 구단을 찾았다. 구단주와의 면담도 요청했다. 노주관 사장은 "1년만 더 올해처럼 잘하면 보내 주겠네."라고 했다. 나에게는 명백한 거절의 말로 들렸다.

11월 23일, OB 베어스의 한국시리즈 우승을 축하하는 파티가 있었다. 그때쯤 여론은 이미 내 편으로 돌아서고 있었다. 한 여론조사에 따르면 거의 80퍼센트가 나의 외국행을 찬성했다. 심지어 호남에서조차 60퍼센트를 넘었다. 일본에 갈 바에야 아예 메이저리그로 가라는 여론도 반이나 됐다. 해태의 본고장 광주 쪽 팬들도 '이번만큼은 선동열을 보내 줘야 한다.'는 여론이 비등해졌다. 언론의 관심이 계속해서 불어나고 있었다. 기자들이 해태 박건배 구단주에게 질문을 던졌다. 거기에 대한 답은 이랬다.

"일본 진출 여부는 다시 한번 여론을 들어 보고 11월 30일에 최종 결론을 내리겠다."

나는 계속해서 언론을 향해 "이번에 보내 주지 않으면 은퇴해 버리겠다."라며 배수진을 치고 나섰다. 11월 23일에서 11월 30일까지의 그 일주일, 어쩌면 내 인생에서 가장 길었던 시간이었다.

11월 30일, 서울 마포의 해태 구단 사무실. 기자들과 카메라가 몰려들었다. 기자회견이었다. 박건배 구단주를 대신해 노주관 사장이 마이크를 잡았다.

"박건배 구단주께서 마치 곱게 키운 딸을 시집보내는 심정으로 마침내 선동열 선수의 해외 진출을 허락하셨습니다."

주니치를 선택한 3가지 이유

다음 장에서부터 설명하겠지만 내 인생의 플랜 A는 메이저리그였다. 하지만 1980년대 당시 군부독재와 정보정치의 가혹한 현실, 한국 남자라면 당연히 이행해야 하는 병역 의무, 거기다 광주민주화운동으로 상처 입은 고향 시민들의 아픔과 슬픔을 달래야 하는 여러 현실이 끝내 나를 플랜 A로 이끌지 못했다. 그래도 나에겐 플랜 B가 남아 있었다. 일본 프로야구 진출이었다. 플랜 A는 아니었지만, 그래도 플랜 B라는 기쁨과 영광이 드디어 내게 안겨진 것이었다. 정말 기뻤고 영광이었다.

그리고 이것은 대단히 불공정한 계약이었던 구단과 선수 사이의 계약을 깨트린 최초의 사례이기도 했다. 구단의 종신 선수 보유권을 깨고 외국으로 진출한 첫 번째 케이스였다는 점도 돌이켜 생각하면 한국 프로야구 역사상 제법 의미 있는 일이었다.

지금도 왜 요미우리를 가지 않았느냐고 묻는 이들이 있다. 갈 수 있었다. 연봉도 요미우리가 훨씬 더 많이 주겠다고 했다. 그런데도 나는 주니치를 선택했다.

첫째, 주니치의 일관된 열정에 나는 감탄했다. 91년 이래 주니치는 단 한 해도 빠짐없이 나에 관한 관심과 스카우트 교섭을 멈춘 적이 없었다.

둘째, 주니치는 왠지 내 고향 광주와 같은 인간미를 가지고 있는 동네였다. 1995년 한일 슈퍼게임 때 나고야에서 경기가 있었다. 그때 주니치 드래곤스 단장 격인 이토 상이 "선 선수, 저랑 식사나 한번 합시다."라며 나를 이끌었다. 함께 택시를 탔다. 이토 상이 택시 기사에게 "이분이 주니치 구단으로 올 겁니다."라며 이야기를 걸었다. 사실 그때까지는 전혀 결정되지 않은 상태였다. 그런데 마치 기정사실처럼 그렇게 이야기를 했던 것이다. 그때 택시 기사가 "꼭 주니치 구단으로 와 주십시오. 우리가 열렬히 응원할 겁니다."라고 했다. 그 순간 따뜻한 느낌에 젖어 들었다. 내릴 때 택시 기사가 말했다. "그냥 가십시오. 주니치 선수를 태우게 돼서 기쁨이었습니다." 정말이지 그랬다. 가슴 깊은 곳에서 '아, 이 동네 사람들은 우리 고향 사람과 똑같이 따뜻한 사람이구나.'라는 묘한 행복감이 밀려왔다. 이것이 주니치로의 선택에 결정적인 영향을 미쳤다고 해도 과언이 아니다.

1995년 12월 6일 해태 타이거즈(노주관 사장)와
일본 주니치(이토 대표) 구단 간에 나의 이적에 대한 협약식이 있었다.

1996년 1월 8일, 일본 주니치 구단 입단식. 오른쪽은 호시노 감독.

셋째는 주니치 구단이 자매 구단인 LG 구단을 통해 강력하게 협력을 요청했던 것이 제법 작용했던 것 같다. 박건배 구단주와 LG 구단의 구본무 당시 구단주(전 회장)는 가까운 사이였다. 주니치는 구본무 구단주를 통해 박건배 구단주 설득을 부탁했던 것 같다. 그래서 박건배 구단주도 가능하면 나를 주니치 구단 쪽으로 유도했다. 나중에야 자세한 사실을 듣게 됐고, 나는 결국 이런 경로로 주니치를 선택하게 됐다.

성공뿐인 인생이라면 얼마나 단순했을까

결과론적으로 주니치 선택은 어떻게 평가할 수 있을까. 순전히 내 개인적인 평가를 곁들이고자 한다. 나는 주니치 선택이야말로 내 인생 최고의 선택 중 하나라고 생각한다. 이유는 두 가지다.

첫째, 호시노 감독이라는 분이 있었다. 호시노 감독은 겉으로는 냉정하지만 정말 가슴속 깊이 나를 아끼면서도 단련시켰던 명장이었다. 그리고 투수 출신이었다. 거기다 재일 교포였다. 겉으로 드러내지는 않았지만 같은 핏줄이라는 감정을 어느 누가 감히 공유할 수 있었겠는가. 호시노 감독은 나를 지도했고, 무엇보다 결정적으로 나를 기다려 주었다. 내 잠재력을 믿어 주었고, 단 한 번도 나에 대해서 실망감을 표출한 적 없이 내가 재기할 수 있을 때까지 한없이 참고 기다려 주었다.

언젠가 호시노 감독이 내가 어려움에 처했을 때 했던 말이 있다.

"선 짱(나를 늘 짱이라고 불렀다.), 당신 등 뒤에는 태극기가 꽂혀 있어. 제발 그 태극기를 내려놔. 그리고 당신을 시험해 봐. 당신을 테스트해 봐. 당신의 잠재력을 일본에서 한번 마음껏 발휘해 보라고."

호시노 감독이야말로 남들은 보지 못하지만 내가 평생 등에 지고 살았던, 한국 야구를 대표한다는 그 무거운 등짐을 유일하게 볼 줄 알았던 '귀신'이었다. 이뿐만 아니었다. 호시노 감독은 내 가슴 깊은 곳의 열정과 분노를 끄집어낼 줄 아는 탁월한 심리사였다. 부진에 부진을 거듭하던 어느 날, 통역과 함께 나를 불렀다. 감독이 통역에게 단호하게 말했다.

"너 그대로 통역해."

그런 다음 나를 쳐다봤다.

"너 지금까지 지켜봤는데, 그렇게 할 바에는 한국으로 가."

순간 고통스러웠다. 말은 이어졌다.

"너 한국에서 최고였다면서? 그런데 이거밖에 안 돼?"

더 이상 무슨 말이 필요했겠는가.

호시노 감독을 일본에서 만날 수 있었던 것이야말로 내 인생 최고의 행운이었다. 호시노 감독을 만나지 못했더라면 나는 분명 일본에서 실패했을 것이다. 당시 요미우리 감독은 나가시마 시게오 감독이었는데, 스타 출신의 타자 출신이었다. 타자 출신은 투수 출신처럼 기다려 줄 가능성이 훨씬 적었다.

둘째, 역시 가정법이지만 요미우리 구단은 나를 기다려 주지 않았을 것이다. 요미우리 구단은 인내심이 약한 일본의 전국구 스타 군단이었다. 스타 군단의 특징은 냉정하다는 것이다. 요미우리는 1등은 당연한 거고, 2등은 실패라고 생각하는 구단이다. 팬들의 생각도 역시나 마찬가지다. 이런 구단의 인내심은 약할 수밖에 없다. 96년과 같은 실패를 요미우리 구단은 결코 조용히 지켜보지 않았을 것이다. 돈이 있고 팬이 있는 구단인데, 당장 다른 선수로 갈아 치우면 되는 것이다.

이런 것들을 두루 검토해 봤을 때, 내가 돈 문제를 떠나서 인간적인 문제 등 여러 가지로 주니치를 택했던 것은 지금도 내 인생의 선택 중 탁월한 선택이었다고 감히 자부할 수 있다. 주니치 구단, 그리고 호시노 감독에 대한 고마움은 여전하다. 나를 시험해 볼 수 있었고, 실패했었고, 다시 실패에서 살아 돌아왔기에 내 인생을 가장 풍요롭고 아름답게 만들었던 시절이었다. 성공뿐인 인생이라면 얼마나 단순했겠는가. 주니치 드래곤스에서 선수 생활을 하던 때야말로 내게 인생을 가르쳐 준 최고의 시절이었다.

8.
메이저리그에 가고 싶었다

2019년 7월 11일, 스티브 윌슨 뉴욕 양키스 구단의 국제 담당 총괄 스카우터가 한국을 찾았다. 서울 목동야구장에서 함께 기자간담회를 하게 됐다. 윌슨은 자연스럽게 그 자리에서 양키스가 'D. Y. SUN'을 스카우트하려 했다는 비화를 털어놓았다.

순간 여러 생각이 떠올랐다. 한동안 잊고 살았던, 야구 선수라면 누구나 꿈에 그리는 미국 메이저리그에 대한 열망이 되살아났다. 세상일이 다 내가 원하는 대로 될 수는 없는 법. 그래서 누구에게나 '가지 못한 길'이 있다. 내게는 메이저리그행이 그러했다.

메이저리그에서 받은 첫 러브콜

1981년 7월, 미국 오하이오주 뉴어크에서 제1회 세계청소년야구 선수권대회가 열렸다. 당시 나는 고려대학교 1학년이었지만 다행히 만 18세에 해당했다. 대회에는 총 14개 국가가 출전했다. 예선은 두 개 조로 나눠서 진행됐고, 각 조 수위팀이 3전 2선승제로 우승을 겨루는 방식이었다. 나는 청소년 국가대표팀의 에이스로서 1차전과 결승전을 책임졌다.

미국 땅을 밟은 건 그때가 처음이었다. 미 중부 뉴어크에는 교민이라고는 단 두 가족만이 살고 있었다. 야구협회에서는 나와 김건우 선수를 주요 선수로 분류해 호텔이 아닌 그곳 교민의 집에 머물게 했다. 컨디션 관리를 위한 특별한 조치였다.

우리는 A조 수위팀으로 결승전에 올랐고, 미국은 B조 수위로 결승전에 올랐다. 김영덕 감독은 1차전 선발로 나를, 2차전 선발로 김건우 선수를 내세웠다. 뉴어크 돈 에드워드 파크에서 열린 결승 1차전에서 나는 홈런 한 방을 맞았지만, 7회에 내가 친 안타와 미국의 에러에 힘입어 2득점을 올렸다. 나는 미국의 공격을 선발 6안타로 처리했고, 삼진을 11개나 뺏었다. 2-1로 우리 팀이 승리했다. 대회 통산으로는 24이닝을 던졌고, 36개의 탈삼진을 기록했다. 평균자책점은 0.38. 2차전도 3-2로 승리, 우리는 2승으로 대회 패권을 차지했다.

나는 미국 선수와 함께 최우수선수(MVP)로 뽑히는 영예를 얻었고, 미국의 유명한 스포츠 잡지인 《스포츠 일러스트레이티드》에 실리는

1981년 7월 미국 오하이오주 뉴어크 돈 에드워드 파크 구장에서 한국 청소년야구 대표팀이
프로필 사진을 남겼다. 뒷줄에 서 있는 선수 중 왼쪽에서 네 번째가 나.

영광을 얻기도 했다. 국민들은 우리를 카퍼레이드로 환영해 줬다. 동대문야구장(당시 서울운동장)에서 해단식을 가졌다.

해단식 직후 대표팀의 노정호 단장이 기자회견을 했다.

"특히, 선동열의 피칭을 본 현지 전문가들은 혀를 내두를 정도였다. (…) 메이저리그의 스카우터들은 당장 마이너리그에서 뛸 수 있는 실력이라며 끈질긴 유혹을 했다."

《일간스포츠》, 1981년 7월 24일 자

사실 조별리그 때부터 메이저리그 스카우터들의 관심이 집중되기 시작했다. 결승에서 미국을 제압하고 나서부터는 매우 적극적이었다. 뉴욕 양키스가 가장 열심히 접촉해 왔다. 밀워키 브루어스, LA 다저스, 토론토 블루제이스 등도 그랬다. 그때는 에이전트도 없었고, 한국 야구협회 시스템상으로 이 부분을 지원해 줄 만한 형편이 되지 못했다. 각 구단에서는 우리 팀 통역을 통해 부탁하고 그렇게 해서 틈틈이 스카우터들을 만나는 식이었다. 그때 감히 내가 메이저리그 진출에 대한 구체적인 생각이나 계획을 했겠는가. 한편으론 고마운 일이었지만, 어떻게 답해야 할지 난감했다.

대답은 단순했다.

"대한민국 남자라면 누구나 군대에 가야 한다. 그런데 나는 아직 병역 의무를 이행하지 않았기 때문에 해외 진출은 생각하기조차 어렵다. 군대 다녀와서 나중에 상의하자. 다만 나는 메이저리그에서 꼭 뛰어 보고 싶다."

이 정도 답변밖에 할 수 없었다.

시설과 환경이 좋은 미국 구장에 처음 섰을 때 위축되고 왜소해지는 느낌이었다. 하지만 경기를 거듭할수록 내 공이 국제무대에서 통한다는 것을 확인하게 됐다. 미국과의 경기에서 완투승을 거뒀던 경험과 자신감은 내 야구 인생 전체를 지배하게 된 엄청난 사건이었다. 그래서 스카우터들의 관심과 접촉은 한편으론 큰 기쁨이기도 했다. 지금 기억해 보면 당시 메이저리그에서 내게 직접 제시했던 계약금은 당시 기준으로 35만 달러에서 50만 달러 정도였다.

우승 이후 대학으로 복귀했고, 지루한 합숙 생활이 다시 시작됐다. 그해 9월 하순경으로 기억한다. 메이저리그 밀워키 브루어스 구단 관계자가 당시 부모님이 살고 계시던 광주 송정리 집까지 찾아왔다. 한국식 전통 안방에서 우리 식의 양반다리를 하고 손님을 맞이했다. 나도 그 자리에 함께했다. 밀워키 관계자들은 자신들이 어떻게 나를 도와줄 수 있는지 부모님을 설득하려 했다. 하지만 대답은 마찬가지였다. 아버지가 말씀하셨다.

"군대 문제를 먼저 해결해야 합니다. 그다음 상의합시다. 나는 우리 아들을 꼭 미국에 보내고 싶소. 그리고 우리 아들 생각도 그러하오."

국가대표 선배들에게 배운 야구 공부

광주일고를 졸업하고 고려대학교에 진학했을 때 처음으로 기숙사 생활을 하게 됐다. 기숙사에는 야구, 축구 등 5개 팀이 합숙하고 있었다.

요즘 관점으로 이해하자면 난해한 일이겠지만 그때는 신입생들이 선배들의 유니폼에서 속옷, 양말까지 모든 빨래를 도맡아 했다. 글러브나 스파이크화 손질도 신입생들의 몫이었다. 매일 밤 옥상에서 벌어지는 원산폭격이라는 이름의 얼차려, 무엇보다 견디기 힘들었던 일은 야구 배트로 자행되던 폭력이었다. 그때 당시 그것이 일종의 문화였다. 시대가 그랬다. 당시 한국 사회는 군사독재 시절이었고, 폭력적이고 강압적인 군대 문화가 대학 스포츠에까지 깊숙이 침투해 있었다. 그때쯤 나는 야구를 포기할까 생각했다. 그런 폭력들이 너무 고통스러웠다.

'야구 하러 서울에 왔지, 이러려고 서울에 왔나.'

아버지께 너무 힘들다고 하소연한 적이 한두 번이 아니었다.

그러던 차에 세계청소년야구선수권대회에 다녀오게 됐고, 이것이 야구 인생의 결정적인 전기가 됐다. 고교 졸업 시절, 사실 나는 고교 랭킹 1위가 아니었다. 동향의 라이벌 광주상고의 김태업 선수가 자타가 공인하는 투수 랭킹 1위였다. 체격도, 구속도 훨씬 뛰어났었다. 그런데 세계청소년야구선수권대회에 다녀와서부터는 평가가 완전히 달라졌다.

1982년 서울에서 열리기로 한 제27회 세계야구선수권대회를 앞두고 1981년 10월경 1차 국가대표 상비군 선발이 있었는데, 내가 포함됐다. 전혀 뜻밖이었다. 청소년 대표는 할 수 있었겠지만 내가 국가대표가 되다니. 감히 상상하기 어려운 일이었다. 다음 해 1월, 상비군은 60명에서 45명으로 좁혀졌다. 거기에도 뽑혔다. 이번에는 겨울 추위를 피해 대만으로 두 달짜리 전지훈련을 가게 됐다. 까마득한 선배인, 당시 최고의 스타 플레이어였던 장효조 선수와 한방을 쓰게 됐다. 훈련이 끝나고 나면 나는 그냥 지쳐 쓰러지거나, 뭘 해야 할지 몰라 누워 있곤 했다. 그런데 장효조 선수는 단체훈련을 끝내고 난 후에도 방에서 300개가 넘는 스윙을 하는 것이 아닌가.

'아, 스타 플레이어가 되기 위해서는 이렇게 해야 하는구나.'

7월에는 최종 엔트리에 근접한 32명으로 압축됐다. 나는 거기서도 살아남았다. 32명이 45일간 합숙 훈련에 들어갔다. 최종 엔트리는 27명. 5명이 탈락하는 지옥의 레이스였다. 그해 여름 날씨는 정말 더웠다. 나의 여름은 정말 뜨거웠다. 국가대표에 뽑히기 위해 최선을 다했다.

당시 상비군에는 한국 야구계를 주름잡던 최고의 투수들인 임호균, 최동원, 김시진 선수가 있었다. 투수조는 훈련 일정을 함께 했다. 한국 최고의 투수들과 함께 훈련한다는 것, 그들의 공을 눈앞에서 지켜본다는 것은 최고의 공부였다. 어떻게 하면 선배들을 따라 할 수 있을지만이 유일한 관심사였다. 어떻게든 선배들의 것을 내 것으로 만들기 위해 던지고 또 던졌다.

늦여름, 드디어 태극마크를 가슴에 달게 됐다. 쟁쟁한 선배들이 있었기에 국가대표로 선발될 수 있으리라고는 결코, 기대하지 않았다. 그런데 내가 국가대표가 되다니. 일생일대의 영광이었다. 그리고 한편으론 국가대표라면 감내해야 하는 무거운 책임감이 조용히 밀려오기 시작했다.

내가 미국전 선발 등판?

1982년 9월, 서울 잠실야구장에서 제27회 세계야구선수권대회가
열렸다. 세계선수권대회 개최는 잠실야구장의 개장을 기념하는 의
미도 있었다. 개막전은 이탈리아전. 우리가 패배했다. 두 번째는 미
국과의 경기. 그런데 경기 이틀 전, 당시 국가대표팀 어우홍 감독이
나를 불렀다.

"네가 미국전 선발이다."

"예?"

'왜 나지? 작년 청소년대회 미국전에서 잘 던져서 그러나?' 머릿속
은 의문으로 가득했다.

그해 봄, 대학 야구 춘계리그가 있었다. 대학팀들끼리의 경기였다.
5경기에 선발투수로 나가 5승을 거두었다. 청소년대회에 다녀오고,
국가대표 상비군으로 체계적인 훈련을 받게 되면서 실력은 일취월
장하기 시작했다. 정신적인 측면에서 자신감을 갖게 됐고, 기술적인
측면에서도, 경험이라는 측면에서도 상당히 축적해 가고 있었다.

당시 평균 구속은 154km 내외. 그래도 나는 국가대표팀에서 투수
로는 막내였다. 그런데 내게 가장 힘들다는 미국과의 경기에서 선발
로 나서라니. 어느 순간 마음을 편하게 먹기로 했다. 내 뒤에는 임호
균, 최동원, 김시진 선수와 같은 쟁쟁한 선배들이 있었기 때문이다.
'내가 던지다 얻어맞으면 곧바로 선배들이 알아서 도와주겠지.'라고
생각하니, 갑자기 몸과 마음이 가벼워지는 것을 느꼈다.

미국전은 국가대표팀 유니폼을 입고 뛰는 첫 번째 경기였다. 1회

초, 지금 생각해 보면 도망가는 피칭이었다. 미국팀 1번 타자에게 중전안타를, 2번 타자에게 좌중간 2루타를 얻어맞고 1점을 허용했다. 마음을 단단히 먹었다.

'그래, 맞을 때 맞더라도 공격적으로 가자.'

4, 5번 타자를 연속 삼진으로 처리하고 위기를 넘겼다. 이날 내가 맞이한 미국 타자는 모두 33명. 5안타, 2사사구였고, 삼진은 15개, 내야 땅볼이 7개, 외야플라이가 3개였다. 빠른 공을 주로 던졌고, 낙차가 큰 커브와 슬라이더를 섞어 던졌다. 당시 언론 인터뷰다.

"초반 잘 던져야겠다는 부담감이 앞서 몸이 제대로 말을 듣지 않았어요. 오래 못 갈 줄로 생각했었는데 3회 이후부터 자신감이 생겼어요."
《광주일보》, 1982년 9월 6일 자

선발로 나선 다음 경기는 대만전. 6-0 완봉승을 거뒀다. 다음으로 캐나다전에 출전해 컨디션 조절 차원에서 1이닝만 던졌다. 무실점이었다.

세계야구선수권 MVP!

야구를 사랑하는 국민들이라면 지금도 기억하는 결승전이 있다. 바로 한일전이다. 김재박 선수의 '개구리 점프 번트'(동점 스퀴즈 번트)와 한대화 선수의 폴대를 맞췄던 결승 '스리런' 홈런으로 기억되는 그 경기 말이다.

9회초, 우리는 석 점 차로 리드하고 있었다. 아웃 카운트 3개만 잡으면 우승이었다. 한일전에, 결승전이라는 중압감 때문이었을까? 공을 던지는데 땅을 밟고 던지는 것 같지 않았다. 구름 위에서 공을 던지는 것 같았다. 아니 공을 던진다는 느낌 자체가 없었다. 그런데도 공은 심재원 포수의 미트에 가서 팍팍 꽂혔다. 마지막 타구는 내야플라이였다. 2루수를 향해 서서히 낙하하는 그 시간이 어쩌면 그렇게도 더디게 느껴지던지……. 5-2 완투승이었다. 심재원 포수를 향해 뛰어갔다. 야구 선수로 살면서 처음으로 목 놓아 울었다.

> "'네가 무너지면 모든 게 끝장난다.'라는 어우홍 감독님의 채찍질에
> 배수의 진을 치고 마음을 모질게 도사렸습니다. 2회에 2점을 뺏기곤
> 아찔했지만 더 이상 실점을 안 당하면 역전승이 가능하다고 믿고
> 최선을 다했습니다. (…) 아버지가 경기장 어딘가에서 지켜보고 있는
> 것을 생각하니 '아버지의 아들인 내가 결코 져서는 안 된다.'는
> 각오가 생겨났습니다."
> 《경향신문》, 1982년 9월 16일 자

다음은 감독님의 인터뷰.

> "만일 선동열이 난조에 빠졌더라면 그것은 곧 (한국팀의) 자멸을
> 의미하기 때문에 경기에 임하기 전 마운드에서 죽으라고 비장한
> 각오를 갖도록 했다."
> 《일간스포츠》, 1982년 9월 16일 자

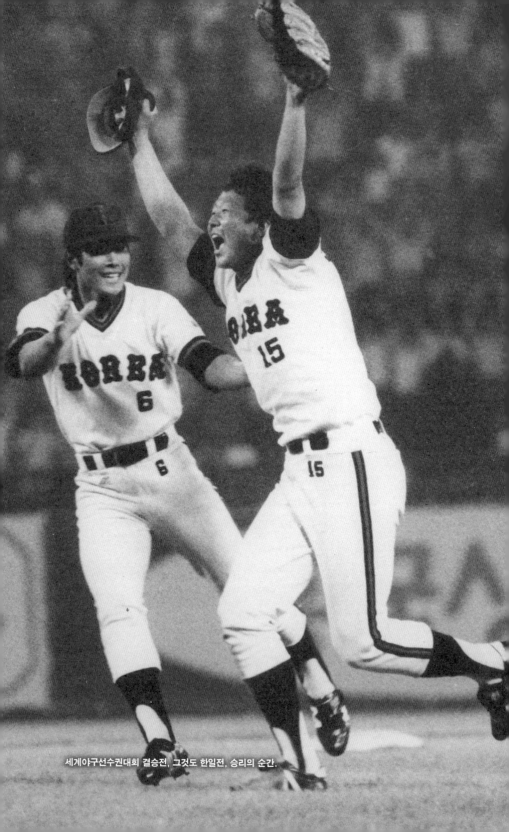

세계야구선수권대회 결승전, 그것도 한일전, 승리의 순간.

9회 동안 일본의 33명의 타자를 상대해 5개의 안타를 맞았고, 4사구는 2개, 삼진은 모두 5개를 빼앗았다. 2실점을 했지만 비자책이었다. 그렇게 해서 1년 전 세계청소년선수권대회 MVP 선동열이 1년 후 세계야구선수권대회의 MVP 선동열로 새롭게 태어났다. 당시 개인 기록은 29이닝 투구에 방어율 0.31, 탈삼진 30개, MVP에, 올스타, 다승왕 등 3관왕을 차지했다.

스카우터들의 경쟁 속에서

세계야구선수권대회는 메이저리그 스카우터들에게는 일종의 시장이었다. 대회에서 우승하고 난 이후 스카우터들이 달려들었다. 이번엔 뉴욕 양키스와 밀워키 브루어스가 적극적이었다. 대회가 서울에서 열렸던 터라 내가 나설 일은 없었다. 미팅은 아버지와 큰 매형 몫이었다. 하지만 병역 문제는 여전히 해외 진출의 장애물이었다.

1983년 7월, 한미 간 대학 올스타 교류전이 있었다. 홀수 해라서 한국팀이 미국을 방문할 차례였다. 지금도 기억나는 것 중 하나는 나중에 메이저리그에서 '빅맥'이란 애칭으로 불린 홈런 타자 마크 맥과이어(Mark McGwire)를 상대했던 일이다. 여섯 차례 맞대결을 벌여 여섯 개의 삼진을 잡아냈다. 여섯 번째 삼진을 당하고 들어가면서 고개를 갸웃대던 모습이 지금도 생생하다. 그때만 해도 마크 맥과이어가 그렇게 스타가 될 줄은 몰랐다.

1981년의 세계청소년대회, 1982년 세계선수권대회의 성적을 기억하는, 나와 접촉의 끈을 놓지 않고 있었던 스카우터들이 이번에도 몰려들었다. 더군다나 대학 교류전이 미국에서 열리고 있었기에 그들의 접촉은 상당했다. 구단 관계자들이 한국인 통역까지 데리고 와 나를 만나 설득을 시도하곤 했다. 이때쯤부터 스카우터들은 한국에서의 나의 형편을 이해하고 있었다. "우린 정말 당신과 함께하기를 원한다. 그런데 병역 의무는 어떻게 하느냐?"라는 식으로 구체적인 질문을 던지기 시작했다. 그럼에도 나에 대한 관심과 스카우팅에 대한 강력한 의지를 늘 확인해 주었고, 이는 내게 자부심이자 '선동열 야구'의 원천이 되었다.

당시 교류전에서 미 프로야구 필라델피아 필리스, 세인트루이스 카디널스, 뉴욕 메츠 홈구장의 마운드에 서 보는 기회를 갖게 됐다. 그리고 한국의 야구 환경과 비교해 보게 됐다. 정말 이런 경기장에서, 꽉 찬 관중들 속에서 한번 멋지게 던져 보고 싶었다. 언젠가는 꼭 메이저리그에 진출해 공을 던지겠다는 다짐을 되새기곤 했다.

(나에 대한 기록을 다 기억하고 산다고 생각했는데 그건 아니었다. 84년 쿠바 아마추어 월드시리즈(88년 이후 야구월드컵) 때 기록도 남아 있었다. 17.1이닝에 방어율은 0.00. 흥미로운 기록이다.)

9.
정보정치와
메이저리그의 불발

1984년 LA 올림픽에 야구가 시범 경기로 채택됐다. 올림픽 경기장은 바로 박찬호 선수가 뛰었고, 지금은 류현진 선수가 뛰고 있는 LA 다저스의 홈구장이었다. 역시 스카우터들의 오퍼가 시작됐다. 다만, 변한 게 하나 있었다. 이번에는 다저스 구단이 가장 적극적으로 다가온 것이다. 다저스는 처음에 35만 달러를 제시했다. 그때 사실 뉴욕 양키스는 이미 50만 달러를 제안해 온 상태였다. 나중엔 다저스도 50만 달러 수준까지 올렸다. 참고로 그때쯤 메이저리그 드래프트에서 1차 지명된 선수들의 계약금은 15만 달러 정도였다.

LA 올림픽을 앞둔 그해 2월 15일, 《주간 스포츠동아》는 나를 표지 인물로 내세워 특집 기사를 실었다. 제목은 「선동열 미 다저스 입단,

시간 문제」였고, 부제는 '(다저스)구단 측 스카우트 확정으로 교섭 본격화'였다. 기사는 LA 다저스 스카우트 담당자의 코멘트도 언급했다. "내버려 두면 뉴욕 양키스에게 빼앗길지 모른다. 하루빨리 손을 써야 한다." 좀 더 인용하자면 "(세계대회) 당시 선동열은 모두 4게임에 등판, 자책점 1점만을 기록하는 호투를 기록했다. 방어율이 놀랍게도 0.31. 최우수선수상과 최다승리투수상이 모두 그에게 돌아간 건 너무도 당연한 결과였다. 토론토 블루제이스, 밀워키 브루어스 등 미국 프로팀의 스카우트 담당자들도 그의 무서운 스피드와 다양한 구질에 혀를 내둘렀을 정도."라고 적었다. 그래서 다저스의 접근이 내게는 새삼스러운 일이 아니었다.

안기부의 첫 등장

그때 나는 대학 4학년이었고, 여전히 병역 문제는 해결되지 않은 상태였다. 하지만 1982년 세계야구선수권대회 우승과 1983년 아시아선수권대회 공동 우승을 통해 병역 특례를 받아 놓은 상태였다. 프로야구건 아마야구건 언제든 5년만 가서 일종의 사회복무요원 형식으로 야구를 하게 되면 병역 의무가 완전히 이행되는 특례였다.

당시에는 지금과 같은 자유계약선수제도가 없었다. 한번 프로 구단에 입단하면 구단이 허용하지 않는 이상 영원히 그 구단의 선수가되는 구조였다. 그래서 한국 프로야구 구단에 입단하는 순간 미국 진출의 꿈은 물 건너가는 것이었다. 그때쯤 아버지는 휴학 후 체육부대

팀 입단, 대학원 진학, 아마야구 입단, 프로야구 입단 등 여러 선택지를 놓고 가족회의를 열었다.

세계대회를 마치고 나서부터 나는 메이저리그에 가서 뛰고 싶은 마음이 더욱 간절해졌다. 특례를 포기하고 먼저 군에 입대해 3년간 체육부대팀에서 야구를 하며 병역 의무를 완전히 이행하고 메이저리그에 빨리 진출하기로 마음먹었다. 가족회의도 그렇게 결론이 났다.

세계선수권대회가 끝나고 일주일 뒤 '고연전'에 나가 3-0 완봉승을 거두었다. 모교에 대한 예의를 다했다고 생각했다. 그러곤 입대를 위해 휴학계를 제출했다. 학교에서 난리가 났다. 하지만 사건은 엉뚱한 데서 터져 나왔다. 당시는 군사정권 시절이었는데, 국가안전기획부(안기부)에서 아버지에게 전화를 걸어온 것이다. '사실상' 협박이었다. 강제였고, 폭력이었다.

"휴학계를 당장 철회해라. 정 군대에 가고 싶으면 (남은 두 학기 반) 대학을 마치고 그때 군대에 가라."

지금으로서야 도저히 이해하기 어려운 일이지만 그때는 그랬다. 그리고 그때 이미 나는 아버지의 아들이 아니라, 대한민국 야구의 상징이 되어 있었다. 당시는 군사정권 시절이었다. 안기부의 말 한마디에 겁먹지 않을 이, 누가 있었겠는가. 두려웠다. 어린 나이에 무서웠다. 휴학계를 철회하는 것 말고는 방법이 없었다. 그때는 안기부가 '남자를 여자로 바꾸는 것' 말고는 모든 것을 할 수 있는 시절이었다.

당시 계획은 3년간 군 복무를 마친 다음, 메이저리그에 2년 먼저 입성하는 것이었다. 계획은 처참하게 일그러졌다. 좌절이었다. 내 야구 인생은 아무도 예측하지 못했던 안기부라는 국가 폭력의 개입 속에 왜곡되고 말았다. 메이저리그 진출의 강력한 의지가 꺾이는 순간이었다.

광주와 나, 그리고 해태 타이거즈

1982년, 드디어 우리나라에도 프로야구가 출범했다. 학교를 휴학하고 입대를 통해 병역 의무를 빠르게 이행하려던 방법이 막힌 이상 이제 남은 선택은 두 가지였다. 하나는 실업팀에 가서 5년 동안 야구를 한 다음 미국에 진출하는 방법, 다른 하나는 프로팀에 가서 5년간 야구를 한 다음, 그것도 구단의 허락을 받아 미국에 진출하는 방법. 그런데 앞서 얘기했다시피 당시 한국에는 FA제도가 없었다. 구단의 은혜적 조치가 아니라면 해외 진출의 길은 완전히 막혀 있는 상태였다. 해외 진출을 위한 유일한 길이 실업야구(아마추어야구)밖에 없었다.

대학 졸업을 앞두고 당시 전라남북도를 연고지로 두고 있던 해태 타이거즈 구단에서 교섭을 청해 왔다. 내 의지는 확고했다. 무조건 해외 진출이었다. 그래서 나는 만날 필요를 느끼지 않았다. 하지만 부모님은 그럴 수 없었다. 구단과 연고지 팬들의 관심은 내 의지와는 별개였기 때문이다. 아버지와 큰 매형이 해태 구단과 접촉한 적은 있다. 하지만 계약 금액을 둘러싼 당시의 몇몇 보도에 대해서는 사실과 다르다는 점만은 분명하게 기록해 두고 싶다. 나는 야구를 사랑하는 사람이지 돈을 사랑하는 사람이 아니다. 당시 기사의 여럿은 일방적인 취재원에 근거했거나 혹은 누군가의 고도의 언론플레이였던 경우가 대부분이었다.

대학 졸업을 2개월 앞둔 1984년 12월 17일, 나는 실업야구팀인 한국화장품과 전격적으로 입단 계약을 체결했다. 다음 해인 2월, 고려대학교 경영학과를 졸업했다. 3월에는 한국화장품 소속으로 시범 경기에 나섰다. 실업팀 입단으로 모든 문제가 정리될 수 있다고 생각한 것은 아니었다. 하지만 후폭풍은 예상 범위를 벗어났다.

1980년 5월, 군부독재에 저항하여 광주 시민들이 주도했던 '광주민주화운동'과 야구인으로서의 나의 삶은 묘한 접점을 이루게 된다. 수백 명의 무고한 시민들이 군사정권의 총칼 아래 목숨을 잃었다. 호남 사람들은 슬픔과 고통과 정치적 한을 가슴에 안고 살아야만 했다. 해태 타이거즈로 대표되는 프로야구는 일종의 위로였다. 승리는 이들에게 때론 한풀이였고, 씻김굿이었다. 국가 폭력과 군사독재에 절망한 호남 사람들에게 해태 타이거즈의 우승은 오지 않는 무언가를 애타게 기다리는 일과 같았다.

그래서 실업야구팀 입단은 그들에게는 엄청난 실망이었다. 온갖 압력이 부모님과 구단을 향해 밀려들었다. 평소에도 심장이 약하시던 어머니가 급기야는 쓰러져 병원에 입원하는 일까지 벌어졌다. 한국야구위원회와 해태 구단은 집요하게 접근했다.

그리고 2년 반 전에도 그러했듯이, 군사독재의 '보이지 않는 손'은 여전했다. 어쩌면 더 교활했다. 이들에게는 프로야구가 단순한 스포츠가 아니었다. 또 다른 의미의 정치요, 공작의 수단이었다.

지금도 후회되는 일이 있다. 나는 왜 그때 아버지를 좀 더 이해하지 못했던 것일까. 아버지의 슬픔과 고통을 나는 왜 진지하게 이해하려 하지 않았을까. 그때 아버지는 매일 술로 지새우셨다. 내게 쏟아지는 수많은 기대, 혹은 억측과 부담, 심지어 정신적 상처를 염려하실 뿐이었다. 오로지 내가 야구만을 생각하고, 야구 속에서 인생의 즐거움을 찾기를 바라셨던 것이다. 그래서 모든 것을 막아 주셨고, 조금이라도 내가 불편해할 일이라면 그 모든 고통을 스스로 감내하셨을 뿐, 어떠한 것도 내게 전가하지 않으셨다.

하지만 그때 이미 나는 성인이었고, 휴학계 철회의 망령을 늘 가슴속에 담고 있었기에 시대가 두려웠고, 조심스러웠다. 그리고 나는 광주 사람이었다. 광주민주화운동이 일어난 지 채 5년도 되지 않았던 때였다. 망월동의 잔디가 채 자라기도 전이었다.

증언들

이 책을 정리하면서 당시의 사정을 잘 알고 있고, 당시 직접 일선에서 뛰었던 해태의 핵심 관계자에게 증언을 요청했다.

"맞다. 어쩔 수 없었다. 한국야구위원회 총재는 물론 모두가 나서야만 했다. 정부 쪽에서도 그렇게 생각했고, 그렇게 행동했다. 당신이 상상하는 모든 기관이 나서서 당신을 미국으로 보내선 안 된다고 생각했고, 그렇게 움직였다. 당신의 아버지는 다 알고 있었다."

매형은 여기에 더해 "당시 정치인들도 그랬고, 여당 국회의원들도 전부 이 일을 위해 나선 상태였다."라고 증언했다.

혹여 과장이나 역사의 왜곡이 아니었길 바란다. 최종 결정은 결국

나와 부모님의 몫이었다. 하지만 시대와 광주로부터 결코 자유로울 수 없었다. 나와 부모님은 내 고향 광주를 위해, 군부독재의 총칼 앞에 쓰러져 갔던 고향 사람들을 위해, 내가 가진 유일한 재능인 야구를 통해 함께 슬픔과 기쁨을 나누기로 정했다. 그렇게 해서 해태 타이거즈 선수가 됐다.

유사한 맥락의 재미있는 자료가 있다. 1982년 7월, 캐나다 몬트리올에서 메이저리그 올스타 게임을 취재했던 유승민 기자의 글이다.

> "거기서 만난 한국 프로야구 초대 커미셔너 등 관계자들은 한국 선수의
> 북미 진출을 도와주기는커녕 방해를 하는 느낌을 받았다. 그해 8월
> 서울에서 세계야구선수권대회가 열렸다. 나도 마침 서울에 갈 일이
> 있어 잠실야구장에 갔다. 메이저리그 스카우터들을 만났다. 그들은
> 한국팀 우승에 많은 희망을 걸었다. 한국은 우승을 했고 최동원 선수의
> 병역도 해결되었다. 그러나 프로야구 출범을 앞둔 한국은 막무가내로
> 최동원 선수의 북미 진출을 막았다. 오히려 밀워키 마이너리그에서
> 뛰고 있던 박철순 선수를 불러들이는 등 한국 선수들의 해외 진출을
> 막고 있었다."
> 《캐나다 한국일보》, 2011년 11월 1일 자

군이 독재정치 이론을 끌고 오자면 군부독재는 스포츠 등 '3S'를 일종의 집권 수단 내지는 우민화의 방편으로 삼는다고 했다. 물론 이는 나나 호남 사람들이나 대한민국 국민들에게 모욕일 것이다. 다만 그런 부분에 대한 정치적 고려가 있었다면, 그때 프로야구와 나의 메이저리그 진출 저지에 대한 정략이 있었다면, 이제라도 그들은 역사

해태 타이거즈 입단 후 무등경기장에서
기념사진을 찍었다. 환한 웃음이 새롭다

앞에 겸허해야 할 것이다.

군사독재 관계자들이 그랬을 가능성은 충분하다. 그리고 가족들과 관련자들의 증언을 모아 보면 이 부분에 대한 확신은 더욱 강렬해진다. 휴학계 철회와 해태 입단 과정에서의 경험이 그렇게 만들었다. 군사독재 관계자들은 호남인들의 정치적 욕구를 프로야구 쪽으로 돌리고 싶어 했던 모양이다. 이들은 야구에 대한 순수한 열정을 정치적으로 오염시켰다. 그리고 내 인생을 정치적 도구화했다. 그렇게 해서 나의 메이저리그 진출은 두 차례나 왜곡되고 말았다.

세 번째 기회

해태 타이거즈 입단과 함께 메이저리그 진출의 꿈은 사실상 끝이 났다. 메이저리그 팀들도 한국 프로야구 제도에 대한 이해가 충분했기에 더 이상 불가능하다는 것을 알고 있었을 것이다. 그런데 '가지 못한 길'에 대한 꿈은 내 가슴 한켠에 결코, 꺼지지 않는 잉걸불로 남아 있었던 모양이다. 그랬다. 세 번째 기회가 다가왔다.

1999년, 일본 프로야구 주니치 드래곤스에서 센트럴리그 우승을 차지했다. 박수 칠 때 떠나라고 했다. 그래서 은퇴를 선언했다. 미국 서부 지역으로 우승 여행을 가게 됐다. 뜻밖에도 보스턴 레드삭스 관계자들이 LA까지 나를 찾아왔다. 아시아 담당 부사장이었다. 2년 계약에 500만 달러를 제시했다. 주니치 드래곤스에서 마지막으로 받던 연봉과 동일했다.

처음에는 완강하게 거절했다. 몸도 예전 같지 않았다. 그럼에도 잠들어 있던 꿈이 다시 깨어났다. 함께 여행 중이던 아내를 설득하기 시작했다.

"일본 야구에 이어 미국 야구까지 경험하는 게 야구 선수로서 완전한 경험을 하는 길이다. 미국 야구까지 배우고 나서 지도자 생활을 하는 것이 한국 야구를 위해서 꼭 필요한 일인 것 같다. 제발 동의해 달라."

20일이 걸렸다. 마침내 아내가 동의했다. 에이전트를 자처한 이가 나서서 나를 대신해 레드삭스 관계자와 협상을 하기도 했다. 나중에는 나고야를 피해 도쿄에서 만남을 갖기도 했다.

그때는 더 이상 돈이 문제가 아니었다. 나는 그저 마지막으로 미국 야구를 경험하고 싶었다. 그뿐이었다. 하지만 나중에 알고 보니 에이전트와 레드삭스 관계자 사이에 금액을 둘러싼 차이가 있었다고 했다. 나는 500만 달러면 충분하다고 생각했다. 하지만 에이전트는 생각이 달랐던 모양이다. 사실 나는 에이전트에게 금액에 대한 위임을 한 적도 없었다. 계약 기간이 문제였다는 식으로 기록되어 있는 것도 있는데, 이 또한 사실과 다르다. 계약 기간은 처음부터 2년이었다. 또 이 책을 빌려 정확히 해 둬야 할 부분 중 하나는 내가 공식적으로 에이전트 계약서에 사인한 적이 없었다는 것이다. 다만 한국 선수들과 특별한 관계가 있던 사람이라서 '알아서 잘 도와주겠지.' 하는 심정으로 맡겨 두었을 뿐이었다.

협상이 최종적으로 결렬된 이후, 레드삭스 부사장 쪽에서 연락이 왔다. 나는 한국으로 영구 귀국한 상태였다. 그는 서울까지 찾아오겠다고 했다. 용건은 간단했다. 자신들은 "션 선수와 좋게 마무리 짓고 싶다."는 것이었다. 혹시라도 내가 레드삭스 측을 오해하고 있는지에 대한 염려가 있었던 것 같다. 2000년 4월경, 서울에서 레드삭스 관계자와 저녁을 함께 했다. 나는 분명히 이야기했다.

"레드삭스 측에 어떠한 불만도 없다. 뒤늦게라도 불러 줘서 고맙다. 앞으로 한미 야구 발전을 위해 얼마든지 협력하겠다."

이렇게 헤어졌다. 이로써 나의 메이저리그 진출의 꿈은 영원히 꿈으로만 남게 됐다. 결코 이루어질 수 없었던 꿈으로 말이다.

하지만 여전히 미련은 남아 있었다. 메이저리그 마운드에서 던지고 싶었다. 나 자신을 확인하고 싶었다. 멋지게 승부하고 싶었다. 그런데 세상은 결코 내 뜻대로 움직여지지만은 않았다. 나는 1980년 군사독재 시절을 살았었고, 그 시절을 살아 건너야만 했다. 마치 시대적 운명처럼 이번에도 메이저리그 진출의 꿈은 나와 어긋나고 말았다.

박찬호와 류현진

먼 훗날 메이저리그 진출의 꿈을 이룬 자랑스러운 후배들이 있다. 박찬호, 서재응, 김병현, 추신수 그리고 류현진 선수들. 나는 이들이 나의 못다 이룬 꿈을 스스로의 용기와 자존심으로 실현한 데에 대해 진심으로 존경하고, 그들의 결정에 박수를 보낸다.

후배지만 같은 투수로서 특별히 존경하는 메이저리거 두 사람에 대해 이 자리를 빌려 존경과 응원의 기록을 남기고 싶다.

먼저 박찬호 선수다. 나는 박찬호 선수를 존경한다. 한편으론 무섭기까지 하다. 앞에서 적었듯 나는 일본 진출 첫해, 처절한 실패를 맛보았다. 2군, 3군의 나락에까지 떨어졌었다. 상상조차 해 본 적이 없는 실패였다. 외국 프로야구의 2군 생활이 어떤지 나는 몸이 떨리도록 느껴 보았다. 가까운 일본이었고 문화도 비슷했다. 그런데 박찬호 선수는 과연 어땠을까. 늘 견주어 보곤 한다. 어떻게 그 큰 땅덩어리에서 그리고 언어와 문화조차도 낯선 나라에서 살아남았을까. 그 어색하고 불편한 경험을 어떻게 이겨 냈을까. 난다 긴다 하는 선수들이 모인 메이저리그에서 어떻게 124승을 올릴 수 있었을까. 놀라운 선수다. 한국 야구사의 진정한 레전드다. 사실 국내에서 공을 던질 때 직접 본 적은 없었다. 박 선수가 국내에 있을 때만 하더라도 공은 빠르지만 제구력에 문제가 있다는 평을 받았었다. 그런데 메이저리그에서 경쟁과 노력을 통해 박찬호는 살아남았다. 그리고 위대한 야구인의 반열에 올랐다.

인간적으로도 그러했다. 직접 겪은 경험 한 가지. 2006년 WBC 대회 때 나는 투수코치였다. 그해 1월 말 대표팀이 소집됐다. 당시만 하더라도 국내 선수들은 동계훈련 가서야 몸을 만드는 것이 관례였다. 소집 첫날, 박찬호는 곧바로 불펜 투구가 가능했다. 완벽하게 몸을 만들어 온 것이다. '아, 이래서 메이저리거구나.' '이래서 성공할 수밖에 없구나.' 내가 배우는 느낌이었다. 마운드 구성을 위한 코치진 회의가 열렸다. 박찬호를 구원으로 돌려야만 팀 전체가 균형을 이룰 수 있었다. 투수코치라서 내가 총대를 멨다. "찬호야, 네가 마무리를 맡아 줘야겠다. 희생해 달라."고 말했다. 사실 메이저리그를 뒤흔드는 대투수에게 마무리를 부탁한다는 것 자체가 예의가 아니었다.

"그렇게 하죠. 나라를 위해서라면 뭐든지 해야죠."

역시 박찬호 선수였다. 마운드에서 박찬호는 진정한 카리스마를 보였다. 그러나 마운드 아래에 서면 지극히 예의 바르고 겸손한 청년이었다. 달리 메이저리그 124승 투수가 아니었다. 기억을 되살리자면, 그때 최고참이었음에도 어린 투수들이 궁금해하는 여러 질문들에 차근차근 답해 주고, 일일이 시범을 보여 주던 그 모습이 생각난다. 내게서는 찾아보기 힘든 참으로 아름다운 모습이었다.

다음은 스스로의 노력으로 한국은 물론 메이저리그의 역사를 새로 써 나가고 있는 류현진 선수다. 2006년 삼성 감독 시절, 류현진 선수를 처음 만났다. '갓 고등학교를 졸업한 루키라고?' 믿기지 않았다. 이미 류현진은 베테랑이었다. 최소한 중고참을 넘는 여유와 실력을 가지고 있었다. '앞으로 최고의 투수 반열에 오르겠구나. 당분간은 류현진을 뛰어넘을 선수가 없겠구나.'라는 생각이 절로 들었다. 류현진 선수는 데뷔하자마자 그해 신인왕과 함께 MVP를 차지했다.

류현진 선수의 장점은 내가 설명할 필요조차 느끼지 못한다. 알다시피 탁월한 유연성과 밸런스다. 그 부드러운 폼으로 완벽한 제구력을 가지고 있다. 구종에 대한 학습 능력 또한 탁월하다. 한번 배우고 나면 곧바로 자기 것으로 만들어 버린다.

진짜 부러운 것은 류 선수의 긍정성이다. 농담을 즐겨 하고, 늘 부드럽고, 사교성 있고, 모두에게나 친근한 긍정적 마인드의 소유자다. 메이저리그에 가서도 국적을 가리지 않고 친구들을 사귀는 그 친화성을 보라. 그 성격이야말로 류현진 선수의 가장 중요한 특장이다. 누군가가 내게 류현진 선수의 성공 요인이 무엇인지 단 한 마디로 요약해 달라고 한다면, 나는 '긍정의 힘'을 꼽겠다.

박찬호가 공을 던지던 시절에는 오전 일찍 일어나 박찬호 경기를 시청했었다. 요즘은 류현진 선수가 이런 즐거움을 안겨 준다. 더구나 양키스 연수를 앞두고 있어서 메이저리그를 학습해야 하는데, 류현진 선수야말로 내게 메이저리그에 대한 특별한 코치가 되고 있다.

나는 메이저리거가 되지 못했다. 하지만 나보다 더 큰 꿈과 용기를 가진 후배들이 있었다. 그 후배들은 개척자적 정신으로 태평양을 건너갔다. 이렇듯 나의 미련을 현실로 실현해 낸 박찬호, 류현진 선수 등 여러 후배들에게 다시 한번 존경의 인사를 보낸다.

10.
최초의 국가대표 전임 감독

1999년 시즌을 마지막으로 현역에서 은퇴한 나는 2000년 4월, KBO 박용오 총재의 부름을 받고 KBO 홍보위원으로 임명돼 2002년까지 3년간 일하게 됐다. 하는 일은 크게 세 가지였다.

첫째는 본래적 의미의 홍보. 일종의 홍보 모델처럼 행사에 참여하고 한국 프로야구를 홍보하는 일이었다. 상징적인 의미였다.

둘째는 KBO가 선임한 사실상의 인스트럭터 역할. 역시나 지금 같으면 상상하기 어려운 일이지만, 그때는 그럴 수 있었다. 마무리 훈련과 겨울 전지훈련 때 한 팀당 약 보름씩을 할애해 훈련장에 찾아가 투수를 지도하는 일을 맡아 했다. 물론 각 팀에 투수코치들과 지도자들이 있었지만 그럼에도 나를 찾는 상당한 수요가 있었다. 나 또한 그동안 경험한 지혜와 노하우를 나눠 주는 일이 즐거워서 기꺼이 일할 수 있었다. 사실 인스트럭터는 책임으로부터 자유롭기 때문에 도리어 즐기면서 투수코치 역할을 할 수 있었던 것 같다. 밤이면 선수들을 위해 한 시간 정도 특강 시간을 마련하곤 했다. 주로 내가 겪었던 경험, 반면교사 같은 이야기들을 나누어 주었다. 선수들은 피로감 속에서도 귀를 열고 내 이야기를 잘 들어 주곤 했다.

셋째는 사실상 국가대표 코칭스태프의 일원. 그중에서도 전력 분석 파트. 특히 그중에서도 일본 국가대표팀에 대한 분석과 대응에 대한 일을 전담하게 되었다. 야구 선수로 살아오면서 국가대표 선수로서 누릴 수 있는 최대의 영예를 누렸다. 그런데 이번에는 국가대표 코칭스태프의 일원으로 공헌할 수 있는 기회를 얻게 된 것이다.

2000년 시드니 올림픽: 인스트럭터

그해 9월, 제27회 올림픽이 오스트레일리아 시드니에서 열렸다. 그때 대한민국 국가대표 야구팀은 종합 전적 5승 4패로 올림픽 사상 처음으로 동메달을 획득했다.

야구가 올림픽 정식 종목으로 채택된 것은 1992년 바르셀로나 올림픽. 황영조 선수의 마라톤 금메달로 유명해진 그때다. 그때 나는 건초염으로 고생하기도 했지만, 우리 팀은 본선에 진출하지 못했다. 1996년 미국 애틀랜타 올림픽 때에는 현역이었지만 일본 프로야구에 몸을 담고 있는 관계로 참가하지 못했다. 우리 팀은 본선 진출에 성공했으나 메달 획득에 실패했다.

그리고 2000년 시드니 올림픽. 국가대표팀은 2승 3패로 예선 탈락할 위기에 처했다. 9월 23일 예선 6차전은 한일전이었다. 연장 승부 끝에 10회 7-6으로 이겨 우리 팀은 사실상 4강 진출을 확정 지었다. 27일은 동메달 결정전이었는데, 다시 일본과 붙었고, 낮 경기였다.

이때 일본팀 선발투수는 일본 고교야구 고시엔의 영웅, 마쓰자카 다이스케였다. 1999년 세이부 라이온즈에 입단해 그해에 신인왕과 다승왕, 골든글러브를 거머쥐었고, 2000년에도 다승, 삼진 1위에 골든글러브를 따낸, '헤이세이(平成)의 괴물'이라 불리는 일본을 대표하는 에이스였다.

나는 그해 4월부터 일본을 다니기 시작했었다. 일본 대표 선수로 뽑힐 가능성이 있는 선수들의 경기를 비디오테이프로 녹화했다. 일본 내 지인과 활동하던 시절의 연고, 전력분석팀 등을 총동원해 일본팀에 대한 자료를 최대한 입수했다. 내가 뛰었던 센트럴리그에 대한 자료는 나름대로 확보할 수 있었지만, 퍼시픽리그 쪽 자료가 부족해 그쪽에 대한 자료를 집중적으로 구해서 분석하기 시작했다. 특히 마쓰자카는 한일전에서 무조건 선발투수로 내보낼 것으로 예상하고 그 부분에 대해서 집중적으로 준비했던 것 같다.

동메달 결정전을 앞두고 나는 우리 팀 타자들을 모아 두고 전력분석 회의를 열었다.

"(마쓰자카의) 초구부터 적극적으로 공략해라. 변화구는 버려라. 빠른 볼만 노려라."

당시 우리 팀에는 빠른 볼에 강한 타자들이 많았다. 다만, 일본 에이스급 투수들의 변화구에는 약한 편이었다. 그래서 그야말로 단순하게 변화구는 버리고 패스트볼만 노리면서, 대신 초구부터 적극적으로 공략하라는 지침을 내렸던 것이다. 고맙게도 그때 김응용 감독과 김인식 코치는 이런 부분을 내게 위임하고, 나의 이런 코칭을 용인해 주었다.

당시 나는 정식 코칭스태프가 아니었기 때문에 그라운드에 들어갈 수가 없었다. 더그아웃에도 당연히 들어갈 수 없었다. 그래서 포수 바로 뒤쪽 스탠드에 앉아 스피드건을 들고 투수를 체크하는 일을 맡아 했다. 7회쯤 선발투수였던 구대성의 스피드가 3~4km 정도 떨어지기 시작했고, 투구 수도 100개를 향하고 있었다. 그때 김인식 투수코치가 워키토키를 통해 연락을 해 왔다.

"지금 대성이가 어떠냐?"

"스피드가 떨어지고 있고, 볼 자체가 높이 형성되고 있습니다."

"그러면 바꿔야 하니?"

"일단 올라가서 대성이하고 상의를 한번 해 보십시오."

그러자 김인식 코치께서 마운드에 올라갔다. 다녀오더니 내게 "계속 던지겠단다."라고 얘기했다. 7회를 마치고 다시 연락이 왔다.

"계속 가야 하니?"

"본인이 던지겠다고 하면 어쩔 수 없죠. 계속 던지게 놔두십시오."

구대성은 9회를 완투했다. 11탈삼진에 5피안타 1실점 완투였다. 투구 수는 무려 155구. 이승엽의 2타점 결승 2루타로 우리는 3-1로 승리했다. 일본은 마쓰자카를 비롯해 최초로 프로와 사회인 혼성팀을 출전시키며 올림픽 메달을 노렸지만, 우리의 벽을 넘지 못한 것이다. 당시 김응용 감독과 김인식 코치와의 사이에서 이루어진 강력한 신뢰와 소통 방식은 나중에 초대 월드베이스볼클래식(WBC)과 프리미어12에서 4강 진출과 우승의 토대가 됐다.

2006년 WBC 한일전: 투수코치

2002년 10월, 부산에서 제14회 아시안게임이 열렸다. 야구가 정식 종목으로 채택됐다. 나는 그때 김인식 감독님을 도와 전력분석 요원으로 일했다. 역시나 일본팀 분석이 나에게 부여된 가장 중요한 임무였다.

대회가 열리기 한 달 전, 나는 일본으로 파견돼 정보 사냥에 나섰다. 지금도 그렇지만 일본은 아시안게임에 주로 사회인 야구팀 선수들을 내보낸다. 그러다 보니 오히려 더 정확한 데이터와 분석이 어려웠다. 다행히 여러 인맥을 동원해, 도시대항 야구와 같은 사회인 전국 대회를 지켜본 프로야구 스카우트팀의 정보를 입수할 수 있었다.

도시대항 야구는 도시별 예선을 거친 사회인 야구팀이 각 도시를 대표해 출전, 토너먼트로 패권을 다투는 유서 깊은 대회다. 올해 제90회 대회는 36개 팀이 참가한 가운데 도쿄돔에서 열렸다. 일본 사회인야구는 우리가 생각하는 한국의 사회인 야구와 비교해서는 안 된다. 일본 사회인 야구는 대학까지 엘리트 야구를 해 온 선수들 가운데 프로에 입단하지 못한 선수들이 활약하는 리그이며, 이들 중에서 매년 프로에 입단하는 선수가 10여 명씩 나올 정도다. 투수 중에는 150km를 넘는 선수들도 꽤 있다. 일본 지인들이 정보 수집과 분석에 큰 도움을 준 덕인지, 예선 4경기에서 무실점 승리를 거두며 6전 전승으로 금메달을 따냈고, 아시안게임 2연패를 이루어 냈다.

2004년 11월, 나는 삼성 라이온즈 감독으로 취임했고, 2005년 한국시리즈를 제패했다. 그리고 다음 해인 2006년 3월, 서울에서 월드베이스볼클래식(WBC)이 열렸다. 나는 이번에는 대표팀 투수코치로 정식 선임됐다. 국가대표 정식 코칭스태프로는 처음이었다. 월드베이스볼클래식은 미국 메이저리그가 야구의 인기를 전 세계적으로 확산시켜 보고자, 각국의 메이저리거들을 총출동시킨 야심 찬 프로젝트였다. 미국 대표팀만 봐도 알렉스 로드리게스, 데릭 지터, 켄 그리피 주니어, 로저 클레멘스, 돈트렐 윌리스 등이 출전했다.

나는 김인식 감독님을 보좌하는 투수코치였고, 김재박 당시 LG 감독님이 타격코치, 조범현 SK 감독님이 배터리코치, 류중일 삼성 코치와 유지현 LG 코치가 수비와 주루코치를 각각 맡았다.

선수들은 더욱 화려했다. 진정한 의미의 드림팀이었다. 빅리거가 박찬호, 김병현, 구대성, 서재응, 봉중근, 김선우, 최희섭 등 7명이나 됐고, 일본파 1명(이승엽), 국내파 23명이 총집결한 최초의 대표팀이었기 때문이다.

한국은 16개 참가국 중 방어율 1위(2.00)를 기록했다. 7경기에서 6승 1패를 거두면서 63이닝을 던져 14실점, 14자책점만 내주었다.

지금도 고마운 것은 김인식 감독님이 투수 운용과 교체에 대한 거의 모든 권한을 내게 믿고 맡겨 주었다는 점이다. 나는 상대 타자의 특성, 경기 흐름, 우리 불펜 투수들의 상황 등을 고려해 이른바 '한 박자 빠른' 투수 교체를 원했다. 당시 김인식 감독님은 공식 인터뷰에서 "선동열 투수코치가 투수 교체를 건의했을 때 단 한 번을 제외하고는 고개를 가로저은 적이 없다. 거의 모든 의견이 일치했다. 그만큼 믿고 맡길 수 있었다."라고 말했다.

또 하나 좋은 결과를 낼 수 있었던 것은 경험이 풍부하고 메이저리그 타자들에 대해 잘 아는 박찬호를 마무리투수로 활용한 점이다. 사실 박찬호 선수와 같은 위대한 선수가 선발을 양보하고 마무리로 뛴다는 것은 상상하기 어려운 일이다. 그럼에도 박찬호는 팀을 위해 기꺼이 양보해 주었다. 박찬호가 뒤에 버티고 있었기 때문에 당시 우리 선발진과 계투진이 더욱 씩씩하게 던질 수 있었다.

박찬호뿐만이 아니었다. 사실 쟁쟁한 메이저리거들이 코칭스태프에서 정해 놓은 보직을 기꺼이 따라 주고 희생했다. 타자는 타자대로, 투수는 투수대로, 국가대표의 명예를 위해 최선을 다하는 모습을 보고, 내가 국가대표 선수로 뛰었을 때만큼이나 진한 감동이 밀려오곤 했다. 지금도 그때의 선수들을 생각하면 한없이 고맙다.

그러나 흥행만을 고려한 이상한 대회 시스템 때문에 숙명의 라이벌 일본과 세 차례나 맞대결했고, 결국 결승 진출 좌절이라는 뼈아픈 결과를 낳았다. 박찬호의 홈구장인 샌디에이고의 펫코파크에서 벌어졌던 4강전에서 우리는 일본에 0-6으로 패했다. 준결승까지 6승 1패의 한국은 탈락했고, 4승 3패의 일본이 결승전에 올라 결국 첫 WBC 타이틀을 차지하는 아이러니가 연출됐다.

그럼에도 이 대회는 한국 야구의 국제적 위상을 크게 끌어올린 경기였다. 야구에서 미국과 일본에 뒤지는 변방 국가로 치부됐던 한국에 대한 인식이 완전히 달라지는 계기가 되었다.

2015년 프리미어12: 투수 총괄 코치

2015년 11월, WBSC(세계야구소프트볼협회)가 주관하는 프리미어12가 일본 도쿄돔에서 열렸다. WBSC가 야구의 세계화를 목표로 세계 랭킹 12강의 국가대항전을 창설한 대회였다. 부상 등으로 국가대표에 새로 뽑힌 얼굴이 무려 10명이나 됐다. 당연히 메이저리그 사무국이 주최하는 WBC와 달라 빅리거들도 참가하지 않았다.

당시 나는 기아와 재계약을 했지만 사퇴하고, 자연인으로 지내고 있었다. 김인식 대표님 감독께서 불러 주어 투수 총괄 코치라는 보직을 맡게 되었다. 이때도 김인식 감독님과 송진우 투수코치와 뜻이 잘 들어맞았다.

8일, 삿포로돔에서 열린 개막전이 하필 일본과의 경기였다. 오타니 쇼헤이(현 LA 에인절스) 등 일본 프로야구의 에이스급 투수 3명이 한 일전에 총출동했다. 0-5로 완패했다. 하지만 우리는 예선 3위로 본선에 진출했다.

도쿄돔에서 일본과 준결승 겸 리턴매치가 벌어졌다. 이번에도 상대 선발투수는 오타니였다. 7회까지 삼진 11개를 당하면서 0-3으로 끌려갔다. 그랬던 9회초 우리는 오재원, 손아섭의 연속 대타 안타를 시작으로 이대호의 결승 2타점 적시타가 터져 4-3으로 극적인 역전승을 거두었다.

우리는 7명의 투수를 동원하는 이른바 벌떼 마운드로 일본을 3실점으로 막아 냈다. 특히 9회초 역전한 뒤 9회말 수비에서 베테랑 잠수함 정대현과 좌완 이현승을 내세운 게 주효했다. 초대 WBC에서 박찬호를 마무리로 활용했던 것처럼 가용 자원이 극히 제한돼 있는 대표팀 경기에서 베테랑의 경험과 정신력을 믿었다.

그렇게 오른 결승전에서 한국은 미국을 8-0으로 완파하고 초대 챔피언에 올랐다. 일본 야구의 심장에서 우승 트로피를 들어 올린 게 더욱 값졌다. 주니치에서 뛰던 때 도쿄돔 마운드에 여러 차례 올랐었지만, 역시나 선수로 뛸 때와 코칭스태프로 뛸 때의 마음과 불안함은 전혀 달랐다. 오히려 던지는 게 더 편하다는 것을 그때 알았다.

나아가야 할 때와 물러나야 할 때

2007년 11월, 2008 베이징 올림픽 아시아 지역 예선을 겸한 대만 아시아야구선수권대회가 열렸다. 대표팀 감독으로는 당시 김경문 두산 베어스 감독이 선임되었고, 나는 삼성 라이온즈 감독으로 일하고 있던 중 국가대표 수석 및 투수코치로 선임되었다. 그런데 감독과 수석코치가 리그 감독이었기에 리그가 끝나기 전까지는 사실상 준비가 어려웠다. 이런 점은 나중에 국가대표 전임 감독제의 주요한 근거가 됐다. 결과적으로 올림픽 티켓 한 장을 배정해 놓은 대회에서 우리는 2승 1패로 실패하고 말았다. 물론 나중에 최종 예선에서 승리해 본선 티켓을 확보할 수 있었다.

베이징 올림픽 예선을 앞두고 잠실경기장에서
김경문 감독과 대표팀 훈련을 지켜보고 있다.

대회를 마치고 나는 코치직에서 사임했다. 경험의 산물이었다. 김 감독은 내게 투수 파트에 한해 전권을 부여했다. 하지만 국가대표팀에 프로야구 감독이 두 사람이나 있다 보니 알게 모르게 코치가 감독의 권한을 넘어서는 일도 있게 되고, 이런 부분이 본선에 갔을 때 자칫 팀 분위기를 해칠 위험도 있어서 내가 스스로 물러나는 게 맞다고 생각했다. 그래서 김 감독에게 "투수 파트 책임자로 저 말고 조계현 투수코치를 쓰시는 게 맞습니다." 이렇게 건의하고는 물러났다.

고백하건대 당시 김경문 감독과는 어떠한 충돌도 없었다. 철저히 나를 존중해 줬고, 지나칠 정도로 나에게 권한을 줬다. 하지만 역으로 나는 자칫 감독의 권한을 침범할까 봐 대단히 조심스러웠다. 그래서 나 스스로 감독의 권한을 최대한 보장해 드리는 것이 코치로서의 중요한 의무라고 생각했다. 그렇게 스스로 판단해서 물러났던 것이다.

이때 일본 대표팀 감독은 주니치 감독이었던 호시노 센이치 감독이었다. 대회 기간 중 별도로 만나 식사를 하기도 했다. 물론 국가대표 이야기는 하지 않았다. 서로 간의 일종의 묵계였다. 스승과 제자 사이로 반가운 만남이었을 뿐이다.

첫 국가대표 전임 감독이 되다

2017년 7월, 나는 대한민국 야구 국가대표 감독으로 선임됐다. 그것도 첫 전임 감독이라는 영예였다. 하지만 그때는 첫 전임 국가대표 감독이라는 영예가 엄청난 부담이자 책임으로 나를 짓누르게 될 줄은 몰랐다. 국가대표 감독은 영예이자 멍에였다.

국가대표 감독으로 선임된 나는 코칭스태프 구성에 상당히 신경을 썼다. 전문성은 물론, 소통과 인화가 대표팀의 팀워크를 가르는 핵심 요소라 생각했기 때문이다. 그래서 오래전부터 나를 잘 이해하고, 수석코치 경험이 풍부해 팀을 잘 아우를 수 있는 당시 이강철 두산 2군 감독에게 수석코치를 부탁했다. 작전 겸 3루코치는 경험이 풍부한 유지현 LG 코치를, 투수코치는 정민철 MBC 해설위원을, 타격코치는 김재현 스포TV 해설위원을, 수비 및 1루코치는 이종범 MBC 해설위원을, 배터리코치는 진갑용 삼성 코치를 선임했다.

국가대표 감독으로서의 첫 대회는 2017년 11월, 아시아 프로야구의 미래를 위해 한국, 일본, 대만 3개국이 설계한 아시아프로야구챔피언십(APBC)이었다. 프로 리그가 있는 3개국에서 만 24세 이하 선수를 주로 뽑고, 프로 입단 3년 차 이하이면 나이가 초과하더라도 선발할 수 있었다.

25명의 엔트리 중 선발 자격에 제한을 두지 않는 와일드카드는 3장이었다. 경쟁 국가인 일본과 대만 모두 와일드카드를 사용했다. 경험이 많은 프로 선수들을 데리고 나온 것이다. 하지만 나는 성적보다는 젊은 선수들의 경험과 장기적인 전망을 고려했다. 어린 시절 국가대표 경험이 나를 얼마나 성장시켰는지를 늘 떠올렸다. 그래서 가능하면 젊은 선수들에게 소중한 경험을 쌓아 주는 것이 국가대표 감독의 중요한 임무라 생각했다.

더구나 국가대표 감독으로서의 나의 최종 목표는 2020년 도쿄 올

럼픽이었다. 당시 아시아프로야구챔피언십 대회는 도쿄돔에서 열렸다. 나는 어린 선수들이 국가대표 유니폼을 입고 도쿄돔에 서게 되면 이를 통해 커다란 경험과 성장을 가져올 것이라 믿었다. 그래서 단기적인 성적보다는 장기적인 성장을 기획했고, 와일드카드를 사용하지 않았다.

역시나 한일전이 관건이었다. 16일 일본과의 개막전에서 잘 싸웠지만 7-8로 아쉬운 패배를 했고, 결승전에서 설욕을 벼렸지만 0-7 완패였다. 하지만 상대방은 와일드카드를 사용했기에 특별한 아쉬움은 없었다. 그저 젊은 선수들의 성장에 흐뭇했다.

여기까지가 국가대표 감독으로서의 영광의 시절이었다.

제2부

선동열의 9회말 리더십

"잘하는 선수는 그냥 놔두면 된다.
 못하는 선수에게는 좀 더 따뜻해야 한다.
 좀 더 다가서야 한다.
 좀 더 마음을 헤아려야 한다."

1.
성찰하라

"오늘 피칭 훈련 때는 커브가 잘 들어갔다. 왜 커브가 잘되었는지
알았다. 공을 던질 때 자신이 있어야 하고, 잡념이 없어야 한다. 또
공을 몸 앞에서 놓아야 잘 들어가는 것도 알았다. 그렇지만 슬라이더는
아직 마음대로 안 들어갔다. 왜냐하면, 볼을 앞에서 던져야 하는데
자꾸 몸 뒤에서 놓으니까 그렇다. 무슨 볼을 던질 때나 꼭 앞에서
던져야 한다."

1980년 1월 19일 토요일

광주일고 2학년 겨울방학, 그러니까 동계훈련 기간 중의 일기다.
지금의 선동열이 그때의 선동열을 해석해 본다. 먼저 슬라이더,
'릴리스 포인트'가 일정치 않은 데 대해 고민을 했던 것 같다. 충분한

훈련을 통해 몸이 만들어지고 나면 비로소 릴리스 포인트가 일정하게 되는데, 그때는 아직 나만의 패턴이 만들어지지 않았던 때였다. 돌이켜 보자면 그때의 문제의식 혹은 성찰만큼은 정확했고, 다른 한편으론 대견하기도 하다.

"작년엔 내가 느낀 것이 아주 많았다. 빠른 볼만으로는 절대 안 된다는 것을 알았다. 올 동계훈련에서는 커브와 슬라이더를 자유자재로 던져야만 빠른 볼이 산다는 것을 깨달았다."
1980년 1월 21일 월요일

그때쯤 나는 빠른 볼은 어느 정도 제구력을 가져가고 있었는데, 역시나 변화구가 문제였다. 빠른 볼이 살기 위해서는 변화구가 살아야 한다는 것은 예나 지금이나 가장 기초적인 이론이다. 그런데 그때 나는 변화구에 대한 컨트롤이 일정치 않았다. 밤마다 고민하고, 또 일기장에 고민을 남겨 두고, 그런 방식으로 하루하루 내 공에 대해 후회하며 반성하곤 했다. "야구는 후회를 관리하는 게임(사이영상 수상자 로버트 디키)"이라는 사실을 나는 먼 훗날에야 알게 되었다.

생각하는 야구를 하라

초등학교 4학년 때 야구에 입문했다. 부모님께서는 혹시라도 성적이 떨어질까 염려하시며 가정교사를 붙여 주셨다. 가정교사의 성함은 지금도 기억난다. '나훈'이라는 분이셨다. 광주일고 17년 선배였는데, 그분도 학창 시절 야구를 하셨다. 그래서 내가 야구를 하는 것을 호기심 있게 바라보셨다. 공부도 공부였지만 그분은 내게 특별한 교훈을 남겨 주셨다.

"생각하는 야구를 해라. 그리고 생각하는 야구를 위해서는 반드시 일기를 써야 한다."

야구 일기를 쓰라 하셨다. 초등학교 4학년, 이제 갓 야구를 시작한 어린 소년에게, 그것도 하루 운동에 지쳐 집에 들어오면 과외 수업 받기조차 힘들어했던 어린 소년에게 일기라니.

그분은 생각하는 야구, 그리고 성찰의 습관을 내게 가르쳐 주셨다. 그때부터 나는 일기를 쓰게 됐다. 하지만 이 또한 스트레스였다. 일기에 대해서 내가 어렵게 생각하는 것을 느꼈던 모양인지 그분은 이렇게 말씀하셨다.

"어렵게 쓸 필요 없다. 야구 일지를 쓰는 거다. 오늘은 네가 무슨 운동을 했는지, 어떤 공을 던졌는지. 이를테면 얼마를 뛰었다, 공을 던졌다, 직구가 좋았다, 변화구가 들어갔다……. 다만, 반드시 생각이나 반성을 적어라. 그러면 된다."

그렇게 해서 본격적인 야구 일기가 시작됐다. 스스로 생각하고, 반성하고, 성찰하는 버릇, 그렇게 '생각하는 야구'를 시작하게 됐다.

나훈 선생님은 숙제 검사하듯 일기 검사를 했다. 내용을 보는 것이 아니라 썼는지 안 썼는지만 확인했다. 선생님이 무서웠던 시절, 억지로 써야 했다. 하루라도 빠트린 날은 혼이 났다. 그러다 조금씩 버릇을 들이게 되고, 내 생각을 담게 되었다.

무등중학교에는 서용석 감독님이 계셨다. 그분께서도 야구 일기의 중요성을 강조하는 분이셨다. 수시로 일기장을 점검하고, 일기를 통해 성찰하는 습관을 강조하셨다. 그렇게 초등학교에서 중학교를 거쳐 가면서 일기를 쓰고 하루하루를 성찰하는 습관이 내 것이 됐다.

'야구 10계명'을 돌아보다

언론을 통해서도 공개된 적이 있다. 고등학교 2학년 겨울방학, 일기장에 나의 야구 10계명을 적은 적이 있다. 언론 표현으로는 '선동열의 야구 10계명'이다.

1. 초구는 항상 스트라이크를 잡아라. 볼카운트를 유리하게 끌고 가라.

2. 제2구는 빠른 커브를 사용하는 것이 좋다. 설령 볼이 되더라도 타자 앞에서 밖으로 흐르는 종류의 볼이 알맞다.

3. 컨트롤에는 3가지 종류가 있다. '몸 균형에서 오는 컨트롤', '볼을 쥐는 그립에서 오는 컨트롤', '자기 정신의 컨트롤'이다.

4. 습관적인 투구 패턴은 상대 타자에게 아무런 효과도 없다. 아무 생각 없이 투구하는 어리석음은 범하지 마라.

5. 힘엔 힘으로 맞서 싸워라. 정신적으로 타자보다 우월한 자세를 가져야 한다.

6. 주자가 있다고 흔들려서는 안 된다. 주자가 도루할 수 있는 스타트

타이밍을 뺏겨서는 절대 안 된다. 그러기 위해서는 빠른 스텝과 속임수 모션을 지속적으로 익혀야 한다. 내야수와 주자 견제의 콤비네이션이 완벽하게 이뤄질 때까지 연습하라.

7. 한 경기에 투수 앞 땅볼과 번트는 3~5차례가 항상 있다는 것을 명심하라. 이에 대한 수비 훈련을 철저히 하라.

8. 배팅과 세이프티번트.훈련도 게을리해서는 안 된다. 자신의 상대로부터 안타를 뺏는 것은 경기를 진행하는 동안 자신의 가장 좋은 벗이 된다는 것을 잊어서는 안 된다.

9. 너는 팀의 일원이다. 팀은 너의 것이다. 그러므로 너는 동료들로부터 소외당해서는 안 된다. 대화의 시간을 많이 갖고, 상대의 말에 귀를 기울이며, 많은 충고를 듣고 참고를 해야 한다. 동료들로부터 듣고 배우는 것을 기뻐하라. 그러면 동료들도 너의 말을 기쁘게 듣고 배울 것이다.

10. 너는 그라운드의 왕이다. 타자들이 너에게 존경심을 갖도록 하라. 모든 타자는 설령 너의 팀 일원이라도 너의 적이 될 수 있다. 그들을 이길 수 있는 소질을 개발하라.

일단 고등학교 2학년 시절의 '10계명'이라는 것을 전제해야 한다. 그럼에도 일단 대견하다. 어린 시절 내가 무엇을 고민했고, 야구에 대해서 어떤 생각을 가지고 있었고, 어떻게 성찰했는지를 보여 주는, 제법 의미 있는 '10계명'이다. 대부분은 지금 야구 이론에 적용해 보아도 별반 다르지 않은 생각들이다.

다만, 고백건대 이때의 '10계명'이 전적으로 나의 독창적인 생각이

投手로서 ❶갖추어야 할점

1. 제구를 스트라익으로 갖어가라
   카운트를 항상 유리하게 갖어가라

2. 제구는 빠른 커브를 사용하는게 좋다
   설령 높은 공이 되더라도 타자 앞에서
   밖으로 흐르는 종류의 파정이 앞것다

3. 커트볼에는 3가지 종류가 있는데
   첫째는 몸쪽에서 오는 커트볼
   둘째는 볼쪽 밖의 그립
   셋째는 자기 정신의

   이중 가장 중요한건 세번째것이다
   말하자면 정신적으로 공략에 빠져들수록
   침착하고 그때의 상황을 냉정하게 판단
   하여 최선을 다하도록 힘써라

4. 너의 숨화력이 투구에 상태 타격으로
   경연을 이미 효과가 없는 것을 간파
   하지도 않고 아무 생각없이 투구하는
   어리석음을 범하지 말아라

5. 빛은 힘으로 맞서 싸워라
   말하자면 정신적으로 타자보다 우월한
   자세를 갖어야 한다

6. 목자가 있다고
   목자를 항어름
   타이밍을 빼앗서
   그러기 위해서는
   공의 (Pitcher
   지속적으로 이항것
   견계시와 견비네
   견대거지 연습

7. 한 경기에 투수
   3-5회는 항상이
   수비 회원을 결심

8. 백업과 아직 나
   아하다 자신이
   빼는것은 경기를
   가장 좋은 벗이 되

9. 너는 덕원이다
   그라믹 너의 동
   아하므로 많은
   상대의 말에 거
   많은 충고를 듣고
   동료들부터 듣고
   그러면 동료들도
   배웃이다

10. 너는 그라운드
    타자들이 너에게
    모든 타자는 설령
    너의 팔상의 적
    그것을 이겨 있

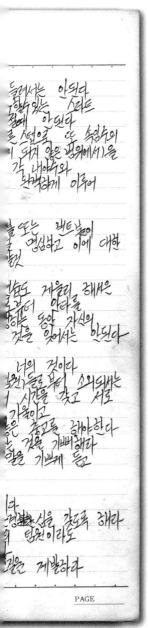

었다고는 말할 수 없을 것 같다. 찬찬히 다시 읽어 보니 당시 내가 읽었던 야구 전문 서적의 영향이 배어 나온다. 나훈 선생님께서 내게 야구 관련 서적을 여러 권 사다 주며 독서를 권하셨다. 책을 보면서 나는, 거기에 있는 이론들을 내 것으로 만들기 위해 실전에서 연습해 보기도 했고, 그중에서 내가 꼭 기억해야 할 이론을 메모해 두거나 내 '10계명'에 반영했다. 어린 시절 학습과 노력의 과정에서 나온 결과물이 바로 '10계명'이다.

하지만 지금의 생각으로 '10계명'을 수정하라고 한다면, 2개 항목 정도는 수정하고 싶다.

첫 번째는 2번 항목. 나는 그때 변화구에 자신이 없었다. 아마도 볼 배합을 감추기 위한 나만의 방법론이었던 모양이다. 변화구의 완성도가 떨어지기 때문에 타자한테 읽히지 않기 위해서 2구는 변화구를 던져야 한다고 적었던 것이다. 굳이 당시의 나를 변호하자면, 공에 대해서 장단점을 정확히 판단하고 있었고, 나름의 볼 배합에 대한 생각을 적었던 당시의 상황과 의미에 대해서는 지금 생각해도 고맙다.

두 번째는 5번 항목. '힘에는 힘으로 싸우라.'고 했다. 그때는 그랬을 것이다. 속구로 찍어 누르는 것이 훨씬 신났을 것이다. 어린 시절이라서 그랬던 것 같다. 하지만 지금은 그럴 필요가 없다는 것을 누구나

147

이해할 것이다. 도리어 힘을 앞세워 달려드는 타자에게는 유인구가 적합하다. 한참 직구에 자신감을 가지고 있던 열일곱 소년의 얼굴이 떠오른다.

군이 표현하자면 10번도 조금 수정하고 싶다. 물론 가장 중요한 것은 자신감이다. 스스로에 대한 자신감, 자신의 공과 타격에 대한 자신감이야말로 야구의 기본이다. 하지만 자신감이 상대방에 대한 가벼움으로 표현돼서는 안 된다. 9번 항목에 적었듯이 야구는 혼자 하는 게임도 아니고, 상대방이 있는 게임이다. 야구와 야구를 함께하는 사람들에 대한 배려와 존경이야말로 야구의 기본이다. 하지만 이 또한 변명하자면, 그때 내 나이는 열일곱이었다. 그럼에도 고맙다. 그때의 이런 야구에 대한 나의 규정과 성찰이 오늘의 기반이 되었음을 이제 와서 조심스럽게 깨닫기 때문이다.

야구는 후회를 관리하는 게임

고3 어느 땐가 내 야구 일기는 끝이 났다. 대학 진학을 앞두고 갑자기 바빠졌고, 제법 고등학교 야구에서 유명세를 타기 시작했다. 대학 여기저기서 스카우트 제안이 들어왔다. 야구에 대해서 재미가 붙어 갔다. 반대로 내 개인 시간은 자꾸만 줄어들었다. 그러다 고려대학교에 들어가서 다시 야구 일기를 시작했는데, 1년 반 정도 썼던 것 같다.

안타까운 게 하나 있다. 그런 식으로 쓴 야구 일기가 두꺼운 노트로 다섯 권이 넘었다. 이번 책을 쓰면서 야구 일기 찾아보았다. 다행히 한 권은 KBO 지하에 있는 야구박물관 자료실에서 발견할 수 있었다. 다른 나머지는 언젠가 내가 야구 전문 기자에게 빌려준 적이 있다. 행방을 물었더니 "어디에 두었는지 찾기 어렵다. 찾아보겠다."는 답이 돌아왔다. 야구를 하는 도중 제법 뉴스거리가 되다 보니 어린 시절 사진이나 심지어 성적표나 일기장까지도 언론인들의 손에 넘어가 있는 것이 많다. 또 대부분은 야구박물관 건립을 위해 KBO에 보냈다.

책을 쓴다는 것은 나를 되돌아보고 후회하고 반성하는 일이라는 것을 새삼 알게 됐다. 옛날 기록들을 일일이 확인하고, 잘못된 기억을 교정하게 됐다. 지난 야구 인생을 되돌아보자니 후회와 반성투성이다. 마치 밀린 일기를 한꺼번에 쓰는 기분이다. 그렇지만 다시 옛 일기장을 들추어 가듯 나는 지금 어린 시절의 기록, 성찰과 삶의 기록들을 새삼스럽게 돌아보고 오늘의 선동열을 확인해 가고 있다. 좀 더 반성하고, 좀 더 성찰하고, 좀 더 배려심 있는 삶을 살았어야 했다. 일기도 멈춰서는 안 되었음을 새삼 깨닫는다.

처음 프로야구 감독으로 부임했을 때, 선수들에게 무언가 의미 깊은 이야기를 하고 싶었다. 결국은 나의 경험칙에 입각한 이야기였다. 신인 선수들과 대화를 나누던 중 "야구 일기를 써 보면 어떨까?" 하고 말했다. 이미 프로라서 자기 생각들이 정리된 선수들임을 알지만, 혹시나 도움이 될까 조언해 보았던 것이다. 그리고 이제 야구를 시작하는 청소년들, 유소년들을 만나면 자신을 성찰하는 야구 일기를 써 보는 것이 어떻겠냐고 권유하곤 한다.

2.
기본으로 돌아가라 I — 러닝

"생각의 씨를 뿌려라. 그러면 행동을 수확하리라.
행동의 씨를 뿌려라. 습관을 수확하리라.
습관의 씨를 뿌려라. 성격을 수확하리라.
성격의 씨를 뿌려라. 운명을 수확하리라."

윌리엄 새커리

세상 어딜 가건 듣게 되는 통속적인 이야기가 있다. "요즘 젊은이
들은 참……." 그라운드에 가도 마찬가지다. "요즘 투수들은 참……."
　요즘 젊은 투수들은 나약한 것인가, 아니면 지나치게 몸을 사리는
것인가. 그렇진 않다. 요즘 젊은 투수들의 의식 변화를 나약함이라고
비난할 수는 없다. 시대가 변하면 야구를 대하는 관점도 변하는 것이
다. 복싱도 초기에는 승부가 날 때까지 무제한이었다. 시대가 변하면
규칙도 변하고, 경기를 대하거나 적응하는 선수들의 태도도 달라지
는 것이다. 그 변화에 적응하는 것은 되려 지도자의 몫이다.
　메이저리그 통계를 보면, 1904년 잭 테일러라는 투수는 39번이나
선발로, 그것도 연속적으로 완투를 했다. 1920년, 리온 캐도어와 조

에스커 선수는 1-1 점수가 난 경기에서 둘 다 26이닝을 던졌다.

1986년 최동원 선배와 선발 맞대결에서 최 선배는 209개를 던졌고, 나는 232개를 던졌다. 지금 선발투수들은 5회만 지나면 감독이나 투수코치를 힐끔힐끔 쳐다본단다. 바꿔 달라는 뜻이다. 100개가 넘는 선발 투구, 쉽게 만나기 어려운 시대가 됐다. 시대의 변화다. 개수가 중요한 게 아니라 문제는 좋은 투구다. 좋은 공이다.

많이 던져라, 단 생각하면서

내가 가장 많이 받는 질문은, 단순하다. 어떻게 하면 좋은 투수가 될 수 있느냐다. 직장에서도 마찬가지일 것이다. 어떻게 하면 좋은 직업인이 될 수 있느냐가 가장 흔한 질문이다.

그럼 어떻게 하면 좋은 투수, 좋은 선수가 될 수 있을까? 늘 그렇듯 기본이다. 기본으로 돌아가야 한다. 사실 나는 타자 전문가는 못 된다. 투수 쪽에 대해서 이야기하라면 조금 이야기할 수 있을 정도다. 내가 생각하는 기본, 나의 경험에 대해 한번 이야기해 보겠다.

나는 참 많이 던졌다. 중학교 2학년 때부터 본격적으로 투수 수업을 밟기 시작했는데, 중고등학교 내내 하루에 100개 이상 던지지 않은 날이 없었다. 처음에는 많이 던지는 게 중요하다. 그래야 내 폼을 만들 수 있고, 패턴을 확립할 수 있기 때문이다. 일단, 익숙해져야 한다.

나는 늘 내가 공을 많이 던졌다고 생각하며 살았는데, 막상 프로야

1997년 나는 일본 진출 이후. 드디어 내 본래의 폼과 밸런스를 되찾을 수 있었다.
바로 그때의 투구 장면을 연속 사진으로 기록하였다.

구에 와 보니 나보다 공을 더 많이 던지는 선수가 있었다. 최동원 선배였다. 최 선배는 경기 전 워밍업 단계에서 이미 100개 정도를 던지고 마운드에 선다. 나는 통상 20~30개 던지고 선다. 최 선배가 뛰던 시절 최 선배는 아마 한 경기에서 통상 150개는 던졌을 것이다. 그러면 워밍업과 본게임 포함해서 하루에 250개를 던지는 셈이다. 그만큼 강철 어깨이기도 했지만, 공 던지기를 루틴화하고 생활화함으로써 성공한 대표적인 선수였다.

일본에서도 비슷한 선수를 만난 적이 있다. 주니치의 야마모토 마사라는 선수다. 전지훈련 어느 날, 세 시간 반 동안 볼을 400개 정도 던지는 것이었다. 못 참고 물었다.

"너 왜 그렇게 많이 던지냐?"

"사실 이렇게 많이 던지려던 것은 아니었는데요. 나 스스로 내 공에 납득할 수가 없었어요. 그래서 제구력이나 밸런스를 찾기 위해 계속 던지고 있습니다. 좋아질 때까지 던져 보려고요."

그러더니 되묻는 것이었다.

"제가 그렇게 많이 던졌나요?"

요즘은 일본도 변했다. 도통 많이 던지려 하지 않는다. 지난겨울, 일본 전지 훈련장에 가 보니 일본 프로야구에서는 아예 시간제로 던지도록 하는 방법을 도입 중이었다. 코칭스태프 판단에 구위나 컨디션을 좀 더 끌어올려야 하는 선수가 있으면, 아예 시간을 정해 주고 그 시간 동안 던지도록 하는 것이었다. 투구 수보다는 질의 시대라고나 할까.

일본에서의 경험을 삼성 감독 시절 한번 응용해 본 적이 있다. 캠프를 끝내기 이틀 전, '오늘 하루는 나 자신과 싸워 이기는 날'이라는 캐치프레이즈를 내걸었다. 투수들에게 자신의 한계까지 한번 접근해 보라고 권유했다. 내가 동계훈련 동안 어디까지 올라섰는지, 올 한 해 내가 무슨 공을 던질 건지, 이런 것들을 확인하는, 투수로서의 기본을 생각하고 확인하도록 하는 날이었다. 내가 강조했던 건 공의 개수가 아니라 공 하나하나에 내 생각을 담아 던지고, 그 생각대로 공이 미트에 꽂히는지를 스스로 판단해 보자는 것이었다.

이렇게 자꾸 던지다 보면 어느 순간 나에게 최적화된 폼을 발견할 수 있고, 나의 공을 찾을 수 있다.

"전구를 발명하기 위해 나는 9,999번의 실험을 했으나 잘 되지 않았다. 그러자 친구는 실패를 1만 번째 되풀이할 셈이냐고 물었다. 그러나 나는 '실패한 게 아니고, 다만 전구가 안 되는 이치를 발견했을 뿐이다.'라고 답했다."

토머스 에디슨의 말이다. 마찬가지로 좋은 공 하나를 찾기 위해 수백 개를 던지는 것은 결코 버리는 공이 아니다. 실패한 공을 던졌던 그 투구는 결코 실패한 투구가 아니다. 많이 던지는 것은 스태미나를 기르기 위해서만이 아니다. 근본적으로는 자신의 공을 찾으려는 것이다. 주니치의 야마모토 마사가 그토록 많이 던졌던 이유가 바로 에디슨의 논리와 똑같은 것이다.

많이 던지는 것은 중요하다. 하지만 기계적으로 많이 던지는 것은 도움이 되지 않는다. 생각하며 던져야 한다. 공 하나하나에 내 생각을 담고 끊임없이 실험해야 한다. 동계훈련 때 보면 우리 선수들은 공의 '구위'와 '제구력'에 지나치게 집착한다는 느낌을 받는다. 반면, 일본이 강조하는 것은 구위나 제구력 쪽이 아니다. 첫째는 밸런스다. 둘째는 시범 경기와 페넌트레이스에 맞춰 몸을 만들어 나가는 단계별 완성도를 꼼꼼하게 체크하고 중요시한다. 과정으로서의 동계훈련이다. 쉽게 표현하자면, 결과 중심이냐 과정 중심이냐, 이렇게 해석할 수도 있겠다. 우리는 공 하나하나를 중요하게 여기지만, 일본은 밸런스와 긴 호흡을 강조한다. 그리고 선수의 생각을 특별히 강조한다.

위기일수록 기본으로 돌아가라

지난해까지 우리 프로야구는 '타고투저'를 염려했다. 2점대 방어율이 두산의 린드블럼 선수(2.88) 한 명이었다. 올해부터 공인구 반발력을 종전 0.4134~0.4374에서 0.4034~0.4234로 줄였다. 그래서인지 작년과 비교할 때 큰 차이가 생겨났다. 반대로 '타저투고'의 경향성까지 나타난다. 8월 28일 현재 방어율 1위는 2.04를 기록 중이고, 2점대 방어율을 기록하고 있는 선수가 6명이나 된다.

잠시 30년 전 통계를 확인해 보자. 1987년 9월 28일 '방어율 20걸'이다. 그때 나는 152와 1/3이닝을 던져 14승 1패 6세이브에 0.77을 기록 중이었다. 2위가 김용수 선수로 2.08, 3위는 한희민 선수로 2.30, 그리고 2점대 방어율의 마지막이 16위인 정삼흠 선수였는데 180과 1/3이닝을 던진 상태에서 2.99였다.

30년 만에 무슨 일이 생겨난 걸까. 이를 정확히 알기 위해서는 방어율의 변화라는 장기간의 경향성에 대해, 빅데이터에 기반한 연구가 선행되어야 한다. 다음으로 현장에 있는 지도자들은 무엇이 이런 변화를 가져오게 됐는지 실증적으로 설명할 필요가 있다. 그리고 역시 전·현직 투수들 또한 스스로의 성찰, 토론이 필요할 것 같다.

다만, 내가 강조하고 싶은 것은, 혹시라도 우리 프로야구가 '많이 던지고 많이 뛰고 많이 생각하는, 그런 야구의 기본기로부터 멀어진 것은 아닌지를 한번 고민하자.'는 것이다. 위기일수록 기본으로 돌아가야 한다. 투수의 기본은 예나 지금이나 변함이 없다. 많이 던지고, 생각하고 던져야 한다. 그러기 위해서는 투수의 기본 훈련인 러닝과 롱토스와 스텝앤스로에 충실해야 한다. 이것이 나의 투수 철학의 삼위일체론이다. 내 투수 이론의 기본이다. '타고투저' 시대야말로 러닝이 강조되고, 스텝앤스로가 강조되고, 롱토스가 강조되고, 밸런스가 강조되어야 한다.

방어율뿐만이 아니다. 관련하여 우리는 왜 강속구 투수가 점차 사라지는지도 고민할 필요가 있다. 미국이나 일본 프로야구는 여전히 투수들의 160km를 넘나드는 강속구가 속출한다. 그런데 우리는 반대로 점점 사라져 간다. 이 또한 기본의 문제일 것이다.

투수는 달리기 선수다

쉽게 표현하자면, 투수는 달리기 선수다. 던지기 선수가 아니다.

던지기 선수에 앞서 달리기 선수가 되어야 한다. 하지만 투수는 단거리 달리기 선수도, 마라톤 선수도 아니다. 투수에게 적합한, 야구 경기에 적합한 그런 기본으로서의 달리기에 충실해야 한다.

나는 중학교 때부터 달렸다. 매일 달렸다. 아버지로부터 '야구를 해도 좋다.'는 허락을 받은 다음 날부터 나는 달리기 시작했다. 물론 학교에서도 훈련의 일환으로 달렸지만 집에서도 또 따로 달리기를 시작했다.

나를 본격적으로 야구인으로 키우겠다고 마음먹으신 뒤로, 아버지께서는 저녁 식사 후 잠시 소화하고 나면 자전거를 타고 "따라와." 하며 앞장을 서셨다. 그 시절 우리 집은 지금 광주광역시 광산구 송정동 근처였는데, 거기서부터 시내 쪽을 향해 자전거를 타고 앞장서시는 것이다. 나는 뒤를 따라 달린다. 광주공항을 거쳐 광주 시가지로 진입하는 곳에 다리가 하나 있었다. 거기가 반환점이었다. 거리가 평균 5~6킬로미터는 족히 됐다. 다행히 동료들이 있었다. 집에서 함께 연습하던 친구들이었다. 서너 명이 비가 오나 눈이 오나, 아버지를 따라 달렸다. 중1 때부터 고3 때까지 6년간, 대회 출전 기간을 빼고 1년을 300일로 계산하여 하루에 6킬로미터면, 얼추 1만 킬로미터가 넘는다. 그런데 학교 야구 훈련에서도 달렸었다. 투수조는 야수조보다도 훨씬 많이 달렸다. 그런데도 밤마다 아버지는 나를 그렇게 달리게 했다.

어느 감독이 내게 이야기 한 적이 있다.

"지금 시대에 그런 방식으로 무조건 달리면 된다고 이야기할 수는 없을 겁니다."

맞는 말이다. 이제는 달리기와 같은 기초 체력 훈련을 여러 방식으로 할 수 있는 시대다. 러닝을 하더라도 심폐 기능을 살펴 가며, 산소 포화도를 측정해 가며 할 수도 있다. 올 한 해, 몇 이닝을 던져야 할지, 그리고 선발일지 아니면 중간 투수일지 등을 계산해 가며 러닝의 양과 질을 계산할 수도 있을 것이다.

그럼에도 나는 지금까지도 달리기의 중요성을 강조한다. 달려야 한다. 왜냐고? 나는 달리기를 통해 야구의 기본을 배웠기 때문이다.

첫째, 나는 달리기를 통해서 야구의 기초를 배웠다. 투수의 기초를 배웠다. 투수의 핵심인 하체와 밸런스의 중요성을 달리기를 통해 알게 됐고, 달리기를 통해 만들었다.

모든 운동의 기초는 달리기다. 하체를 위해서도 그렇고, 근육을 위해서도 그렇고, 체력을 위해서도 그렇고, 심폐 기능 향상을 위해서도 그렇다. 인간은 원시시대 때부터 잘 달렸기에 살아남았다. 야구도 그렇다. 야구에 필요한 운동 능력의 핵심은 달리기다. 컨디션을 조절하고, 볼 스피드와 투구 밸런스, 제구를 유지하기 위해서는 달리기가 가장 기본이 된다. 투수는 시즌 중 몸이 무거울 때만 달리기를 하는 것이 아니다. 가장 기본적인 야구 컨디션 조절을 위해서 반드시 달려야 한다.

한 가지 강조하고 싶은 것이 있다. 야구 선수는 육상 선수가 아니다. 투수의 달리기는 육상 선수의 달리기와는 달라야 한다. 투구 동작과 연관 짓는 달리기 모델이 있다. 때로는 유연하게, 때로는 집중적으로, 마치 마운드에서 공을 던지듯 하는 달리기 훈련법이다. 이를

테면, 손과 발의 움직임을 앞뒤로 크게 휘저어 가며 뛰는 달리기 방법들이 바로 그것이다. 나만의 달리기 모델을 스스로 개발하고 깨달아야 한다.

둘째, 나는 달리기를 통해 한계를 넘어서는 법을 배웠다. 달리기는 가장 재미없는 운동 방법이다. 하지만 나는 재미없는 달리기를 통해 나 자신과 싸워 이기는 법을 배웠고, 다양한 환경 속에서도 나를 넘어서는, 정신적으로도 나를 극복하는 법을 배웠다. 야구 선수로서 나의 일관성을 만들 수 있었다. 사실 던지는 것도 마찬가지다. 하루에 100개, 200개 던지는 것, 정말 지겹고 때로는 괴로운 일이다. 하지만 나는 재미없는 일들을 나의 루틴으로 만들어 넘으로써 단조로운 달리기와 던지기의 어려움을 극복할 수 있었다.

셋째, 언제라도 기본으로 돌아가야 한다는 진리를 달리기를 통해 배웠다. 일본 진출 첫해, 밸런스를 잃어버리고 한없이 추락했을 때 결국은 스텝앤스로를 통해 극복했듯이, 선수라면 결국은 기본에서 시작해야 하고, 기본으로 돌아가야 한다. 그때 일본에서 밸런스를 되찾아야 했을 때도 끊임없이 달렸다. 이렇듯 내게 달리기는 투수로서의 기본이었고, 슬럼프에서 탈출하는 비상구였다.

이럴 때면 늘 아버지가 생각난다. 대체 아버지는 그때 무슨 정성으로 매일 밤 그 귀찮은 훈련을 하셨을까. 얼마나 재미없는 자전거 페달 밟기였을까. 저녁이면 술 한잔하시고, 어쩌면 "동열이 혼자 뛰고

주니치 시절 동료 투수와 러닝 훈련, 1997년 2월 오키나와 차탄구장.

와라." 이럴 수 있으셨을 게다. 그런데 아버지는 항상 앞장서서 페달을 밟으셨다. 달리도록 강제하셨다. 문득 그때가 그리워진다. 그리고 다시 그런 일이 있을 수 있을지 꿈꾸게 된다. 어쩌다 그런 공상에 빠질 때가 있다. 아버지는 자전거를 타고 달리시고, 나는 그 뒤를 뛰어가는 그런 모습 말이다.

선배들의 러닝 수업

달리기하면 생각나는 사람이 최동원 선배다. 최 선배는 내게 투수의 기본은 러닝임을 강조했다. 선배를 그라운드에서 만나게 되면 언제나 뛰고 있었다. 공을 던지는 것보다 뛰는 모습이 최 선배의 트레이드 마크였다. 선배가 가장 중요시했던 연습은 던지기가 아니라 러닝이었다.

"형, 잘 던지려면 어떻게 해야 하죠?"

"야, 러닝 해, 러닝. 뛰어야지."

이런 식이었다. 선배를 모델로 삼았고, 선배를 따라잡는 것이 당시의 목표였기에 나도 선배를 따라 무조건 뛰었다.

러닝과 관련한 기억이 하나 있다. 1982년 세계야구선수권대회를 앞둔 8월. 국가대표 주전 포수는 심재원 선배였다. 나는 투수로서는 막내였다. 투수와 포수 간에도 서열이 있다. 막내 투수의 공은 대체적으로 막내 포수가 받아 주는 식이다. 그런데 선배가 간혹 다른 포수들을 제쳐 두고 내 공을 받아 주곤 했다.

심 선배와 하는 훈련은 단순했다. 심 선배가 인코스 사인을 내면 인코스에 던지고, 아웃코스 사인을 내면 아웃코스에 던지는 연습이었다. 선배가 인코스 사인을 넣고 내가 인코스 쪽으로 공을 던지면 공이 어느 정도 벗어나더라도 선배는 그 공을 꼭 잡아 주었다. 그런데 선배가 인코스 사인을 넣었는데 공이 반대로 아웃코스 쪽으로 빠지게 되면, 선배는 미트질을 하지 않고 그냥 가만히 앉아 있는 것이었다. 공은 뒤로 빠지고 약 30미터를 굴러가게 된다. 그 공을 찾으러 내가 뛰어가야 했다. 마운드에서 홈플레이트까지 18.44미터에다가 다시 30미터를 달려야 하는 셈이었다. 왕복이니까 결국 100여 미터를 달리는 셈이 됐다. 무서운 제구력 훈련이었다. 하지만 또 다른 러닝 훈련이었다.

달리기는 여기서 그치는 게 아니었다. 불펜 투구가 끝나면 투수조는 반드시 달리기로 훈련을 마무리했다. 그때 국가대표 투수들인 임호균, 최동원, 김시진 선배 등과 함께 좌측 폴대에서 우측 폴대까지 왕복으로 열 번씩 뛰고 끝냈다. 타석에서 폴대까지가 100미터 내외니까 열 번이면 왕복 2,000미터를 뛰는 셈이었다.

마지막 열 번째 뛸 때쯤이면 어디선가 심 선배가 나타났다.

"너 나랑 내기할래? 네가 달려서 이기면 아이스크림 사 줄게. 대신 네가 지면 폴대까지 한 번 더 뛰는 거 어때?"

포수조는 마무리 달리기가 없었다. 나는 아홉 번 왕복을 끝낸 상태로 이미 녹초가 되어 가고 있었다. 그 체력으로 어떻게 심 선배를 이길 수 있었겠는가. 무조건 질 수밖에 없었다. 그러면 벌칙으로 한 번 더 러닝을 하고 훈련을 마무리했다. 선배의 짓궂음이었을까? 아니었다. 선배는 나를 아꼈고 기본에 충실해야 함을 가르쳐 주고 있었다. 제구력과 함께 투수의 기본 중의 기본인 러닝의 중요성을 그런 방식으로 지도했던 것이다.

심 선배는 당시 한국의 대표 포수라서 투수에게 무엇이 가장 중요한지를 잘 알고 있었을 것이다. 그래서 내게 그 중요함을 가르쳐 주려고 그렇게 했던 것이다. 그런데 그때의 심 선배는 지금 세상에 없다. 지금도 심 선배와 함께 마지막 열 번째 폴대를 향해 달리기하던 그 시절이 그립다. 선배가 저세상에서 편히 쉬고 있기를 기도한다.

메이저리그에서도 달리기는 기본

달리기는 메이저리그에서도 기본이다. 46세까지 150km가 넘는 광속구로 7번의 노히트노런과 5,714개의 탈삼진이라는 대기록을 세운 메이저리그의 전설 놀란 라이언. 그의 책 『놀란 라이언의 피처스 바이블』을 보면 '투수들에게는 장거리 달리기가 효과적이다.'라는 조언을 받아들여 무릎과 허리에 무리가 생기기 전까지 2년 동안 하루에 8킬로미터씩을 꾸준히 달렸다고 한다. 나중에는 실내 자전거 타기로 바꿔 하체를 단련했다. 흥미로운 것은 사이영상을 7차례나 받은 로저 클레멘스도 이 책을 참고하여 매일 아침 7시에 10킬로미터에 가까운 거리를 40세가 넘어서도 매일 달렸다는 것이다.

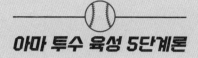

아마 투수 육성 5단계론

1. 스스로 정신력을 확인해 보라

전지훈련에 가게 되면 스카우터들이 뽑아 놓은 신인 선수들을 처음 만나게 된다. 기자가 물었다. "선 감독은 선수를 만나면 맨 처음 무엇부터 살펴봅니까?" "전 눈빛과 하체만 봅니다. 눈빛이 정신 자세입니다." 나 자신과 싸워서 이기는 자만이 승부사가 될 수 있다. 감독은 눈빛을 보면 선수를 판단할 수 있다. 근성이 다르고, 정신력이 다르다. 이런 선수들이 성공하는 사례는 내 경험을 통해서 충분히 입증할 수 있다.

직업으로서의 야구를 꿈꾸는가. 그렇다면 생각 자체가 달라야 한다. 강한 승부 근성이 있어야 한다. 강력한 목표 의식이 있어야 한다. 내가 과연 최고의 선수가 될 수 있는지에 대해 늘 되묻고, 성찰해야 한다. 이런 정신 자세를 훈련에 쏟아 낼 수 있어야 한다. 좋은 투수가 되기 위한 가장 첫 번째 요건은 '정신 자세'에 있다.

물리학자가 물리학의 전문가이듯이, 프로야구 선수라면 야구의 전문가가 되어야 한다. 야구 규칙, 야구 생리학, 야구 신체학, 야구 전술 등 최고의 야구 지능으로 전문가가 되어야 한다. 야구에 관련된 것이라면, 좀 더 범위를 넓혀 스포츠와 관련된 것이라면 무엇이든 호기심을 갖고 공부해야 하고, 내 것으로 만들려는 노력이 필요하다.

특별히 강조하고 싶은 것이 있다. 자기 주도 훈련, 자기 주도 야구가 되어야 한다. 억지로 하지 말아야 한다. 부모님이 시켜서 하는 야구가 되어서는 안 된다. 스스로 야구를 사랑하고 즐길 줄 알아야 한다. 거스 히딩크 감독이 축구 대표팀 감독으로 부임해서 한국 축구를 바꿔 놓은 가장 중요한 이야기가 있다. '경기를 즐겨라.(Enjoy the match.)' 경기를 이기는 것도 중요하지만, 경기를 즐기는 자만이 오래 살아남을 수 있다. 1,500년 전 이미 공자도 이 사실을 이야기했다. "아는 사람은 좋아하는 사람만 못하고, 좋아하는 사람은 즐기는 사람만 못하다." 야구 선수라면 마땅히 그래야 한다.

2. 달려라, 더 달려라

이 책에서 수차례에 걸쳐 반복하고 있는 명제가 있다. '투구는 하체로 하는 것'이다. 구종은 중요하지 않다. 물론 상체의 메커니즘도 중요하지만, 그것보다 더 중요한 것은 하체다.

선수들이 프로에 입단하면 맨 먼저 하는 일이 수술이다. 훈련이 아니라 수술대부터 올라간다. 왜 그런 일이 벌어질까. 잘못된 투구 메커니즘을 갖고 있었기 때문이다. 야구 선수로서의 기본기가 결여돼 있었기 때문이다. 기본기가 바로 '하체 훈련'이다. 하체 훈련의 핵심이 '러닝'이다.

투수는 러닝으로 몸을 만든다. 내가 일관되게 강조하는 부분이다. 다시 강조하지만 피칭은 팔로 하는 것이 아니다. 하체로 하는 것이다. 메이저리그 교본을 빌려 오자면 80퍼센트 이상은 하체로 하는 것이라고 표현한다. 그래서 좋은 투수가 되기 위해서는 야수보다 3배, 4배 이상의 러닝이 요구된다. 나 같은 경우는 3배, 4배의 수준이 아니었다. 최소한 7배, 8배는 더 달렸었다.

똑똑한 타자 9명하고, 똑똑한 투수 1명이 싸우면 과연 누가 이길까? 투수가 이길 확률이 더 높다. 내가 편하게 드는 예가 있다. 타자는 10번 타석에서 잘하면 3번 성공하고, 7번은 실패한다. 그러면 3할대 타자로 최고의 대접을 받는다. 최고 투수는 10게임 던져서 8게임 승리하고, 2게임 정도 실패한다. 이것이 야구다.

야구는 '투수놀음'이다. 투수의 공이 승패를 좌우한다. 미국 통계에 따르면 야구의 승부에서 타자보다는 투수에 의존하는 비율이 80퍼센트 이상을 차지한다고 한다. 약간 다른 설명도 있다. "피칭은 야구의 75퍼센트를 차지한다. 생각하기에 따라 그 수치는 70퍼센트도 될 수 있고, 90퍼센트도 될 수 있고, 그보다 더 높을 수도 있다. 요즘은 그저 '피칭은 야구의 전부'라고 한마디로 압축해서 말해 버려야 한다."(레너드 코페트의 『야구란 무엇인가』)

3. 롱토스, 스텝앤스로, 밸런스 등 기본에 충실하라

요즘 일부 지도자들 중 지나치게 기술을 강조하거나 벌크업을 강조하는 경우가 있다. 나는 동의하지 않는다. 대신 이 책에서 일관되게 강조하고 있는 것은 롱토스의 중요성이다. 캐치볼의 중요성이다. 스텝앤스로다. 그리고 밸런스다. 이에 대해서는 다음 장에 자세히 알아보겠다.

하나 덧붙이자면 유연성도 중요하다. 어느 기자가 내게 농담한 적이 있다.

"선배님은 운동할 때 요가를 하고 있었습니다."

그라운드에서 나는 늘 다리를 목에 걸치고 있거나, 활 자세와 브리지 자세를 자주 하곤 했다. 원정팀 숙소에서도 침대를 도구 삼아 유연성을 키우는 훈련을 했다. 유연성이 중요한 또 한 가지 이유가 바로 '부상 방지 효과'다. 3장에서 살펴볼 '프로 교정 3단계론'에서도 이야기하겠지만, 아마건 프로건 어느 순간 부진에 빠지거나 슬럼프가 찾아올 수 있다. 앞서 1부에서 내가 일본에서의 경험을 특별히 강조했던 이유도 이 부분에 대한 경험을 나누고 싶어서다. 나는 그때 어떻게 극복했던가. 기본기로 돌아가는 것이었다. 기본기 강화를 통해 자신감은 물론 잠시 잊고 있었던 나를 되찾을 수 있었다. 그것이 바로 이 책에서 내내 강조하고 있는 롱토스, 캐치볼, 스텝앤스로 등이다. 기본의 중요성은 천 번을 강조해도 무방하다.

아마야구 학부모들을 만나면 늘 듣는 질문이 두 가지 있다. 하나는 "우리 아이에게 뭘 먹이면 좋을까요?"다. 그때는 그냥 부모님께서 해주셨던 내 경험을 이야기해 드린다. 다음 질문은 "어떻게 하면 공을 잘 던질 수 있을까요?"다. 애당초 비법이란 없었다. 나만의 특별한 비밀도 없다. 비법이라면 바로 '기본기'일 것이다.

4. 공을 가지고 놀아라

투수라면 마땅히 공이 신체의 일부가 되어야 한다. 하루 24시간 내내 공을 손에서 떼지 말아야 한다.

나는 잠들기 전 침대에 누워 천장을 향해 공을 던지는 연습을 하곤 했다. 포심 그립으로 천장을 향해 공을 던지는데, 공이 천장에 닿으면 실패한 것이다. 그때는 공이 엉뚱한 곳으로 튀거나 바로 나를 향해 떨어진다. 깜짝 놀라 피해야 한다. 누웠다가 일어나 그 공을 주우러 가야 한다. 얼마나 귀찮은 일인가. 제대로 된 그립으로 공을 가볍게 토스해 천장에 닿을 듯 말 듯 하게 던지는 연습이다. 그런 다음 공이 내 손으로 제대로 돌아와야 한다.

밤마다 이런 연습을 통해 공의 회전력을 확인하고, 투구감을 익히고, 그립을 내 것으로 만든다. 번트 타구나 강습 타구 때 공을 바로 잡거나, 글러브에서 공을 뺄 때 가장 편안한 그립을 찾아가는 훈련이기도 했다. 손목을 강화시키는 데에도 유용했다. 야구에 대한 생각을 놓지 않아서 좋았다. 무엇보다도 한시도 공을 내 손에서 놓지 않아서 좋았던 훈련이다. 연습은 일본에서도 이어졌다. 동료들이 내 방에 들어

오는 것도 모르고 계속 공을 던지고 있다가 핀잔을 들은 적도 있다.

3년 전쯤 어느 대학 감독이 투수 지도를 요청한 적이 있다. 선수들을 상대로 간단한 강의를 하고 있는데, 아무도 손에 공을 쥐고 있지 않았다. "아니, 왜 공을 가지고 놀지 않습니까?" 순간 의아했다. "선수라면 늘 공을 가지고 놀아야 합니다. 특히 투수들이 공을 손에서 놓는다는 건 말도 안 되는 겁니다. 왜 감각을 스스로 놔 버리는 겁니까?"

5. 내게 편한 것이 가장 좋은 것이다

투수가 던지는 투구와 야수가 던지는 송구는 경기 수행 중 신체활동의 약 70퍼센트를 차지한다. 하물며 투수야 어떻겠는가. 그래서 투구 메커니즘에 대한 정확한 이해와 그것을 바탕으로 한 훈련 역시 중요하다.

여기에서 맨 먼저 강조하고 싶은 건 '지도자에 대한 신뢰'다. 만일 신뢰가 부족하다면 지도자와 더 많이 대화하라고 권하고 싶다. 요즘 지도자들은 예전보다 노력을 더 하고 있고, 최신 야구 이론에도 정통하다. 만일 선수의 신뢰가 부족하다면, 이것은 전적으로 지도자의 탓이다.

야구는 몸으로 하는 운동이라서 글로 풀어 쓰기에는 쉽지 않다. 야구 투구 동작 순서는, 준비 자세에서 시작해 와인드업(wind-up), 스트라이드(stride), 코킹(cocking) 상태인 어깨 최대 외회전(maximum external rotation), 릴리스(release), 팔로스로(follow-through) 순이다. 투수는 와인드업을 통해 위치에너지와 탄성에너지를 축적한 후 스트라이드 동작으로 넘어가면서 중력에 의한 위치에너지를 운동에너지로 전환시킨다. 이런 투구 메커니즘과 신체적 원리에 대한 이해를 바탕으로 반복적인 훈련을 통해 습관화해야 한다. 끊임없는 훈련과 연습을 통해 나만의 투구를 완성시켜야 한다. 그렇게 해서 찾아낸 최적화된 투구 방법은 공을 잘 던지게 할 뿐만 아니라 부상을 막아 준다.

공통적으로 물어오는 질문이 있다.

"어떻게 던지는 것이 가장 좋은 자세입니까?"

그럴 때 나는 되묻는다.

"공을 던질 때 편합니까, 아니면 불편합니까? 편한 자세면 좋은 폼이고, 불편하다면 나쁜 폼입니다. 가장 편한 폼으로 던지세요."

내게 편한 폼이 좋은 폼이고, 좋은 폼에서 좋은 공이 나온다.

3.
기본으로 돌아가라Ⅱ—
롱토스, 스텝앤스로, 밸런스

은퇴 이후인 2001년, 나고야 방송 CBS에서 나의 '롱토스'에 대한 특집 프로그램을 만든 적이 있다. 내가 주니치를 거쳐 간 뒤 주니치 투수진의 전성시대가 도래했는데, 이를 분석한 방송이었다. 거기서 다들 꼽은 요인 중 하나로 '선동열의 롱토스'가 거론됐다. 당시 나와 같이 운동을 했거나 내가 조언했던 여러 투수들, 나중에 삼성 투수코치로 일하게 된 오치아이, 그리고 야마모토 마사, 이와세 투수 등의 인터뷰를 중심으로 롱토스를 분석했다.

그 전까지 주니치 투수들은 롱토스를 하지 않거나 그 중요성에 대한 이해가 부족한 편이었다. 그런데 내가 훈련하는 모습을 따라 하게 되면서 주니치 투수들에게 롱토스는 투구 훈련의 기본이 됐다. 당시 1군 투수 엔트리는 13명이었는데, 훈련을 시작하면 그중 3분의 2 정도가 나랑 같이 서서 롱토스를 하곤 했다. 내가 주니치 구단에 입단했을 때 롱토스를 하는 선수는 사실 나 혼자였는데, 무엇이 이들을 따라 하게 만든 것일까.

롱토스 *long toss*

내가 생각하는 롱토스의 장점은, 첫째, 밸런스를 확인할 수 있다는 점이다. 밸런스가 잡히지 않으면 볼을 멀리 던질 수가 없다. 그리고 힘만 든다. 밸런스가 맞았을 때 공도 멀리 가고, 회전력도 좋아진다. 이것은 투구의 진리다.

둘째, 롱토스를 통해 볼의 회전력을 확인할 수 있다. 공의 회전력이야말로 공 위력의 핵심이다. 그렇다면 이 부분을 반드시 확인해야 한다.

셋째, 워밍업 효과다. 몸을 풀고 내 몸을 서서히 경기에 적응시키는 하나의 과정이다.

넷째, 그렇게 해서 그날 볼을 던지는 데 필요한, 그날의 밸런스를 확인하는 구체적인 단계다.

다섯째, 공의 속도 파악에도 유용하다. 단순히 멀리 던지는 것은 의미가 덜하다. 초속, 중속, 종속을 확인하는 것이 필요하다. 롱토스를 통해 이 점을 확인하는 것이다.

롱토스는 힘이 들고 재미도 없는 일이다. 하지만 나는 1996년 부진에 빠졌을 때 롱토스의 중요성을 절감했다. 물론 내가 좋았다고 해서 지도자가 된 다음 선수들에게 강요할 수는 없다. 감독 시절 나는 선수들의 특성을 고려해 롱토스를 권하거나 기초 훈련에 대한 별도의 시간을 지정하는 식으로 훈련을 지도한 적이 있다. 내가 강조하는 것 중의 하나는 롱토스가 그저 롱토스에 그쳐서는 안 된다는 것, 롱토스는 스텝앤스로와 제대로 결합했을 때 상승효과를 얻을 수 있고, 투수의 기본으로 제자리를 잡을 수 있다는 것이다.

최근 프로야구 스카우터들을 만나 이야기를 들어보면 공통적으로 하는 이야기가 있다.

"요즘 신인들은 반쪽짜리가 많다. 특히 야수들 중에 타격만 하려 들지, 공을 제대로 던질 줄 아는 선수들이 많지 않다. 그런데 수비의 핵심은 공을 잡은 다음 어디론가 던지는 것이 아닌가."

공감한다. 안타깝게도 아마추어 때 공을 던지는 연습을 소홀히 하다 보니 캐치볼이 약한 선수들이 종종 있다. 야구는 공격과 수비가 교차하는 경기이고, 수비의 핵심은 잡는 것과 함께 바로 던지기다. 투수만 던지는 사람이 아니다.

그래서 롱토스는 투수들만의 연습 방법일 수는 없다. 나는 야수들도 이를 기본으로 삼아야 한다고 생각한다. 하지만, 요즘 선수들은 던지는 것을 꺼린다. 그들은 던지는 훈련보다는 치는 훈련이 훨씬 즐거울 것이다.

스텝앤스로 *step and throw*

반복하지만, 투수는 하체로 던진다. 하체 중심이 가장 완벽하게 되어 있는 상태에서 볼을 던져야만 제대로 들어간다. 훈련의 기본이 바로 스텝앤스로다.

'스텝앤스로'는 단어 그대로 스텝에서 시작한다. 정지 상태에서 공을 던지기는 쉽지 않다. 그렇다면 하체와 함께 움직여야 한다. 움직이면서 가장 편한 자세와 보폭을 찾아야 한다. 서 있는 상태에서 공을 던지는 것과 움직이면서 공을 던지는 것을 상상해 본다면 쉽게 이해가 될 것이다. 스텝앤스로는 한마디로 공을 던지기에 최적화된 좋은 스텝을 찾는 노력이다.

그런데 움직이면서 공을 던지다 보면 투구 동작이 흔들리거나 일정하지 않게 된다. 그래서 밸런스가 중요해진다.

스텝앤스로는 단계적이다. 세 걸음을 내디디며 공을 던질 때, 두 걸음만 내디뎌 가며 공을 던질 때, 한 걸음만 내디디고 공을 던질 때, 그 차이는 엄청나다. 세 걸음을 내딛는 상태에서 몸의 균형을 잡고 공을 던지는 것과 한 걸음만 내딛는 상태에서 균형을 잡고 공을 던지는 것은 큰 차이가 있다. 한 걸음만 내딛는 상태에서 공을 정확하게 던지기란 쉽지 않다. 그래서 단계적으로 처음에는 세 걸음으로, 다음에는 두 걸음으로, 맨 마지막엔 한 걸음으로 줄여 나가면서 공을 던진다. 그렇게 하면서 밸런스를 확인한다. 마지막 한 걸음(원 스텝)은 마운드에서 공을 던지면서 한 걸음 내디딜 때와 가장 유사한 상태가 된다.

스텝앤스로(스리 스텝) 배워 보기

❶❷까지가 원 스텝

모델_이영하(두산 베어스)
사진_정시종

❸ ❹ ❺까지가 투 스텝

❸

❹

❼

❽

❼ 지나치게 팔에 힘을 가하다 보면, 던지는 팔이 중심축인 오른쪽 다리보다 지나치게 뒤쪽으로 가게 되는 것을 주의해야 한다.

❽ 밸런스(중심 이동)가 제대로 잡힌 모범적인 스텝앤스로의 마지막 단계, 투구다.

이런 방식으로 스텝앤스로는 스스로 몸의 밸런스를 확인하고 만들어 나가는 단계적이고 체계적인 훈련 방법이다. 이렇게 반복적으로 스텝과 밸런스와 회전력을 확인하고 강화시켜 나간다. 원 스텝에서 밸런스가 안정이 되었다고 느낄 때, 이제는 불펜으로 들어가 마운드를 밟게 한다. 다시 불안정해지면 스리 스텝 단계로 되돌아온다.

　불펜에 들어갔다가 다시 롱토스와 스텝앤스로를 결합하는 훈련으로 되돌아오는 선수들의 공통된 약점이 하나 있다. 상체의 움직임이다. 그냥 세게 멀리만 던지려고 하다 보니까, 하체보다는 상체가 자꾸 앞으로 나간다. 그렇게 되면 공이 역회전한다. 하체를 뒤에 둬야 하는데, 무조건 상체가 먼저 나간다. 그래서 스텝앤스로가 되지 않는 선수는 이점을 반드시 유의해야 한다. 중심은 늘 뒤에 남아 있어야 한다.

　글로 스텝앤스로를 표현하려다 보니 쉽지 않다. 현장과 몸과 시범이 결합되어야만 이해되는 훈련 방법이다. 그래서 현장의 중요성, 직접 지도의 중요성을 강조하고 싶다.

　여기서는 내 투구 이론에서 스텝앤스로가 얼마나 중요한지를 다시 한번 이야기하고 넘어가려 한다. 스텝앤스로야말로 내가 생각하는 야구의 핵심이다. 다만, 선수는 각자의 개성과 신체적 특징을 가지고 있기 때문에, 스텝앤스로 또한 직접 지도를 통해 개별적이고 구체적으로, 맞춤식으로 가야 한다.

　이 점을 독자들이 이해해 줬으면 좋겠다.

밸런스 *balance*

다음은 밸런스다. 강조하지만 롱토스와 스텝앤스로와 밸런스는 셋이 하나다. '삼위일체'다. 기본 중의 기본이다. 셋이 따로 놀아서도 안 된다. 조화를 이루어야만 비로소 투수의 기초가 완성된다.

투수의 핵심이야말로 투구 밸런스다. 와인드업에서 팔로스로에 이르기까지 각 부분의 밸런스가 정교해야 한다. 부분별 밸런스는 물론 전체적으로도 그러해야 한다. 내가 강조하는 밸런스는 중심 이동과 직결된다. 오른손 투수를 기준으로 투수가 홈플레이트를 향해 중심 이동을 할 때, 왼쪽 어깨, 글러브를 낀 왼손, 들고 있는 왼쪽 무릎, 착지하는 왼발, 이 모든 것이 결코 열려서는 안 된다. 왼발이 착지하려는 순간까지 투수의 전신은 철저히 홈플레이트와 일직선상에 위치해야 한다. 밸런스 중 가장 중요한 부분이라 할 수 있다. 이 자세만 보면 밸런스가 잡혀 있는지 흐트러져 있는지를 알 수 있다.

지난 9월 중순, 류현진 선수가 일시적인 부진에 빠진 적이 있었다. 류현진 선수도 어김없이 밸런스를 언급했다.

"가장 큰 건 밸런스인 것 같다. 밸런스가 안 맞으니까 제구도 안 되고, 특히 내가 가장 잘 던질 수 있는 체인지업 제구가 안 되고 있다."

이렇게 자신의 부진을 설명하는 것을 보았다. 밸런스에 대한 류현진 선수의 정의가 정확했다. 어느 기자가 "밸런스를 좀 더 설명해 달라."고 하자 "투구할 때 중심 이동하는 것 말이다."라고 정의했다. 이것이 바로 밸런스의 중요성이다.

밸런스의 효과는? 공이 정확히 들어간다. 회전력이 담보된다. 몸의 부상을 예방한다. 초속, 중속, 종속이 일정하게 된다. 한마디로 공 끝이 좋을 수밖에 없다.

결국은 밸런스를 살리기 위해 롱토스를 하고 스텝앤스로의 단계를 밟아 나간다. 밸런스가 제대로 잡혀야 구위도 살고, 구속도 산다. 부상의 위험성도 없어진다. 어떻게 자신의 체형과 폼에 맞는 밸런스를 찾아내고 유지해 가느냐가 투수로서의 생명을 좌우한다. 강조하지만 밸런스가 살아야 공이 산다. 밸런스는 스스로 확인하려는 노력도 중요하지만, 비디오 분석이나 전력분석팀의 도움을 받는 것이 필요하다. 지도자 시절, 실전에서 이런 방식의 협업을 통해 선수들의 밸런스를 확인하곤 했었다.

밸런스 하면 생각나는 이가 오승환 선수다. 다들 떠올리다시피 오 선수는 탄탄한 근육질형이다. 투수에게 요구되는 유연성과는 거리가 멀어 보이는 체형이다. 처음 만났을 때 밸런스는 탁월한데, 던지는 폼이 독특했다.

"그렇게 해도 던지는 데 무리가 없니?" 물으니 "중학교 때부터 이렇게 던졌는데요." 대답한다. 그렇다면 폼은 손댈 필요가 없는 것이다. 밸런스가 최고면 되는 것이다. 기초가 완성된 셈이다. 거기에 더해 오승환 선수는 연습 벌레였다. 그래서 최고가 될 수 있었던 것이다. 밸런스 하면 또 류현진이다. 그 유연함과 자연스러운 밸런스는 야구 선수라면 누구나 부러워할 정도다. 하지만, 그 밸런스가 치열한 노력 끝에 나온 산물이라는 것은 다들 잊고 산다.

야구는 밸런스 게임

투수 파트를 강조하다 보니 자칫 투수에게만 밸런스가 요구되는 것 아닌가 하고 오해할지 모르겠다. 하지만 타격이야말로 밸런스가 필요하다. 야구 경기를 보다 보면 스윙을 하며 방망이를 내팽개친다든가, 헛스윙을 크게 하고 주저앉는다든가, 공은 저만치 있는데 헛스윙을 하고 넘어진다든가, 그런 재미있는 상황들을 접할 때가 있다. 이유는 간단하다. 밸런스를 잃어서다. 헛스윙을 하더라도 넘어져서는 안 된다. 스윙의 밸런스를 놓쳤기 때문에 자세가 무너지는 것이다. 그렇다면 타격이야말로 타격의 밸런스를 유지하는 것이 중요하다.

수비에서도 밸런스는 중요하다. 공을 정확히 잡아야 하고, 정확히 송구해야 한다. 한마디로 밸런스다.

이렇듯 투수들에게만 밸런스가 중요하다는 생각은 오해다. 수비건, 공격이건, 타격이건, 투구건 밸런스가 야구의 기본이라는 것을 늘 명심해야 한다. 물론 투수에게는 더욱 그러하다.

프로 투수 교정 3단계론

집을 새로 짓기보다 고치는 게 더 어렵다는 말이 있다. 이미 완성 단계에 들어선 프로야구 투수들을 바꾸거나 교정하기는 쉽지 않다. 그럼에도 현장 경험을 통해 완성한 '프로 투수 교정 3단계론'을 다음과 같이 정리해 보았다.

1. 지켜본다

공은 하체로 던지는 것이다. 누누이 얘기했지만, 내 투구 이론의 핵심이다. 프로야구 투수를 관찰할 때 가장 중요한 부분은 하체의 리드, 하체의 밸런스다. 좋은 공을 던지기 위해서는 몸의 중심을 최대한 끌고 가야 한다. 오른손 투수를 기준으로 몸의 중심을 오른쪽 축에 남겨두고 최대한 앞으로 끌고 나가 주어야 한다. 선수의 몸과 중심 이동을 세로축과 가로축으로 그어 놓고 중심을 최대한 유지하면서 몸 전체를 앞으로 끌고 나가는, 중심을 최대한 끌고 나가는 그 모습을 관찰하면 된다. 하체를 보는 이유는 몸의 중심이 밸런스를 유지하며 제대로 서 있는지, 몸의 중심 이동을 제대로 가지고 나갈 기초가 되어 있는지를 확인하는 작업이기 때문이다.

모든 각도에서 선수를 관찰해야 하지만 가장 중요한 관찰법은 옆에서 보는 것이다. 옆에서 봐야 선수의 중심 이동을 파악할 수 있다. 중심 이동의 시간을 관찰할 수 있다. 비유하자면 활시위를 최대한 팽팽하게 해야만 화살이 멀리 날아가는 것이다. 치타가 달리기 위해 최대한 몸을 동그랗게 만들었다가 온몸을 펴서 활짝 내딛는 모습을 상상하면 된다. 투수를 관찰한다는 것은 그걸 보는 것이다. 몸의 중심을 최

대한 모으고 온몸의 에너지를 최후의 손끝으로 모아서 최대한 앞으로 끌고 나와 공을 때리는 그 모습을 관찰하는 것이다. 지도자는 매의 눈을 가져야 한다. 경험과 이론을 통해 선수의 장단점을 한눈에 파악할 수 있어야 한다. 거의 직관에 가까운 경험이다.

2. 제시한다

2군으로 내려온 선수에게 물어본다. "너 볼 던질 때 힘들지 않니?" 대답은 한결같다. "힘들어요." 그런 다음 조심스럽게 묻는다. "너 한번 따라 해 볼래?"

내가 제시하는 해법은 단순하다. "스텝앤스로 한번 따라 해 볼래?" 하고 말한다. 그러면 다들 의아해한다. '나도 프로 선순데 무슨 이따위를.' 이런 표정이다. 그러면 그 앞에서 시연한다. 스리 스텝, 투 스텝, 원 스텝. 그리고 스로. 여러 차례 반복적으로 보여 주고 한번 따라 해 보라고 해야 한다. 2군으로 내려온 선수의 공통된 특징은 밸런스가 무너져 있다는 점인데, 스텝앤스로라는 가장 기본으로 돌아가서 중심 이동과 균형을 되찾게 해 주는 것이다. 이런 식으로 스텝앤스로를 반복적으로 진행한 다음 선수에게 묻는다. 90퍼센트 이상은 편하다고 답한다. 그러면 불펜으로 들어가 보자고 제안한다.

불펜에서도 마찬가지다. 중심 이동이 제대로 되고 있는지만 보면 된다. 중심 이동이 제대로 되면 공의 회전력이 압도적으로 달라진다. 이쯤 되면 본인들 스스로 느낌을 갖게 된다. 그런데 프로야구 선수들은 거의 10여 년 이상 자신만의 폼을 가지고 있기 때문에 금방 안 좋은 상태로 돌아가 버리는 경우가 많다. 이때는 다시 스텝앤스로를 첫 단계부터 되밟아 가야 한다. 이런 식으로 계속 반복한다. 지시나 주입보다는 선수 스스로 깨달을 때까지 기다려 준다. 좋은 공에는 칭찬을 아끼지 말아야 하지만 안 좋은 공에 대해서는 질문을 던져야 한다. '왜 안 좋았지?' 스스로 생각하고 스스로 답하고 스스로 해법을 찾도록 끊임없이 물어야 한다.

2군으로 선수가 내려왔을 때는 정신적 밸런스도 무너져 있는 상태다. 이런 때에 불펜에서 좋은 공이 나오게 되면 칭찬을 아끼지 말아야 한다. 육체적 밸런스와 함께 정신적 밸런스를 유지해 주는 것 또한 2단계에서 지도력의 중요한 포인트다.

사실 내 투구 폼도 좋지 않다. 다만 그냥 내 폼이기에 평생 그렇게 던져 왔을 뿐이다. 좋은 폼은 각자 자기에게 가장 편한 폼이다. 사람이 다르면 폼이 다를 수밖에 없다. 나한테 가장 편한 폼을 찾는 작업이 3단계론의 포인트다. 스텝앤스로를 통해 기본으로 돌아간다. 불펜으로 돌아와 최적의 중심 이동을 반복적으로 시행한다. 그러면 내 폼이 서서히 교정되어 간다.

선수가 스텝앤스로를 통해 균형과 중심 이동이 회복되고 난 다음, 보다 적극적으로 지도를 요청하는 경우들이 있다. 그래서 선수가 수용할 태도가 되어 있는 한도 내에서 지도자가 적극적으로 개입할 때도 있어야 한다. 그때는 구체적인 방법론을 찾아 주는 것이다.

예를 들어 2006년 국가대표 투수코치 시절, 박찬호 선수를 잠시 지도했던 경우가 대표적인 사례가 될 것이다. 내가 감히 어떻게 메이저리거를 지도할 수 있겠는가. 훈련 과정에서 박찬호 선수가 물었다.

"코치님, 제가 작년부터 썩 좋지가 못한데 저 던지는 거 보셨어요?"

"응. TV를 통해서 자주 봤지."

"어떻습니까?"

"지금도 그렇지만 박 선수가 전보다는 팔꿈치가 어깨 아래로 처져 있는 느낌이 든다. 내 생각에는 어깨와 팔꿈치의 수평이 유지되어야

182

하는데 자꾸만 팔꿈치가 아래로 처지는 거 같던데……."

"아, 그렇습니까?"

"그렇게 처지게 되면 부상의 위험성도 높아지고 변화구의 각이 나올 수 없을 것 같아."

이런 식으로 서로 대화를 통해 개별적으로 개입할 수 있는 것이다.

나는 투수의 기술적인 부분에 대한 개입은 최대한 자제하는 것이 맞다고 생각한다. 사실 나는 지금까지 그립이나 어깨에 대해서는 한번도 이야기해 본 적이 없다. 어쩌다 선수가 물어봤을 때 코멘트하는 수준이었지, 구체적인 투수의 기술적 방법론에 대해서는 지도하지 않는다.

3. 선택한다

이런 식으로 선수 스스로 선택하고, 기본으로 돌아오고, 다시 마운드로 올라가는 것을 반복하게 되면, 비로소 폼이 잡힌다. 감독은 이것을 계속 유지할 수 있도록 확인하면 된다. 그러면 투수는 다시 좋았던 상태로 돌아간다.

선수와 지도자 간의 신뢰는 필수다

사실 프로 선수는 이미 완성 단계다. 몸도, 야구관도, 자신만의 루틴도 완성된 단계라서 지도자의 조언이 비집고 들어갈 틈이 많지 않다.

고3 때의 일이다. 한양대학교는 광주에 와서 동계훈련을 했다. 해태 타이거즈 초대 감독을 역임하신 김동엽 감독이 당시 한양대 감독이었다. 다음은 1980년 2월 6일 자 일기다.

"오늘 피칭을 하고 있는데 김동엽 감독님께서 오셔서 내 피칭폼을 가르쳐 주셨다. '볼을 던지려고 하는 순간에 팔목에 힘이 많이 들어가고 스탠스가 너무 많이 벌어지고, 볼을 던지고 나서 포수를 끝까지 봐야 하는데 땅을 본다.' '커브를 던질 때 장난치듯이 던진다. 옆에서 돌리지 말고 위에서 돌려라.' 우리 감독님도 내게 '요령이 있는 피칭을 하라.'고 가르쳐 주시곤 했는데, 김동엽 감독님이 말씀하시는 것이 다 감독님 말씀과 똑같다."

하지만 나도 프로 선수가 되고 나니 달라졌다. 코치의 지도에 저항하는 경우도 생겼던 것이다.

1996년 6월 21일, 한일 양국의 스포츠 신문은 내가 고마쓰와 하야가와 두 투수코치가 지켜보는 가운데 피칭 훈련을 하다가 훈련을 중단했다는 소식을 전했다. 두 코치는 내게 '주자의 도루를 막기 위해 투구 동작을 빠르게 하는 새로운 폼'을 요구했었다. 하지만 나는 강하게 반발했다. 투구 폼 개조는 좀 더 시간을 두고 검토해 보자고 제안했었다. 이때 두 코치가 주문한 새로운 투구 폼은 '피칭 시 오른팔을 아래로 내림과 동시에 오른쪽 무릎을 좀 더 구부리는 폼'이었다. 나는 "빠른 투구 폼으로 볼 위력을 떨어뜨리는 것보다는 타자에 집중하겠다."고 했지만 고마쓰 코치도 물러서지 않았다. "컨디션이 좋을 때는 주자보다도 타자를 막는 것이 확실히 더 낫다. 하지만 지금 선의 컨디션은 그렇지 못하다."

한국 프로야구에서 뛸 때 내 통산 '도루 허용은 125개, 단독 도루가 121개, 이중 도루가 2개, 도루 저지는 33개'였다. 그래서 종합한 '도루 저지율은 0.212.' 그런데 일본 진출 첫해 16과 1/3이닝을 던지는 동안 내가 허용한 도루는 모두 8개로, 주니치 전체의 27퍼센트에 해당했다. 주니치의 선발 에이스 이마나카가 103이닝 동안 2개밖에 허용하지 않는 것과 대조를 이뤘던 것이다. 고마쓰 코치는 냉소적이 됐다. 나는 대한민국 대표라는 자부심이 있었고, 이 폼으로 잘 던져 왔다는 저항감이 있었다. 한동안 시간이 지난 다음에야 코치진의 지도를 수용하게 됐고, 스스로도 개선하려는 노력을 시작하게 됐다.

지도자는 선수의 개성을 파악하고 각기 다른 접근 방법을 선택해야 한다. 선수도 자신의 방식이 한계에 다다랐다고 생각할 때에는 코치진의 지도를 유연하게 받아들여야 한다. 신뢰가 필요하다.

4.
결단하라, 투수 교체 한 박자론

1985년 해태 타이거즈 시절, 1년에 3승에서 5승 정도 하던 선배가 선발투수였다. 우리가 2점 차로 이기고 있던 5회초 투아웃 상황. 아웃카운트 하나면 승리 투수가 될 수 있는 기회였다. 선발투수가 핀치에 몰렸다. 한 방이면 동점이 되는 상황에서 갑자기 투수코치가 아닌, 김응용 감독이 마운드에 올라갔다. 이쯤 되면 심각한 상황이라 선발투수는 감독에게 공을 넘겨야 한다. 그런데 선발로 던지던 선배가 조심스레 저항했다.

"제가 계속 던지면 안 될까요? 해결할게요."

"이리 내."

"한 번만 더 기회를 주십시오."

"……."

감독에게 공을 건네지 않고, 감독과 조금 떨어져 피하듯 마운드를 한 바퀴 돌았다. 감독도 선발투수를 따라 손을 내밀며 제자리를 한 바퀴 돌 수밖에 없었다. 선수가 감독을 이길 순 없는 법. 선발투수는 어쩔 수 없이 감독에게 공을 반납하고 내려갔다. 직후 더그아웃에서 있었던 일에 대해서는 적지 않겠다. 다들 재미있게 기억하는 에피소드가 있다.

선발투수 교체의 어려움

메이저리그도 우리랑 별반 다르지 않다. 이런 일화가 있다.

뉴욕 메츠의 투수, 터그 맥그로가 한번은 케이시 스텡겔 감독에게 한 타자만 더 상대하고 내려가겠다고 요청했다.
"(이번 타자는) 저번 타석에서 스트라이크 아웃을 잡았던 선수입니다."
감독이 대꾸했다.
"그래. 그런데 그와 마주친 저번 타석이 이번 이닝에서였잖아."

잭 햄플의 『야구 교과서』

감독이라면 누구나 선발투수의 승수를 챙겨 주고 싶어 한다. 선발투수에 대한 감독들의 애정은 특별하다. 선발투수는 야구의 영예다. 선발투수들은 승수에 목이 마른 사람들이다. 선발 승수는 선수의 명예이자 경제적 보상과도 직결된다. 그래서 승리를 눈앞에 둔 상태에서 선발투수를 내리는 일은 자칫, 선발승을 뺏는 일이 되기 때문에 감독에게 '과격한' 결단이 요청된다. 구원투수가 구원에 실패하는 경우도 있고, 역으로 선발투수가 위기를 스스로 극복할 수도 있기 때문이다. 해태 타이거즈에서의 사례처럼, 한 타자만 아웃시키면 선발투수는 선발승 조건을 갖추게 된다. 그러니 선발승의 기회를 다른 선수에게 넘기고 싶겠는가. 5회 투아웃까지 고생했던 일을 생각하면 얼마나 아깝겠는가. 이럴 때면 선수도 미련이 남을 수밖에 없고, 감독 또한 주저하기 마련이다. 감독도 인간이기 때문이다.

물론 선발투수가 승리 투수 요건을 갖춘 상태라면 교체를 결정하기가 더 수월할 것이다. 물론 그때도 상황에 따라 다르긴 하다. 사실 이때의 결단에는 수많은 요소가 경합한다. 다음 타자가 누구인지, 오늘 우리 팀 구원진에 어떤 선수들이 대기하고 있는지, 내일 경기는 어떨지, 상대방 투수는 어느 정도인지, 우리 팀은 어느 정도 점수를 낼 수 있는지, 오늘 경기 흐름은, 컨디션은…… 이 모든 것들을 고려해 놓아야 한다. 대단히 복합적이고 신중할 수밖에 없다. 거기다 선발투수를 챙겨 줘야 한다는, 그런 심리적 부담감이 감독을 압박한다.

또 이런 경우도 있다. 선발투수가 베테랑이라면, 그리고 자기가 책임지고 던지겠다는 확신을 코칭스태프에게 전하면, 감독은 베테랑에게 믿고 맡겨 두는 경우도 있다. 하지만 그 상황이 신인 투수라면 또 달라질 수도 있다. 만일 그 위기를 제대로 극복하지 못했을 때, 실패가 주는 충격이 베테랑 투수와 신인 투수 각기 다를 수밖에 없기 때문이다. 신인은 실패의 충격에서 벗어나는 경험 또한 신인일 수밖에 없다. 그래서 실패의 후유증을 예방하기 위해 한 박자 빠른 투수 교체가 필요하게 된다. 가장 간단한 예에 불과하지만 선발투수의 조기 교체가 갖는 어려움은 이렇듯 간단하지 않은 것이다.

실전에서의 한 박자 빠른 교체

2015년 11월 일본 도쿄돔. 프리미어12 대회 때다. 준결승이 대일본전이었다. 우리 팀은 0-3으로 지고 있다가 9회초 4점을 얻어 기어이 역전을 시키고 말았다.

당시 나는 투수코치를 맡고 있었다. 경기 전 김인식 감독님과 투수 운용 플랜을 짜 놓았다. 이기고 있는 상황에서는 마무리 정대현 선수를 올리기로 합의했었다. 정해진 플랜대로 9회말 정대현 선수를 올렸다. 그런데 잘 던지던 정 선수가 투아웃 이후 안타를 얻어맞았다. 일본팀은 기다렸다는 듯이 1루 주자를 교체했다. 대주자는 당연히 발이 빠른 선수. 여기까지는 야구의 정석이다. 누구나 연상하듯 정대현 선수는 언더스로형 투수다. 언더스로형의 약점 중 하나는 투구 폼이 상대적으로 느릴 수밖에 없다는 것. 발 빠른 1루 대주자의 도루는 충분히 예상할 수밖에 없는 상황이 됐다. 분석력이 뛰어난 일본팀으로서는 당연히 정 선수가 마무리로 올라오고, 자기들이 출루하게 되면 발 빠른 대주자를 내보내 도루를 시도하기로 약속이 되어 있었을 것이다.

1점 차 승부였고, 한일전이었다. 9회말 투아웃 상황에서 주자가 1

베이징 올림픽 예선전으로 열린 한일전. 투수 전병호를 안정시키기 위해
마운드에 올랐다. 포수는 진갑용. 2007년 12월 2일, 대만 타이중.

루에 있는 것과 2루에 있는 것은 큰 차이다. 1루라면 안타 한 방이 터져도 점수로 연결되지 않을 순 있다. 하지만 주자가 2루에 있다면, 그때는 안타 한 방이면 무조건 동점 상황이 된다. 이런 상황은 감독과 투수코치에게 결단을 요청한다. 심각하고 발 빠른 결단이 필요한 것이다. 내가 먼저 움직였다. 김인식 감독에게 선수 교체를 건의했다. 이현승 선수를 이야기했다. 일본의 다음 타자는 그해 퍼시픽리그 홈런왕이었다.

당시 상황을 좀 이해할 필요가 있다. 그날 우리 팀 선발은 지금 KT에서 마무리로 뛰고 있는 이대은 선수였다. 3회까지 3점을 주고 내려갔다. 다음 5이닝은 중간 투수들의 몫이었다. 4명이 나와 5이닝을 무실점으로 막아 주었다. 중간계투의 힘으로 9회초에 역전시킬 수 있었다. 그런데 문제는 이현승이 만일 구원에 실패해 동점이라도 주게 된다면 연장 등 다음 이닝을 책임질 투수가 남아 있지 않다는 점이었다. 이런 상황에서 감독과 투수코치는 고민하지 않을 수가 없다. 후속 플랜이 마련되어 있지 않은 상황이기 때문이다.

"감독님, 바꾸시죠."

"왜 바꿔야 해?"

감독님의 생각을 미루어 짐작해 보자면, 이현승 투수는 왼손 투수, 다음 일본 타자는 오른손 타자이기 때문에 굳이 바꿀 필요가 없다고 생각하셨을 게다. 그리고 만일 연장 승부로 갔을 때 이미 우리 팀은 투수를 다 소모했기 때문에 더 이상 투수가 남아 있지 않다는 점 또한 마음에 걸리셨을 것이다.

내 생각은 감독님과는 조금 달랐다. 지금 일본의 1루 주자는 언제라도 도루를 할 수 있는 빠른 발을 가진 주자다. 이현승은 왼손 투수라서 1루 쪽을 지켜보며 언제라도 견제할 수 있다. 그렇다면 도루를 막기에 용이하다. 거기다 이현승 선수는 슬라이드 스텝이 빨라서 투구에 걸리는 시간이 짧고, 제구력도 낮게 형성되기 때문에 큰 것을 맞을 위험성이 덜했다. 더구나 한국에서 산전수전 다 겪은 베테랑 투수라는 점도 고려해야 했다.

감독님은 한참을 고민했다. 나도 더 이상 끼어들면 안 될 것 같아서 "감독님께서 편하게 판단하시죠." 하고 물러섰다. 불현듯 감독님이 결단을 내리셨다. 이현승으로 교체하자는 것이다. 내가 마운드에 올라갔다. 정대현 선수에게 양해를 구했다. 두 선수 모두 상황을 이해해 주었다. 사실 이런 교체는 도박 중의 도박이다. 확신을 가지고 결정하는 것까지야 코칭스태프의 몫이지만, 그다음은 그저 마음 졸이며 지켜볼 수밖에 없다. 승부는 하늘에 맡기는 것이다. 다만, 코칭스태프로서는 여러 상황을 판단하여 단호하게 결정을 내리는 것으로 끝이다. 이 선수는 고맙게도 후속 타자를 3루 땅볼로 처리했다. 경기는 그대로 끝이 났다. 그해 우리는 우승했다. 한 박자 빠른 투수 교체의 중요성. 지도자의 결단의 중요성을 보여 주는 대표적인 사례다.

물론 실패한 사례도 종종 있었다.

삼성에서 수석코치로 일하며 투수 파트를 책임지던 시절. 경기가 끝나면 당시 김응용 감독에게 늘 얻어듣던 핀잔이 있었다. 감독님은 절대 많은 말씀을 하시는 분이 아니었다. 전적으로 믿고 내게 맡겨 두셨다. 그런데 경기가 끝나고 나면 간단한 총평을 남기실 때가 있었다. 더그아웃에서 나와 감독실로 걸어가는 거리가 약 10여 미터. 그

중간에 그날 마음에 담아 두었던 생각을 내게 툭 던지곤 했다. 내가 가장 많이 들었던 말이다.

"너는 정이 너무 많아서 문제야. 오늘 투수 교체도 늦었어."

그랬다. 나 스스로 마음 약해지고, 정리에 사로잡혀 투수 교체 타이밍을 놓친 적이 한두 번이 아니었다. 그래서 경기를 그르친 경우가 많았다. 언젠가 던진 다음 말씀은 지금도 내게 좌표가 되고 있다.

"너는 너무 작아. 넌 좀 더 큰 그림을 볼 줄 알아야 해. 선수 승수 하나 챙겨 주는 것이 중요하니, 아니면 팀 승리가 중요하니. 큰 그림을 봐야 해."

나는 늘 '한 박자 빠른' 투수 교체를 이야기하곤 한다. 김응용 감독과 호시노 감독은 이 부분에 대한 나의 모델이 됐다. 그리고 내가 선발투수로, 때로는 구원투수로 뛰어 봤던 경험이 이런 철학을 완성시켰다. 철저한 경험과 선배 감독들의 지도의 산물이다.

위기에 앞서 대처하라

어느 때가 한 박자 빠른 박자인지에 대해서는 설명할 수 없다. 그리고 여전히 자신이 없다. 야구 감독의 일 중에서 가장 어려운 일을 꼽으라면 나는 '첫째도 투수 교체, 둘째도 투수 교체'라고 말하겠다. 나만 하는 이야기가 아니다. 내가 야구인으로 살아온 수십 년 동안 가장 많이 들었던 이야기다. 과거에도 정답이 없었고, 지금도 정답이 없다. 교체에 대한 결과와 책임은 온전히 감독의 몫이다. 투수 교체의 결과는 바로바로 평가된다. 그래서 더욱 괴롭고 쓰라리다.

그럼에도 위기를 미리 읽어 내고, 위기를 미연에 대처하고, 한 박자 빠른 투수 교체를 통해서 공격적으로 야구를 이끌어 가고, 지키는 야구를 만들어 가는 것. 이것이야말로 서서히 정립된 나의 투수 철학이자 인생관이다. 한 박자 빨리 움직여야 한다. 한 박자 빨리 대응해야 한다. 그러려면 한 박자 빨리 위기의 징후를 읽어 낼 줄 알아야 한다. 본능에 가까운 위기 감지 능력이 필요하다.

심지어 이런 말도 있다.

"누구든 보름 후 교수형에 처해진다는 걸 알면 마음을 좋은 쪽으로 집중할 것이다!"

구단이나, 선수나, 기업이나, 사회나, 국가나 다 마찬가지일 것이다. '위기가 닥쳤을 때 반응해야 하는가, 아니면 위기를 미리 예상하고 반응해야 하는가.' 대단히 중요한 선택의 문제다. 그런데 위기가 닥쳤을 때 비로소 반응하면 늦는 경우가 대부분이다.

내가 세상에 대해서 코멘트할 만한 그런 입장은 못 되지만, 내 야구 철학에 대입해 본다면, 한 박자 빠른 투수 교체는 플랜 B와 결합되었을 때 위기를 미리 예측하고, 위기에 대한 대응책을 미리 마련해 두고, 위기의 징후가 보였을 때 선제적으로 대응하는, 그런 철학이라 설명할 수 있다. 한 박자 빨라야 한다. 남들보다 한발 빨리 움직여야 한다. 위기의 징후를 읽어 내고, 합리적으로 판단하고, 과감하게 결단하라. 그리고 그 책임을 결코 회피하지 마라.

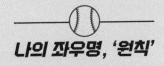

나의 좌우명, '원칙'

나라고 딱히 좌우명이 있었던 것은 아니다. 하지만 나이가 들면서 자신이나 혹은 자녀들에게, 때론 후배들에게 뭐라고 규정지어 설명할 만한 단어나 문장을 찾아야 했다. 나아가 감독으로서 선수들에게 쉽게 이야기를 해야 하거나 단순하게 기억시킬 만한 내 생각을 정리해야 했다. 오랜 시간 고민하고, 성찰하고, 정리해 보니 크게 둘로 요약할 수 있었다. 하나는 원칙, 둘은 순리였다. 이는 내게는 소중한 가치이고, 앞으로도 소중한 가치일 것이다. 여기에서는 먼저 원칙에 대해서만 정리한다.

1. 야구의 법과 윤리를 지킨다

나는 여태껏 야구의 룰과 야구의 도덕률에 충실했다. 인생의 법칙을 야구에서 배웠고, 법과 규칙을 야구의 룰을 통해 배웠다. 내 인생은 야구인으로 살면서 야구의 도덕률과 규칙을 지키는 것이고, 이는 곧 세상의 법과 윤리와도 일치하는 것이라 생각한다. 야구의 법과 윤리를 지키는 것, 그리고 이를 통해 세상을 이해하는 것. 이것이야말로 원칙의 첫 번째 내용이다.

2. 내 이익을 위해 다른 사람을 희생시키지 않는다

나 때문에 기회를 얻지 못한 선수들이 많았을 것이다. 나는 팀에서 늘 에이스로 살아왔기 때문이다. 그 점에서 나는 행복했고 행운아였다. 하지만 나이가 들어갈수록 나로 인해 기회를 제대로 얻지 못했을 동료들을 생각하면 미안한 감정이 되살아난다. 지금은 그렇지 않지만 어린 시절에는 당연하게 생각했다. 그 선수들에 대한 이해나 배려심이 부족했다. 하지만 보다 본질적인 내 원칙 중 하나는 내 이익을 위해서, 승리를 위해서 다른 사람을 희생시키거나 이용하지 않는 것이다. 일시적인 승리를 위해 선수를 이용하거나, 팀의 승리를 위해 감독으로서 선수들을 희생하거나, 이런 일들은 내 야구의 원칙에 맞지 않는다. 야구는 원칙과 도덕의 스포츠다. 야구는 지극히 윤리적인 스포츠다. 그래서 야구인이라면 마땅히 다른 선수나 동료의 희생을 강요해서는 안 된다. 이기적으로 이용해서는 절대로 안 된다. 팀 내부적으로도 공정해야 한다. 그리고 팀 전체에 대해 감사해야 한다.

3. 기본에 충실한다

원칙의 핵심 중 핵심은 기본에 충실하라는 것. "직구 하나만 잘 던져도 10승은 할 수 있다." 내가 수백 번 강조해 온 말이다. 이 말은 곧 투수로서의 기본을 강조하는 말이다. 야구 선수로서의 기본을 강조하는 말이다. 야구 선수로서 슬럼프에 빠지는 것은 누구에게나 있을 수 있다. 이런 때 대답 또한 분명하다. 기본으로 돌아가야 한다. 그러면 처음 시작하는 사람들은 어떻게 해야 하나. 역시나 기본기에 충실하면 된다. 내 야구 인생을 되돌아보면, 고맙게도 좋은 스승들을 만나 탄탄한 기본기를 익힐 수 있었고, 기본기를 유지시켜 주고 응원해 주는 감독과 동료들이 있었다. 기본에 충실해야 한다. 이것이 내 야구 인생의 분명한 원칙이다.

4. 이겨야 한다

그럼에도 불구하고 나는 경기에서 이겨야 한다고 생각한다. 최종 승리는 결국 우승이다. 개인적으로도 자기 분야의 최고가 되어야 한다. 그것 또한 승리다. 승리는 세상의 가장 기본적인 법칙이자 스포츠 세계의 궁극적 목표다. 물론 과정은 중요하다. 실패도 노력만큼 아름답다. 경기 자체가 주는 흥분과 감동 또한 중요하다. 그럼에도 나는 프로 선수라면 강렬한 승부 근성, 우승에 대한 강한 욕망을 감추지 말아야 한다고 생각한다. 나는 이 점에 대해서 솔직했다. 때론 무리도 있었고, 승부를 즐기다 보니 냉정한 사람으로 비치기도 했던 것 같다. 그럼에도 불구하고 승부의 세계는 경쟁의 세계다. 경쟁은 승자와 패자로 나뉜다. 공정한 경쟁을 통해, 나를 이기는 승부를 통해 승리의 길을 걸어야 한다. 이 또한 나의 원칙 중의 원칙이다.

5. 내가 잘할 수 있는 일을 한다

고백건대 내게도 정치적 유혹이 많았다. 하지만 나는 잠시도 흔들리지 않았다. 나를 이른바 정치판의 병풍으로 세우려는 시도도 수백 번 있었다. 총선 때마다 내게 출마 제안이 들어오기도 했다. 비례대표 제안도 몇 차례 있었다. 대선 때면 '지지 그룹으로 들어와라.' '지지 선언을 해 달라.' '후보와 함께 야구장에 가 줄 수 있느냐.' '스포츠 특보를 맡아 달라.' 이런 제안들이 많았다. 정치적 자리를 제안 받은 적도 있다. 총선 때나 지방선거 때도 제안들이 있었다. '지원 유세 좀 해 줄수 있느냐.' '함께 사진 좀 찍어 달라.' '지지 선언 좀 해 달라.' 또 어떤 이들은 '내가 사업상 꼭 필요한데, 술자리 좀 나랑 함께 가 줄 수 있을까.' 하고 부탁하기도 했다.

사실 이런 유혹으로부터 자유롭기가 쉽지는 않았다. 나도 한국 사회의 네트워크 속에서 살아왔기 때문에 제안을 거절하기가 참 민망했다. 그럼에도 나를 지키기 위해 노력했다. 늘 차분해져야 했다. 나는 아직까지 '순수한 야구인'으로 살아가고 있다. 그 점에 대해 스스로 대견스러울 때도 있다. 물론 야구인 중에서도 훌륭한 정치인이 될 만한 분들이 넘쳐난다고 생각한다. 야구장에서의 경험, 코칭스태프로서의 경험이 정치와 크게 다르지도 않을 것이다. 건강과 스포츠 분야에 대한 전문성을 살릴 수도 있을 것이다. 하지만 난 아니다. 나는 야구와 야구를 둘러싼 몇몇 부분에 대해서는 나름대로 경험을 가지고 있지만, 그 이상은 아니다. 그래서 나는 스스로 분수를 생각한다. 그리고 내가 잘할 수 있는 일을 잘 하는 것이 나의 원칙이라고 생각한다. 나는 야구인으로 태어나 야구인으로서의 인생을 살고 있다. 나는 아직도 그라운드에서 절차탁마해야 할 일이 남아 있다.

6. 직구로 승부한다

아직 이런 말을 쓰기에는 이르다는 것을 안다. 야구의 상황으로 비유해 보자. 9회말 투아웃 만루, 볼카운트 투스리 상황이라고 치자. 이때 내 인생의 결정구는 무엇일까. 당연히 직구다. 나는 야구인으로서 이런 삶을 사랑한다. 원칙적인 삶이다. 순진한 삶이다. 꾀부리지 않는 삶이다. 왜곡하지 않는 삶이다. 위선적이지 않은 삶이다. 솔직한 삶이다. 맑고 투명한 삶이다. 그때 그 순간 타자가 당연히 직구를 예상할 것이다. 그래도 나는 직구를 던지는, 그런 기본적인 삶을, 야구인으로서 살아갈 마지막 날까지 유지하고 싶다. 그래서 나는 초구도 직구였고 마지막 승부구도, 마지막 결정구도 직구일 것이다.

이 말을 좀 더 확장시키자면, 나는 야구인으로서의 표준적인 삶, 야구인으로서 기본적인 삶, 그리고 야구를 꿈꾸고 사랑하는 후배에게 모델이 되는, 그런 원칙적인 삶을 꿈꾼다. 구차한 삶보다는 솔직한 삶. 여기저기 기웃대기보다는 야구인으로서 야구공 하나만을 쳐다보고 그라운드에서 아름답게 땀 흘리며 함께 뛰는 삶. 이것이 내 인생의 원칙이다. 그래서 나는 마지막까지 야구인으로 살다 야구인으로서 떠날 것이다.

결론적으로 나는 '원칙적인 사람'이고 싶다. '원칙적인 야구인'이고 싶다. 때론 원칙이 나를 지나치게 속박할 것이다. 그럼에도 나는 야구인으로서 원칙을 지키고, 원칙이라는 과정 속에서 살아가는, 지극히 원칙적인 인간이고 싶다. 이것이 내 좌우명의 핵심인 '원칙'이다.

5.
스스로를 버려야 한다

과거에서 깨어나지 못하는 이가 있고, 미래를 사는 이가 있다. 물론 과거는 소중하다. 하지만 과거의 자신에 안주해서는 안 된다. 끊임없이 미래를 향해 내달려야 한다.

나 또한 과거의 화려함에 사로잡혀 앞으로 나아가지 못하는 경우가 많았다. 나 자신으로부터 자유롭고 독립적이어야 했는데, 그러지 못한 적이 여러 차례 있었다. 이 장의 리더십은 바로 이 부분에 대한 나의 반성이자 생각이다.

스타 중심에서 팀 중심으로

삼성 감독으로 취임했을 때, 내가 설정한 비전 중 하나가 '죽어야 산다.'였다. 좀 더 부드럽게 표현하자면 '버려야 산다.'였다. 삼성 프로야구단은 과거 삼성의 야구로부터, 그때까지 삼성이 써 온 한국 프로야구의 역사로부터, 한국 최고의 대기업 삼성 그룹의 문화로부터 좀 더 독립적이고 자유로워져야만 했다.

투수코치로 일하면서 분석해 온 당시 삼성의 팀 컬러는 첫째, 지나칠 정도의 스타플레이어 중심이었다. 당시 프로야구의 스타들은 삼성이 다 데리고 있었다고 해도 과언이 아니었다. 이들의 영향력으로부터 팀의 리더십을 확보해 내고, 스타 중심에서 팀 중심으로 재편하는 것이 선결 과제라고 판단했다.

둘째, 공격적이고 화끈한, 한 방에 의존하는 야구가 삼성 스타일이었다. 팬들에게는 열정과 흥분을 자아내는 멋진 스타일이다. 하지만 단기전 승부에서는 위험했다. 분석적이거나 체계적이지 못했다. 그래서인지 가을 야구에만 가면 조용히 물러서곤 했던 게 당시 삼성의 현실이었다. 공격의 장점은 그대로 두되, 수비력을 강화시키고, 분업화된 투수 간의 역할 분담을 통해 강력함을 키워 나가는, 이른바 '지키는 야구'로 개조하는 것이 팀의 미래라고 보았다.

늘 그러하듯 나조차도 바꾸기 힘든데, 팀 전체를 바꾸는 것은 보통 일이 아니었다. 내가 제시한 '지키는 야구론'은 여태껏 삼성이 만들어 온 팀 컬러와는 180도 다른 방향이었다. 당연히 저항이 있었다. 여기서부터는 리더십의 문제가 된다. 먼저 비전을 제시해야 한다. 합

2004년 삼성 수석코치 시절 선수들과 미팅 장면. 왼쪽에서부터 류중일 작전·수비코치(현 LG 감독),
김종모 타격코치, 나, 장태수 외야수비코치.

리적인 논거를 제시해야 한다. 문제점을 정확히 분석해야 한다. 팀 내부를 설득해야 한다. 구단과 외부 팬들, 그리고 언론들까지도 설득해 낼 수 있어야 한다.

"이기는 것은 습관이다." 전설적인 미식축구 감독 빈스 롬바르디의 말이다. 이 말을 바꾸자면, '지는 것도 습관이다.' 삼성의 가을 야구 패턴에서 벗어나기 위해서는 당연히 혁신이 있어야 했다. 나는 먼저 선수들을 상대로 설득에 나섰다.

"야구는 전쟁이다. 반드시 이기는 삼성을 만들겠다. 그러기 위해서 우리는 과거의 우리를 스스로 부정해야 한다. 스스로를 버려야 한다. 스스로를 이겨 내야 한다."

나부터도 쉽지 않은 일이었지만, 함께 해 나갔다. 모험은 성공했다고 자평한다. 때리는 야구에서 지키는 야구로, 스타플레이어 중심 야구에서 팀이 스타가 되는 야구로 서서히 바꾸어 놓았다. 결코 쉽지 않은 일이었음에도 선수들 스스로가 자신을 버리고 팀을 위해 희생했다. 거대한 변화였다.

과거의 월계관에 기대지 마라

"절대 과거의 월계관에 기대지 마라. 깔고 앉은 월계수 잎보다 더 빨리 시드는 것은 없다."

자신의 이름을 딴 화장품 회사 창업자인 메리 케이 애쉬의 말이다. 이 말을 되새기지만, 나도 쉽지 않다. 아마야구 최고의 스타가 꼭 프로야구 최고의 스타가 되는 것은 아니다. 신인 드래프트 1번이 꼭 신인왕이나 MVP가 되란 법은 없다. 스타 선수가 명감독이 되란 법은 더더욱 없다. 그래서 늘 나 자신을 버리기 위해 노력하지만 이 또한 쉽지 않다. 나 스스로 과거에 사로잡혀 내 탓을 하기보다는 선수 탓을 하는 경우도 많았다.

피터 드러커라는 세계적인 경영학자가 했던 말도 있다. "성공의 법칙은 반드시 배반한다." 누군가는 이 말을 "사람은 성공하는 방식으로 망한다."고 번역하기도 한다. 과거에 안주하는 자는 결코 성공할 수 없다. 야구도 변하고, 야구를 둘러싼 환경도 변하고, 상대 팀이 변하고, 상대 타자가 변하고 있는데, 나만 구태의연하게 과거의 습관을 그대로 유지한다면 결과는 너무나 뻔하지 않겠는가.

다시 반복하지만, 나는 한국을 대표하는 스타라는 명예에 사로잡혀, 그 무게를 견뎌 내지 못하고 무너진 적이 있다. 일본 야구의 분석력과 나를 교정하려는 코칭 시스템에 대해 반발하고 훈련을 거부한 적도 있다. 그것이 얼마나 잘못되었고, 나 자신을 버리는 데서 새롭게 출발해야 한다는 것을 알 때까지 너무나 많은 시간을 소비했다.

정반대로 자신의 안 좋았던 과거에만 사로잡혀 '나는 안 돼.' 하는 선수도 만날 수 있었다. 충분한 잠재력을 가지고 있음에도 본인의 노력 부족으로 과거로부터 결별하지 못하는 선수들도 있다.

한국 프로야구에는 '신고 선수 신화' '연습생 신화'라는 말이 있다. 하지만 이것은 결코 신화(神話)일 수 없다. 이것은 신의 이야기가 아니다. 사람의 이야기다. 본인의 노력을 통해서 마치 나비가 끊임없이 탈바꿈을 하듯, 새롭게 태어나고 또 새롭게 태어난 사람의 이야기다.

사람의 역사다. 나는 현장에서 그런 선수를 만날 때면 나도 모르게 감사하곤 했다. 장종훈, 김현수 선수에게 존경을 표한다.

과거의 자신과 결별하기

먼저 과거의 자신과 결별해야 한다. 야구는 자기 자신과의 거대한 승부다. 세상을 바꾸기보다 자기 자신을 바꾸기가 더 어렵다는 말도 있다. 내가 후배 선수들에게 즐겨 쓰는 말이다.

"자기 자신과 싸워 이기는 사람만이 진짜 이기는 사람이다."

동계훈련 때면 선수들을 상대로 인사말을 해야 할 때, 늘상 이 말을 반복하곤 한다.

"이번 동계훈련에서는 반드시 자기 자신과 싸워 이기는 선수가 되어 봅시다."

자기를 넘어서는 일이건 자기를 부정하는 일이건, 이 모두는 자신에 대한 이해가 전제된다. 자신에 대한 객관적인 평가가 있어야 한다. 다른 한편, 자신에 대한 준엄한 자존심이 있어야 한다. 자기 믿음이요, 자기 확신이다. 진정한 자아에 대한 믿음이 전제될 때 자기를 부정할 수도 있고 자기를 넘어설 수도 있다.

다음은 메이저리그의 명투수 그렉 매덕스가 1999년《애틀랜타 컨스티튜션》과 한 인터뷰다.

"투수로서 자기 자신을 잘 이해하면 투구하기가 쉬워집니다. 타자들의 성향은 예전이나 지금이나 똑같습니다. 오른손잡이도 있고, 왼손잡이도 있고, 직구에 강한 타자도 있고, 도루에 능한 타자도, 홈런 타자도 있죠. 단지 이름만 다를 뿐이에요. 따라서 자기 자신을 더 잘 알게 되면 더 쉽게 느껴진다는 것이죠."(하비 A. 도프만의 『이기는 선수의 심리 공식』)

그렇다. 책의 표현을 좀 더 끌어 오자면 "걱정(worrier)은 타자의 몫이고, 투수는 전사(warrior)가 되어야 한다."

작은 사례가 될 것이지만, 포스트시즌에 가면 나는 두 가지 상반된 감정을 가졌었다.

나도 사람이기에 큰 승부 때 마운드에 서는 것이 때로는 두려웠다. 중학교 2학년, 소년체전 대표로 맨 처음 동대문야구장 마운드에 섰을 때, 세계청소년야구선수권대회에 참가해 처음으로 미국 마운드에 섰을 때, 서울에서 열린 세계야구선수권대회 미국전에 선발 등판했을 때, 사실 나는 떨고 있었다. 대학 2학년 때 처음으로 고연전에 선발 등판했을 때, 그때마다 다리가 후들후들 떨리고 있었다. 공을 어디에 넣는지도 모를 정도였다. 프로야구 선수로 제법 경험을 쌓고 난 포스트시즌 때도 이런 두려움은 정도는 달랐지만, 가시지 않았다. 나약한 한 인간에 불과했기 때문이다.

한편엔 두려움이 있었는가 하면, 다른 한편에는 내가 페넌트레이스 때 이미 충분히 잘 던져 왔던 선수들이고, 분석해 본 타자들이기에 '뭐 별일 있겠어.' 하는 안일함도 자리 잡고 있었다. 일종의 오만이었다.

그런데 페넌트레이스와 포스트시즌 승부는 전혀 다르다. 포스트시즌 경기는 단기전이고, 집중적이고, 분석에 기반한, 그리고 철저히 노림수를 가지고 나오는, 그런 승부라는 것을 때때로 망각했다. 그저 예전에 해 온 방식 그대로 막연하게 포스트시즌을 맞이하곤 했다. 상대방은 나에 대해 철저히 연구하고, 새로운 전략과 전술로 내 공을 대하는 데 반해 나는 그러지 못했다. 나는 여전히 과거에 사로잡혀 있었고, 상대 팀 선수들은 과거에 대한 성찰을 바탕으로 새로운 승부를 구상해 오곤 했었다. 누가 이기고 누가 지겠는가. 뻔한 것이다.

프로 입단 후 처음 맞이한 1986년 한국시리즈 1차전 때다. 선발로 나가 6회까지는 제법 잘 던졌다. 7회가 문제였다. 상대 팀인 삼성 이만수 선수에게 2루타, 다음 김성래 선수에게 홈런을 맞았다. 8회말 우리 팀이 한 점을 내 2-1로 따라붙었다. 그러면 그거라도 잘 지키고 있어야 9회말 역전의 기회라도 있을 텐데, 9회초 나는 다시 1점을 뺏기고 말았다. 그것도 밀어내기 점수였다. 투수라면 결코 있어서는 안 될, 지금 돌이켜 보아도 부끄러운 일이었다. 팀 덕분에 패전은 면했다. 승리 투수는 마지막 2회를 던진 신인 김정수 선수의 몫이었다. 나는 에이스가 아니었다.

4차전에 선발로 등판했다. 이때도 중간에 마운드에서 내려와야 했다. 팀의 우승을 결정지은 마지막 5차전에 가서야 마무리로 나서 4이닝 동안 삼진 8개를 잡으며 세이브를 차지했지만, 이 또한 에이스로서의 품격과는 거리가 먼 일이었다. 그해 한국시리즈는 신인 김정수 투수가 무려 3승을 따내며 MVP에 올랐다. 당연한 결과였다. 김정수는 미래를 향하고 있었고, 나는 과거에 머물러 있었다. 나 자신을 버리지 못했던 참으로 부끄러운 역사들이다.

미래를 향해 달려라

KBO 홍보위원으로 일할 때다. 당시, 전지 훈련장을 찾아 투수 인스트럭터 일도 겸하고 있었는데, 어느 구단에 갔더니 그해에 유망주 순위에서 앞서고 있는 투수가 공을 던지고 있었다. 자질은 특출 나 보였지만, 약간의 문제가 엿보였다. 하체 밸런스가 약해 보였다.

먼저 팀 내 코치들과 이야기를 나누었더니 이런 대답이 돌아왔다.

"선배님께서 이야기 좀 해 주시지요."

그래서 조심스럽게 접근했다.

"이렇게 던지게 되면 부상이 오기 쉽다. 그리고 아마와 프로의 차이가 생각보다 쉽지 않을 것이다. 조금 변화를 주는 것이 어떨까?"

그 전에 여러 코치들이 여기저기 개입하는 것이 불편했을 것이다. 아마 때는 충분히 통했을 구위지만, 프로에서는 이 상태로는 어려움을 겪을 거라는 것이 당시 코치진의 생각이었다. 나는 단지 인스트럭터일 뿐이었다. 조금 더 과감하게 개입할까 고민하다가 스스로 자제했다. 떠난 다음에도 늘 그 선수의 밸런스가 자꾸만 생각이 났다.

그런데 그때까지 주목받지 못하고 있던 신인급 투수가 눈에 들어왔다. 발전 가능성이 있어 보였다.

"너는 이렇게만 던지면 내년에 무조건 두 자리 승수다."

훈련 태도가 마음에 들었다. 전지 훈련장에서 10일 정도 있었는데, 훈련장을 떠나며 내가 썼던 장비나 옷가지들을 그 투수에게 선물로 주었다. 그냥 선배로서 격려의 일환이었다. 그리고 격려가 현실이 됐다. 다음 해, 그 선수는 13승을 거두었다. 이름을 밝혀도 될 것 같다.

지금도 현역 생활을 계속하고 있는 배영수 선수다. 또 다른 신인 선수는 제대로 꿈을 펼쳐 보지 못한 채 안타깝게 그라운드를 떠나고 말았다.

끊임없이 과거를 극복하며 미래로 달려 나가는 선수가 있다. 나도 한때 과거의 월계관에 사로잡혀 살았다. 하지만 그 꿈에서 깨어나기까지의 고통은 상당했다. 스스로를 극복하지 못하면 미래를 설계할 수 없다는 것을 그때 알았다. 그래서 나는 지금도 끊임없이 과거의 선동열로부터 벗어나 미래로 달려가기 위해 노력하고 있다. 이 교훈을 나누고 싶었다.

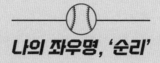

나의 좌우명, '순리'

나의 좌우명은 앞 장에서 다룬 대로 '원칙'과 '순리'다. 원칙은 자칫 경직되어 보인다. 엄격해 보인다. 그럴 수 있을 것이다. 원칙은 근본이고 뿌리이기 때문이다. 순리는 마치 물 흐르는 것과 같다. 유연하다. 자연스럽다. 부드럽다. 이런 강함과 부드러움의 조화, 엄격함과 유연성의 조합이야말로 내 인생이길 바란다. 그래서 원칙 못지않게 순리가 나의 좌우명 중 하나가 되는 것이다.

1. 스스로에게 엄격하고 겸손해야 한다

스타의 삶은 자칫 위험하다. 스스로에게 엄격하고 겸손하지 않으면 위험할 수 있다. 어린 시절 선배나 멘토들은 나를 늘 염려했다. 혹시라도 내가 자만심에 빠지거나 빗나갈까 봐 늘 걱정해 주고 스스로 경계하게 만들었다. 지금 생각하면 그런 지도들이 오늘의 나를 지탱해 주었다. 언젠가 선배가 들려준 이야기다.

중국 춘추시대 송나라의 대부 정고부(正考父)는 왕을 삼대나 모신 훌륭한 원로였다. 그는 자기 집 사당에 이렇게 새겨 놓았다고 한다.

"처음에는 머리를 숙이고 명을 받았고, 두 번째는 허리를 굽히고 명을 받았고, 세 번째는 엎드리다시피 하고 명을 받았다. 담장을 따라 걸어도 업신여기는 사람이 없었다. 범벅이라도 좋고 죽을 쑤어도 좋다. 내 입에 풀칠만 하면 된다."

벼슬을 받을 때마다, 명예를 누릴 때마다, 늘 이렇게 겸손하고 자기 자신에게 엄격했다는 것이다. 야구 선수는 자기가 노력해서 스타가 된 측면도 있지만, 팬들의 성원 덕분에 스타가 되었다는 점을 늘 명심해야 한다. 물론 이런 점에서는 나도 부족한 점이 많았지만, 프로야구 선수라면 반드시 기억해야 할 덕목이라고 생각한다. 한때의 스타성에 도취되어 스스로를 어렵게 만든 후배들이 얼마나 많았던가.

그렇다. 스스로를 경계하는 것. 한없이 겸손해지는 것. 이것이야말로 순리다.

2. 나아가고 물러설 때를 알아야 한다

신인들이 새로 스타팅 멤버로 올라오고, 고참들이 서서히 은퇴하는 것 또한 세상의 순리다. 내가 생각하는 순리 중에 한 덕목은 바로 이 점과 연결된다. 늘 내가 어디쯤 서 있는지, 어디쯤 가고 있는지를 판단해야 한다. 무엇이 부족한지, 무엇이 잘난지를 되돌아보아야 한다. 그리고 팀 내에서 내가 부담스러운 존재가 되어 간다고 평가되면 조용히 물러설 줄 알아야 한다.

'낙엽이 져야 할 때'를 제대로 판단하지 못해 은퇴식조차 없이 그라운드를 떠나야 했던 선배들을 본 적이 있다. 때로는 나도 '좀 더 현역 생활을 해야 했던 것 아닌가.' 하는 생각이 들 때가 있다. 간혹 후배들의 인생 타이밍에 대해 상담할 때도 있지만 그것이 때와 순리에 적절했는지는 지금도 자신 없는 일이다. 다만, 나 자신의 진퇴에 대해서는 늘 순리라고 판단했고, 확신을 가지고 결단했다. 순리를 읽는 감각이 필요하다.

3. 세상의 흐름을 읽어야 한다

순리는 경기 흐름과도 상관이 있지만, 경기장 밖의 여론 혹은 팬심과도 상관이 있다. 세계 야구의 흐름, 선진 야구의 흐름을 쫓아가는 것 또한 순리다. 야구의 전술도 시대적 흐름이 있고, 팬들이 바라는 야구도 분명 시대적 흐름이 있다. 그 흐름에 역행하는 것은 순리가 아니다.

더불어 프로야구를 사랑하는 팬들의 마음이나 정서도 잘 읽을 줄 알아야 한다. 그리고 팬들의 마음에 정직해야 한다. 팬들이 선수를 떠나갈 때, 지도자를 떠나갈 때, 구단을 떠나갈 때는 분명 무엇인가 이유가 있을 것이다. 잘 분석하고 읽어 내야 한다. 지금 프로야구가 왜 팬들로부터 멀어지고 있는지, KBO가 왜 비난받는지, 늘 성찰해야 한다.

나 또한 아시안게임 야구 대표팀 선발 과정에서 병역 면제에 대한 급변하는 시대적 흐름을 읽지 못했다. 프로야구 전체가 일종의 색맹이었다. 기득권과 관성, 엘리트 야구관으로부터 자유롭지 못했다. 대가는 쓰고 매서웠다. 늘 순리를 좌우명으로 삼고 살다 보니 지나치게 관성에 순명했는지도 모르겠다. 순리에 대한 새로운 깨달음이었다. 순리가 본래적 의미의 자연스러움을 획득하기 위해서는, 세상의 흐름, 야구장 밖의 흐름, 시민의 정서에도 정직할 필요가 있다. 겸손할 필요가 있다.

4. 순리에 맞는지 따져 물어야 한다

야구가 마치 밀물과 썰물처럼 자연스러운 흐름이라는 생각이 들 때가 있다. 그럼에도 페넌트레이스를 운영하다 보면, 간혹 나도 모르게 승부에 집착하며 무리할 때가 있다. '오늘 이 경기는 꼭 잡아야겠다.' '내일이 월요일 휴식일이니까 무조건 투수들을 끌어다 써도 된다.' 이런 식이다.

페넌트레이스는 마라톤이다. 마라톤에서 어느 한순간 오버페이스를 하다 보면 반드시 후유증이 있는 것처럼, 야구도 그러한 경우들이 있다. 팀이 희생되고, 선수가 희생되는 경우가 생겨났다. 되돌아보면 비가 와서 하루 건너뛰다 보면 자연스럽게 선발 로테이션이 변경

될 수밖에 없는데, 이 틈을 타서 선발 로테이션에 개입할 때도 있었다. 감독이라면 누구나 느끼는 유혹일 것이다. 특히 팀이 연패에 빠져 있을 경우 이런 유혹은 강렬하다. 팀이 하위권을 헤매고 있을 때도 그러하다. 자칫 하루살이 같은 그런 삶이 되는 것이다. 연패를 어떻게든 끊어야 한다고 생각하고 나면 그 상황에서 투수 로테이션이라는 순리를 지키기는 정말 쉽지 않다.

하지만 야구는 올 한 해도 계속되고, 내년, 후년에도 계속된다. 20대에 프로야구 선수로 데뷔하면 요즘은 40 전후까지 20년을 뛸 수도 있다. 어느 한 해, 어느 한 순간 순리를 거스르고 나면 자칫 그 선수의 인생이 왜곡될 수도 있다. 그래서 순리는 중요하다. 인내가 중요하다. 도저히 판단이 불가한 상황에 이르러 괴로움 속에서도 어떤 결정이라도 내려야 할 때, 나는 순리라는 단어를 떠올린다. 이 상황에서 무엇이 순리인지를 생각한다. 순리에 맞는지, 순리에 역행하는지를 따져 묻는 것은 내가 결정하는 방법 중 최우선이다.

6.
플랜 B를 세워라

아침에 눈을 뜨면 감독은 '밤새 선수단이 안녕했는지'를 묻는 일로 하루를 시작한다. 맨 먼저 트레이너 파트와 전화나 문자를 주고받는 다. 밤새 아픈 선수들은 없었는지, 다친 선수들은 없는지, 몸에 이상 이 있는 선수는 없는지 확인한다. 이것이 그날의 가장 큰 변수이기 때문이다.

한국 프로야구는 대체로 오후 6시 반에 시작한다. 감독은 1시에서 1시 반 사이에 경기장에 도착한다. 일어나서부터 그때까지는 혼자 서 플랜 A와 플랜 B를 구상하는 단계다. 메모하고, 분석하고, 생각한 다. 출근하면 곧바로 코칭스태프 회의를 주재한다. 코치들이 분야별 로 보고한다. 선수들의 컨디션을 체크하고, 그날 경기에 내보낼 선수

구성에 대해 상의한다. 훈련에 대해서도 보고를 받고, 감독의 생각을 보태기도 한다. 역시나 가장 중요한 것은 선수들의 몸 상태다. 보고를 통해서도 확인할 수 있지만, 운동장으로 나가 직접 눈으로 확인하는 편이 낫다.

그런 다음 언론을 만나야 한다. 프런트와 회의를 하는 경우도 종종 있다. 감독으로서 결정해야 할 일이 늘 밀려 있다. 감독은 경기와 작전, 선수에 대한 최종 책임자이기도 하지만, 그밖에 관련된 사안에 대한 여러 일들이 감독의 생각을 기다린다. 스카우트 관련 중간보고 등도 감독의 의견이 필요하다. 때로는 구단의 예산이나 장기적 운영 방안에 대해서도 논의해야 한다.

좋은 감독은 한발 앞서고, 나쁜 감독은 한발 늦는다

경기가 시작되고 나면 그때부터는 오로지 야구만을 생각한다.

그 전에 훌륭한 감독이라면, 여러 가지 플랜을 점검한다. 감독이 생각하는 최상의 경기는 선발투수는 완투하고, 타자들은 빵빵 쳐 주고, 수비에서는 좋은 플레이가 나오고, 그래서 화끈하게 이기는 것이다. 하지만 경기가 내 맘대로 되는 경우가 1년 144경기 중 과연 얼마나 될까. 그래서 플랜 B는 반드시 필요하다. 내 마음대로 되지 않는 세상이기 때문이다.

선발투수가 제대로 던질 때는 마무리만 고민하면 되지만, 예상대로 되지 않을 때는 당장에 초반부터 투수 교체를 고민해야 한다. 감독으로서 가장 어려운 상황은 한 주가 시작되는 화요일 경기의 선발 투수가 무너질 때다. 그때는 야구판 용어로 정말이지 한 주간 '계산' 이 서지 않게 된다. 어디까지 끌어 써야 할지, 남은 다섯 경기를 어떻 게 해야 할지 고민해야 한다. 가장 어려운 때다.

그렇기 때문에 감독은 늘 1년을 어떻게 구상할지, 한 달을 어떻게 끌고 갈지, 이번 주 투수 로테이션이나 1, 2군 순환은 어떻게 시킬지 생각하고 있어야 한다. 이 모든 것들을 계산해 놓고 마음속으로 끊임 없이 시뮬레이션을 돌려 보는 것이다. 상상할 수 있는 모든 경우의 수를 고민해 봐야 한다. 미리 상상하고 준비해 본 것과 그렇지 않은 경우는 큰 차이가 난다.

다시 반복하지만, 플랜 A로 경기가 끝나는 경우는 아마 단 한 차례 도 없을 것이다. 플랜 B로도 부족한 편이다. 야구 경기가 어디로 흘 러갈지 예측할 수 있는 사람은 아무도 없을 것이다. 그래서 플랜 C와 D가 필요하다. 감독은 매일 26명의 엔트리를 가지고 이렇게도 짜맞 춰 보고, 저렇게도 짜맞춰 보는 게임을 한다. 매일매일 선수단을 재 구성하고 상대편에 맞춰 다시 구성한다. 감독의 모든 생각과 노력은 바로 이 부분에 집중된다. 감독은 플랜 B 전문가가 되어야 하는 것이 다. 그런 감독이 좋은 감독이고, 그런 감독만이 살아남는다.

메이저리그의 명언이 있다.

"좋은 감독은 한발 앞서서 감독하고, 나쁜 감독은 한발 늦게 감독 한다."

그렇다. 그럴 수밖에 없다. 좋은 감독이라면 늘 플랜 B, C를 준비 해 놓기 때문이다. 그렇기 때문에 대응 능력이 빠르다. 위기관리 능력이 뛰어나다. 예방 능력이 뛰어나다.

다른 스포츠의 감독에게서도 배울 게 많다. 축구의 명장 주제 무리뉴도 늘 플랜 B를 준비하는 사람이다.

"(나는) 보통 두 개의 전술 시스템을 준비한다. 주로 활용하는 시스템은 아니지만, 나머지 시스템도 편안하게 활용할 수 있어야 한다. 모든 상대들이 우리의 매 경기를 파악하고, 우리의 플레이를 막기 위해 수비적으로 플레이한다. 그래서 변화를 줄 수 있을 때는 다른 방식을 택한다."(한준의 『무리뉴. 그 남자의 기술』)

플랜 B의 성공과 실패

팀 전체 차원에서의 플랜 B는 필수다. 하지만, 때로는 한 선수를 놓고도 플랜 A와 플랜 B가 적용된다. 성공한 사례도 있고, 실패한 사례도 있다.

기아 감독 시절의 일이다. 외국인 투수가 있었는데, 첫해에는 선발로 나가 11승을 거두었다. 그런데 그해 기아의 뒷마무리가 불안했다. 전지훈련 동안 준비한다고 했는데, 페넌트레이스에 들어가니 플랜이 틀어졌다. 감독이 제대로 플랜 A를 만들지 못한 사례고, 플랜 B를 준비하지 못한 사례에도 해당한다.

갑자기 공백이 생기다 보니 서둘러 플랜 B를 만들어야 했다. 고육지책으로 생각해 낸 게 외국인 선수를 마무리로 돌리는 것이었다. 마침 외국인 투수가 공 개수 80~90개가 넘어가면 구위가 현격하게 떨어지는 경향을 보이고 있었다. 하지만 선발로 나가서는 11승이나 올린 투수이기도 했다. 서로에게 모험이었다.

급작스레 플랜 B로 넘어오다 보니 팀에도 여유가 없었고, 감독도, 선수도 무리할 수밖에 없었다. 서너 게임까지는 괜찮았다. 세이브를 올렸다. 그러다 얻어맞기 시작했다. 선수도 자신감을 잃어 갔다. 나도 자꾸만 조급증이 들었다. 일단 2군으로 내려보냈다. 급한 마음에 2군 경기장에도 가 이 투수를 관찰하고 온 적도 있다. 더 기다렸어야 했는데, 마무리가 없다 보니 서둘러 1군으로 올렸다. 이번에도 제대로 되지 않았다. 본인이 다시 선발로 가겠다고 의사를 피력했다. 내가 따를 수밖에 없었다. 그런데 선발로도 제대로 되지 않았다. 결국, 외국인 선수도 망가지고 팀도 망가지고 말았다. 철저한 패배였다. 무능이었다. 플랜 A가 완성되었다고 생각하고, 플랜 B에 대한 대비가 부족했다. 전적으로 감독의 실패였다.

올겨울 오키나와 동계훈련장을 방문했을 때다. 그때 그 외국인 투수가 어느 팀의 2군 투수코치로 일하고 있었다. 반갑게 인사를 해 왔다. 인사를 받는 나는 얼마나 부끄러웠던지. 내가 도리어 낯을 들 수가 없었다.

이와는 반대로 성공한 사례도 있다. 삼성 수석코치 시절의 일이다. 선수 이름을 호명해도 될 것 같다. 20대 후반의 정현욱 투수였다. 롱릴리프 겸 선발로 뛰고 있었다. 공은 빨랐다. 변화구가 약간 단조로웠다. 제구도 약간의 문제가 있는 듯했다. 상의를 했다. 손을 유심히 지켜보니 손가락이 길었다. 딱 맞는 구종이 생각났다. 스플리터였다. 선수는 전지훈련 기간 동안 스플리터를 익히기 위해 열심히 던졌다.

워낙 학습 능력이 뛰어나고 성실한 투수인지라 금방 자기 것으로 만들었다. 정규시즌을 앞두고 조심스럽게 제안했다.

"이대로 가면 6~7 선발이다. 그런데 네 구위나 스타일로 볼 때 짧고 굵게 던지는 게 좋을 것 같은데, 어떻게 생각하나?"

"코치님. 사실은 저도 짧은 이닝이 훨씬 편하고 좋습니다."

그렇게 해서 중간에 배치하게 됐다. 그해 정현욱 선수는 멋지게 성공했다.

이런 식이다. 팀의 플랜 B와 선수의 플랜 B가 제대로 맞아떨어지면 좋은 결과를 가져온다. 제대로 된 준비 없이 무리하게 플랜 B를 끌어오게 되면, 팀도 망치고 선수도 망가진다. 그래서 유능한 감독이라면 플랜 B를 고민하고 준비해야 한다. 플랜 B를 넘어 플랜 C, D까지 염두에 두어야 한다. 2군도 관찰해야 하고 때로는 트레이드 욕심도 부려 가며 다른 팀 선수까지도 관찰해 두어야 한다. 이것조차도 플랜이다.

실패의 스포츠, 승리의 습관

야구는 본질적으로 실패의 스포츠다. 실패가 예정되어 있다면 대응책이 필요하지만, 그 전에 예방책도 필요하다. 이것이야말로 플랜 B의 존재 근거다. 미리 실패를 예비하고, 대안을 만들어야 한다. 그런 다음 정직한 실패에 대해서는 담대하게 받아들여야 한다. 야구는 실패의 게임이자 인간의 게임이기 때문이다.

대만의 지식인 탕누어가 어느 미국 책을 인용했다.

"책은 야구가 '실패와 함께하는' 게임이라고 단언한다. 우승을 거둔 팀은 1년에 60~70경기를 패하게 되어 있다. 연봉이 1000만 달러가 넘는 데다 야구의 명예의 전당에 진입한 위대한 타자들은 10번 배트를 휘두를 때마다 6~7번 실패한다. 야구의 가장 냉혹한 의미는 승리가 아닌 실패에 있다. 실패를 어떻게 대하고 받아들이고 이해하며 대처하는지, 그리고 어떻게 실패와 어울려 살아가는지가 관건이다."(탕누어의『마르케스의 서재에서』)

비슷한 말이 있다. 야구야말로 "실패를 용인하는 최고의 스포츠"다. 실패에 부끄러워하지 않아도 되는 스포츠다. 그렇다고 실패가 습관이 되어서는 안 된다. 야구인이라면 승리가 습관이 되어야 한다. 야구인이라면 실패를 줄이기 위해 최선을 다하고 실패를 극복할 때 비로소 훌륭한 팀으로 다시 태어난다. 플랜은 단지 감독의 것만이 아니다. 선수도 늘 플랜 B를 고민해야 한다.

특히 외국인 선수와 관련하여 구단의 플랜 B가 늘 과제로 떠오른다. 외국인 선수가 실패했을 때, 교체할지 말지도 중요하지만, 타이밍이 결정되면 언제라도 플랜 B 후보를 데려올 수 있어야 한다. 이를 제대로 준비하지 못해 실패하는 팀들이 종종 있다. 올해 프로야구에서도 이런 실수가 되풀이되기도 했다. 전형적으로 플랜 B와 관련된 실수다. 코칭스태프로 일하던 시절, "선 감독은 지지리도 외국인 용병 복이 없어." 이런 말을 듣고 살았다. 그런 때면 늘 어떤 방식으로 외국인 선수를 스카우트해야 하고, 어떤 관찰을 거쳐야 하고, 만일 잘못되었을 때 어떤 방식으로 교체할지에 대한 플랜이 준비되어 있지 못하다는 것을 느끼곤 했다. 물론 스카우트팀에서 좋은 선수를 데려다줬는데도 내가 제대로 수정하거나 활용하지 못한, 그런 약점도 있었을 것이다. 또 현장과 프런트 간의 대화 부족도 문제였을 것이다. 그럼에도 외국인 선수가 갖는 팀 내에서의 영향력을 생각해 볼 때, 특히 외국인 선수의 실패에 대한 플랜 B 마련은 팀의 성적과 직결되는 핵심 문제인 것은 분명하다. 그래서 이 부분에 대한 플랜 B를 강조하고 싶었다.

더불어 팀 성적이 좋지 않을 때 장기적인 리빌딩으로 갈 것인지, 아니면 그해의 성적에 좀 더 집중할 것인지, 베테랑들에게 기회를 부여할 것인지, 아니면 젊은 선수들에게 경험을 쌓게 할 것인지, 이런 결정 또한 간단치 않다. 강조하지만 팀이 내 마음대로 되는 경우는 없다. 그렇다면 중후반기에 들어설 때, 늘 하위권 팀들의 경우 이런 문제에 직면한다. 유능한 프런트와 감독이라면 이런 부분에 대한 플랜 B, C도 늘 미리 고민해 두어야 한다. 우리나라처럼 감독의 계약 기간이 짧은 나라에서는 대단히 위험한 결정이긴 하겠지만 말이다.

마지막으로 좋아하는 야구 문장 하나를 적어 놓겠다.

"야구는 사람이 10번 중 3번만 성공하고도 좋은 연주자로 여겨질 수 있는 유일한 분야다."

20세기 최후의 4할 타자라 불리는 테드 윌리엄스의 말이다.

지키는 야구론

"공격을 잘하는 팀은 승리하지만, 수비를 잘하는 팀은 우승한다."

NBA 격언

1. '지키는 야구론'의 시작

"선동열은 공격적이다. 공격형 투수다. 메이저리거에 가까운 유형이다. 초구는 반드시 스트라이크를 넣는다. 도망가는 투수 유형이 아니다."

일본에서 분석했던 '스카우팅 리포트'였다. 일본에 진출하고 난 몇 달 뒤, 주니치 관계자가 알려 주었다.

나를 메이저리그 스타일의 '공격형 투수'로 분석한 보고서에 동의한다. 나는 투수야말로 수비수가 아니라 진정한 공격자라 생각한다. 이런 말도 있다. "투타 대결에서 '공격자'의 입장에 서는 것은 투수다. 왜냐하면 게임을 인플레이 시키는 주인공이 투수이고 자신의 의도나 능력에 따라 게임을 좌지우지하는 사람도 투수이기 때문이다."(레너드 코페트의 『야구란 무엇인가』)

감독의 야구 철학은 감독의 야구 경험과 성격, 경기 스타일을 반영하기 마련이다. 지키는 야구론은 바로 이 지점에서 시작됐다.

2004년 겨울, 삼성 감독으로 취임하면서 나는 내 야구의 핵심 아젠다로 '지키는 야구'를 내걸었다. 수석코치로 1년 일하면서 분석한 삼성 라이온즈 구단에 대한 자신감이 아젠다의 세팅을 가능하게 했다.

2. 지키는 야구는 공격 야구다

지키는 야구는 수비 야구가 아니다. 공격 야구다. 야구는 수비만으로 절대 이길 수가 없다. 점수를 내야 이긴다. 그렇다면 먼저 강한 공격과 집중력으로 점수 차를 만들어 내고, 그다음 뒷문을 틀어 잠글 때 비로소 지키는 야구가 될 수 있다. 지키는 야구의 시작은 공격이지 결코 수비가 될 수 없다. 지킬 게 있어야 지킬 수 있기 때문이다.

2017년 10월경, 리버풀 감독 클롭이 맨유전을 비난하자 당시 맨유 감독 무리뉴가 응수했다. "때로는 수비를 잘하는 게 범죄처럼 비칠 때가 있다고 느낀다. 수비를 잘하는 건 범죄가 아니다. 수비를 잘한다는 건 원하는 결과를 만드는 하나의 과정이다."

하지만 나는 이 정도 가지고는 부족하다고 생각한다. 강하게 앞서고, 계속해서 리드해 나가고, 강한 수비로 '잘' 지킬 줄 아는, 그런 야구가 나의 지키는 야구다. 지키는 야구의 전제는 이기고 있어야 한다는 점이다. 경기의 주도권을 놓쳐서는 안 된다. 마치 점유율 축구처럼 경기의 주도권을 넘겨줘서는 안 된다. 야구에서 무승부 게임을 바라는 것은 있을 수 없는 일이다. 강조하지만, 지키는 야구는 리드를 지키는 야구, 승리를 지키는 야구다.

3. 지키는 야구는 압박 야구다

농담이 아니라 투수는 '맞는' 직업이다. 때로는 맞아 주는 직업이다. 대신 타자의 생각을 역이용할 줄 아는 지혜가 있어야 한다. 투수 출신 루 버데트의 멋진 말이 있다. "나는 타자의 굶주림을 먹고 산다." 투수는 땅볼을 의도하고, 배트에 맞춰 주고, 땅볼을 얻어 낸다. 그랬을 때는 투수가 원했던 더블 플레이를 얻어 낼 수 있다. 그래서 투수는 맞는 것을 두려워해서는 안 된다. 역으로 맞는 것을 즐길 줄도 알아야 한다.

지키는 야구팀의 투수는 공격적이어야 한다. 타자들도 마찬가지다. 잘 던지고, 잘 쳐야 한다. 기본 중의 기본이다. 더하여, 지키는 야구의 조건 중 하나는 상대 팀의 실책 혹은 무리한 플레이를 유도할 줄 알아야 한다. 주자는 한 루라도 더 진루하기 위해 부지런히 움직여 줘야 한다. 투수가 원바운드 공을 던졌을 때 언제라도 한 루를 더 진루할 수 있도록 비상 상태로 대기해야 한다. 팀은 상황에 따라 도루나 번트, 히트앤드런을 시도해 상대 팀을 늘 긴장하게 만들어야 한다. 늘 전진해야 하고, 계속해서 밀어붙여야 한다. 압박해야 한다. 타자건 투수건 공격적이어야 한다. 잠시라도 상대방에게 여유를 주어서는 안 된다. 상황을 겁내선 안 된다. 모험적이어야 한다.(제이슨 켄달의 『이것이 진짜 메이저리그다』)

4. 투수력과 타력과 수비력의 균형이 전제다

지키는 야구의 모델은 2005년 시즌 삼성 라이온즈다. 지키는 야구는 여러 조건이 맞아떨어져야 한다. 당시 삼성은 구단 수뇌부의 야구에 대한 이해도가 높았고, 지원도 전폭적이었으며, 팀 자체로도 투수력, 타력, 수비력이 조화를 이루고 있었다. 한마디로 구단과 팀, 감독과 선수, 투타가 균형을 이루는 이상적인 팀이었다. 이런 팀이었기에 투수의 분업 체계를 나름대로 설계할 수 있었다. 이미 훌륭한 투수들이 있었고, 잠재력 있는 투수들도 기다리고 있었다. 선발, 중간, 마무리로 이어지는 투수진의 분업 체계를 완성할 수 있었다. 선수들과 코칭스태프 사이의 소통도 원활했다. 수석코치에서 감독으로 올라갔기 때문에 선수단에 대한 파악도 충분했다. 신뢰가 있었기에 내가 목표한 방향과 훈련을 제대로 따라 주었고, 선수들도 최선을 다해 주었다.

내가 분석한 삼성은 강한 힘을 가지고 있는 구단이었음에도 리드를 지키지 못하는 것이 약점이었다. 집중력, 조직력이 떨어졌다. 패배주의에 젖어 있었다. 이런 때, 감독의 할 일은 무엇이겠는가. 정확한 비전을 제시하는 일이다. 각 영역 간의 분업화된 시스템을 조직화시키고 전문화시켜야 한다. 강력한 타선을 바탕으로 점수를 대량으로 뽑아내고, 최적화된 투수 분업 시스템을 통해 선발, 중간, 마무리라는 분업 체계를 확립하는 것. 이것이 내가 할 일이었다.

당시 삼성에는 세계적인 스타가 된 오승환이 있었다. 정현욱, 권오준, 윤성환, 배영수, 권혁, 안지만, 차우찬 등등. 훌륭한 투수들이 있었다. 감독으로서는 행복한 조건이었다. 이런 팀이라면 충분히 지키는 야구가 가능했다. 양준혁, 김한수, 진갑용, 박진만, 심정수, 박석민, 채태인, 최형우 등 타자들의 이름을 다시 호명해 보는 것만으로도 즐겁다. 이런 팀이라면 시스템 야구가 가능했다. 공격 야구, 지키는 야구가 가능했다.

내가 강조하는 밸런스를 조금 확장시키자면, 당시 삼성은 투수력과 타력, 수비력 간의 적절한 밸런스를 가진 팀이었다.

5. 지키는 야구는 시스템 야구다

당시 나는 삼성 투수진의 뎁스를 바탕으로 선발과 중간의 균형, 왼손 투수와 오른손 투수 간의 균형, 그리고 이들 사이의 철저한 분업 체계를 조직했다.

그렇게 조직적으로 진행되고 나면, 실제 경기에서는 감독이 개입할 여지가 거의 사라진다. 선수들 스스로 알아서, 나중에는 시스템에 따라 움직이게 되고, 시스템에 따라 준비하게 된다. 선수들은 자신이 어느 상황에서 언제 나갈지를 알게 되고, 자신이 며칠 후에 다시 등판하게 될지를 알게 되고, 오늘은 자신이 몇 개 정도 던질지까지 예상할 수 있게 된다. 그리고 거기에 맞춰 몸을 준비할 수 있게 된다. 이런 과정을 통해 승리를 획득하고, 야구에 대한 즐거움을 확인하게 된다. 감독의 개입은 최소화된다. 이렇듯 지키는 야구는 야구의 시스템화를 지향한다.

6. 지키는 야구의 최종 목표는 이기는 야구다

지키는 야구는 이기는 것을 지키는 것이다. 이기고 있을 때만이 지킬 것이 있다. 내가 생각하는 지키는 야구의 핵심은 바로 이기는 야구다. 승리를 차곡차곡 쌓아 가는 야구다. 그렇게 해서 우승하는 야구다. 2005년 삼성은 이런 지키는 야구라는 아젠다를 바탕으로 페넌트레이스에서 우승했고, 한국시리즈에서도 우승했다. 그리고 다음 해에도 똑같이 우승했다. 나의 지키는 야구론은 2005년, 2006년 사이에 삼성 라이온즈라는 특별한 구단을 통해 완성될 수 있었던 것이다.

나는 앞으로도 지키는 야구론에 대해 밸런스 등을 강조하는 나의 투수론과 함께 계속해서 체계화해 나갈 생각이다. 그것이 나의 욕심 중 하나다.

7.
경쟁이 스승, 최동원론

최동원 선수는 아니 선배는, 선수로서 결코 나의 라이벌이 아니었다. 롤 모델이었다. 우상이었다. 인간적으로는 따뜻한 선배이자 형이었다.

누군가를 롤 모델로 삼고 나면 닮고 싶어진다. 성취를 위해 노력하게 된다. 나중엔 극복하고 싶어진다. 극복하게 되는 순간 나는 내가 되는 것이다. 비로소 나 자신의 정체성이 확립되는 것이다. 그것이 야구 인생이다.

오늘 釜山서 황금팔 정면대결

최동원 명예를 걸다 선동렬

崔 "이젠 땀났으니 자신있다"

宣 "방어율 보면 알것아니냐"

언론들은 특별히 이날 승부에 주목했다.

세 번째 대결, 막이 오르다

1987년 5월 16일 부산 사직구장. 그날은 야구인들이 가장 많이 야구장을 찾는 토요일이었다. 나중에 영화 「퍼펙트게임」의 소재가 된 그 세 번째 경기가 바로 그날 펼쳐졌다. 선발투수는 선배와 나로 예고돼 있었고, 언론들이 주목하는 경기가 됐다.

그 전까지 최동원 선배와는 1승 1패를 기록 중이었다. 최동원 선배는 연세대였고 나는 고려대였지만, 대학 4년 선배라서 아마에서는 한 번도 맞붙은 일이 없었다. 그때까지 프로야구에서 두 번 붙어 1승 1패의 호각세. 86년부터 나는 투수로서 나름의 전성기를 맞이하고 있었다. 그러다 보니 일부 호사가들은 "최동원이 낫네, 선동열이 낫네." 이런 말들을 하기 시작했다. 그때 나는 어렸다. '그래, 1승 1패니까 이번에 한번 이겨서 내가 최고라는 것을 보여 줄까.' 이런 유치한 생각을 한 적도 있다. 하지만 정반대로 '내가 어떻게 최동원 선배를 넘어……? 내가 지더라도 다들 이해해 주겠지.' 이런 편안한 생각도 하곤 했다.

9회초까지 1-2로 우리 팀이 한 점 뒤진 채로 경기가 진행됐다. 9회초 김일환 타자가 2루타를 쳐서 1점을 뽑아냈다. 2-2 동점이 됐다. 그 전까지 나는 '오늘 경기는 글렀구나.' 생각하고 있었는데, 생각이 바뀌어 '뭔가 운이 나한테 오는 건가.' 하게 됐다.

사실 숨은 이야기지만, 이날 경기의 영웅은 어쩌면 최 선배와 내가 아닐지도 모른다. 다들 이 경기를 영화 「퍼펙트게임」으로 이해하지만, 영화는 영화였을 뿐이다. 스토리는 많이 다르다. 그런데 진짜 숨은 스토리는 따로 있다.

우리 팀 주전 포수는 김무종 선수였는데, 시합 전부터 갑작스러운 복통이 있었다. 그럼에도 선발로 출전했다. 그런데 1회를 마치고는 도저히 어렵다고 했다. 포수가 교체됐다. 투수로서는 별로 기분 좋은 일은 아니었다. 나중에 나와 훌륭한 배터리 조합을 이루었던 장채근 포수는 그때까지만 하더라도 백업이었다. 2회초, 롯데에 2점을 먼저 내주었다.

9회초 원아웃 2루 상황. 장채근 선수 타석이었다. 그때 나온 대타가 김일환 선수. 2루타를 쳐서 기어이 동점을 만들었다.(참고로 영화 「퍼펙트게임」에서는 2루타가 아니라 홈런으로 나왔다. 그것도 김일환 선수가 아니라 가상의 인물인 박민수 선수가 홈런을 친 것으로. 하지만 이것은 철저한 픽션이다.) 그리고 나니 다음 포수가 문제였다. 우리 팀엔 더 이상 포수가 없었다. 9회말 수비 차례. 김응용 감독이 소리쳤다.

"야, 캐처 볼 사람 없어?"

오죽했으면 감독이 소리쳤겠는가. 그때 그해 입단해 내야 백업을 맡고 있던 백인호 선수가 기어들어가는 목소리로 "초등학교 때 포수 한 적은 있는데요……." 했다.

"그럼 네가 나가."

"아니요, 저 못 해요. 그때 잠깐 하고 그 뒤로 전혀 안 했어요."

"야, 헛소리 말고 나가!"

그때는 그런 시절이었다. 백인호 선수가 포수 마스크를 썼다.

경기는 TV로 생중계 중이었다. 일단 마운드에서 사인부터 새롭게 약속해야 했다. 내가 손가락을 펼쳐 보이며 "이렇게 하면 직구야. 이건 변화구고." 하고 주지시켰다. 그때 지금도 생각나는 백인호 선수의 한마디.

"형. 내가 직구는 잡을 수 있는데요, 변화구는 자신이 없어요. 그러니 주자가 있을 때는 절대 변화구 던지지 마세요. 직구만 던져요. 빠트리면 저 죽습니다."

긴박한 상황이었지만 이해가 됐다. 일단 "알겠다." 하며 안심시켰다. 주자를 내보내지 않고 9회를 마쳤다. 다행히 폭투는 없었다. 백 선수도 안심하는 눈치였다.

9회가 끝나고 더그아웃으로 돌아오자 유남호 투수코치가 물었다.

"야, 너 던질 수 있겠어?"

그러고 있는데 최 선배가 마운드에 다시 올라가는 것이 아닌가.

"아, 그럼 나도 던지겠습니다."

10회가 끝나고 유남호 코치가 다시 물었다.

"괜찮냐?"

"예, 아직은요."

그 순간 또다시 최 선배가 마운드로 향하고 있었다.

232 vs. 209

11회말 해프닝 아닌 해프닝이 벌어졌다. 1사 이후 허규옥 선수에게 안타를 맞았다. 주자 1루. 허 선수가 2루 도루를 시도했다. 백 선수를 만만하게 봤던 것이다. 그런데 '세상에나' 백 선수가 도루를 저지하는 것이 아닌가. 정확하게 2루로 송구를 해 아웃 카운트 하나를 잡아내는 것이다.

12회도 마찬가지. 최 선배가 올라갔기에 당연히 나도 따라 올라갔다. 나중에 프로야구는 선수들 혹사를 막기 위해, 그 전까지는 15회까지 계속하던 경기를 12회로 단축시키게 된다. 사실 12회는 선수들에게는 일종의 심리적인 마지노선이다. 나는 최 선배가 13회에는 절대 마운드에 오르지 않으리라 생각하며 12회를 끝냈다. 그런 다음 롯데 쪽 더그아웃을 쳐다보고 있는데 최 선배가 마운드로 걸어가고 있는 것이 아닌가. 그 순간 나도 모르게 혼자서 외쳤다.

"저게 사람인가!"

13회말 롯데 공격, 주자는 투아웃에 3루에 있었다. 공 하나만 삐끗하면 게임은 종료되는 상황, 백 선수가 마운드로 올라왔다.

"형. 괜히 변화구 던졌다가 내가 못 잡으면 게임 끝나니까, 저 원망하지 마세요."

백 선수도 나도 초긴장 상태였다. 야구를 사랑하는 팬들이 TV를 통해 지켜보고 있었다. 그 순간 만일 폭투가 나오거나 포구 미스로 패스트볼이라도 나와 버린다면……. 일단 안심시켜야 했다. 그것은 나 자신에 대한 위로이기도 했다.

"어, 그래. 알았어."

롯데는 알았는지 몰랐는지 모르겠다. 그때부터 나는 직구라는 한 가지 구종만으로 승부를 걸 수밖에 없었다. 고맙다고 표현해야 할까. 상대방을 범타로 처리하고 13회가 끝이 났다.

14회도 최 선배가 등판했다. 나도 따라 올라갔다. 15회도 최 선배가 등판했다. 나도 따라 올라갔다. 지금 생각해 보면 거기까지 갔으니 어느 누구도 포기할 수 없는 상황에 내몰린 셈이었다. 경기는 15회 2-2 무승부로 끝이 났다.

돌이켜 보면 긴장감에 비해 경기 시간은 짧았다. 4시간 4분이었다. 팽팽한 투수전이었던 셈이다. 나는 232구를 던졌고, 최 선배는 209구를 던졌다. 최 선배가 훨씬 효율적인 투구를 한 셈이다. 공 개수만을 놓고 볼 때, 우린 두 게임을 던진 꼴이었다. 다만, 그때 나는 어깨가 싱싱했던 20대 중반이었고, 최 선배는 서른에 가까운 나이였다. 그런데도 최 선배는 철인처럼 그렇게 마운드에 섰고, 그렇게 던지고 내려왔다.

최동원, 나의 영웅

3연전이라 다음 날 오후 사직구장에서 최 선배를 만날 수 있었다.

"형, 대단하셨어요. 그런데 하나 궁금한 게 있습니다. 만일 16회, 17회 넘어가는 게임이었다면 어떻게 하려고 그랬어요?"

최 선배는 "야, 계속 던져야지." 하며 웃었다. 그러고는 의미심장한 말을 건넸다. 선배와 나, 둘 사이에만 기억하는, 영원히 잊지 못할 승부사 최 선배의 생각이었다.

"동열아, 어제 경기는 너랑 나랑 누가 이기건 지건 간에 끝을 봐야 하는 경기였어."

지금도 선배의 그 말을 생각한다. 어쩌면 당시 승부는 외나무다리

롯데 홈구장이라 최 선배는 15회초를, 나는 15회말을 던졌다.
그래서 최 선배는 이미 얼음찜질을 하고 있는 상태다.

에서 만난 셈이었다. 승부의 세계에서 반드시 거쳐야만 하는 고독하지만 잔인한 결투였다. 우리 둘 사이의 경쟁과는 전혀 무관한 관객들을 위한 피할 수 없는 승부였다. 최 선배는 그날 승부의 야구사적 의미를, 관객들의 본능적 욕구를 정확히 이해하고 있었다. 하지만 나는 그때는 어렸었다. 이제 와 돌이켜 보면 최 선배는 그 점에 있어서도 탁월한 선배였다.

확인해 보진 않았지만 15회를 완투한 건 아마 최 선배도 처음이었을 것이다. 그날 사직구장에서 만났을 때, 최 선배는 어김없이 캐치볼을 하고 있었다. 나는 어깨를 들기조차도 힘들었다. 15회 완투 후유증이 상당했다. 통상적으로 내 루틴은 하루 던지고 나면 이틀을 쉬고 3일째 캐치볼 겸 롱토스를 시작하는 것이었는데, 최 선배는 바로 그다음 날 가벼운 캐치볼을 하고 있었다. 그것도 15회 완투를 하고 나서. 이건 어느 투수도 상상하기 어려운 일이다. 그만큼 최 선배의 회복력은 탁월했다. 몸 관리가 그만큼 뛰어났다는 의미다. 당시에도 최 선배의 연투 능력은 이미 입증되어 있었다. 다시 한번 후배로서 최 선배의 자기 관리 능력에 감탄하지 않을 수가 없었다. '아, 나는 아직도 멀었구나.' 생각했다.

최 선배는 한국시리즈 때는 하루걸러 등판하곤 했다. 7차전 승부 때 무려 다섯 번을 던진 적이 있다. 선발 네 번에 구원 한 번. 이게 가능할까. 프로야구사는 최 선배 이전에는 당연히 이런 일이 없었고, 최 선배 이후에도 영원히 이런 일이 없을 거라고 기록할 것이다.

최 선배는 고등학교 때부터 나의 우상이었다. 영웅이었다. 내가 고등학교 1학년이던 1978년. 최 선배는 로마 세계야구선수권대회에 출전하여 한국은 물론 세계를 놀라게 했다. 최 선배는 이때부터 내 마음속에 각인되기 시작했다. TV에 최 선배가 나오면 빼놓지 않고 지켜보며 나도 저런 공을 던졌으면 했다. 특히 빠른 볼의 제구력, 낙차 큰 커브, 다이나믹한 폼, 부럽지 않은 것이라곤 하나도 없었다. 어느 순간 최 선배는 나의 롤 모델이 되었다.

하지만 나이 차가 있어서 최 선배를 만날 기회가 없었다. 그러다 82년 세계야구선수권대회를 준비하면서 처음 가까이서 지켜볼 수 있었다.

'아, 이래서 최동원이구나.'

모든 것이 내게는 모범이었다. 최 선배가 조금은 깐깐하다고 말하는 이도 있지만, 내게는 전혀 그렇지 않았다. 내가 겪어 본 최 선배는 모든 면에서 긍정적이었고 친절했다. 궁금해하며 묻는 모든 것에 답해 주고, 때로는 먼저 다가와 지적해 준 적도 종종 있었다.

언젠가 내가 미련스런 질문을 했다.

"어떻게 해야 빠른 볼을 던질 수 있습니까?"

최 선배가 씩 웃었다.

"잘 먹고, 많이 뛰고, 그러면 된다."

그러면서 한마디 덧붙였다.

"많이 던지기도 하고."

지금 생각해도 진리다. 그때는 이것이 마치 경전에 적힌 말씀처럼 다가왔다.

최 선배와의 총전적은?

　최 선배와의 선발 맞대결은 묘하게도 사직구장에서 이루어졌다. 세 경기 모두 그랬다.

　최 선배와 첫 번째 맞대결이 있기 하루 전날인 1986년 4월 18일. 사직구장에서 경기를 마친 우리 팀은 숙소로 돌아가고 있었다. 그때 김응용 감독님이 유남호 코치에게 물었다. 버스 한 대로 움직이던 시절이라 코치진의 대화를 선수들이 다 들을 수 있었다.

　"내일 우리 선발 누구지?"

　"아직 없습니다."

　그때만 해도 선발투수 예고제가 없었고, 선수들에게 미리 준비시키는 일도 없었다. '내일 던져.' 하면 던지던 시절이었다. 유남호 코치가 되물었다.

　"내일 누구로 할까요?"

　"내일 던질 만한 사람 누가 있지?"

　"동열이도 내일 던질 수 있습니다."

　그때 김 감독님이 뒤돌아서 소리쳤다.

　"야, 동열아! 내일 최동원 선발이라는데 너 던질 수 있겠어?"

　"예, 던지겠습니다."

　그때는 져도 그만이었다. 최 선배는 최정상에 있는 투수였고 나는 이제 낮은 봉우리를 기어 올라가고 있던 2년 차 신인에 불과했다.

　밤새 언론에 퍼져 나갔다. 언론들은 며칠 전부터 어쩌면 이번 사직 3연전에서 두 사람 간의 대결이 가능하다고 조심스레 점치고 있었다. 그때 나는 등판 일자가 들쭉날쭉했는데, 마침 3일 쉰 상태였다.

사직구장이라 최 선배가 먼저 마운드에 올랐다. 초구는 볼이었다. 1번 이순철의 중전 안타. 2번 타자를 상대로는 초구를 강속구로 꽂아 넣었다. 김응용 감독이 보내기번트 사인을 냈다. 박빙의 승부를 예상했을 때 선취점은 중요했다. 더그아웃에 앉아 있는 선수라면 누구나 다음 볼을 예측해 보곤 한다. '나라면 빠른 볼을 몸쪽으로 붙일 텐데……' 그랬다. 방망이가 나가 버렸다. 포수 앞에 뚝 떨어지는 볼. 1루 주자가 2루에서 아웃되고 말았다.

1회말 나는 세 타자를 모두 범타로 처리했다. 3회초, 최 선배가 승부를 빨리 걸어왔다. 조금 서둘렀던 것 같다. 2번 타자 송일섭 선수에게 솔로 홈런을 얻어맞았던 것이다. 그때부터 최 선배의 구위는 강력해졌다. 나도 1-0 상황이라 긴장감 속에 던질 수밖에 없었다.

나의 위기는 7회에 찾아왔다. 선두 타자에게 던진 1, 2구가 모두 스트라이크존을 벗어났다. 에러까지 겹쳤다. 1사 2, 3루. 다음 타자에게 슬라이더를 던졌더니 타자가 타이밍을 놓친 듯 엉덩이가 쑥 빠진 채 배트를 휘둘렀다. 2루로 향하는 땅볼. 2루수의 송구가 정확했다. 홈에서 아웃. 위기를 넘길 수 있었다.

8회는 역시 삼자범퇴. 9회말 안타를 2개나 얻어맞았다. 정신 바짝 차리고 삼진 2개로 경기를 끝냈다.

그날 나의 최종 성적은 6피안타, 1포볼, 탈삼진 5개. 팀은 1-0으로 승리했다. 영광스럽게도 프로 입단 후 첫 완봉승을 한국 최고의 투수, 그리고 나의 우상이었던 최 선배를 상대로 만들어 낸 것이다. 그 기쁨을 어찌 표현할 수 있으랴. 그때는 멋진 경기를 하고 나면 술을 마시던 때였다. 달리 기쁨을 표현할 방법을 배우지 못했다. 취했었다.

그 경기가 끝난 뒤 다시 최 선배를 그렇게 빨리 만나게 될 줄은 몰랐다. 1986년 8월 19일. 두 번째 대결이었다. 역시 사직구장. 이번엔 최 선배의 승리였다. 1회말 우리 팀 2루수의 실책이 빌미가 돼 2점을 내준 게 결정적이었다. 그날 나는 단 3안타만을 내주고 삼진을 9개나 잡아냈지만, 영봉패였다. 특별히 억울하지도 않았다. 깨끗한 승부였다. 나는 최선을 다해 던졌고, 최 선배도 경기장에 모든 것을 쏟아붓는 느낌이었다. 돌이켜 봐도 그날 그 승부는 아름다웠다. 서로가 프로로서, 각자 팀의 에이스로서, 해태와 롯데라는 같은 '제과' 라이벌로서, 또 그 당시 약간은 잠재되어 있던 '지역' 라이벌로서 최 선배와 나는 무거운 어깨로 최선을 다했었다. 그날까지 최 선배와의 선발 맞대결 성적은 1승 1패가 됐다.

이로써 최 선배와의 선발 공식 맞대결은 1승 1무 1패로 정리됐다. 그리고 최 선배는 삼성 라이온즈를 거쳐 1990년 말 은퇴했다. 한국 프로야구 전문가들은 우리 둘을 비교하기를 즐겨했다.

"최동원의 연투 능력과 변화구는 아무도 따라갈 수 없다. 스피드와 제구력, 그리고 공의 묵직함에서는 선동열도 압권이다."

하지만 비교는 같은 조건이라야만 정당성을 갖는다. 최 선배와 나는 나이가 달랐다. 운동 선수로서의 최전성기가 달랐다. 투수로서 각기 다른 타자들을 상대해야 했던 것이다. 그래서 애당초 동등 비교란 불가능하다는 것이 내 생각이다. 나는 지금도 최 선배의 연투 능력과 투수로서의 그 탄탄한 기본기는 한국 프로야구사에 영원히 기록될 것이라 믿는다.

잊혀진 대결들의 기록

다들 기억하지 못하는, 사실 '완전한' 공식 대결이라고 평가하기에는 그러한, 최 선배와의 대결이 또 한 차례 있다.

1987년 4월 12일, 이번엔 광주였다. 팀은 연패 중이었다. 지금 생각해 보면 요즘 미국 프로야구에서 활용 중인 '오프너 전략'이라 할 수도 있다. 하지만 당시만 하더라도 '위장선발'이라 했고, 비판의 대상이 되기도 했다. 김응용 감독이 즐겨 사용하지 않았던 전술인데, 그때가 팀이 연패 중이라서 그랬을지도 모르겠다. 아니면 정말로 당시 우리 팀 선발 김대현 선수의 컨디션이 갑자기 나빠져서 그랬을 수도 있고.

그날 몸을 풀고 있는데, 감독이 불렀다.

"대현이 컨디션이 안 좋아. 혹시 네가 던져야 할지도 모르겠다. 준비하고 있어라."

김대현 투수가 한 타자만 상대하고 내려왔다. 미리 준비했음에도 최 선배와의 승부라는 묘한 긴장감이 온몸을 휘감았다. 최 선배가 5회에 3실점을 했다. 5회에 나도 2실점을 했다. 다시 최 선배가 6회에 3실점을 했다. 선발승은 아니었지만 8과 2/3이닝을 내가 책임졌다. 어찌 됐건 기록상으론 내가 승리 투수가 됐다.

선발 등판은 아니었지만, 맞대결은 또 있었다. 1985년 7월 31일. 역시 사직구장. 우리 팀 선발은 강만식 투수였다. 3회부터 구원 등판했다. 5와 2/3이닝 1실점. 최 선배는 완투승의 사나이답게 9이닝을 던졌고 2실점으로 완투승을 가져갔다. 기록상으론 최 선배의 완투승.

패전투수는 강만식. 기록상으로 나는 '경기 출장' 선수에 불과했다.

프로야구사는 선발 맞대결만을 기억하며 1승 1무 1패만을 이야기한다. 하지만 굳이 따지자면 마운드에서 맞대결은 두 차례 더 있었던 것이다. 이걸 끄집어내서 굳이 승패를 비교하자는 것은 아니다. 다만 최 선배와는 선발이 아닌 다른 방식을 통해서도 이렇게 그라운드에서 맞대결을 벌인 적이 있다. 더 잊기 전에 기록해 두고 싶었다.

지금까지 다섯 차례의 맞대결을 정리했지만, 그 이후에도 작은 대결이 두 차례 더 있었다. 그래서 도합 승부는 일곱 차례였다. 역시 기록으로 남겨 둔다.

1988년 7월 31일 사직구장. 이번엔 두 사람 모두 중간계투였다. 최 선배가 6회 원아웃에 나와서 두 타자를 상대로 1피안타 1볼넷을 기록했다. 나는 8회 원아웃에 나가서 1피안타에 세이브를 기록했다. 우리 팀이 4-0으로 승리했다.

같은 해 8월 11일, 사직구장. 최 선배는 3회 원아웃에 나와서 1과 2/3이닝을 던졌다. 기록은 1삼진, 1볼넷. 나는 3회 원아웃에 나가서 끝까지 던졌고, 4피안타, 6삼진, 2실점에 승리 투수였다. 4-3으로 해태 승.

1989년 최 선배와 김시진 선배를 맞바꾸는 롯데와 삼성 간의 충격적인 트레이드가 진행됐다. 영원한 롯데맨일 것 같던 최 선배가 삼성 유니폼을 입게 된 것이다. 선배와는 늘 해태와 롯데 유니폼으로 만났는데, 딱 한 번 해태와 삼성 유니폼을 입고 만난 적이 있다. 1990년 6월 22일. 대구구장이었다. 4-3으로 해태가 승리했는데, 최 선배는 8회에 나와 2이닝을 던졌고, 볼넷 2개를 기록하며 경기를 마무리했

1988년 시즌 종료 후, 최 선배와 나는 잠실야구장에서 언론 인터뷰를 진행하고 나서
함께 기념사진을 찍었다.

다. 나는 7회 원아웃에 나가 2와 2/3이닝 동안 3피안타, 1볼넷, 1자책점을 기록하며 세이브를 획득했다.

여기까지가 프로야구에서 최 선배와 맞섰던 경기의 전부다. 강조하지만 두 사람 사이의 승패는 무의미하다. 야구는 개인전이 아니다. 더구나 조건이 다르고, 상황이 다르기 때문이다. 애당초 동등 비교는 불가능하다.

내가 나 자신이 되기 위해서

"쇠는 쇠로 다듬어지고, 사람은 이웃의 얼굴로 다듬어진다.(「잠언」 27장 17절)"라는 성경 말씀이 있다. 최 선배가 있어서 나는 강하게 단련될 수 있었다. 최 선배 덕분에 다듬어졌고, 최 선배 때문에 야구 선수로서의 나의 정체성이 확립될 수 있었다. 다시 한번 머리 숙인다.

하지만 최 선배와의 승부가 갖는 본래적 의미를 나는 따로 성찰해 보곤 한다.

역사적 근거는 분명치 않지만 '칭기즈 칸의 편지'로 널리 알려진 글이 있다. 그 마지막 부분은 이렇다.

"흘러가 버린 과거에 매달리지 않고 아직 결정되지 않은 미래를 향해 걸어갔다. 알고 보니 적은 밖에 있는 것이 아니라 내 안에 있었다. 나는 내게 거추장스러운 것은 깡그리 쓸어 버렸다. 나를 극복하자 나는 칭기즈 칸이 되었다."

이것은 오만이 아니다. 차라리 겸손이다. 최 선배는 내가 나 자신이 되기 위해 반드시 극복해야 할 최고봉이었다. 우상이었다. 나는 최 선배를 극복하기 위해 노력했고, 닮기 위해 노력했고, 선배를 흉내 내기 위해 노력했다. 그러다 보니 어느새 나는 최 선배를 닮아 가고 있었다. 그런 과정을 통해 나는 선동열이라는 투수로 서서히 만들어져 갔다.

그리고 남겨진 이야기들

다들 최 선배와 나와의 마운드에서의 승부만을 이야기하지만, 둘 사이는 겉으로 드러난 승부와는 상당히 달랐다. 최 선배는 내게 따뜻한 형이었다. 둘은 형, 동생으로 만났고, 선배와 후배 사이로 만나 술을 마시곤 했다.

옛이야기 하나. 1982년 세계야구선수권대회를 준비하던 때 최 선배는 나를 간간이 나이트클럽에 데리고 가곤 했다. 그냥 형, 동생으로 돌아가 편하게 술을 마셨다. 주로 맥주를 마셨다. 술값은 선배 몫이었다.

옛이야기 둘. 부산에서의 15회 무승부 게임 다음 날 저녁. 최 선배가 나를 식사에 초대했다. 일반인들 시각으로는 쉽게 상상이 되지 않을 상황일 수 있다. 하지만, 최 선배라 가능했다.

"야, 오늘 뭐 하냐. 나랑 밥이나 먹자."

부산에 어느 단골 식당으로 불렀다. 반주로 술 몇 잔 나누었다.

"동열아, 몸 관리 잘해라. 투수는 피로가 쌓이다 보면 어느 순간 갑자기 가 버리는 수가 있다. 늘 조심해라."

그러면서 최 선배 특유의 개성을 한 자락 내비쳤다.

"동열아, 감독이 시킨다고 무조건 따라 하다가 몸이 망가질 수도 있으니까, 늘 네 생각을 가지고 잘 판단해서 훈련하고 등판해라."

지금 생각해 보면 당시 나에게 딱 맞는 탁월한 조언이었다. 그때는 선수를 '관리'한다는 생각 자체가 없던 시절이었다. 감독이 시키면 언제라도 마운드에 올라야 했다. 눈앞의 승부가 전부였다. 선배는 선배였다. 조심스럽게 나를 염려했던 것이다. 그러곤 늘 반복했던 말. "러닝 많이 해라. 러닝이 중요하더라." 이런 선배였다.

아버지들 사이도 좋았다. 아버지께서 부산으로 최 선배 댁을 찾아간 적이 있었다.

"어떻게 관리해야 합니까? 뭘 먹여야 합니까?"

당시 뭘 먹여야 하는지보다 중요한 것이 무엇이 있었을까. 최 선배 아버지께서는 충실하게 조언해 주셨다. 부산에 다녀오신 다음부터 우리 집 식단이 확 변했다. 매일 고기반찬이 늘고 사골국이 함께 올라왔다.

"야. 동원이 아버지가 그러더라, 칼슘을 많이 먹어야 한다고. 소뼈를 고아서 주는 게 최고라 했다."

그때 이후 질리도록 먹었다. 이런 노하우는 최 선배의 아버지 덕분이었다.

지금 생각하면 우스운 일이 또 한 가지 있다. 최 선배 어머니께서 최 선배의 어깨를 보호하는 일종의 '어깨 덮개'를 뜨개질로 만드셨다. 그걸 아버지께서 배워 왔다. 어머니께서는 내 어깨에 맞춰 뜨개질을 하셨다. 그래서 나도 최 선배처럼 오른쪽 어깨와 등을 덮는 일종의 '어깨 덮개'를 갖게 됐다. 한여름에도 하고 다녔다. 당시에는 차갑게 하는 것보다 따뜻하게 해 주는 것이 더 몸에 좋다고 생각하던 시절이었다. 지금 생각과는 정반대였던 것이다. 얼음찜질을 해도 부족한 판인데, 어깨를 덮어서 보호해야 한다고 생각했던 것이다. 이것마저도 우리 집은 최 선배를 따라 했다. 이렇듯 최 선배는 경쟁의 상대가 아니었다.

언론은 최 선배의 아버지와 최 선배, 우리 아버지와 나를 비교하는 기사를 싣기도 했다. 그 기사 중 최 선배의 아버지에 대한 내용을 가져온다.

"아들만큼이나 야구계에서 이름을 낸 최동원의 부친 최윤식 씨는
그 적극성으로 유명하다. 최윤식 씨는 아들에게 도움이 된다
싶으면 일본에 직접 가서 비디오테이프를 구해 오기도 하고,
일본 관계자들로부터 몸 관리 요령을 배워 오기도 했다.
또 최동원의 방에는 이미지 트레이닝을 할 수 있는 시설을
해 놓기도 하고, 아들이 야구 외의 딴 곳에 신경을 쓰지 못하도록
늘 감시(?)할 만큼 최동원의 가장 확실한 후원자였다."

《스포츠서울》 1992년 12월 22일 자

최 선배의 아버지께서 정리한 자료와 노하우는 그대로 우리 아버지를 통해 나의 것이 되었다. 최 선배 아버지 이야기를 읽다 보면, 나도 모르게 우리 아버지를 떠올리게 된다. 그리고 최 선배 아버지를

떠올린다. 최 선배 아버지를 따라가다 보면 나도 모르게 최 선배를 떠올린다.

세상에서 해야 할 일을 빨리 끝낸 사람은 빨리 떠난다고 했던가. 그렇게 최 선배는 훌쩍 떠나갔다. 갑자기 떠나갔다. 그런 최 선배가 그립다. 지금쯤 서로 나이 들어가며 편안하게 야구를 이야기하고 술 한잔을 나눌 텐데. 최 선배는 지금 우리 곁에 없다. 최 선배는 하늘나라에서 뭘 하고 있을까. 사랑하는 야구를 그리워할까. 그곳에서 마음껏 뛰어다닐까. 늘 그립다. 그리고 존경스럽다. 그리운 최동원 선배.

내가 존경했던 선수들

〈투수〉

1. 방수원의 슬라이더

나는 슬라이더를 고등학교 2년 선배인 방수원 선배(전 해태 타이거즈)에게서 배웠다. 방수원 선배가 고등학교 3학년이고, 나는 1학년일 때였다. "선배님, 저도 슬라이더를 좀 던져 볼 수 있을까요?" 내가 물었다. 워낙 친절한 선배라서 "그래, 해 봐." 하기에 따라 했지만 제대로 되지 않았다. 포기했다.

그리고 고등학교 2학년 때였다. 그때도 나는 여전히 직구와 커브, 투 피치 투수였다. 방학 아니면 휴가였을 게다. 방 선배는 영남대학교로 진학했는데, 어느 날 학교로 찾아와 후배들을 지도하는 시간을 가진 것이다.

"선배님, 다시 한번 슬라이더 해 볼까요? 어떻게 하면 쉽게 던질 수 있을까요?"

"이리 와 볼래."

그립부터 차근차근 설명하기 시작했다. 원리는 단순했다.

"커브는 그립을 바깥쪽으로 돌려 빼야 하지만, 슬라이더는 실밥을 잡고 직구처럼 던지되, 오른쪽 손가락에 살짝만 변화를 주면 돼."

신기한 일이었다. 작년에는 그렇게 되지 않더니 2, 3일 던지고 나니 마치 내 것이 된 느낌이었다.

"커브는 팔을 비틀면서 던져야 하니까 팔꿈치가 망가지기 쉽다. 그

248

러나 슬라이더는 손가락 끝에만 힘을 주면 돼. 또 슬라이더를 던져야 타자와의 승부가 빨라지고 자연히 투구 수도 줄어든다."

"선배님, 고맙습니다."

손가락이 짧아 손가락 끝부분으로 누르는 힘을 통해 공의 변화를 조정하던 내게, 슬라이더는 평생의 주 무기가 되었다. 지금도 방수원 선배의 지도에 대해 진심으로 고맙게 생각한다.

2. 임호균의 제구력

1982년 세계선수권대회를 앞두고 연습에 연습을 거듭하던 어느 날. 6년 선배인 임호균 선수가 홈플레이트에 야구공을 하나 놔두더니 "동열아, 이거 맞출 수 있어?" 하고 장난을 걸어오는 것이었다. 지루할 때 하는 장난 중 하나였다.

"그래요, 해 볼게요."

마운드에서 몇 차례 조준해 봤지만 한 번도 맞출 수가 없었다.

"내가 맞춰 볼까?"

그러고는 단 한 번 만에 정확히 적중시키는 것이었다.

"다시 한번 해 보시죠."

이번에도 역시였다. 이 작은 에피소드가 보여 주듯 임 선배는 컨트롤의 마술사였다. 그토록 정확했다. 어린 내 눈에는 그야말로 귀신이었다. 임 선배의 정밀한 컨트롤은 두고두고 귀감이 되었다.

3. 김시진의 유연성과 파워

최동원 선배와 함께 시대를 풍미했던 같은 연배의 투수가 김시진 선배다. 1982년 세계야구선수권대회 준비 때 처음 만났다. 가까이서 뵐 수 있는 것만으로도 영광이었다. 김 선배는 프로야구 선수로 뛰면서 참 많은 이닝을 소화했다. 이유는 간단했다. 유연성이었다. 폼이 굉장히 부드러웠다.

'저렇게 부드러운 폼으로 어쩜 저렇게 강력한 공을 던질 수 있을까?'

놀라웠다. 대개 강속구를 뿌리는 투수는 제구력에 약점이 있기 마련인데, 선배는 제구력과 파워를 조화시킬 줄 아는 최고의 투수였다. 선배에게서 둘의 조화를 보고 배웠다.

〈타자〉

1. 장효조의 생각하는 스윙

한국 프로야구 타자 중 통산 타율 1위는 장효조 선배다. 통산 10시즌 961경기 3,050타수 1,009안타 타율 0.331.

1982년 세계야구선수권대회를 앞둔 대만 합숙 훈련. 6년 선배인 장효조 선수와 한방을 쓰게 됐다. 당시 한국 최고의 타자와 룸메이트가 된 것이다. 아마도 어우홍 감독님의 생각이 있으셨을 거다. 훈련이 끝나고 녹초가 되고 난 매일 밤, 장 선배는 배트를 들고 방 한켠에서 300~500번 정도 연습 스윙을 하곤 했다. 어린 내게는 놀라움이었다.

'아, 이렇구나. 스타 플레이어가 되기 위해서는 이래야 하는구나.'

오후 훈련 스케줄은 보통 프리 배팅이었다. 당시 프리 배팅은 지금과는 달랐다. A조, B조로 나누어 각 조에서 보통 15분 정도 타격을 하니까, 합해서 30분 정도가 프리 배팅을 하는 시기였다. 여느 타자들은 그 훈련 시간이 끝나면 타격 훈련을 멈추었다. 하지만, 장효조 선배는 달랐다. 자기가 원하는 타구가 나올 때까지 투수들에게 계속해서 "하나만 더 부탁해. 또 하나만 더 부탁해." 해 가며 계속 타격 연습을 하는 것이었다. 배팅볼 투수도 힘들기 때문에 쉬고 싶어 할 수밖에 없었다. 그런데도 장 선배는 자신이 원하는 타구를 생산하기 위해, 특히 밀어 치는 타구 연습을 해내기 위해 끊임없이 공을 요구하곤 했다. 뒤에서 는 다른 선배들이 "야, 너 그만하고 나와. 내 차례야. 나도 좀 치고 쉬 자." 이런 식으로 소리치곤 했다. 그래도 선배는 아랑곳하지 않았다. 좋은 타구가 나올 때까지 스윙 연습을 계속했다. 이것이 장 선배였다.

그때까지 프리 배팅 훈련은 좌우 방향에 상관없이 힘을 실어 멀리 보내는 것이 좋은 스윙이라고 생각하던 시절이었다. 그런데 장 선배 는 전혀 달랐다. 자기가 원하는 방향을 정해 놓고 그 방향으로 정확히 보내는 타구가 좋은 타구라고 생각하고, 그런 타구가 나올 때까지 연 습을 계속했다. 당시 한국 야구에서는 찾아볼 수 없었던 '생각하는 야 구'였다. 그 생각하는 타격이 바로 장효조 선배의 상징이었다.

훈련이 끝나면 방에서 술 한잔씩 하는 것이 일과였다. 그때도 장 선 배는 달랐다. 6년 후배인 내게 조용히 조언을 주곤 했다. 지금도 기억 난다. 첫째, "너는 좋은 선수가 될 것 같으니 스트레칭을 많이 해라. 그 래야 부상당하지 않는다." 둘째, "러닝 많이 해라." 지금도 조곤조곤 이 야기하던 선배가 생각난다.

장효조 선배는 내가 평범한 야구 선수임을 깨닫게 해 준 타자였다. 내가 건방지게 퍼펙트게임을 욕심내고 있었을 때 안타 한 방으로 깔 끔하게 그 꿈을 깨 준, 나를 환상에서 현실로 데려다준 멋진 선배였다.

장 선배도 현장 코치를 꿈꾸었다. 그런데 주로 스카우트 쪽 파트에 서 일하게 됐다. 내가 삼성 감독이 되었을 때, 단장과 상의해 2군 타격 코치로 모셨다. 선수들 기초를 잡는 데는 그만한 분이 없다고 판단했 다. 나중에 2군 감독까지 하게 됐다. 그러던 기아 타이거즈 감독 시절

갑작스레 장효조 선배의 부음을 들었다. 왜 그리 빨리 떠나야 했는지. 그날 밤 빈소에서 나는 울었다.

2. 이만수의 바깥 코스 타격

이만수 선배는 한국 프로야구 역사에서 '첫 번째'라는 기록을 여럿 가지고 있다. 첫 안타, 첫 타점, 첫 홈런의 기록이 모두 이 선배의 것이다. 욕심도 많고, 능력도 많고, 복도 많은 선배다.

이상하게도 이만수 선배랑 직접 투수와 포수로 만나 본 적은 단 한 번도 없다. 올스타 때도 내 공을 받아 준 적이 없다. 선배도 늘 농담으로 "너랑 배터리 한번 해 보는 게 소원이다."라며 특유의 웃음으로 툭툭 치곤 했다. 그 웃음 그대로다. 맑은 분이다.

투수와 타자로 만나 본 이만수 선배의 장점은 특별한 데 있다. 바깥쪽 빠른 볼, 바깥쪽 변화구는 한마디로 이 선배의 밥이었다. 무조건 인코스로 공략해야 했다. 하여튼 바깥쪽에 대한 이 선배의 공략법은 특별했다. 이제 와 털어놓지만, 그래서 이만수 선배를 상대하는 방법은 차라리 간단했다. 몸쪽 공으로 유인을 하는 것이다. 보여 주는 공을 몸쪽을 향해 던지다가 이만수 선배가 좋아하는 바깥쪽으로 던지되 절대 스트라이크를 던지면 안 된다. 유인구를 던져야 한다. 그러면 선배는 기다렸다는 듯이 방망이를 돌리곤 했다. 그렇다고 늘 내 전략이 통할 수는 없는 법. 도리어 공략당한 적도 많다. 한국시리즈 때 맞았던 2루타는 사실 뼈아팠다. 지금도 이 선배의 타격이 선명하게 기억난다.

야구팬들이 약간은 오해하는 것이 있는 듯하다. 이 선배가 체격이 크고 사람 좋은 웃음으로 살아가니까, 천재형으로 생각하는 이들이 있는 것 같다. 내가 아는 이 선배는 연습벌레다. 집, 운동장, 집, 운동장. 이것이 이 선배다. 이 선배의 단점? 순전히 투수 입장에서 말해 보겠다. 홈팀 관중은 너무나도 행복하겠지만, 이만수 선배가 홈런을 치고 나서 포효하거나 세리머니를 하는 그 모습은 투수 입장에선 때론 정말 밉다. 맞고 나서 기분 좋은 투수가 어디 있겠는가. 하지만 역으로 생각해 보면 이것이 이 선배의 투명한 매력이었다. 다들 기억하는 포수로서의 탁월한 입심과 함께.

3. 김성한의 야구 센스

김성한 선배는 미국식 표현으로 '아교' 선수였다. 숨은 리더였다. 선후배 사이를 연결하는 가교였고, 선수와 코칭스태프 사이를 이어 주는 다리였다. 해태 시절에 내가 했던 생각이다. '내가 김성한 선배와 한 팀이라 다행이지, 다른 팀이었으면 어쩔 뻔했어.' 지금도 이 생각은 변함이 없다. 타자로 상대할 일이 없어서 정말 행운이었다. 김성한 선배는 역시 요즘 미국 야구 표현을 빌려 오자면 '파이브툴 플레이어(5-tool player)'다. 파워(장타력), 스피드(주루), 콘택트(타격 정확도), 수비(순발력, 핸들링), 어깨(송구 능력)까지 어느 한 분야도 부족함이 없었고, 균형을 잡고 있었다. 이뿐 아니었다. 김 선배는 투수까지 겸했었다. 통산 15승이다. 지금 생각해도 놀랍다. 10승 투수인 적도 있다. 그래서 김성한 선배는 '파이브툴'이 아니라 '식스툴'이다.

김 선배랑 러닝을 해 본 사람만이 느낄 수 있다. 나보다 훨씬 육중해 보이지만, 정말 빨랐다. 그래서 통산 도루가 143개나 된다.

나이 든 선배의 별명을 불러내서 미안하지만, '오리궁뎅이' 폼이었다. 엉덩이를 뒤로 쭉 빼고 타격을 하는 독특한 폼이었다. 그런데도 타구에 대한 적응 능력은 탁월했다. 불리하면 짧게, 유리하면 풀 배팅을 하는 경기 감각과 볼카운트에 대한 응용 능력이 탁월했다. 야구에 대한 센스로 따지자면, 함께 야구했던 선후배들 중 최고였다. 일본 진출 첫해, 내가 좌절하고 있었을 때 선배가 늘 나를 격려해 주고 위로해 주던 그 정성은 지금도 잊을 수 없다.

4. 장종훈의 인성

투수가 결정적인, 예를 들면 역전 홈런, 만루 홈런이나 끝내기 홈런을 맞았을 때 그 기분은 어떨 것이라 상상되는가? 난 직접 당사자라 도리어 역으로 질문을 던져 보는 것이다. 쉽게 잊을 수 있을까? 절대 아니다. 평생 기억에 남는다. 쓰라린 아픔으로 남는다. 그런데 그 순간, 배트 플립이나 과도한 세리모니를 하는 타자를 쳐다보면서 무슨 생각을 할까? 상상에 맡긴다.

장종훈 선수는 그런 점에서 투수들이 존경하는 타자다. 어느 투수에게 물어봐도 장종훈 선수의 매너나 인간성에 대해서는 다들, "아, 그 선수. 그래 좋아." 이런 식이었다. 경기장 안에서건 밖에서건 장 선수의 예의와 인간성은 정평이 나 있다. 정말 멋진 후배다. 다들 여기서 신고선수라는 이력을 떠올린다. 나는 반대로 생각한다. 신고선수 출신이라서 이런 인성을 갖게 된 것이 아니라, 이런 인성을 가지고 있었기에 신고선수라는 어려움을 극복하고 한국 최고의 타자가 될 수 있었다는 것이다. 인성이 뒷받침이 되니까 결코 좌절하지 않았고, 끊임없이 자기를 갈고닦아 이른바 '연습생 신화', '신고선수 신화'를 만들었다. 그래서 수많은 야구 선수들에게 꿈과 희망이 됐다. 한국 프로야구에서도 패자부활전이 가능함을 보여 준 최초이자 최고의 선수였다.

언젠가 같은 방을 쓰던 투수가 장종훈 선수를 평한 적이 있다.

"장 선수가 타석에 들어서면 도대체 던질 곳이 없어요. 어떻게 해야 합니까?"

사실 그랬다. 장 선수는 높은 공이건 낮은 공이건, 안쪽이건 바깥쪽이건, 특유의 유연함과 부드러운 스윙으로 쳐내곤 했다. 멋진 타자였다. 그래서 1992년 국내 최초로 시즌 40홈런의 벽을 깨부줬다. 15시즌 연속 두 자릿수 홈런을 기록했다. 1991, 1992년, 2년 연속 MVP를 차지하기도 했다.

일본 기후현 나가와라구장에 가면 장종훈 선수의 기념비가 있다. 1991년 슈퍼게임 5차전 때다. 구장이 생긴 이래 처음으로 장외로 홈런을 날린 선수가 바로 장종훈 선수다. 일본에서는 홈런 볼이 떨어진 자리를 기념하기 위해 그곳에 장외 홈런 기념비를 세워 놓았다. 일본에 기념비까지 남긴 역사적인 타자가 됐다.

8.
감독의 리더십, 원칙과 순리 I

2001년 가을, 한국시리즈에서 두산이 삼성을 꺾고 우승을 차지했다. 나는 그때 KBO 홍보위원으로 일하고 있었다. 시즌이 끝나 KBO 직원들과 함께 지리산으로 1박 2일 야유회를 떠났는데, 김응용 삼성 감독께서 지리산까지 찾아오셨다. 그러곤 덜컥 하시는 말이,

"투수코치 좀 맡아 주어야겠다."

하지만 나는 그 제안을 거절할 수밖에 없었다.

"아직은 어렵습니다. 박용오 총재 임기가 2003년까지입니다."

나의 홍보위원 임기가 3년이었기 때문이다.

해가 지나 2002년 가을께가 되자 나는 박 총재에게 말했다.

"일본 연수를 좀 다녀와야 되겠습니다."

"그래, 좋은 생각이야. 대신 다녀와서 나 도와줘야 해."

그러고는 일본으로 떠날 준비를 했다. 2003년 3월부터 10월까지 일본 주니치 드래곤스 2군에서 투수코치로 일했다. 이미 호시노 감독은 주니치를 떠나 한신 타이거즈 감독으로 일하고 있었는데, 주니치는 내게 2군 투수 훈련에 대한 확실한 권한을 부여했다. 그때 생긴 재미있는 기억이 하나 있다. 2군 투수인 코야마 신이치로를 조련시켜 1군으로 올려 보냈는데, 올라가자마자 2승을 거두었다. 구단에서는 내게 보너스를 지급해 주기도 했다.

연수를 마치고 돌아왔더니 박 총재께서 "두산 감독을 맡아 달라." 고 했다. 하지만 실무진과 조율이 어려웠다. 이미 내정한 감독이 있었던 것 같다. 그때쯤 김응용 감독께서 다시 연락해 오셨다. "야. 나랑 같이 하자." 하시기에 이번에는 "좋습니다." 하고 응했다.

내가 삼성으로 간 이유는 단순했다. 김응용 감독의 요청이 있었다. 다른 하나는 나는 감독은 반드시 코치의 경험을 거쳐야 한다고 생각하는 사람이다. 그렇게 해서 2003년 10월 삼성 라이온즈 수석코치 겸 투수코치가 됐다.

라이온즈 감독과 삼성 7계명

2004년 11월, 나는 삼성 라이온즈 12대 감독으로 취임했다. 원래 계획이라면 1년 뒤에 맡는 거였는데, 김응용 감독께서 사장으로 승진하시는 바람에 한 해 빨리 감독을 맡게 됐다. 나는 수석코치로 일하는 동안 장기적인 마스터플랜을 만들고 있었다. 플랜의 핵심은 "5년 임기 동안 3번 우승하겠다."는 것이었다. 그리고 이것은 "팀에 대한 약속이지만 나 자신에 대한 약속이다."라고 선언을 했다.

감독으로 취임한 그해 겨울, 그러니까 해를 넘긴 2005년 1월에 우리 팀은 괌으로 전지훈련을 떠났다. 정식 훈련이 시작되기 전날 밤, 팀 미팅을 주재했다. 그 자리에서 나는 언론의 표현을 빌리자면 '7개 구단과의 전쟁'을 선포하면서 '감독 당부사항 7계명'을 발표했다. 선수들에게 나의 리더십의 본질과 팀 운영에 대한 비전을 알리는 절차였다. 전지훈련 출발 전 집에서 또박또박 '7계명'을 적었다. 괌에 도착하자 매니저에게 "복사해서 선수들에게 나눠 주세요." 부탁했다. 언론 덕분에 '7계명'이 그대로 남아 있다.

삼성 7계명

1. 프로 선수로서의 '몸가짐과 행동'이 좋은 팀 분위기를 만든다. 분위기 좋게 운동을 할 수 있게 만드는 것은 선수 본인이다. 만약 그렇지 않으면 더 나쁜 분위기가 될 수도 있다는 것을 명심하자.

2. 고참들이 '솔선수범' 해야 한다. 선수단 전체가 하고자 하는 분위기를 만들어야 한다. 특히 고참들이 앞장서서 열심히 운동하고 솔선수범해야 후배들이 자발적으로 동기 유발이 되고 선배들을 존경하고 따른다.

3. 팀을 위해 '희생'해야 한다. 삼성은 개인의 팀이 아니라 팀원 전체의 팀이다. 야구에서 가장 매력적인 용어는 희생번트다. 희생번트의

의미를 잘 생각해 보기 바란다. 나만 잘하면 된다는 생각을 버려라. 개인 성적보다는 팀 성적을 우선해야 한다.

4. '이름' 가지고 야구 하지 말라. 실력 위주의 선수를 경기에 기용하겠다. 기존의 안정된 포지션과 경기 출장은 보장하지 않겠다.

5. '멀티포지션'을 소화하라. 과거의 기록과 명성은 이제 존재하지 않는다. 특히 내야수는 2~3개 포지션을 소화할 수 있도록 캠프 기간 중에 충실히 훈련하라.

6. 본인의 '목표'를 세워서 반드시 이행할 수 있도록 하라. 의미 없이, 생각 없이 운동해서는 안 된다. 본인을 컨트롤할 줄 알아야 하며 본인과의 약속을 지킬 줄 아는 선수가 되어야 한 단계 더 나아질 수 있다.

7. 정신 무장을 더욱 강화해야 한다. 일곱 개의 구단 모두가 삼성을 공동의 적으로 생각하고 있다. 어느 해보다 더욱 정신력을 강화해야 한다는 것을 명심하자.

우리는 경기를 하기 위해 훈련하는 것이 아니라 전쟁을 하기 위해 훈련을 한다.

다시 '7계명'을 읽어 보자니 삼성이라는 팀에 대한 진단과 분석에 기반하고 있다는 점을 느낄 수 있다. 팀을 강조하고, 승리를 강조해야 했다. 이겨야 했다. 나는 1년 동안 삼성을 진단하고 진료하면서 나름의 치료법을 만들고 있었다. 그 처방전이 바로 이 '7계명'이다.

헹가래는 스포츠인으로서 겪는 최고의 행복이다.
2006년 10월 29일, 두 해 연속 한국시리즈 우승 감독이 되는 영예를 누렸다.

우승 감독에서 야인(野人)으로

나는 삼성 감독으로서 계약 기간 첫 5년 동안 나름대로 의미 있는 성과를 거두었다. 페넌트레이스 성적은 637경기 338승 11무 288패, 포스트시즌 성적은 14승 1무 7패였다. 연도별로 보면 2005년은 페넌트레이스 1위와 한국시리즈 우승. 2006년에도 둘 다 우승했다. 2007년은 페넌트레이스 4위와 플레이오프에 진출했고, 2008년도 전년도와 똑같았다. 2009년은 조금 안 좋았다. 페넌트레이스 5위였다.

언론들이 감독 첫 임기를 결산하면서 프로야구 삼성 왕조가 시작됐다는 평을 하기도 했다. 재계약으로 이어졌다. 2009년 9월 29일, 계약 기간은 5년, 계약금 8억 원, 연봉 3억 8000만 원, 총액 27억 원 규모의 재계약이 체결됐다.

재계약 첫해인 2010년, 페넌트레이스에서 2위를 차지했다. 플레이오프에서 승리하여 한국시리즈에 올라갔지만, SK에 4연패를 당해 패배의 쓴잔을 마셨다. 곧바로 오키나와 마무리 훈련에 돌입했다. 그러곤 돌아와 잠시 쉬고 있던 그해 12월 29일, 구단주인 이수빈 회장과 갑작스런 면담이 잡혔다. 야구단 사장, 단장 모두 배석했다. 구단주가 입을 열었다.

"선 감독, 그동안 수고했소. 그런데 그만둬야겠소."

예상치 못한 일이었다. 두 번째 계약 기간 5년이 이제 막 1년 지난 시점이었고, 물러날 만큼의 성적은 아니라고 생각했다. 나름대로 삼성의 자존심을 회복했고, 내가 내건 '지키는 야구'가 안정화 단계에 접어들었다고 생각하고 있었기 때문이다. 하지만 구단주의 결단이라는데 어떻게 하겠는가.

"그만둬야지요. (수석코치 1년, 감독 6년을 포함하여) 지난 7년 동안 삼성에서 잘해 주셔서 고맙습니다."

그때쯤 삼성 그룹에 미묘한 정치 사회적 이슈가 있었다. 이런저런 소문도 있었고, 이번엔 내 차례가 될 것이라는 귀띔도 있었지만, 설마 그런 정치적 영향이 스포츠에까지 미칠 줄은 몰랐다. 어떠한 경우에도 스포츠는 정치로부터 자유로워야 한다.

삼성 구단에서 나의 퇴진을 발표했다. 나는 며칠 동안 휴대폰을 끄고 조용한 성찰의 시간을 가졌다. 억울함도 있었지만 내가 좌우할 수 있는 일이 아니었다.

나는 감독을 하면서 단 한 번도 감독이라는 자리가 영원히 내 자리라고 생각해 본 적은 없다. 감독에 취임하는 순간 마음속으로 물러날 때를 고민하게 된다. 이것은 감독의 숙명이다. 그리고 그것은 여느 직업이나 마찬가지일 것이다.

다시 타이거즈로 돌아오다

7년 동안의 지도자 생활은 기쁨도 있었지만 막상 떠나고 나니 피로가 밀려왔다. 몸을 회복하는 데 상당한 시간이 걸렸다. 몇 개월 동안 무조건 쉬어야 했다. 8월경부터 전 KBO 사무총장을 역임했고, 해태 단장을 지냈던 이상국 형님으로부터 연락이 오기 시작했다.

"동열아, 타이거즈 가자. 타이거즈가 널 필요로 한단다."

2011년 페넌트레이스가 끝나고 기아 타이거즈와 계약을 체결했다. 하지만 결과적으로 기아 감독으로서의 내 야구 인생은 실패로 끝이 났다. 그리고 나를 믿고 성원해 준 고향 팬들에게 커다란 아쉬움을 남겨 드렸다. 지금도 죄송한 마음이다.

기아에서의 성적은 첫해는 5위, 그다음은 8위, 또 그다음도 8위로 계속 미끄러졌다. 계약 기간 동안 가을 야구를 한 번도 경험하지 못했다. 그럼에도 마지막 3년 차인 2014년 7월 올스타 기간 중 구단주 정의선 부회장이 저녁을 하자고 했다.

"고생이 많습니다. 그래도 한 번 더 맡아 주십시오."

"아닙니다. 많이 부족합니다. 새로운 감독을 부르는 것도 고려해 주십시오."

"선 감독이 계속 이끌면서 다시 기아의 전성기를 열어 주십시오."

"최선을 다하겠습니다."

계약이 연장됐다. 어떻게든 구단과 고향 팬들에게 은혜를 갚고 싶었다. 하지만 실패하고 말았다.

돌이켜 보자면 여러 회한이 떠오른다. 다음은 기아 시절에 대한, 감독으로서의 나의 경험과 능력에 대한 성찰이다.

첫째, 나는 조급했다. 내 인생의 좌우명인 순리에 역행했다. 특히 스스로 인내심을 잃고 말았다. 감독으로서의 밸런스가 무너졌다. 내 야구의 고향인 타이거즈에 대한 부담감, 그리고 조급한 성공의 꿈에 대한 강박이 있었다. 프랜차이즈 스타 출신 감독으로서 팬들에게 뭔가 빠르고 멋지게 보여 드려야 한다는 그런 강박관념이 리더로서의 균형을 무너트렸다. 좀 더 체계적이어야만 했었다. 나부터 중심을 꼭 잡고 있어야 했다.

둘째, 그러다 보니 단기간의 성적에 지나치게 집착했다. 먼저 팀에 대한 정확한 분석이 부족했다. 분석을 바탕으로 비전을 세우고, 다음으로 거기에 맞는 코칭스태프를 구성했어야 했다. 삼성과 달리 코치를 거치지 않고 곧바로 감독으로 취임하다 보니, 선수 개개인에 대한 이해가 부족했다. 직접 내부에서 선수를 관찰한 것과 상대 팀 감독으로 기아 선수들을 바라봤던 것과는 많은 차이가 있었다. 주요한 실패 중 하나는 코칭스태프 구성이었다. 상당 부분이 짜여져 있었다. 조직 구성상의 분명한 실수가 있었다. 구성에서부터 체계적이지 못하다 보니 권한의 위임과 배분 방식에까지 실수가 이어졌다. 다 연결된 문제였다.

셋째, 삼성과는 다른 방식의, 코칭스태프 간의, 선수 간의, 다양한 형태의 소통 방식을 마련했어야 했다. 여러 이유로 통일된 리더십이 부족했다. 권한의 분배가 자칫 분파주의로 이어졌고, 오작동되기 시작했다. 안타깝지만 권한과 책임의 불일치가 야기됐다. 본질적으로 내 리더십의 문제였다.

넷째, 늘 강조해 온 플랜 B를 가동하기가 어려웠다. 선수단의 깊이가 취약했다. 때마침 선수단 구성의 사이클도 엇박자였다. 부상 선수가 상당했다. 부상 선수를 대체할 만한 팜 시스템도 마련되지 못했다. 감독 2년 차에 이르러서야 비로소 2군 전용 구장 겸 훈련장인 함평구장이 만들어졌다. 그에 비해 삼성은 90년 초 이미 경산에 2군 구장을 마련해 두고 있었다.

고향에서 함께 우승하고 싶었다

그해 여름, 내부적으로 구단주의 재계약 요청을 받고 나서 나는 팀의 리빌딩에 돌입했다. 그때는 내가 그렇게 빨리 그만두리라고는 생각하지 못했다.

첫 임기의 실패를 성찰하며 팀의 리빌딩을 개시해 팀과 감독의 명예를 회복하려는 열정이 상당했었다. 그 과정에서 일부 선수의 군 입대 문제가 현안이 됐다. 군 입대 우선순위를 조정하는 과정에서 일부 오해도 발생했다. 성적이 기대에 못 미쳤던 상태라 리더십에 대한 일부 언론의 불신이 있었고, 이런 것들이 누적되면서 내게는 상당히 부정적인 여론이 형성됐다. 그런 때는 떠나야 한다고 배웠다. 그것이 나의 인생철학이었다. 그것이 곧 원칙이자 순리였다.

야구를 사랑하고, 기아를 사랑하기 때문에 내가 떠나는 것이 옳다고 생각했다. 떠나야 할 때를 정확히 아는 것이야말로 프로 정신의 하나다. 한 가지 안타까웠던 것은 일부 팬들에게 가족들의 전화번호가 노출되었던 일이다. 감독 선동열과 가족은 분리될 필요가 있었는데, 그런 안타까운 일들이 벌어졌다. 가족들이 더 이상 상처받지 않아야 했다. 그 점도 상당한 영향을 미쳤다는 점을 부인하지 않겠다.

다만, 내 평생의 구단인 타이거즈와 고향 팬들에게 우승 한번 안겨 드리지 못하고 떠난 데 대해서는 아직도 부끄럽고 죄송하다.

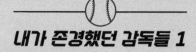

내가 존경했던 감독들 1

1. 나훈 감독(송정중학교)

나훈 감독님은 선생님이시자 광주일고 선배이시다. 그것도 야구부 출신이셨다.

맨 처음 만나게 된 것은 앞서 2부 1장에서도 언급했지만, 형과 나의 가정교사로서였다. 그러다 내가 야구를 하게 됐다. 그때도 여전히 선생님은 나의 (학습) 가정교사였다.

선생님은 야구에 대한 나의 열정을 좋게 보셨던 모양이다. 야구에 대한 조언을 아끼지 않으셨다. 초등학교를 졸업하고 송정중학교에 진학했을 때 선생님은 송정중학교 야구 감독으로 취임해 계셨다. 이번엔 학습이 아니라 야구를 지도받게 됐다. 송정중 야구부가 해체되고 무등중학교로 전학 가기 전인 1년 6개월 동안 나는 감독님의 지도를 받았다.

나는 감독이시자 선생님이시자 선배셨던 나훈 감독님께 몇 가지를 배웠다. 이때의 지도가 내 야구의 기초가 됐다.

첫째, 감독님은 늘 생각하는 야구를 이야기했다.

둘째, 내게 성찰하는 법을 가르쳤다. 야구 일기를 쓰게 했다. 이를 통해 하루를 돌아보고, 정리하고, 반성하는 법을 가르쳐 주셨다. 습관으로 만들어 주신 것이다.

셋째, 야구 관련 서적을 통해 야구를 배워서 익히는 법을 일찍이 만들어 주셨다. 자칫 운동장에서 뛰다 보면 책을 멀리할 수 있었는데, 감독님은 나의 이런 버릇을 교정해 주셨다. 여러 차례 야구 관련 책을 가져다주며 독서를 장려하셨다. 돌이켜 보면 당시 학원 야구의 풍토에서는 특별한 훈련 방식이었다. 고등학교 시절 '야구 10계명'도 그렇게 해서 탄생할 수 있었던 것이다.

나중에 감독님은 전남 야구협회 부회장까지 역임하셨고, 지금도 야구계 어딘가에서 늘 뵐 수 있다. 2018년에도 인사 드렸다.

초등학교 시절에는 체육 선생님이 야구 감독을 겸하셨는데, 송정동 초등학교 장세희 체육 선생님도 많은 부분 나의 기초를 형성하는 데 도움을 주셨다.

2. 김청옥 감독(광주일고)

1978년 광주일고에 진학했을 때, 감독님이 김청옥 감독이셨다. 스타플레이어 투수 출신으로 국가대표까지 역임하셨다. 한마디로 정리하자면 투수로서의 나의 잠재력을 발견하고, 장점을 만들어 주신 분이다. 특히 선동열의 폼을 만들어 주신 분이다.

고등학교 진학에도 스카우트 시스템이 있었다. 내 또래 투수들 중 광주일고가 선택한 스카우트 1순위는 따로 있었다. 나는 광주일고에 입학한 같은 학년 투수들 중 에이스가 아니었다. 투수들 중에서는 2순위 정도로 입학했다고 평가하는 것이 맞다.

그런데 어느 때부턴가 감독께서 내 잠재력에 주목하기 시작했다. 낮에는 단체 훈련 시간이었다. 밤이 되면 나는 부모님께서 배달해 주신 도시락을 먹고 합숙소에서 나와 학교 운동장 불빛 아래서 새도피칭을 하곤 했다. 그때가 감독님이 관사로 퇴근하신 다음이었는데, 멀리서 지켜보셨던 모양이다. 밤인데도 불구하고 다시 운동장으로 나와 개인 레슨을 해 주곤 하셨다. 엉거주춤했던 내 폼을 계속 교정해 가며 투수의 기초를 잡아 주셨다. 이렇게 해서 오늘날의 내 폼을 만들어 주셨다. 사실상 2선발이었던 나를 또래들 중 1선발로 인정해 주시며 투수로서의 경험을 쌓아 가게 해 주셨다.

그 시절 국가대표 투수 출신 감독을 만난 것은 내게는 특별한 행운이었다. 김 감독님의 열정과 지도가 오늘의 나를 만들었다. 투수로서의 내 야구 인생을 되돌아보노라면 진심으로 고마운 생각을 갖게 된다. 참스승이시다. 늘 건강하시기를 기원한다.

3. 조창수 감독(광주일고)

고등학교 2학년 때 새로운 감독이 부임하셨다. 실업야구를 은퇴하고 곧바로 광주일고 감독으로 취임하신 조창수 감독이셨다. 열정으로 충만한 20대 후반의 나이였다. 체력과 열정이 뒷받침되다 보니 모든 훈련과 연습을 선수들과 함께 했다. 타격 시범은 압권이었다. 교실 반대편, 그러니까 운동장 반대편 쪽에 타석이 있었는데, 타격 시범을 하다 보면 공이 교실까지 날아가 유리창을 깨트리곤 했다. 스타플레이어 출신 감독이 선수들과 직접 훈련하고, 그 시범을 눈앞에서 보여 준다는 것 자체가 대단한 경험이었다.

지금 생각해도 놀라운 게 하나 있다. 당시 고등학교 감독들은 투타가릴 것 없이 지도했다. 그런데 이분은 그게 아니었다. 투수 쪽에 대해서는 겸손하셨다. 내게 투수 이론을 강요하거나 억지로 교정한 적이 없다. 나를 지도할 때면 꼭 당시 유명한 투수들을 우리 학교로 직접 불러 나를 관찰하게 한 다음, 그분들의 지적을 바탕으로 나를 지도해 주셨다. 그렇게 해서 나는 조 감독님이 불러들인 당시 명투수들, 유남호 투수, 임신근 투수 등을 직접 만나 지도를 받을 수 있었고, 그분들의 조언을 바탕으로 훈련할 수 있었다. 지금은 이런 방식의 분업화된 지도가 당연시되지만, 그때로서는 상상하기 어려운 방식이었다. 그래서 나는 투수로서 대단히 전문적인 지도를 받을 수 있는 행운을 얻었

다. 그리고 조 감독님과 대통령배 야구 우승, 황금사자기 준우승이라
는 성적을 거둘 수 있었다.

4. 김응용 감독

뭐라고 표현해야 할까. 김응용 감독님과의 인연은 특별한 인연이고,
놀라운 인연이고, 고마운 인연이다. 달리 표현할 문장을 찾지 못하겠다.

해태 타이거즈에 입단하고 처음 인사 드렸다. 당시 감독으로 재직
중이셨다. 감독님은 타이거즈 감독으로 취임하던 1983년, 첫해 곧바
로 우승을 일구었던 명장이셨다. 나랑도 좋은 인연이었다. 한국 프로
야구에서 뛰는 내내 유일한 감독이셨다. 그리고 감독님과 나는 6번의
한국시리즈 우승, 3번의 페넌트레이스 우승을 일구었다.

기술적인 부분에 대한 지도나 교정으로는 설명할 게 별로 없다. 나
를 믿고 모든 걸 내 자율에 맡겨 주셨다. 던지는 것에 대해서는 일절
간섭하지 않으셨다. 실망스러울 때도 많았을 텐데, 싫은 소리 한번 하
신 적이 없다. 모든 것을 믿고 맡겨 주신 것이다. 나중에 감독 생활을
해 보니 그게 얼마나 힘든지 그때야 비로소 알게 되었다. 그 신뢰와 믿
음의 깊이에 늘 놀란다.

감독님은 내가 만난 지도자들 중 선수 개개인에 대한 이해도가 가
장 높은 분이셨다. 선수들의 장단점을 한눈에 파악할 줄 아셨다. 선수
들을 어떻게 활용해야 할지, 어떤 식으로 다루는 게 최상의 에너지를
뽑아낼 수 있을지를 아는 특별한 장점을 가지고 계셨다. 꼭 필요한 자
리, 꼭 필요한 시간에 선수의 장점을 활용하셨다. 선수들을 지적하시
는 방법도 특별했다. 개별 선수들에게 분노를 표현하는 방식이 아니
라, 팀 전체에 대해서 안타까움을 표시하시거나 때로는 열정을 끄집
어낼 수 있는 특별한 방법을 가지고 계셨다. 특유의 카리스마였다.

선수로서도 나를 이끌어 주셨지만, 삼성 코치로 불러 주신 분도 감독님이시다. 사장으로 올라가시면서 나를 삼성 감독으로 이끌어 주신 분도 감독님이시다. 그리고 더욱 고마운 것은 이런 사제 간의 인연이 그라운드를 떠나서도 계속 이어지고 있다는 점이다.

나는 지금도 한 달에 한 번씩 감독님과 식사를 한다. 여전히 말씀은 별로 없으시다. 그냥 점심 하고, 낮술 한잔하고 헤어지는, 만남 자체만으로도 고맙고 즐겁다.

5. 김인식 감독

1985년 입단했을 때 감독님은 해태 수석코치와 투수코치를 겸하고 계셨다. 당연히 감독님의 직접적인 지도를 받는 구도가 됐다.

당시만 하더라도 프로야구 지도자들은 탁월한 카리스마와 강력한 리더십이 징표였다. 그런데 감독님은 이 점에서 남달랐다. 지금식 표현으로 하면 '형님 리더십'일 것이다. 때로는 '어머니 리더십'일 것이다. 선수들과 대화를 즐겨 하셨다. 특히 투수 파트와 대화를 즐겨 하셨다. 김응용 감독님과 선수들 사이에서 소통이 원활하도록 중요한 역할을 담당하셨다. 당시 지도자들은 선수들과 회식하는 경우가 많지 않았는데, 감독님은 늘 투수들 회식 자리를 만들어 주셨고, 편안하게 우리 이야기를 들어 주셨다. 선수들은 코치들이 이야기를 들어 주는 것만으로도 고마울 때가 있다. 감독님은 그런 분이셨다. 나에 대해서는 거의 맡겨 주셨지만, 꼭 손볼 일이 있으면 원포인트 방식으로 간단하게 지적하곤 하셨다. 그것도 어드바이스 형식이었다.

2006년 WBC 대회 때 감독님은 국가대표 감독으로, 나는 투수코치로 함께한 적이 있다. 그때도 투수 파트의 운용에 대해서는 전적으로 위임해 주셨다. 어쩌다 한두 번 정도 생각이 다른 적이 있었지만, 그때도 내 의견을 받아 주셨다. 프리미어12 대회 준결승 한일전, 9회말 투수 교체 때도 감독님의 구상과 내 의견이 달랐는데, 그때도 내 의견을 받아 주셨다. 정대현 선수의 교체가 바로 그때다.(2부 4장 참조)

어떻게 그 시대에 그런 유연성과 너그러움을 가질 수 있었을까. 늘 떠올리며 배우고 싶어 하지만, 결코 쉽지 않은 부분이 바로 그 점이다. 그래서 스승이시다.

6. 호시노 감독

감독님은 지난해 1월 세상을 떠나셨다. 나를 지도하셨던 대부분의 감독님은 아직 건강하게 생존해 계시는데, 그중에서도 젊으신 편인 호시노 감독님은 더 이상 뵐 수가 없다. 그립다.

이미 널리 알려져 있듯 내 야구 인생에 가장 큰 영향을 미친 감독 중 한 분이시다. 이미 1부에서 호시노 감독님에 대한 이야기는 여러 군데 적어 놓았다. 몇 가지만 더 보충하려 한다.

먼저, 강한 승부욕이다. 프로는 무조건 이겨야 한다. 결코 져서는 안 된다. 이것이 감독님의 야구관이었다. 특히 프로 선수라면 모든 면에서 뛰어나야 한다는 것이 감독님의 선수관이었다. 그런 점에서 나는 얼마나 못난 선수였을까.

감독님은 주니치 20번의 영예에 빛나는 최고의 투수셨다. 미국의 사이영상에 비견할 만한 사와무라상을 수상한 주니치의 프랜차이즈 스타셨다. 감독님은 선수로서도, 프로 감독으로서도, 국대 감독으로서도 성공한 분이셨다. 모든 면에서 리더였다. 나의 감독 롤 모델이 됐다.

그렇다고 늘 강력한 카리스마를 발산하지만은 않으셨다. 원정 때면 선수들을 소그룹으로 불러 모았다. 함께 식사하는 것이다. 이야기를 듣곤 하셨다. 신상필벌에도 대단히 유능하셨다. 잘 던지면 반드시 선물을 보내 주셨다. 그라운드에서는 엄청난 카리스마였지만, 평상시는 친형과 같은 부드러운 리더십이었다.

동계훈련 때면 선수들과 골프 라운딩을 함께 하곤 하셨다. 선수들과 골프 라운딩을 하면서 올 한 해 팀의 운영 방안을 설명하고 이해를 구하셨던 것이다. 나도 이 점을 깊이 기억하면서 실천해 보려 했지만, 사실 쉽지 않았다. 감독이 자신의 한 해 운영에 대한 비전과 철학을 설명하고, 선수들을 이해시키는 작업은 정말 쉽지 않다. 그런데 호시노 감독님은 그러했다. 이런 공감과 공유의 리더십이 호시노 감독님의 대표 상품이었다. 밖으로는 강력한 카리스마, 내면적으로는 소통과 공감 능력. 이것이 특장이었다.

감독님의 한국 선수들에 대한 애정도 특별했다. 나를 스카우트했고, 험난한 재활 과정을 조용히 지켜봐 주셨다. 때론 나약해진 나를 강하게 자극하며 내가 마무리투수로서 다시 일어설 수 있도록 지도해 주셨다. 한 팀에 한국 출신 선수를 세 명이나 데리고 있을 수 있는 일본 감독이 있을 수 있을까. 호시노 감독님이 처음이자 마지막일 것이다. 내가 주니치에서 뛸 때 주니치에는 이상훈, 이종범 선수가 함께했었다. 이것만으로도 충분한 설명이 될 것이다. 그래서 더욱 고맙다. 늘 천상에서 평화롭기를.

9.
감독의 리더십, 원칙과 순리 II

내가 감독으로서의 리더십에 대해 정리된 논리로 누군가에게 이야기할 정도가 되는지에 대해 스스로 부끄럽다. 그럼에도 인스트럭터로 시작해 코치, 수석코치, 감독을 역임하면서 많은 경험과 반성의 재료를 가지게 됐다. 여기에서는 그런 재료를 바탕으로 내가 생각하는 리더십의 몇몇 이야기를 풀어 나갈 생각이다.

1. 감독은 책임지는 사람이다

감독에게 있어 가장 중요한 덕목이 무엇일까. 책임 능력이다. 감독은 책임지는 사람이다. 책임에 앞서 수많은 선택지를 앞에 두고 결단을 내리는 사람이다. 감독은 결단에 대해 책임을 지는 사람이다. 정보는 판단으로, 판단은 결단으로, 결단은 책임으로 이어진다. 감독이라는 자리는 끊임없이 정보를 수집하고, 정보를 비교, 선택, 판단하고, 결론 내리고, 궁극적으로는 그 결단에 대한 책임을 부담하는 직업이다.

독일의 한 의과대학 연구에 따르면 사람은 하루에 2~3만 개의 결단에 직면한다고 한다. 이를테면 아침에 일어날지 말지, 휴대전화를 켤지 말지부터 시작해서 점심은 뭐 먹을지, 언제 먹을지 등 수많은 결정에 직면한다는 것이다. 감독 또한 그렇다. 선수의 선발에서부터 투수 교체에 이르기까지 감독이라는 직업은 결단의 연속이다. 그리고 그 승패에 대해서 책임을 져야 하는 사람이다.

2. 감독은 경영하는 사람이다

감독은 최고경영자(CEO)다. 감독은 코칭스태프에 대한 구성, 선수단에 대한 구성, 선수의 선발과 운용 등 구단의 핵심 의사를 결정하는 최고경영자다. 팀의 리빌딩에서 시작해 미래 비전과 팀 운영에 대한 분명한 방향성을 제시할 수 있는 경영자가 되어야 한다. 권한의 위임과 역할 분담, 조정 능력도 필요하다.

이를테면 나는 투수 파트 쪽에 강점이 있기 때문에 대체적으로 타자 출신을 수석코치로 영입하곤 했다. 한국보다는 일본이 기본기와

트레이닝 파트에 강하기 때문에 이 점은 일본에서 코치를 데려오는 방식으로 보완하곤 했다. 이런 것들이 일종의 조직 구성에 대한 기본 원칙이 될 수 있을 것이다.

다만, 최근 프런트가 강화되고 있는 추세, 현장 출신 단장이 늘고 있는 추세(2019년 여름 현재, 10개 구단 단장 중 8개 구단이 현장 출신)에 대해 주목 해야 한다. 단장과 감독 간의 권한 분배를 둘러싼 갈등이 생겨날 여지가 있는 것이다. 물론 변화에 적응하는 것도 감독의 몫이다. 구단과 단장, 코칭스태프 사이의 권한의 위임과 분배에 대한 조정 능력 또한 요구되는 시대가 됐다.

다음의 일화는 귀담아들을 만하다.

> 2018년 히로시마 도요 카프가 일본 프로야구 센트럴리그 3연속 우승을 차지했다. 이로써 오가타 코이치 감독은 명장 반열에 오르게 됐다. 인터뷰에서 물었다.
> "3연속 우승 비결이 무엇인가요?"
> 감독은 대답했다.
> "경영의 신 마쓰시타 고노스케입니다."
> 그리고 이렇게 덧붙였다.
> "마쓰시타 고노스케의 『성공의 금언 365』(PHP연구소)라는 책입니다.
> 전 이 책을 매일 가지고 다니고, 매일 열어 봅니다. 이 책을 바탕으로 팀을 어떻게 운영해 조직의 잠재력이 최고의 파워를 분출하도록 할지 연구했기 때문입니다."

감독은 야구의 전략, 전술에 대한 전문가를 넘어서 최고경영자 마인드를 가지고 팀을 경영해야 하는 시대가 되고 있는 것 같다.

3. 감독은 흐름을 읽는 사람이다

감독은 흐름을 파악하는 능력, 전체를 조망하는 능력, 결과보다 과정을 통제하는 능력이 요구된다. 그러기 위해서는 큰 흐름을 예측할수 있어야 한다. 흐름을 자연스럽게 활용할 줄 알아야 한다. 이것이나의 좌우명인 순리로 연결된다.

선수 시절의 예를 하나 들어야겠다. 그때는 지금처럼 선발, 중간, 마무리의 구분이 확실하지 않았고, 휴식일도 일정치 않았다. 나는 구단의 상황, 승패 현황, 투수진의 운용 실태 등을 스스로 판단해 보기시작했다. 거기에 맞춰 스케줄과 컨디션을 조절해 가며 나의 등판 일정을 예정했다. 감독이 되었을 때 이때의 경험이 많은 도움이 됐다.

감독을 꿈꾸는 후배들에게 조언할 때가 있다. 저 상황에서 내가 감독이라면 어떻게 할까, 어떤 작전을 쓸까 생각해 보라고. 마치 투수가 시뮬레이션 피칭을 하듯이 말이다. 이런 생각 훈련법이 좋은 준비가 될 수 있다.

4. 감독은 미디어다

감독은 미디어다. 감독이 경기만 이기면 좋았던 시대는 끝이 났다. 최근 들어 강조되는 감독의 능력 중 하나가 미디어 적응 능력이다.

미국을 대표하는 유격수이자 감독을 역임한 앨빈 다크의 말이다.

"신께서는 나에게 모두를 사랑하라고 말씀하셨지만, 나는 스포츠 기자를 사랑하는 법을 배우지는 않았다. 기자들은 당신의 커브가 얼마나 잘 꺾이는지엔 관심 없다. 그들은 당신이 어떤 실수를 저질렀는지 알고 싶어 한다."

미국 감독도 고통이듯 우리 감독들도 매일 경기 전 더그아웃에서 기자들과 방담을 나누고 경기 후에는 총평을 해야 한다. 감독 자신이 곧 구단의 대변인 격이다. 매일 뉴스를 만들어 내고, 메시지를 전달해야 한다. 물론 승패가 중요하지만, 여론과 언론에 대한 대응 능력이 승패를 뛰어넘어 팀에 대한 이미지를 좌우한다. 이 부분에 대한 준비가 필요하다.

5. 감독은 눈 밝은 사람이다

일본의 전설이자 메이저리그의 전설이 된 스즈키 이치로는 1991년 드래프트에서 전체 순위 41번째로, 오릭스 순위로는 4번째로 선택됐다. 그런데 다들 잊고 있는 것 중의 하나가 그때의 이치로는 타자가 아닌 투수로 선발됐다는 것이다. 1992년 전반기 내내 이치로는 2군에 머무르며 투수로 공을 던졌다. 도리어 눈 밝은 당시 감독 도이 쇼조는 이치로에게서 타자로서의 본능을 발견한다.

1993년 시즌에는 타자로, 그것도 2군에서 40경기 미만 출전에 그친다. 그러던 1993년 말 신임 감독으로 오기 아키라가 부임한다. 오기 감독은 곧바로 이치로의 타자로서의 강력한 잠재력을 발견한다. 1군으로 올려 붙박이 1번 타자로 출전시킨다. 그렇게 이치로는 세계적인 선수가 된 것이다.

"보는 것으로 아주 많은 것을 관찰할 수 있다."(요기 베라) 그렇다. 문제는 눈이다. 매의 눈이다. 예술적 시각에서 표현하자면 '안목'이다. 지도자는 선수의 특성을 정확히 파악하고, 선수의 장단점을 정확히 분석하고, 어떻게 활용할지를 판단할 수 있어야 한다.

제구가 낮게 형성되다가 높게 형성되는 순간이 투수에게는 위험한 순간이다. 그때 투수 교체 타이밍을 고민해야 한다는 건 야구에 관심 있는 이들이라면 누구나 아는 이야기다. 하지만 그때는 이미 늦을 수도 있다. 현명한 감독이라면 그 전에 여러 상황에 대해 미리 체크하고 확인할 수 있어야 한다. 투수가 전에 없던 몸동작을 보인다든가, 어딘가를 만진다든가, 무의식적인 움직임을 보인다든가, 이런 행동들은 대단히 중요한 신호들이다. 이런 신호의 중요성을 감지하고 투수에게 닥칠 위험성을 미리 예측할 수 있는 능력, 이것이야말로 감독이 가져야 할 중요한 안목이다.

오승환 선수 예를 자주 드는데, 앞서 언급한 것처럼 오승환 선수는 폼은 독특했지만 밸런스만큼은 한눈에 바로 들어왔다. 그 가능성에 주목했다. 다만, 처음에는 중간부터 쓰는 게 옳다고 판단했다. 그런 다음 서서히 마무리로 돌려 나갔고, 그런 방식의 선택과 과정의 통제는 유효했다고 생각한다.

덧붙이고 싶은 이야기 중 하나는 선수는 '안 쓰면 안 키워진다.'는 것이다. 팀과 팬들에게는 고통스럽더라도, 선수에게는 어느 정도의 경험과 시간을 부여해야 한다. 어느 상황에서 어떻게 팀에 큰 영향을 주지 않으면서 경험치를 부여하느냐가 감독의 또 다른 능력이다. 삼

2014년 개막전에서 광주 홈팬들에게 인사를 하고 있다.

성 시절 구단 측의 충분한 신뢰와 계약 기간이 보장되었기에 이런 식의 관리 시스템을 만들어 볼 수 있었다. 권오준 선수, 정현욱 선수, 배영수 선수, 안지만 선수, 권혁 선수 등이 대표적인 사례가 될 수 있다.

6. 감독은 홈팬들에게 기쁨을 주어야 한다

영국 프리미어리그는 홈경기의 중요성을 대단히 강조한다. 미국 프로야구도 그렇다. 홈팬이야말로 프로야구의 존재 근거다. 그래서 홈에 충성하고, 홈팬에 충성하는 것은 프로야구 선수라면 당연한 일이다.

나는 해태 타이거즈 시절 무등경기장에 등판하면, 홈팬들의 열정적인 응원에 호응하기 위해 노력했다. 주니치 시절에도 마찬가지였다. 홈에서 승리하는 것, 홈팬들에게 기쁨을 안겨 드리는 것은 감독이라면 최고의 원칙으로 삼아야 한다.

7. 감독도 체력 관리가 필요하다

감독도 체력 관리가 필요하다. 패넌트레이스는 마라톤이다. 선수도 달려야 하지만 감독도 달려야 하는 것이 패넌트레이스다.

원정 경기 때면 오전 중에 숙소에 있는 헬스장으로 가서 달리곤 했다. 그런데 어느 순간 묘한 기분을 느꼈다. 선수들이 헬스장에 들어

오려다가 내가 있는 것을 발견하고는 멈칫하면서 되돌아간다는 것을 느끼게 된 것이다.

'아하, 선수들이 부담을 느끼는구나. 내가 양보해야지.'

그래서 어쩔 수 없이 밖으로 나가 뛰기 시작했다. 이번엔 밖에서 알아보는 사람들이 문제였다. 매니저에게 부탁해서 경기 끝나고 들어온 날 밤 12시경, 선수들이 잠들 시간에 호텔 헬스장 문을 좀 열어달라고 부탁했다. 그렇게 밤늦게 헬스장에서 달리기를 하는 버릇이 생겼다. 선수의 체력, 컨디션 관리만큼이나 감독 또한 체력과 컨디션 관리가 중요하다.

8. 감독은 인내하는 사람이다

"야구는 오랜 인내의 게임이다. 힘든 시간, 불규칙 바운드볼, 불운, 3할 이하의 타율, 그리고 인내를 요하는 모든 일들을 극복하지 못한다면 게임에서 오래 버티기 어렵다."

야구 코치 피터 더밋의 말이다.

'인내하라.' 이것이 원칙이 될 수 있을까. 그렇다. 피터 더밋이 표현했듯 야구야말로 인내의 게임이기 때문이다. 내 50여 년의 야구 인생을 지탱하는 숨은 원칙이 하나 있다면, 바로 '인내하라'다. 물론 겉으로 드러난 가장 중요한 원칙은 '승리하라'다. 하지만 숨은 원칙은 인내, 그리고 또 인내다. 감독 시절 선수들의 플레이나 그날의 경기가 내 마음대로 흘러가고, 내 마음대로 과정을 거쳐, 내가 원하는 결과를 얻었던 경우가 도대체 몇 차례나 될까. 다음은 월드시리즈 우승 감독 척 태너의 말이다.

"감독에게는 세 가지 경영 비밀이 있다. 첫 번째는 인내심을 가지라는 것이다. 두 번째는 인내하라는 것, 그리고 세 번째로 가장 중요한 것은 '인내력'이다."

인내심이야말로 내가 생각하는 야구의 원칙 중 가장 가치 있는 원칙이라 생각한다.

…그리고 감독은 스스로를 돌아보는 사람이다

사실 지금까지 이야기한 여덟 가지도 나의 크고 작은 실패와 아픈 경험에서 비롯된 생각들이다. 여러 시행착오를 거치면서 갖게 된 경험의 산물이다. 그런데 이뿐 아니다. 좀 더 자신에 대한 비판적 접근이 필요하다. 다음은 '이랬더라면 좀 더 잘할 수 있을 텐데.' 하는 고백들이다.

첫째, 나는 스스로 실패를 인정하는 데 인색했다. 앞에서도 이야기했지만 스스로를 버리고 스스로를 딛고 일어서려는 노력이 부족했음을 절감한다. 직설적으로 표현하자면, 실패와 한계를 인정하는 데 서툴렀다. 게을렀다. 실패와 마주했을 때, 감독으로서의 한계를 냉정하게 인식하고, 자각과 대화를 통해 극복하려는 노력이 필요했다. 그 점에서 많이 부족했다.

둘째, 아무리 선글라스를 쓰고 더그아웃에 앉아 있더라도 카메라를 피할 수는 없다. 선수들이 실망스러운 플레이를 했을 때 나는 잘 몰랐던 나만의 독특한 버릇이 있었다. 냉소적인 표정을 지으며 고개를 옆으로 돌리는, 그 표정 말이다. 표정이 쌓이고 쌓여 감독 선동열의 이미지를 만들었다. 나중에 알고 보니 선수들에게 '투덜이 스머프'가 돼 있었다. 답답한 마음에 나도 모르게 한숨을 쉬고 고개를 돌리곤 했는데, 그러한 인상이 차곡차곡 쌓이다 보니 어느새 내 이미지로 고정돼 버린 것이다.

이렇듯 감독은 일희일비해서는 안 된다. 때로는 포커페이스가 되어야 한다. 이런 것들이 내가 가지고 있는 엘리트주의와 결합되어 편견과 비난으로부터 자유롭기가 쉽지 않았다.

셋째, 나중에 언급되지만 '스타 선수는 좋은 지도자가 되지 못한다.'는 논리가 국정감사에서 화두가 된 적도 있다. 동의한다. 하지만 바른 명제는 이래야 한다. '스타 선수는 좋은 지도자가 될 수도 있고, 안 될 수도 있다. 비스타 선수도 좋은 지도자가 안 될 수도 있고, 될 수도 있다.'

세계적인 축구 감독 주제 무리뉴의 말이다.

"난 어릴 때부터 내가 최고의 선수가 될 수 없음을 알았다. 그래서 감독으로서 세계 최고가 되기로 결심했다. 매년 매일 매 순간이 감독이 되기 위한 준비였다."

그래서 그는 최고의 감독이 되었다.

SK 와이번스 염경엽 감독도 언젠가 사석에서 이런 말을 한 적이

야구는 선동열

있다. 자신은 선수 시절 자신에 대한 반성을 바탕으로 감독으로서 성공하겠다는 비전을 세우고 열심히 노력했노라고. 그래서 그는 지금 훌륭한 감독의 길을 걷기 시작했다.

존경과 찬사를 보내야 할 감독들이 또 있다. 키움 히어로즈의 장정석 감독, NC 다이노스의 이동욱 감독 또한 프로야구사에 기록될 만한 감독들이 되고 있다.

그렇다면 나는 스타 선수 출신으로서 좋은 감독으로 성공했을까. 난 부족하다. 다만 노력 중이다.

내 약점일 수도 있다. '왜 쟤는 저 정도의 체력과 재능으로 저것밖에 못 던지지, 왜 저렇게 게으르지.' 뒤돌아서서 그런 생각을 했던 게 수백 번이다. 선수를 이해하려 하기보다는 과거의 나를 기준으로 현재의 선수들을 평가해 버리는 우를 범하곤 한다.

시대는 변하고 있다. 비시즌 때면 선수들이 자기 돈 들여 미국으로 개인 교습을 다녀온다. 트레이너를 직접 고용하고, 훈련 스케줄을 받아서 자기 관리를 하는 시대다. 지도자의 생각과 방법이 변해야 한다. 나부터 선수들과의 대화와 소통 능력, 이해도를 높여야 한다.

넷째, 한국 프로야구에 있을 때, 2군에 있는 나의 모습은 상상을 벗어나는 일이었다. 그런데 나는 일본에서 2군을 경험했다. 아니다. 3군까지 경험한 셈이다. 교육리그에도 참가했으니까. 하지만 이때의 경험은 뼛속 깊이 내 온몸에 자리 잡았다. 그때의 경험이 2군 선수들에 대한 이해를 높였다.

그럼에도 눈앞의 성적만을 쫓다 보면, 1군 선수만 신경 쓰게 되고,

우선 눈에 띄는 선수만 활용할 궁리를 하게 된다. 좀 더 장기적인 전망으로 2군 선수들과 함께했어야 했다. 1, 2군과의 유기적인 운영, 그리고 2군 선수들에 대한 따뜻한 이해와 함께하는 노력이 필요했다. 그 점에서 나는 많이 부족했다.

마지막으로, 덧붙이고 싶은 생각이 있다. 내 나름의 작은 가치관인데, '잘하는 선수는 그냥 놔두면 된다. 못하는 선수에게는 좀 더 따뜻해야 한다. 좀 더 다가서야 한다. 좀 더 마음을 헤아려야 한다.'는 것이다. 쉽지는 않았지만, 이 점을 늘 염두에 두고 실천하려 했다.

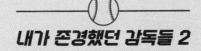

내가 존경했던 감독들 2

1. 이강철 감독

2013년은 가을 야구에 가지 못했다. 그러던 10월 말경.

"감독님, 드릴 말씀이 있습니다." 이강철 투수코치였다.

"왜 그리 진지해, 뭔데?"

"염경엽이 넥센 감독으로 내정됐습니다. 곧 발표할 거랍니다."

"그래? 축하할 일이네."

이강철 코치나 염경엽 감독 내정자나 다들 고등학교 후배라서 잘 되기를 기대하고 있던 차였다.

"그런데 감독님…… 염 감독이 저랑 같이 하기를 원합니다."

"뭐라고……?"

"…….."

"이 코치, 무슨 말이야?"

"사실은 염 감독이 감독을 맡게 되면 제가 가서 도와주기로 얼마 전 약속을 했습니다."

고등학교 선후배로 따지면 이강철 코치가 염 감독 내정자의 2년 선배였다.

"야, 내 임기가 이제 딱 1년 남았는데, 나랑 끝까지 해야 할 것 아니냐. 나중에 이야기하자."

솔직히 불편했었다.

얼마 뒤, 염 감독이 전화를 걸어왔다.

"선배님, 강철이 선배 우리 팀으로 좀 보내 주십시오. 제가 초짜라서 강철이 선배가 도와주셔야 그나마 제가 투수 파트를 믿고 맡길 수 있을 것 같습니다."

일주일이 지났다. 이강철 코치가 찾아왔다.

"감독님. 빨리 결정을 내려 주십시오."

그때까지도 서운함이 좀 남아 있는 상태였다.

"너 나하고 헤어지면 이제 더 이상 나 안 볼 거지."

"감독님, 그럴 리가 있겠습니까?"

"강철아, 내가 평생 기아 감독하는 것 아니잖아. 너는 워낙 커리어나 이미지가 좋기 때문에 나 다음에 네가 기아 감독하면 돼. 왜 그리 서두르니?"

"선배님, 솔직히 말씀드리면 선배님은 너무 큰 산이고, 제가 넘기에는 너무 벅찬 벽입니다. 이제 선배님으로부터 독립해서 좀 더 자유롭게, 그리고 여러 감독들의 장단점을 흡수해 보고 싶습니다. 그렇게 지도자 수업을 좀 해 나갈 생각입니다."

"그런데 이 코치가 이번에 곧바로 감독으로 나가면서 나를 떠난다면 내가 기쁘게 보내겠는데, 이건 거의 수평 이동 아니냐. 수석코치로 가면서 나를 떠난다는 건 쉽게 이해가 잘 안 돼."

"선배님, 한 곳에만 쭉 있다 보면 제가 정체될 것 같습니다. 기아를 떠나서 다른 쪽으로 가면 아마 제 눈이 많이 달라질 것 같습니다."

하나도 틀린 말이 없었다. 도리어 내가 속이 좁고 바보가 된 느낌이었다.

"그래, 알았다. 가서 잘 해라."

이강철은 해태 타이거즈 시절 원정 경기 룸메이트였다. 처음 4년간은 고등학교 1년 후배이자 현 건국대 감독인 차동철 투수랑 같이 쓰다가 2년째부터인 1990년부터 1995년까지 6년간 룸메이트였다. 식사도 같이 했고, 고민도 같이 나누었고, 제대로 된 트레이너도 없던 시절 서로 번갈아 가며 마사지를 해 주던 선후배였다. 함께 술도 간간이 마시던, 나이를 떠나 가장 가까운 친구였다. 기아 감독으로 부임하자마자 이강철을 투수코치로 불렀는데, 그렇게 헤어지게 됐다.

이제 와 당시를 평가해 본다면 이강철은 정말 지혜로운 지도자였다. 내가 기아 감독으로 부임하기 전에는 조범현 감독의 리더십을 착실히 배우고 있었고, 나랑 같이 2년을 함께 고민했고 서로 배웠다. 나를 떠나간 이후 염경엽 감독을 거쳐 두산 베어스 김태형 감독 밑에서 지독하고도 성실한 지도자 수업을 밟아 나갔다. 아시안게임 때는 국가대표 수석코치로 이강철 코치를 불러 함께하기도 했다. 2019시즌 KT 위즈가 돌풍을 일으킨 데에는 이 감독의 이런 경험과 학습 능력, 그리고 지혜로움이 큰 몫을 차지했을 것이다.

나는 이강철 감독이 감독의 커리어와 관련된 좋은 사례라고 생각한다. 이 감독처럼 여러 팀, 각기 다른 성향의 지도자와 함께하면서 자신만의 리더십을 구축해 나가는 것이다. 지금도 자주 만나는 이 감독은 내게 농담을 던지곤 한다.

"감독님의 거시적이고 통 큰 리더십 그리고 투수 분야에 대한 깊은 경험과 이해, 제가 모시던 또 다른 감독님의 미시적이고 치밀함 그리고 타격에 대한 이론을 접합시킬 수만 있다면, 제가 최고의 감독이 될 수 있을 텐데요."

그럴 때면 "그래, 넌 잘할 거야." 하며 술 한잔을 권하곤 한다.

2. 염경엽 감독

염경엽 감독은 광주일고 6년 후배이자 대학 후배다. 하지만 한 번도 야구를 같이 해 본 적은 없다.

염경엽은 현존하는 감독 중 가장 스마트하고 가장 학구적인 감독에 속할 것이다. 지금도 미국 메이저리그의 최신 이론들과 논문들을 섭렵한다. 프로야구 지도자로서 현장 경험뿐만 아니라 프런트 등 다른 경험을 쌓은 것 또한 염 감독의 장점이다. 팀을 다양하게 거쳤고, 야구 관련 분야에서 겪을 수 있는 모든 직역을 거쳤다. 매니저, 스카우터, 운영팀장, 단장, 코치, 수석코치, 감독까지. 프로야구 지도자 중에 이토록 다양한 경험을 가진 사람은 아무도 없을 것 같다.

그런데 염 감독이 탁월한 점은 이런 다양한 경험을 철저히 자기 것으로 만들었고, 감독이라는 목표를 향해 조직화시켰다는 점이다. 철저히 계획적이었고, 미래지향적이었다. 단계적이되 구체적이었다. 오늘을 살아가면서도 내년과 그 이후까지를 설계할 줄 아는 미래지향적 리더십이었다. IT와 빅데이터 야구를 접목시켜 한국 프로야구를 한 단계 업그레이드시키고 있는 것도 염 감독의 장점이다.

3. 김기태 감독

김기태 감독 또한 고등학교는 6년 후배지만, 프로 생활은 쌍방울 레이더스에서 계속했기에 함께 뛸 기회는 없었다. 코치 생활도 함께 한적이 없다. 하지만 학교 선후배 관계이다 보니, 인간적인 측면에서 김 감독을 주목한 적이 많다.

김 감독이 내 후임으로 기아 타이거즈 감독으로 취임했을 때의 일이다. 곧바로 전화가 걸려 왔다.

"감독님, 감독님은 기아 타이거즈의 최고 스타 아니셨습니까. 그리고 최초로 감독님의 배번 18번은 영구결번입니다. 제가 잘 모실 테니 언제든지 편하게 오셔서 지도해 주시면 고맙겠습니다."

마음 씀씀이가 놀라웠다. 올해 초 전지훈련 때 오키나와에 갔다. 김 감독과 같은 숙소에 머물렀다. 그리고 기아 선수들을 잠시 살펴본 적이 있다. 3일 동안 같이 있었다. 정말 속 깊고 따뜻한 감독이었다. 그래서 야구계에서 김 감독을 두고 '형님 리더십'이라 하는구나, 느낄 수 있었다.

하지만 이런 부드러움 못지않게 김 감독은 대단히 원칙적인 리더십을 가지고 있다. 선수들에게 하나하나 지시하기보다는, 원칙을 정해 준다. 구체적으로 지시하고 감독하기보다는, 원칙과 기준에 맞춰서 선수들이 스스로 연습하도록 가이드라인을 설정한다. 대신 선수들이 원칙을 따르지 않았을 때는 과감하다. 내가 갖지 못한 과단성 있는 리더십이다. 감독도 사람이다 보니 인지상정에 끌리는 경우가 종종 있다. 김 감독은 부드러우면서도 동시에 내면적인 강인함과 스스로 설정한 원칙을 자신은 물론 팀 전체가 지켜 나가도록 이끌어 갈 줄 아는 감독이다.

김 감독이 잠시 어려운 길을 가고 있지만, 빠른 시일 내에 현장에 복귀해 프로야구를 이끌어 가는 명장으로 기록되기를 기대한다.

이렇게 본다면 이강철 감독, 염경엽 감독, 김기태 감독은 각기 다른 경력과 리더십으로 한국 프로야구 판을 이끌었거나, 이끌고 있다. 이런 각자의 특색 있는 리더십이 한국 프로야구를 어떻게 발전시켜 나갈지, 그리고 각기 다른 리더십 모델들이 그라운드에서 어떻게 평가될지, 각자의 모델들이 야구사적으로 어디까지 진화될지 지켜보는 것만으로도 흥미롭다. 또한 이들 감독들이 나와 특별한 인연을 가지고 있는 것에 대해 늘 감사하다.

사진_정시종

나는 연장전을 기다린다

"그토록 내게 야구는 운명이었고,
이제 한 생애가 되어 간다.
나의 야구 인생은 오늘 이 시간까지도
현재 진행형이다."

1.
형 못까지 뛰어라, 최고가 되어라

한여름 땀을 뻘뻘 흘리면서도 그저 야구가 좋다고 방망이를 휘두르고 공을 쫓아다니던 1974년 7월 30일 오후 4시 30분경. 당시 전남 광산군 송정동국민학교(현 광주광역시 광산구 송정동초등학교) 운동장, 여름 방학인데도 나는 야구부원들과 한창 야구에 열중하고 있었다.

체육 선생님께서 부르셨다.

"집에 빨리 가 봐라. 형이 안 좋은 모양이다."

걸어서 40분 정도 걸리는 거리였다. 놀라서 뛰어갔을 게다. 집에 다다랐더니 이미 울음소리가 새 나왔다. '형이 죽었다.' '형이 죽었단다.' '하나밖에 없는 형이 죽었다.' 안방에 들어가니 형은 이미 저세상 사람이었다. 얼굴은 새하얗고 손에는 계란을 꼭 쥔 채 누워 있었다.

형은 계란을 좋아했었다. 계란 두 개면 밥 한 공기를 해치울 정도였다. 왜 계란을 쥐고 있는지 궁금했다. 어머니께서 울면서 형이 죽기 전에 일어난 일을 말씀하셨다.

"계란을 달라 그래서 손에 쥐여 줬더니, 가만히 쥐고 있다가 얼마 뒤 세상을 떠나더구나."

1973년 5월경 형에게 백혈병이 발병했다. 서울에 있는 명동 성모병원으로 입원을 했다. 당시 스튜어디스로 일하던 큰누나가 외국에서 부지런히 약을 구해 날랐다. 하지만 쉽사리 회복되진 못했다. 그래도 큰누나 덕분에 그 정도까지 버틸 수 있었다.

12월경 병원에서 더 이상 어렵다고 퇴원을 하라고 했다. 광주로 내려와 집에서 연명 치료 중이었다. 형이 아프다는 것은 알고 있었고, 치료가 힘들다는 것쯤은 이해할 수 있는 나이였다. 그런데 형이 세상을 떠나다니, 그렇게 친한 형이 세상을 떠나다니. 다만, 그때 나는 죽음을 이해하기에는 어린 나이였다. 죽음이라는 것이 어떤 의미인지 쉽게 다가오지 않았다. 아침 등교 전 형을 보았을 때 유난히 창백한 얼굴로 누워 있었는데, 자꾸만 그 얼굴이 계속 떠올랐을 뿐이다.

그때 형의 나이 열일곱이었다. 그렇게 형은 세상을 떠났다. 그리고 가톨릭 공동묘지에 묻혔다.

형과 함께 시작한 야구

나는 아버지 선판규(宣判奎, 1923~2006)와 어머니 김금덕(金今德,

1931~1996)의 2남 2녀 중 둘째 아들이자 막내로 태어났다. 형과 나는 네 살 차이. 형의 이름은 선형주다.

형은 나와 모든 면에서 달랐다. 형은 공부를 잘했다. 나는 공부를 좋아하지 않았다. 형은 제기차기나 딱지치기도 잘했다. 난 이런 쪽에도 재주가 없었다. 형은 부모님 말씀을 잘 듣는 모범생이었다. 나는 온갖 장난과 개구쟁이 짓으로 하루를 보내는 말썽꾸러기였다. 형은 늘 부모님께 칭찬을 들었고, 나는 늘 부모님께 꾸지람을 들었다.

하지만 형과 사이는 좋았다. 형제간의 우애는 돈독했다. 형은 피부가 하얀 모범생이었다. 그러다 보니 친구들에게 간혹 맞고 오는 경우가 있었다. 나는 참지 않았다. 당장 쫓아 나가 형 친구들을 두들겨 패주곤 했다. 네 살 위인 형 친구들을 말이다. 어릴 때라 나이 차이가 있다 보니 형 대신 혼내 주러 갔다가 내가 얻어맞는 경우도 있었다. 하지만 그땐 어김없이 그 형의 코를 조준해 코피를 흘리게 만들었다. 어릴 때는 코에서 피가 먼저 나는 사람이 지는 것이었다. 코피가 나면 울게 되고, 울게 되면 지는 것이 그때의 게임 룰이었다.

모범생이고 그렇게 튼튼한 것 같지도 않았던 형이 초등학교(당시 국민학교) 4학년 때 야구부에 들어갔다. 어떻게 해서 형이 야구를 시작하게 됐는지는 기억나지 않는다. 그때 나는 초등학교 입학 전이었다. 야구부에 들어간 형은 오전 수업을 하고, 오후에는 수업을 빼지고 야구에 전념했다. 형이 야구 훈련을 끝내고 집에 돌아와 저녁을 먹고 나면 밤 8시 정도였다. 교육열이 강하셨던 부모님께서는 오후 수업을 빠지게 되는 형을 위해 가정교사를 들이셨다. 그때 형은 호남의 명문으로 소문나 있던 광주일고에 재학 중이었다.

한동안 형의 얼굴을 잊고 살았는데, 이번에 운 좋게 사진 두 장을 찾아냈다.

위 1971년 소풍 날, 형은 중학교 1학년이라 교복을 입었고 나는 초등학교 3학년이었다.

아래 1969년 형이 초등학교 5학년 시절, 타석에 들어섰다.

일요일에는 학교에 가지 않았기 때문에 형은 주로 가정교사와 공부를 했다. 쉬는 시간이면 야구를 좋아했던 가정교사와 형은 함께 캐치볼을 하며 놀았는데, 나도 거기에 슬그머니 끼어들곤 했다. 그렇지 않아도 형을 무척 좋아했었고, 어린 시절에는 형이 하는 일이라면 무조건 따라 하기 마련이다. 맨 처음에는 공을 주우러 다니다 나중에는 글러브를 끼게 되고, 어느새 형이랑 가정교사랑 함께 캐치볼을 하게 되면서 야구에 빠져들게 됐다. 이때가 1970년. 그러니까 내가 야구공을 들고 야구 글러브를 끼게 된 지 벌써 반백년이 된 셈이고, 내가 정식으로 학교 야구부에 들어가 야구를 시작한 것이 1972년이니, 정식으로 야구 인생을 산 것만 하더라도 벌써 48년이 됐다.

나는 야구 신동이 아니다

형이 야구를 잘했던 것 같지는 않다. 재능이 있는 친구들은 주로 투수나 유격수 포지션을 맡는 게 관례였다. 다음이 2루수나 3루수였고, 조금 재능이 떨어지는 친구들이 도맡아 하던 포지션이 주로 외야수나 포수였다. 그런데 형은 외야수나 포수를 맡아 뛰었다. 그나마도 지금식으로 표현하자면 백업 선수 정도였던 것 같다. 형은 야구를 계속하고 싶어 했지만, 부모님께서는 형이 야구 선수로서의 적성이 뛰어나다고 평가하진 않으셨던 것 같다. 계속 그만두고 공부를 하라는 쪽으로 이야기를 하셨고, 형은 좀 더 하고 싶어 했지만, 중2 때 야구를 그만두게 된다.

그런데 나는 그런 형의 모습에 이미 반해 있었다. 유니폼을 입고 야구 배트에 글러브를 끼워 오른쪽 어깨 위에 걸치고 다니는 형의 모습이 부러웠다. 그라운드에서 치고 달리고 뛰는 형의 모습이 멋져 보였다.

초등학교 4학년 때인 1972년 봄. 초등학교에는 요즘 말하는 동아리 활동, 당시로서는 클럽 활동 시간이 있었다. 좋아하는 예체능 중 하나를 선택해 일주일에 한 번 정도 수업을 하는 것이었다. 클럽 활동 중에 야구가 있었다. 누군가가 "넌 야구를 해야지." 했다. 그렇게 해서 클럽 활동으로 야구를 시작하게 됐다. 이미 형이랑 가정교사와 집에서 캐치볼을 하고 방망이를 휘두른 경험이 있었기에 폼이 달라 보였던 모양이다. 야구부를 담당하시던 선생님(야구 감독)께서 "너 야구부에 들어올래?" 했다. "네, 들어가겠습니다." 그렇게 해서 야구 인생이 시작됐다. 동네 야구에서 학교 클럽 활동으로, 다시 학교 엘리트 체육으로, 아마야구로, 프로야구로 이어지는 내 야구 인생의 시작이었다.

나는 야구 신동이 못 되었다. 떡잎부터 알아보는 그런 수준이 아니었다. 형과 마찬가지로 특별한 포지션이 없었다. 외야에서 시작했고 내야를 왔다 갔다 했고 포수도 해 봤다. 초등학교 시절 마지막 포지션이 비로소 투수였다. 요즘 말로야 멀티 포지션이겠지만 특별한 재능이 없었다는 의미다.

나는 송정서초등학교에서 야구를 시작했다. 그러다 야구부가 해체되는 바람에 1973년, 그러니까 5학년 2학기 때 송정동초등학교로 야구팀을 따라 전학을 가게 됐다. 초등학교 졸업장은 송정동초등학교다. 중학교에 진학해서도 똑같은 일을 겪었다. 입학은 송정중학교. 그곳에서 엘리트 야구를 시작했다. 하지만 역시나 1976년, 그러니까 중학교 2학년 가을 무렵 야구부가 해체되는 바람에 무등중학교로 전학을 가게 됐다. 그래서 중학교 졸업장은 무등중학교가 됐다.

초등학교 시절 전국대회에 나간 적이 있다. 6학년 때인 1974년, 리틀야구대회가 있었다. 예선전은 동국대학교 운동장이었다. 지금 동국대학교 아래 장충동에는 리틀야구장이 있지만, 그때는 공사 중이었던 것으로 기억한다. 그래서 동국대학교 운동장에서 경기를 치렀다. 예선을 통과해야 동대문야구장으로 갈 수 있었는데, 예선 탈락으로 남행열차를 타야 했다. 지금 기억이 정확하다면 봉천초등학교에 콜드 게임으로 패했다. 그 학교에 나중에 스타가 된 박노준, 김건우, 유지홍 선수가 있었다. 그때 이미 그 선수들은 이름을 날리고 있었다. 그 경기에서 나는 선발투수였는데, 엄청나게 맞았던 기억이 새롭다. 아마 패전투수였을 것이다.

진짜 야구를 시작하다

형이 죽고 난 뒤 내 주변의 모든 것이 달라졌다. 무슨 연유인지 잘은 모르겠지만 내가 변했다. 더 이상 말썽꾸러기가 아니었다. 둘째 아들에서 외아들로 변한 가족 내의 지위를 받아들이기 시작했고, 외아들로서 강한 책임감을 느끼게 되었던 모양이다. 형의 좋았던 모습을 내가 본받아야겠다고 생각하기도 했다. 야구도 좀 더 잘하고 싶었고, 형이 못다 한 꿈도 내가 이뤄야 한다고 생각했다. 공부도 야구도 열심히 해 보려고 제법 노력했던 시절이었다.

그러던 1974년 가을, 중학교 진학을 몇 달 앞둔 때였다. 부모님께서는 이제 하나뿐인 아들이 된 나의 장래에 대해 염려가 많으셨다. 운동을 시켜야 할지, 공부를 시켜야 할지 고민하는 눈치였다.

"동열아, 이제 야구 그만하고 공부하자."

"전 야구가 좋습니다. 계속 야구 할게요."

"안 된다. 너는 공부를 해라."

"싫어요. 전 야구가 좋아요."

"네가 계속 야구를 해 봐야 뭐가 될 수 있겠니. 공부를 하면 너에게 훨씬 많은 기회가 주어진단다. 아버지는 네가 공부만 한다면 끝까지 밀어주겠다. 걱정하지 말고 공부를 해라."

"싫어요, 전 야구를 할 거예요."

그때는 프로야구도 없었다. 야구로서 성공하는 길이라고는 엘리트 체육인으로 살다가 실업팀에 가서 계속 야구를 하는 것만이 성공의 외줄이었다. 부모님께서는 내게 공부 버릇을 들여야 한다며 다시 가정교사를 들이셨다. 야구 훈련을 마치고 집에 돌아가면 저녁 식사를 했고, 곧바로 가정교사와 밀린 공부를 하게 했다. 공부가 하기 싫어 꾀를 부렸다. 가정교사와 공부를 시작할 때면 곧바로 꾸벅꾸벅 졸기 시작하는 것이다. 하루 종일 운동장에서 뛰다 오면 졸리는 것은 당연했다. 게다가 하기 싫은 공부를 하라고 책상에 앉혀 놓는데 왜 졸리지 않겠는가. 그래서 졸다가 부모님께 혼이 나기도 했다. 가정교사 형에게 매를 맞은 적도 있다. 그래도 졸렸고, 또 공부를 피하기 위해 의도적으로 졸았다. 나중에는 더한 꾀를 내기도 했다. 집에 가자마자 밥을 먹고 잠시 내 방으로 들어가 그냥 자 버리는 것이다. 그러면 가정교사가 도착해서 깨워 본들 일어날 수 있겠는가. 또 부모님 마음에 곤히 자는 아들을 깨울 수 있겠는가. 그런 식으로 나는 공부에 저항했고, 부모님께 반항했다.

부모님께서는 외아들인 나에게 기대를 가질 수밖에 없었다. 계속 공부를 권하셨지만, 나는 야구장에서 살았고 공부를 멀리했다. 아버지께서 다시 나를 불러 세우셨다.

"도대체 너 어떻게 할래? 제발 운동 그만두고 공부해라."

"전 야구를 절대 포기 못 합니다."

"……."

아버지께서는 한동안 말이 없으셨다.

"동열아, 그렇다면 최고가 되어라. 그리고 형이 못다 한 야구까지 네가 잘해야 한다."

그렇게 해서 나는 야구 선수가 되었다. 부모님의 전폭적인 허락 속에 비로소 야구 선수로 새로 태어났다. 1974년 가을께, 이때가 비로소 야구인으로서 진정한 시작인 셈이었다.

나는 아직도 나만의 야구를 하고 있다

부모님의 허락이 떨어진 다음 날로부터 야구 환경은 180도 바뀌었다. 당시 우리 집 마당은 상당히 넓었는데, 거기에 가설(家設) 간이

야구장이 설치됐다. 기둥이 세워지고 그물망이 둘려졌다. 티배팅 정도는 할 수 있는 야구장이 만들어진 것이다. 전기 요금이 상당하던 시절, 조명등까지 설치됐다. 밤이면 아버지를 따라 매일 5~6킬로미터를 달렸다. 간이 야구장에서 섀도피칭을 하고, 티배팅 훈련을 했다. 함께 훈련할 수 있는 친구들이 있었다. 같은 야구부원이었다. 그렇게 서너 명이 우리 집 야구장에 모여 야간 훈련을 했다.

당시 우리 집은 여관을 운영했는데, 손님 중에 시끄럽다고 불평하는 사람이 있었다. 그럴 때면 아버지는 "나가세요. 시끄러워서 못 참겠으면 다른 여관으로 옮기세요. 돈 돌려 드리겠습니다." 하고 말씀하셨다. 지금 기준으로는 서비스 정신이 없는 셈이지만, 당시 나에 대한 아버지의 정성은 이 정도였다.

이뿐만이 아니었다. 아버지는 오후 4시면 어김없이 몸에 좋다는 보약과 간식을 챙겨 학교 운동장에 나타나셨다. 혼자서 운동장 주변 벤치에 앉아 아버지가 가져온 보약과 간식을 먹었다. 이런 식의 보약 배달은 초등학교 6학년 가을에 시작돼 송정중학교와 무등중학교로 이어졌고, 광주일고 시절까지 무려 6년 동안이나 계속됐다. 같이 야구했던 친구들 머릿속에 선동열 하면 떠오르는 특별한 장면 중 하나였다. 아버지께서 직접 오실 수 없을 때면 어머니가 오시거나 누나들까지 배달에 나서곤 했다.

당시 송정리 집에서 초등학교나 중학교로 배달하는 것은 그리 먼 거리가 아니었다. 하지만 무등중학교는 달랐다. 버스를 세 번 갈아타 두 시간이나 걸리는 거리였다. 광주일고까지도 그랬다. 버스를 두 번이나 갈아타는 한 시간 반 정도 걸리는 거리였다. 아버지는 오로지 나를 위해, 내 야구를 위해 그렇게 희생하고 헌신하셨다. 지금도 그리운 아버지. 지금도 불쑥불쑥 내 영혼을 일깨우는 그리운 형.

그렇게 해서 나는 야구 선수가 되었다.

지금도 곰곰이 생각할 때가 있다. 어떻게 해서 내가 야구를 하게 됐을까. 어떻게 해서 야구는 내 평생의 운명이 되었을까. 야구는 형이 내게 남긴 유산일 것이다. 형이 자신의 몫까지 뛰어 달라고 남기고 떠난 유언일 것이다. 어쩌면 형은 지금도 나와 함께 녹색 그라운드를 함께 뛰는지도 모르겠다. 아버지는 어린 나이에 세상을 떠난 형을 생각하며, 슬픔을 달래 가면서 형의 꿈을 이루기 위해 전 인격과 온 생애를 내게 헌신하셨을 것이다. 문득문득 그런 생각을 할 때가 있다.

그토록 내게 야구는 운명이었고, 이제 한 생애가 되어 간다. 이렇게 시작한 나의 야구 인생은 오늘 이 시간까지도 현재 진행형이다.

2.
국정감사장에 서다

2018년 4월 9일, 한국야구위원회(KBO)는 2018년 자카르타-팔렘
방 아시안게임을 위한 야구 국가대표팀 예비 엔트리를 발표했다.
6월 10일 최종 엔트리 24명으로 확정됐는데, 선발 과정에서 몇몇 선
수를 두고 병역 특혜 논란이 생겨났다.

예선 1차전에서 대만에 1-2로 패했다. 야구를 사랑하는 국민들에
게 많은 상처를 안겨 드렸다. 일본과의 경기는 두 차례 있었다. 슈퍼
라운드 1차전에서는 5-1로, 결승전에서는 3-0으로 완파하고 금메
달을 획득했다. 아시안게임 3연패였다. 그럼에도 환영받지 못한 귀
국길이었다.

생각지 못한 초대

그러던 2018년 9월 13일. 사단법인 한국청렴운동본부(이사장 이지문)라는 단체가 국민권익위원회에 나를 '부정청탁및금품등수수의금지에관한법률' 위반으로 신고했다. 어느 변호사가 대리인으로 나섰다. 도저히 이해할 수 없는 일이고, 나와는 무관한 일인 것 같아서 그냥 잠자코 있었다. 그런데 묘한 상황이 벌어졌다.

10월 1일. 국회에서 나를 놓고 국정감사 채택 여부를 논의한다는 것이었다. 법무법인 헤리티지(대표변호사 최재천)와 협력하여 국회 문화체육관광위원회에 의견서를 제출했다.

먼저 나는 국가대표 감독으로서의 명예와 책임을 이야기했다.

"국가대표 선발 행위는 감독의 고유 권한입니다. 그리고 이는 법과 정치로부터 자유로운, 드높은 수준의 재량 행위입니다. 야구는 철저히 통계의 스포츠이자, 포지션이 최적화되어 있는 독특한 스포츠입니다. 그 기준과 통계에 따랐고, 저를 비롯한 7명의 코칭스태프가 치열한 토론을 벌였으며, 그 결과에 바탕을 두고 감독인 제가 최종적인 결정을 내렸습니다. 국가대표 선발 행위가 고유 권한이자, 감독의 최종책임임을 다시 한번 강조합니다. 저는 국가대표 감독으로서 명예와 책임을 존중합니다……."

다음으로 청탁금지법 위반 등과 관련하여 억울함을 호소했다.

"선수 선발과 관련하여 부정한 청탁이 있었다거나, 불법행위가 있었다는 등의 근거 없는 의혹 제기는 평생 스포츠인으로 살아왔고, 현재 국가대표 감독으로 나라에 봉사하고 있는 저에게는 분명한 모욕이자 명예훼손입니다."

더불어 정치와 스포츠의 분리에 대해 강조했다.

"놀랍게도 프로야구 37년 역사상, 그리고 과문한 탓입니다만, 한국 국회와 스포츠의 역사상, 감독의 고유 권한 자체가 국정감사 등에서 정치 문제화된 사례는 일체 없었던 것으로 알고 있습니다. 스포츠는 철저히 스포츠 고유의 방식으로 문제가 해결되거나 평가받아야 마땅합니다. 정치나 법이 개입하는 문제가 아니라고 생각합니다."

그럼에도 다음 날인 2일, 국회는 나를 2018년도 문화체육관광위원회 국정감사의 증인으로 채택했다.

그해 10월 4일, 나는 KBO 기자회견장을 빌려 증인 채택 관련 기자회견을 하게 됐다. 그동안 자제하고 있었지만, 이젠 공식적으로 발언을 해야 할 때라고 판단했다. '판사는 판결문으로 말해야 하는 것'처럼, 나는 그저 그라운드에서 우승으로, 금메달로 말하면 충분하다고 착각했었다.

"국가대표 선수 선발 과정에서 그 어떠한 청탁도,
불법행위도 전혀 없었습니다.
저와 국가대표 야구팀에 대한 근거 없는 비방과 억측,
그리고 명예훼손은 자제되어야 합니다.
저 선동열과 국가대표 감독으로서의 명예 또한
존중되기를 정중히 희망합니다.
무엇보다 국민과 야구를 사랑하는 여러분들,
그리고 특히 청년들의 마음을 제대로 헤아리지 못했습니다.
병역 특례에 대한 시대적 비판에 둔감했습니다.

통계와 스탯 이외의 부분을 제대로 살피지 못했습니다.
이 점에 대해 죄송하게 생각합니다."

10월 8일, 나는 국민권익위원회에 나에 대한 신고 관련 의견서를 제출했다. 도저히 이해하기 어려운 상황이었기에 그대로 놔둘 수는 없었다. 강력한 반박을 담은 의견서를 제출했고, 그간 선수 선발 과정을 남김없이 설명했다.

"모든 사람은 천재다. 하지만 당신이 나무에 기어오르는 능력을 기준으로 물고기를 판단한다면, 그 물고기는 평생 자기가 어리석다고 생각하며 살게 될 것이다."

나는 국감장에 서게 되면서 문득 이 구절을 떠올렸다. 아마도 아인슈타인의 말이었을 것이다. 그때쯤 내가 국감장에 서는 것을 염려하는 누군가가 국정감사 위원에게 전하는 이야기를 들었다. "의원님이 9회말 사직구장 마운드에 구원투수로 올라가면 잘 던질 수 있습니까? 선 감독이 여의도 국감장에 서는 일은 마치 이것과 유사한 겁니다." 힘든 상황이었지만, 제법 공감이 가는 말이었다.

국정감사장에서 벌어진 일

10월 10일, 나는 국정감사장에 서게 됐다. 당시 민주당 손혜원 의원이 질의에 나섰다. 이날 국정감사는 이미 방송으로 생중계되었고, 뉴스를 통해 질의응답이 널리 전파되었으며, 국회라는 공론의 장이었기에, 여기에서는 국회 속기록을 그대로 인용하는 방식으로 사실을 기록한다.

손혜원 위원: 판공비는 무제한이라고 들었습니다. 실제로 KBO 관계자한테 제가 들었는데 '연봉 2억에 판공비는 선동열 감독님 쓰시면 무제한으로 다 처리해 드리겠습니다.'라고 했다는데 아닌가요?

증인 선동열: 전혀 아닙니다.

이번 기회를 빌려 내 계약 내용을 정확히 공개해야겠다.

제6조 (보수의 지급 및 중지)

① 갑은 계약기간 감독에게 본 계약상 업무에 대한 보수로서 월 15,000,000원(세금 공제 전 금액)을 매월 21일 을의 본인 명의의 계좌로 지급한다.

② 갑은 을이 업무 수행에 따른 숙박 및 식대 등 활동비로 월 2,000,000원을 별도로 지급한다.

③ 갑은 을이 본인의 귀책사유로 본 계약서에 명시된 의무사항을 이행하지 않거나 위반 하는 경우, 또는 중도에 계약이 해지 되는 경우, 감독 보수의 전부 또는 일부의 지급을 중지할 수 있다.

④ 을은 비상근의 자유직업소득자인바, 갑은 감독에게 상여금과 퇴직금을 지급할 의무가 없으며, 을은 갑에게 이를 요구할 수 없다.

삼성 감독 시절, 나는 5년 계약에 계약금 5억 원, 연봉 2억 원으로 총액 15억 원을 받았다. 다음 5년 계약은 계약금 8억 원, 연봉 3억 8000만 원으로 총액 27억 원이었다. 기아 감독 시절에는 3년 계약에 계약금 5억 원, 연봉 3억 8000만 원으로 총액 16억 4000만 원이었다.

손혜원 위원: 경기 다 TV 보시면서 하십니까?

증인 선동열: 오히려 TV를 보는 게 낫습니다. 왜냐하면 다섯 구장을 동시에 전체적으로 선수들을 보고 있기 때문에 그게 훨씬 좋습니다.

이 질문은 나중에 정운찬 KBO 총재가 증인으로 출석했을 때 다시 반복된다. 야구를 즐기기 위해서는 현장이 낫다. 하지만 야구를 분석하기 위해서는 여러 경기를 한꺼번에 시청하는 것이 더 낫다. 그렇다고 현장을 전혀 안 가는 것이 아니기 때문에.

손혜원 위원: 후배들을 돕고 싶어서……

증인 선동열: 그것은 아닙니다.

손혜원 위원: 특정 후배를 돕고 싶어서, 공정하지 않지만 이 후배들이 나름대로 우승하는 데 도움도 되겠다 싶어서 공정하지 못한 결정 내린 것 아닙니까?

증인 선동열: 절대 아닙니다.

아닌 것은 절대 아닌 것이다. 그라운드에 갇혀 세상의 흐름과 동떨어져 있었고, 그간 야구계의 관행으로부터 자유롭지 못했던 것은 사실이지만, 부패했다거나 불공정한 행위를 한 것은 절대로 아니었다. 다만 일관되게 반성하고 성찰해 온 대로 나의 잘못은 몇 가지가 있다.

나는 마운드가 아닌 대한민국 국회 국정감사장에 섰다.

첫째, 병역 면제의 흐름에 대한 국민의 의식 변화에 둔감했다. 더 이상 병역 면제는 금메달의 특권이 될 수 없는 시대가 돼 있었다.

둘째, 실력이 거의 엇비슷하면 병역 미필자에게 우선권을 주어 왔던 그간의 KBO 관성 혹은 잘못된 관행으로부터 나는 자유롭지 못했다. 늘 그래 왔기에 별다른 죄의식 없이 나도 그냥 따라갔다.

셋째, 10개 구단 사이의 균형 문제 또한 KBO 출신 감독으로서 결코 자유로울 수 없었다.

공모는 전혀 없었다. 그냥 문제의식 없는 예전 관행의 되풀이였다. 그렇다면 당장 누군가는 항변할 것이다. 늘 그래 왔기 때문에 당신도 그랬냐고. 그건 아니다. 그래서 잘못했고, 그래서 사과드렸고, 그래서 사퇴했던 것이다. 나는 늘 야구장에 갇혀 있었고, 야구장 밖 세상에 어두웠다. 야구인들끼리, 그것도 프로야구인들끼리만 만나고 대화하고 세상 이야기를 나누다 보니 야구장 밖 세상은 어떻게 변해 있는지 지극히 둔감했다. 야구로 치면 경기의 흐름을 뒤바꿔 버린 치명적 실책이었다. 프로야구는, 더구나 국가대표는 늘 국민과 함께해야 했고 시대적 흐름과 함께 갔어야 했다. 도의적으로 책임을 통감한다.

다만, 최소한의 명예 감정으로 한두 가지 변명은 남겨 두고 싶다. 한두 선수가 논란이 됐다. 하지만, 3개월 전 국가대표 최종 엔트리를 확정 지었을 때 그 선수들은 해당 포지션에서 좋은 성적을 내고 있었다. 국가대표로서의 자격이 충분했다.

그리고 단기전이라는 아시안게임의 성격상 더블 포지션의 중요성을 고려해야 했다. 시즌 중후반기라서 체력이 바닥을 드러낼 때쯤이고, 또 개최지가 적도 근방의 인도네시아라서 덥고 습한 날씨에 체력적인 부담 또한 염려됐다. 그래서 가능하면 체력이 튼튼한 젊은 선수로 가야 한다는 공감대가 선수 선발 과정에서 형성됐다.

이런 과정을 통해 팀이 완성됐었다. 하지만 국대 감독으로서 선수 선발에서 사퇴에 이르기까지 모든 책임은 내게 있다는 점을 결코 부정하지 않겠다. 지금도 그 문제로 질책한다면, 나는 여전히 '죄송합니다.'라고 말씀드리겠다. 총체적 과정에 대한 감독으로서의 최종적 책임 의식이다.

손혜원 의원의 마지막 질문은 나를 비롯한 야구인을 부끄럽게 만들었다.

증인 선동열: 저는요 소신 있게 뽑았습니다.

손혜원 위원: 예, 그렇습니다. 그래서 (아시안게임에서) 우승했다는 이야기는 하지 마십시오. (아시안게임) 우승이 그렇게 어려운 거라고 다들 생각하지 않습니다.

10월 11일, 국민권익위원회는 내가 청탁금지법 적용 대상이 아니라는 이유로 종결 처분을 내렸다.

나는 이유를 알고 싶었다. 하지만 전혀 이유를 알려 주지 않았다. 그래서 나는 16일 국민권익위원회에 결정문을 공개해 달라고 요청했다.

전임 감독제를 부정당하다

10월 23일, 이번에는 정운찬 총재가 증인으로 국정감사장에 섰다.

손혜원 위원: 그렇지요.(경기별 감독제와 전임 감독제 중) 어느 쪽이 더 낫다고 생각하시느냐는 거지요.

증인 정운찬: 어느 쪽이 낫다고 일률적으로 말씀드리기는 힘들지만 저는 전임 감독제에 대한 찬성은 안 합니다. 전임 감독제는 국제대회가 잦거나 또 상비군이 있으면 몰라도 국제대회가 잦지 않거나 상비군이 없다고 한다면 저는 전임 감독제가 반드시 필요하지는 않다고 생각합니다.

현직 KBO 총재가 정면으로 '전임 감독제'를 부정하는 사태가 벌어졌다. 나는 이를 불신임으로 해석할 수밖에 없었다. 진퇴 문제를 고민하는 불면의 밤이 지속됐다.

2017년 7월 24일, 나는 야구 국가대표 초대 전임 감독에 선임됐다. 구본능 총재가 대표하던 KBO의 결정이었다. KBO는 "선 감독은 프로야구 우승 2회의 경력과 수많은 국제대회에서 투수코치로 참가한 풍부한 경험이 있다."고 선임 이유를 밝혔다. "아시안게임 금메달과 함께 최종 목표는 (2020년 도쿄) 올림픽 금메달이다." 나의 소감이었다.

전임 감독제는 구본능 총재의 작품이었다. 추진력이 강했던 구본능 총재는 총재 시절 KBO라는 브랜드를 확장시켰고, 프로야구 제9단, 10구단 창단을 이끌어 냈다. 관중 수입이 증가했고, 따라서 리그에 참가하는 팀들의 수익 또한 대폭 늘어났다. 이천 베어스파크 등 각 구단의 2군 구장은 물론 광주·기아 챔피언스필드, 대구 삼성 라이온즈파크도 구 총재 재임 기간 동안 이루어진 일이다.

구본능 총재는 중학교 때까지 야구부로 활동하여서 야구에 대한 이해가 역대 어느 총재보다도 특별했던 분이었다. 사재를 털어 『사진으로 본 한국야구사』라는 책을 발간하기도 했다. 직접 사인까지 해서 건네주신 사진집을 아직도 소중하게 간직하고 있다. 지도자 입장에서는 야구와 국가대표 감독에 대한 이해도가 높아서 함께 일하기 편한 리더십이었다. 믿고 맡겨 주는 리더형이었다. 지금도 구 총재가 시행한 전임 감독제의 취지에 제대로 보답하지 못했다는 죄송함은 무거운 부채로 남아 있다.

손혜원 위원: 조 토리 감독이나 또는 왕정치처럼 스타 선수가 스타 감독이 된 사례도 있지요? 그러나 토니 라 루사 감독처럼 별로 유명한 스타 선수는 아니었지만 정말 훌륭한 감독이 됐던 사례도 있지 않습니까? 우리나라도 그런 감독들 계시지 않습니까? 예를 들어서 얘기해 주시면……

증인 정운찬: 구체적 인물을 말씀드리면 실례일지 모르겠습니다만 조범현 감독이라는 분이 있습니다.

나름대로 질문의 의도와 상응하는 답변의 의미를 짐작할 수 있었다. 나는 이미 국정감사 증언을 마친 상태라서 달리 항변할 필요는 느끼지 못했다. 기회가 주어질 리도 없었다.

손혜원 위원: 그리고 그때 선동열 감독께서 집에서 TV로 선수를 본다고 했는데 거기에 대해서 어떻게 생각하십니까?

증인 정운찬: 저는 선동열 감독의 불찰이었다고 생각합니다. 야구장에 안 가고 선수들을 살펴보고 지도하려고 하는 것은 마치 경제학자가 시장 등 경제 현장을 가지 않고 경제지표 가지고 경제 분석하고 예측하고 또 정책 대안을 내는 것과 마찬가지라고 생각합니다.

11월 7일. 국민권익위원회는 나의 결정문 공개 요청에 대해 '비공개'라는 결정을 통지해 왔다. 신고자들의 신변을 보호하고 협조자를 보호하겠다는 취지였다. 대체 내 명예는 어디에 있다는 것인지 답답했다. 그래서 행정심판청구에 들어갔다. 그리고 그 행정심판은 지금도 계류 중이다.

국가대표 감독을 사퇴하다

나는 알고 싶다. 누가 나를, 무엇을 근거로, 부정부패에 연루되었다고 신고했는지. 증거는 무엇인지. 이유는 무엇인지. 국민권익위원회는 왜 나를 조사하지도 않고 결정을 내렸는지. 그간 언론에 오르내리고, 일부 시민으로부터 의심받았던 내 명예는 어떻게 해야 하는지. 그것 때문에 국정감사장에까지 서게 됐는데, 그런 선례에 대한 아픔과 보상은 어떻게 받아야 하는지. 참으로 답답했다.

고뇌의 날들이 이어졌다. 고통스러웠다. 철저한 반성을 토대로 내

려놓고 떠나는 것만이 나와 한국 국가대표팀, 그리고 대한민국 프로
야구의 명예를 최소한이라도 회복하는 길이라고 생각했다.

2018년 11월 14일, 사퇴를 결심하고 기자회견을 알렸다. 성명서는
간단히 낭독했다.

"저는 오늘 국가대표 야구 감독직에서 물러납니다.

저는 감독직 사퇴를 통해 국가대표 야구 선수들과

금메달의 명예를 지키고자 합니다."

좀 더 내용을 담은 기자회견문을 배포했다. 한국 프로야구와 야구
국가대표팀의 역사를 위해 이 부분은 길지만, 기록으로 남겨 둔다.

야구를 사랑하는 시민 여러분, 야구인 여러분. 국가대표 감독 선동열
입니다. 저는 오늘 국가대표 야구 감독직에서 스스로 물러납니다.

지난 9월 3일, 저와 국가대표 야구팀은 '2018 자카르타-팔렘방 아시
안게임'에서 금메달을 획득하고 인천공항을 통해 귀국하였습니다. 아
시안게임 3회 연속 금메달이었음에도 변변한 환영식조차 없었습니
다. 금메달 세리모니조차 할 수 없었습니다. 금메달을 목에 걸 수도 없
었습니다. 국가대표 감독으로서 금메달의 명예와 분투한 선수들의 자
존심을 지켜 주지 못한 데에 대해 참으로 참담한 심정이었습니다. 그
때 저는 결심했습니다. 감독으로서 선수들을 보호하고 금메달의 명예
를 되찾는 적절한 시점에 사퇴하기로 마음먹었습니다.

저는 지난 10월, 2018 국회 국정감사 문화체육관광위원회에 증인으
로 출석했습니다. 어느 국회의원이 말했습니다. "그 우승이(아시안게임
금메달) 그렇게 어려웠다고 생각지 않는다." 이 또한 저의 사퇴 결심

을 확고히 하는 데 도움이 됐습니다.

국가대표 감독직을 떠나며 꼭 말씀드리고 싶은 것이 있습니다. 감독의 책임은 무한책임입니다. 저는 그 책임을 회피해 본 적이 없습니다. 다만, 선수 선발과 경기 운영에 대한 감독의 권한은 독립적이되, 존중되어야 합니다.

아시안게임에서 금메달을 획득하고 귀국한 이후 오늘에 이르기까지 그간 여러 일들이 있었습니다.

한국청렴운동본부가 국민권익위원회에 저의 부정청탁금지법 위반 여부를 조사해 달라는 신고를 했습니다. 억측에 기반한 모함이었습니다. 마음 아팠습니다. 하지만 다행스럽게도 종결 처분이 내려졌습니다.

잠시 언급했듯이 국가대표 감독의 국정감사 증인 출석은, 세계적으로도 유례가 없으며, 대한체육회 역사상, 국가대표 감독 역사상, 한국야구 역사상 처음이라고 알고 있습니다. 스포츠가 정치적 소비의 대상이 되는, 그리하여 무분별하게 증인으로 소환되는 사례는 제가 마지막이길 간절히 희망합니다. 어떠한 경우에도 정치와 스포츠는 분리되어야 마땅합니다.

불행하게도 KBO 총재께서도 국정감사에 출석해야만 했습니다. 전임감독제에 대한 총재의 생각, 비로소 알게 되었습니다. 저의 자진사퇴가 총재의 소신에도 부합하리라 믿습니다. 그리고 정치권 일각의 '스타 선수가 명장이 되란 법 없다.'라는 지적, 늘 명심하도록 하겠습니다.

감독직 수행에는 세 가지가 필요하다고 합니다. 첫째는 인내심을 갖는 것. 둘째는 인내하는 것. 셋째로 가장 중요한 것이 인내심입니다. 이런 일련의 과정들 속에서 사표를 제 가슴속에 담아 두고 기다리기에는 너무 고통스러웠습니다. 수차례 사퇴를 공표하고 싶었습니다만 야구인으로서 때가 아니라고 생각했습니다. 국가대표 야구 선수단의 명예 회복, 국가대표 야구 감독으로서의 자존심 회복, 아시안게임 금메달의 영예 회복에는 어느 정도의 시간이 필요하다고 생각했습니다. 무엇보다도 야구인의 대축제인 포스트시즌이 끝나기를 기다렸습니다.

이제 때가 되었습니다. 오늘 사퇴하는 것이 야구에 대한 저의 절대적 존경심을 표현함은 물론 새 국가대표 감독 선임을 통해 프리미어12나 도쿄 올림픽 준비에 차질이 없을 것이라고 생각하게 됐습니다.

마지막으로 지난 아시안게임 야구 대표팀 구성 과정에서 있었던 논란에 대해 다시 한번 사과드리고자 합니다. 기자회견과 국정감사에서도 말씀드렸듯이 저는 우리 시대 청년들의 아픔을 헤아리지 못했습니다. 병역 특례에 대한 시대적 비판에 둔감했습니다. 금메달 획득이라는 목표에 매달려 시대의 정서를 제대로 살피지 못했습니다. 다시 한번 정중한 사과의 말씀 드립니다.

초등학교 4학년 때 야구공을 만지기 시작한 이래 저는 눈을 뜨자마자 야구를 생각했고, 밥 먹을 때도 야구를 생각했고, 잘 때도, 꿈속에서도 야구만을 생각하고 살아왔습니다. 야구를 생각하지 않은 유일한 시간이 있다면 마운드에, 그리고 더그아웃에 서 있을 때일 것입니다. 앞으로도 야구에 대한 저의 열정은 변함이 없을 것입니다. 고맙습니다.

2018. 11. 14. 선동열

이로써 나의 야구 국가대표 감독 시대는 끝이 났다.

야구는 선동열

3.
나는 뉴욕 양키스로 간다

내년 2월, 미국 플로리다주에서 열리는 뉴욕 양키스의 스프링캠프에 참가하기로 했다. 지난 7월 11일, 서울을 방문한 양키스의 스티브 윌슨 국제 담당 총괄 스카우터로부터 공식 초청장을 건네받았다. 함께 한 기자회견장에서 스티브 총괄 스카우터는 "일본 지도자를 구단에 초청한 적은 있지만, 한국 지도자는 최초로 초청한다."며 "선은 한국과 일본 야구를 다 경험한 감독이다. 이번 기회에 미국 야구를 충분히 경험할 수 있도록 기회를 제공할 것"이라고 밝혔다.

좀 더 자세히 얘기하자면, '현장 스태프와 프런트가 진행하는 회의'에 모두 참석할 수 있다. 직접 선수를 지도할 기회와 자격도 부여받기로 했다. 나아가 희망할 경우, 스프링캠프가 끝나고도 1년 동안

스티브 윌슨 뉴욕 양키스 국제 담당 총괄 스카우터와의 공동 기자회견, 서울 목동구장.

양키스와 산하 마이너리그 구단을 오가며 미국 야구의 시스템을 충분히 경험할 수 있도록 자리를 마련해 주기로 했다.

경험과 이론이 함께하는 야구를 찾아서

내가 메이저리그 쪽에 미국 야구를 공부해 보겠다고 조심스럽게 의향을 타진한 것은 작년 11월, 국가대표 감독을 그만둔 직후다. 야구 인생을 성찰하는 과정을 통해 메이저리그를 공부해야겠다고 결심했다. 메이저리그의 명문 구단 몇 곳과 연락이 닿았다. 비공식적으로 환영한다고 했다. 운이 좋아 내가 선택할 수 있는 여지가 생겼다. 양키스에게 적극적으로 의견을 전달했다. 그래서 초청장이 날라 왔다. 나는 그저 미국 야구를 견학하러 가는 것이 아니다. 메이저리그를 상징하는, 전통의 명가에서 야구를 공부할 참이다. 사실 나는 영어도 할 줄 모른다. 영어도 이제 본격적으로 시작해야 한다. 내년이면 나는 한국 나이로 58세다. 새로운 공부를 시작하기에 전혀 늦지 않은 나이다. 고마운 일이다.

나는 양키스 총괄 스카우터의 말대로 한국 야구와 일본 야구를 경험했다. 하지만 책 1부에서 적었듯이 청년 시절의 꿈은 미국 메이저리거가 되는 것이었다. 세상을 살다 보면 가지 못한 길에 대한 미련이 남는 법이다. 한편으론 경험이라는 측면에서 내가 반쪽짜리 선수고, 감독이라는 생각을 한 적이 있다. 기회가 되면 메이저리그의 힘과 경험, 그리고 최신 흐름에 대해 배워야겠다고 생각하곤 했다. 그래서 가게 됐다.

선수 시절이나 초보 감독 시절, 나는 내 결정에 대해 확신을 가졌고, 내 이론과 지도에 대해 나름대로 자부심이 있었다. 하지만 지금은 도리어 정반대다. 모든 것이 불안하고, 내가 제대로 감독 생활을 하고 있는 건지 문득문득 회의감이 일곤 했다. 때로는 잘못 작전을 펼쳤던 상황들이 되살아나 나를 힘들게 하기도 한다.

사실 나는 야구 이론과는 거리가 멀었다. 경험에 기반한 지도자 생활을 보냈다. 물론 야구는 경험이 제일 중요하다. 이론가가 감독이 되기는 쉽지 않다. 야구는 현장과는 떼려야 뗄 수가 없다. 야구 선수들끼리 농담으로, 야구 이론가들 중에 마운드에서 홈플레이트까지 공을 제대로 던질 수 있는 사람이 과연 몇이나 될까, 이야기하기도 한다.

하지만, 좋은 감독이 되기 위해서는 현장과 경험을 뒷받침하는 이론과 학문, 최신 흐름에 대한 이해의 결합이 필요하다. 경험만으로 선수들을 지도하던 시대는 서서히 떠나가고 있다. 특히, 최근 데이터 야구의 흐름만 보더라도 그러하다. 야구는 예나 지금이나 스포츠지만, 이제 스포츠도 단순한 스포츠가 아니라 현대 과학으로부터 큰 도움을 받고 있다.

그래서 나는 야구 이론에 대한 공부를 게을리하지 않을 생각이고, 쉽지는 않겠지만 지금도 그런 방향으로 노력 중이다. 뒤에 적을 한국 아마야구의 사교육화 혹은 지나친 프로 지향적 아마야구의 문제점과도 연결되겠지만, 양키스 캠프 등에 참가하는 동안 기회가 된다면 미국의 학원 스포츠, 그리고 청소년 스포츠에 대해서도 관심을 가지고 자료를 모을 생각이다. 누구나 인정하듯 한국의 청소년들은 예체능과는 담을 쌓고 산다. 오로지 대학 입시만이 유일한 신앙이다. 마음껏 뛰고, 땀 흘리고, 친구들과 연대하고, 리더십을 키우고, 공정한 게임 룰에 대한 학습의 장이 드물다. 미국 청소년들이 야구 등 각종 스포츠를 통해 어떻게 자신의 리더십을 함양하고, 체력을 키우고, 게임의 룰을 지켜 나가는 법을 배우는지 한번 깊숙이 들여다보고 싶다. 그래서 언젠가는 학교 스포츠의 생활화, 학업과 예체능의 조화에 대한 대안들을 만들어 보고 싶다.

현대의 데이터 야구를 찾아서

현대 야구의 흐름을 쫓아가기 위해서는 세계 야구 흐름을 선도하는 미국 프로야구를 경험하는 것이 중요하다고 생각하게 됐다. 최신 이론들을 소화해야 한다. 빅데이터로 대표되는 수학이나 과학, 스포츠의학의 흐름들을 공부해야 한다. 또 하나 중요한 게 있다. 나는 이미 세대라는 측면에서 자칫 옛날 사람이 될 수도 있다. 요즘 젊은 선수들의 심리나 행동에 대한 이해가 부족할 수 있는 것이다. 야구 지도자로서 생명력을 유지하기 위해 스포츠 심리학 등에 대한 학습이 필요함을 절감한다.

가장 좁은 의미의 데이터 야구를 경험했던 것은 일본에서였다. 일본에 건너가 보니 정확한 분석을 바탕으로 투수건 타자건 장단점을 분석하고 자료를 제공하고 있었다. 상대 팀에서 나를 철저히 분석해서 공 던질 틈이라곤 보이지 않을 때도 있었다. 내가 일본 진출 초기 일시적 부진에 빠졌던 것도 이런 흐름과는 동떨어져 있었기 때문이다. 당시로서는 야구 문화 측면에서 큰 충격이었다.

하지만 이미 지금의 데이터 야구는 이 정도 수준이 아니다. 이미 여러 구단들이 활용하고 있지만, 빅데이터에 기반을 둔 세이버메트릭스(sabermetrics)가 대세다. 메이저리그에서 출발한 세이버메트릭스는 투수의 공의 움직임에서 출발하는 Pitch F/X 시스템과 타자의 타격에서 출발하는 Hit F/X 시스템을 도입하여 모든 것을 데이터화한다. 수비 시프트는 이미 과거형이다. 기존의 세이버메트릭스는 통계 분석 차원이었다면, 현재의 세이버메트릭스는 모든 학문 분야를 포괄하고, 모든 과학 기기를 총동원하는, 종합 분석으로까지 진화하고 있다.

경험칙으로 살아온 자칫 과거형 감독인 나로서는 이런 흐름이 아쉬울 때도 있다. 야구의 권력, 결정권이 감독에게서 프런트로, 더 나아가 구단의 데이터 담당 직원들에게로 넘어가고 말았다는 이야기도 있다. 하지만 이런 흐름은 야구의 대세다. 야구야말로 수학과 가장 친한 스포츠다. 좋은 사례가 있다. 트래비스 소칙의 『빅데이터 베이스볼』이란 책을 보면 강정호 선수가 뛰었던 피츠버그 파이어리츠의 사례가 나온다. 파이어리츠의 클린트 허들 감독은 통계분석가와 코칭스태프가 서로를 존중할 수 있는 분위기를 조성해 빅데이터 활용의 효과를 극대화한 것으로 능력을 인정받았고, 좋은 성적을 거두었다고 한다.

지난 아시안게임 감독직 사퇴 전후를 통해서도 느꼈지만, 이제 경기 결과만으로, 메달 색깔만으로 지도자가 평가받던 시대는 지난 것 같다. 선수가 코치를 평가하고, 팬이 감독을 평가하는 시대다. '내가 해 봤어.' '넌 왜 안 돼.' 이런 시대는 지났다. 경험적으로는 물론 이론적으로도 선수들을 이해시킬 수 있어야 한다. 지도자가 앞장서서 학습하고 새로운 이론들을 소화해 현장에서 응용할 수 있어야 한다.

야구, 갇혀 있지 말고 밖으로 나가라

야구가 야구인들끼리만의 스포츠이던 시절도 지나갔다. 다른 스포츠 분야와도 교류·협력이 필요하지만, 스포츠를 넘어선 여타 학문 간의 학제 간 연구가 필요하다. 경험만으로 야구를 하던 시절에는 야구인들끼리 함께 모여서 공부하고 정보를 교환하면 충분했다. 야구인들끼리의 만남도 중요하지만, 인접 분야의 학문을 하는 학자들과도 만나고 토론하고 공부해야 한다. 경험과 이론을 서로 공유해야 한다.

예를 하나 들어야겠다. 미국 어느 심리학자의 연구다. 지금까지 메이저리그 도루 타이틀을 획득했던 선수들이 집에서 몇 번째 아들인지를 연구했다. 큰아들일까, 아니면 둘째, 셋째 아들일까. 모험성, 혹은 위험을 감수하는 능력, 이런 것들을 판단하기 위한 흥미로운 연구 소재였을 것이다. 일단 연구 결과를 살펴보자면, 큰아들은 한 번도 없었다. 둘째에서 넷째 아들이 매년 도루왕을 차지했던 것이다. 우리도 이런 연구가 가능하다고 생각한다. 이런 연구는 KBO 통계자료들을 완전히 공개하는 데서 출발한다. 그리고 현장은 도리어 이런 경험들을 학자들에게 제공하고 분석해 달라고 할 수도 있을 것이다. 분석을 바탕으로 도루 쪽에 대한 전문 선수를 키우는 데 하나의 근거가 될 수도 있을 것이다. 이렇듯 야구는 이미 스포츠라는 학문을 넘어 의학, 생리학, 경제학, 통계학, 수학의 영역으로 퍼져 나가고 있다. 칸막이 학문, 칸막이 스포츠를 하던 시대는 이미 지났다. 현장에서는 농구에서도 배워야 하고, 축구에서도 배워야 한다.

나는 얼마 전부터 '야구학'이라는 조금은 낯설게 느껴질 수 있는 학문을 하는 교수들과 미팅을 갖기도 했다. 색다른 시각과 질문을 통해 많은 것을 배울 수 있었다. 그리고 지난 7월 21일에는 서울대학교에서 열린 야구학회에 참석해 기조 대담을 나누었다. 대담자는 스포츠·엔터테인먼트법 전문가인 캐슬린 김 미국 뉴욕주 변호사(법무법인 리우)였다. 학회는 2019 한국야구학회(회장 이기광 교수)의 여름 학술대회였다. 야구 현장은 물론 세이버메트릭스, 마케팅, 선수들의 인권, 복지까지 포괄적으로 다룬다. 2기 회장을 맡았던 장원철 서울대 통계학과 교수의 초청을 받았는데, 수락하기까지 고민이 많았다. 그라운드 밖에서 대중 앞에 서는 것은 여전히 어색하고 불편하다. 더구나 학자들 앞이라니. "유니폼이 아닌 사복을 입고, 그것도 대학 강단에서 이야기를 시작하는 것은 처음이다."라는 말로 대담을 시작했다.

주제는 '원칙, 그리고 순리—내 인생의 좌우명'이었다. 야구에 대한 나의 경험과 철학을 편안하게 이야기하는 자리였다. 메이저리그 진출 시도 및 실패, 일본에서의 좌절과 극복 과정, 내가 생각하는 야구의 중요한 원칙에 대해 이야기를 나누었다. 한 시간 예정이었는데,

한 시간 반을 넘겼다. 질문들이 이어졌고, 대담이 끝나자 팬 사인회가 돼 버렸다. 흥미로운 경험이었다. 이런 식으로 현장과 학계 사이의 다리 역할을 하고, 이론과 현실을 공유하는 좋은 기회라고 평가 내렸다.

어느 순간 대담에 익숙해졌던 모양이다. 학회에 참석했던 한 분이 블로그에 이런 글을 남겨 주었다.

"아무래도 KIA 타이거즈 감독으로 계실 때는 항상 선글라스 쓰고 뚱하게 앉아 계신 것처럼 보여서 그런지(?) 잘 몰랐는데, 학회에서 말씀하시는 모습을 보니까 표정도 인자하고 목소리도 온화하시고 또 투머치토커 기질도 있으셨다! 옆에 같이 대담하시던 분께서 하나를 물어보면 열을 답하시고, 그래서 말이 너무 길어지면 대담하는 분이 중간에 끊으려고 했지만 그래도 할 말은 마치고 끝내셔서 예상 종료 시각을 훌쩍 뛰어넘었다. 그래도 감독님이 코앞에서 자기 선수 시절 썰을 푸는 모습을 언제 또 볼 수 있겠는가? 정말 즐거운 시간이었다!"

현재 데이터업체 스포츠투아이 대표로, 이날 학회에 발제자로도 참가했던 이태일 전 중앙일보 야구 전문 기자가 '(국가대표 감독을 사퇴한 후 처음으로 공개석상에 나선) 대담의 의미'를 정리해 주었다. "자신의 야구 경력 내내 남들 앞에 나서는 것을 꺼렸던 그(선동열)다. 까까머리 고교생 때부터 늘 은근하게 자신의 내적 발전을 추구하는 성향이었던 그를 아는 사람이라면 흠칫하고 놀랄, 선언적 한마디였다." 그때 내가 대담을 마치며 한마디 했다. "더는 뒤에만 있지 않겠습니다."라고. 이 기자는 이 부분에 특별히 주목했다.

미래 야구를 위한 첨언

　학회 등과 같은 다양한 공부 모임을 통해 최신의 다양한 흐름을 접할 수 있었다. 예를 들면, 차세대 모바일 기술을 통해 몸에 부착해서 사용하는, 웨어러블 디바이스(wearable device)를 둘러싼 최근 스포츠계의 동향과 흐름이 어떤 식으로 전개되고, 스포츠계에서 전력 향상을 위해 어떤 식으로 활용하고 있는지를 이해하게 됐다. 나아가 바이오메트릭스(biometrics) 같은 분야는 심박동이나 체온 등을 통해 선수의 체력을 측정하고 실전에 응용한다. 바이오메케닉스(biomechanics)는 뼈나 근육 같은 신체 구조와 경기력의 상관관계를 연구한다.

　야구뿐 아니라 세계 스포츠계의 흐름은 이렇게 변하고 있다. 이런 흐름에 뒤처져서는 안 된다는 불안과 절박감, 한국 야구가 결코 과거에 안주하고 있어서는 안 된다는 절박감이 나를 뉴욕 양키스로 이끌고 있는 것 같다.

4.
야구 개혁론 I —
아마야구를 바꿔라

현장에서만 살아왔다. 아마야구의 미래에 대해 고민하지 않았던 것은 아니지만, 구체적인 정책 플랜을 세우는 데는 게을렀다. 특별히 야구 정책에 대해 공부하거나 정리해 볼 만한 기회가 없었다.

러시아 시인 네크라소프는 이런 말을 했다.

"슬픔도 노여움도 없이 살아가는 자는 조국을 사랑하고 있지 않다."

이 말을 그대로 야구에 빗대자면, 나는 야구를 사랑하기 때문에 아마야구에 대해서 슬퍼할 때가 있고, 아마야구에 대해서 분노를 감추지 못할 때도 있다.

아마야구의 현실, 프로 입시 야구

모두가 프로야구 선수가 될 수는 없다. 야구는 시민 모두가 즐기는 생활 스포츠가 되어야 맞다. 직업으로서의 야구는 제한된 기회일 뿐이다. 이때쯤 아마야구 선수들에게 물어야 한다. "당신은 왜 야구를 합니까?" 선수나 지도자, 학부모라면 질문에 답할 준비가 돼 있어야 한다. 지금 아마야구는 대학 입시에서 모두가 서울대만을 꿈꾸는 구조와 유사할지 모른다. 생활체육으로서의 야구, 교육으로서의 야구는 사라지고 오로지 프로 구단 입단이라는 바늘구멍 하나만을 꿈꾸는 일종의 '(프로) 입시' 야구가 되어 간다.

현실이 이렇다 보니 아마야구가 갖는 스포츠의 순수성이나 교육적 목적은 사라지고 만다. 프로를 흉내 내기에 급급하다. 비싼 장비를 구입하고, 나중에 배워도 될 기교나 프로그램을 모방하는 식이다. 부모의 경제력의 차이가 선수들에게 그대로 반영된다. 아마야구, 특히 학교 야구는 승부의 아름다움과 정정당당한 승부의 세계, 공정한 규칙, 그리고 정직한 패배에 승복하고 부끄러워하지 않는 인성, 패배를 딛고 일어나 스스로 개선해 나가려는 의지와 노력, 학교와 클럽에 대한 명예와 자부심, 팀을 위한 희생과 헌신, 이런 여러 가치들을 학습하고 훈련하는 교육의 운동장이 되어야 한다. 그런데 우리의 아마야구는 이와 거리가 멀다.

아마야구는 대학 입시와 유사한 점이 많다. 다들 서울대라는 극점을 꿈꾸다 보니 여러 학생들이 자신은 대학 입시의 실패자라고 오해한다. 다들 프로를 꿈꾸다 보니 프로에 입단하지 못한 선수들은 자신이 루저라고 생각한다. 그렇다고 인생의 다양한 갈래에 대해 고민해 본 적도 없다. 야구를 사랑하면서도 도리어 야구와 멀어지거나, 야구에 대해서 막연한 미련을 안고 살게 되는 그런 비극의 시작점이다.

나는 운이 좋아서 엘리트 체육 과정을 밟을 수 있었고, 더 운이 좋아서 프로야구 선수가 됐다. 하지만 기회가 그렇게 누구에게나 공평하게 주어지는 것만은 아닌 것 같다. 내가 생각하는 이상적인 아마야구 환경은 이렇다. 클럽이나 학교 야구는 즐거움, 체력 증진, 그리고 공정한 경쟁의 과정에 대한 학습으로 진행되다가 그중에서 특별한 재능과 열정을 가진 사람들 중 일부가 엘리트 야구 코스를 밟아 나가는 것이다. 따지고 보면 주중엔 직장에서 열심히 일을 하고, 주말에는 야구를 사랑하는 사람들끼리 함께 모여 취미 활동으로, 건강 생활로, 친구들과의 모임으로, 승부에 대한 집착에서 벗어나 함께 뛰고 달리는 야구는 얼마나 아름다운가. 도리어 직업 야구인으로 살아온 내 입장에선 부러울 때도 있었다. 우리 아마야구가 프로에 대한 과도한 집착에서 벗어나 야구를 좀 더 즐기고 사랑할 수 있는 그런 여러 다양한 장으로 안내할 수 있었으면 좋겠다. 아마야구 최고의 목표는 바로 이 지점에 있다고 나는 생각한다.

프로를 꿈꾸는 아마야구 선수들을 존경한다. 그리고 그 열정에 늘 빛이 있기를 기대한다. 하지만 그 행운이 늘 누구에게나 주어지는 것은 아니라고 이야기했다. 그렇다면 프로를 꿈꾸는 아마야구 선수들을 위한 플랜 B도 마련될 필요가 있다. 야구를 하다가 스포츠 이론을 공부할 수도 있다. 야구를 하다가 유학을 다녀와 국내 프로야구단의 단장이 되는 시대도 열렸다. 외국어를 열심히 해서 외국에 진출했을 때 빠르게 적응하는 것도 필요할 것이고, 다른 한편 야구를 바탕으로 한 학문이나 지도자 수업, 야구 행정가의 길을 갈 수도 있을 것 같다. 축구처럼 앞으로 중국에 거대한 야구 시장이 열릴 수도 있다. 이렇듯 진로의 다양성에 대한 모색과 지도자들의 대안 제시가 있어야 한다. 물론 이 부분은 나를 비롯한 선배 야구인들의 의무이자 책임이다.

대부분의 고등학생들은 정규수업이 끝나면 학원으로 간다. 그곳에서 밤늦도록 사교육을 받고, 새벽녘 귀가한다. 어느새 고등학교 야구 선수의 일상도 비슷해졌다. 학교 정규수업을 마친 다음 학교 운동장에서 훈련을 시작한다. 학교 훈련이 끝나면 이제는 사교육 시간이다. 개인 레슨을 받거나 프로 선수 출신들이 만든 야구 학원으로 간다. 대학 입시 준비에서 학교보다 학원을 선호하듯, 프로 구단 준비도 이제 학교보다 학원을 더 선호하는 시대가 되어 가려 한다. 이것이 한국 학원 야구의 실태다. 우리나라 교육시스템의 문제가 그대로 아마야구의 문제가 되고 말았다. 서글픈 일이다.

학원으로 주도권이 넘어갔을 때 세속적 성공이라는 가치만 살아남고, 교육이라는 관점은 사라지고 만다. 성공지상주의에 빠져든다. 최근 어느 선수 출신이 차린 학원에서 어린 선수들에게 근육강화제를 불법으로 투여한 사건이 발생했다. 특수한 사례이지만 야구 사교육의 문제점을 여지없이 드러낸 사건이었다. 일각에서는 '야구인이 야구를 망친다'는 말이 나오기도 한다. 야구에 대한 경험과 지식, 인맥을 악용하기에 그렇다. 야구인의 사회적 책임, 특히 스타 출신 선수들의 사회적 기여가 강조될 필요가 있다.

아마야구를 위한 8가지 정책적 대안

내가 생각하는 아마야구에 대한 정책적 대안이다.

첫째, 아마야구의 저변 확대에 대한 필요성이다. 한국의 고등학교 야구팀은 80개다. 일본은 4,000여 개다. 한국에는 실업팀이 한 팀도 없다. 일본은 100여 개다. 거기다 일본에는 실업야구 수준으로 운영되는 클럽팀만 260여 개 정도가 있다. 우리나라에서 '사회인 야구팀'이라고 불리는 동호인 야구팀은 200만 개에 달한다.(우리나라의 사회인 야구팀은 순수한 취미 활동 수준의 동호인 팀이다. 일본의 사회인 야구팀은 직업 야구 선수들이다. 야구를 직업 삼아 월급을 받는다. 과거 우리나라의 은행팀이나 한국화장품, 한국전력팀을 떠올리면 된다. 일본 사회인 야구 선수들은 언제든지 프로에 스카우트되기도 한다.) 뻔한 소리 같지만, 저변이 확대되어야 한다. 중국과 같은 야구 진흥 계획도 필요할 때다.

둘째, 아마야구가 살아나기 위해서는 지도자들의 신분 보장이 필요하다. 현실은 학부모들이 학교 야구 감독과 코치의 월급을 부담하는 구조다. 대회참가비, 전지훈련비, 간식비, 합숙훈련비까지 모두 학부모들의 몫이다. 이렇게 되면 단기적 성과주의에 빠져든다. 어떻게 해서 대학 진학이나 프로 입단을 잘 시킬 수 있을지에 집착한다. 일본처럼 아마야구 지도자들을 정규직 체육 선생님으로 채용하는 게 좋다. 안정적인 신분 보장이 필요하다. 이런 방식으로 아마야구의 교육적 요소를 강화해야 한다.

1989년 9월 23일 해태가 전주구장을 마지막으로 쓰던 경기가 있던 날,
중학생 야구선수가 나를 물끄러미 쳐다보고 있다.

KBO 홍보위원 시절, 제주에서 어린이 야구교실을 개최하였다. 2000년 8월.

셋째, 올림픽조직위원회(IOC)보다 더 커다란 조직인 국제축구연맹 (FIFA)을 야구가 배울 필요가 있다. FIFA는 지도자 자격증을 등급별로 분류한다. 유소년 축구를 지도할 수 있는 자격증, 초등학교를 지도할 수 있는 자격증, 그런 순서로 자격증을 관리하고 교육 제도를 마련하고 있다. 야구는 워낙 미국이 주도하고 있기 때문에 아직까지 세계적인 야구 연맹이 조직되어 있지는 않지만, KBO라도 먼저 이 부분에 대해 시작할 필요가 있다. FIFA의 자격증 제도를 학습하면 된다. 그래서 어린이를 지도할 수 있는 자격증, 아마야구를, 대학 야구를, 프로를 지도할 수 있는 자격증 등으로 정비하는 것이 맞다고 생각한다. 이제 경험만 가지고 감독이 되는 시대는 지났다. 미국과 일본에도 없는 제도라고? 그러니까 우리가 먼저 시작하면 된다. 우리가 만들어서 우리가 보급하면 된다.

넷째, 생활 체육인들의 주말 리그가 성행 중이다. 나도 간간이 친구들이 참가하는 야구팀에 초청받아 응원하거나 시구를 한 적도 있다. 직장 생활로 힘든 정신과 몸을 야구를 통해 풀어내는 모습이 좋았다. 문제는 야구장 구하기가 너무 어렵다는 것이다. 조명등 켜 놓고 새벽 2, 3시에 야구 하는 팀들이 많았다. 경기장 구하기가 너무 어렵다는 것이었다. 야구장을 증설해야 한다. 도시 주변의 야산이나 들판을 친환경적으로 활용하거나, 수도권 인근의 군부대와 협력하여 평일에는 군인들이 사용하고, 주말에는 야구인들에게 양보하는 방식도 있을 것이다. 다음번 총선이나 대통령 선거 때는 정책적 공약으로 반영되기를 희망한다. 물론 야구인들의 분발이 필요하다.

다섯째, 대학 입시처럼 야구도 결국은 '(입시)학원', 그러니까 사교육에 신세를 질 수밖에 없는 것인가. 이것은 비극이다. 사교육 야구의 장점은 무엇이기에 이렇게 쫓아가야 하는 것일까. 자세히 쓰기는 어렵지만, 사교육 야구 시장의 폐해는 상상을 넘어선다. 비용도 놀라울 정도다. 입시 사교육이 교육의 본래적 목적은 잊어버리고 단기적 성과주의에 매몰되는 것처럼, 사교육 야구 시장도 마찬가지다. 어느 야구 학원에서 이번에 프로 구단 몇 명 넣었다고 입소문이 난다. 그러면 학부모들은 달려갈 수밖에 없다. 그래서 걱정이다. 하루빨리 이부분에 대해 KBO와 KBSA(대한야구소프트볼협회)가 정책적 대안과 기준을 마련해야 한다. 일본과 미국에는 이런 정도의 시장형 사교육 야구학원이 존재하지 않는다. 초기 단계에서 빨리 대응책을 마련하자는 것이다.

여섯째, 최근 들어 심판에 대한 불만이 늘고 있다. 심판에 대한 교육 시스템도 좀 더 정비할 필요가 있다. 심판에 대한 대우도 달라져야 한다. 다른 공무원보다 왜 사법부의 판사들을 더 높게 대우해 왔겠는가. 심판도 마찬가지라고 생각한다.

일곱째, 스페인이나 영국 프로 축구에서 들여올 게 하나 있다. 양성 시스템이다. 이를테면 스페인 프로축구 발렌시아 소속 이강인 선수가 스페인으로 건너가 훌륭한 선수로 자라는 과정을 한번 생각해보면 된다. 한국 프로축구는 이런 부분들을 상당히 수용 중이다. 우리 프로야구의 중·고등학교에 대한 지원 또한 상당하다. 하지만 나는 KBO와 KBSA가 좀 더 적극적으로 이런 시스템을 도입했으면 좋겠다. 야구를 꼭 미국 프로야구나 일본 프로야구에서만 배울 필요는 없다. 도리어 야구보다 범세계적인 네트워크를 가지고 있는 축구에서 배워오는 게 빠를 수도 있다. 특히, 어린 선수들을 양성하는 시스템은 축구가 앞서가는 것 같다.

여덟째, 프로야구의 아마야구에 대한 지원과 관련하여 미국 메이저리그에서 배워 올 만한 게 여럿 있다. 그중에 내가 제안하는 것은 MLB가 앞장서서 야구를 지도하고 홍보하는 방식이다. MLB는 학교 야구 프로그램을 만들어 보급 중이다. 수백 개가 넘는 초등학교와 협약을 맺고, 체육 시간에 가서 야구를 지도하고 홍보한다. 2008년 시작된 이 프로그램을 'Play Ball'이라고 하는데, 500만 명이 넘는 아이들이 수혜자가 됐다. 학생들과는 별도로 체육 선생님을 상대로 한 교육 프로그램도 가동 중이다. 야구를 즐기는 방법을 체육 선생님들에게 교육하고, 이를 통해 어린 학생들에게 전수되도록 한다. 충분히 참고할 만한 대안이다.

5.
야구 개혁론 II —
KBO를 바꿔라

프로야구가 출범한 것이 1982년, 올해가 2019년이니 38년째다. 인생으로 따지면 이제 중년을 향해 간다.

올해 들어 부쩍 프로야구의 위기, KBO의 위기를 이야기하는 이들이 늘고 있다. 최근에 만난 어느 프로야구 관계자의 말이다. "최고의 문제는 바로 KBO 자신입니다."

1. KBO는 계획을 세워야 한다

무엇이 문제일까. 2019년 현재의 KBO는 계획이 없다. 말로는 국민 스포츠라고 이야기하지만, 단기건 장기건 계획 자체가 없는 조직이다. 방향성이 없다. 비전이 없다. 마케팅 능력도 없다. 정책 능력 또한 부족하다. 그렇다면 탁월한 리더십이라도 있어야 하는데 그것도 아닌 것 같다.

KBO는 구단을 회원으로 하는 사단법인이다. 정관 제1조에 따르면, KBO의 목적은 "이 법인은 우리나라 야구를 발전시키고 이를 보급하여 국민생활의 명랑화와 건전한 여가선용에 이바지하며 야구를 통하여 스포츠 진흥에 기여하고 우리나라의 번영과 국제친선에 공헌함을 목적"으로 한다.

단순하다. 이 목적에 충실하면 된다. 이 목적이 무엇이냐고? '팬 퍼스트(Fan first)'다. 우리말로 풀자면 '(야구)팬 우선주의'다. 팬들에 충실하면 된다. 이것이 KBO의 설립 목적이고, 한국 프로야구의 창설 목표다. 그 기본 목표에 충실한 계획을 세우면 된다. 계획을 위해 필요한 사업은 이미 정관 제4조에 규정되어 있다. 모두 11가지다.

"1. 야구 경기의 주최, 2. 야구 기술의 개발 및 지도·보급, 3. 야구에 관한 자료의 모집, 조사 및 연구, 4. 야구 선수, 감독, 코치 및 심판의 양성, 5. 야구 관계자의 상벌 및 복지사업, 6. 야구를 통한 국제교류, 7. 회원 간의 연락 및 친선, 8. 아마추어야구 발전을 위한 지원, 9. 야구 박물관, 도서관 및 회관의 설치·운영, 10. 야구에 관한 간행물 발간, 11. 그 밖에 목적 달성에 필요한 사업" 등이다. 정관이 정하고 있는 사업에만 충실하면 된다. 그리고 그 사업을 위해서 계획을 세우면 된다. 그 계획대로 집행을 하면 된다. 그런데 하지 않고 있는 것이다.

한 가지 예로 들 만한 것이 있다. 2연전이다. 경기 수가 늘어나면서

2연전도 늘어났다. 물론 마케팅 측면에서 도움이 되기도 한다. 하지만 이동 거리가 많은 지방 구단 입장에서는 8월 이후로 2연전을 시행하는 게 대단히 힘겨울 수 있다. 8월 이후는 체력적으로 선수들이 서서히 하강하는 추세에 있는 때다. 내가 감독 시절에 "2연전을 하려면 차라리 체력이 뒷받침되는 시즌 초반에 합시다."라고 수차례 제안한 적이 있다. 그런데 지금 2연전이 그때보다 훨씬 늘었고, 감독들도 불만투성이다.

그렇다면 KBO는 어떻게 해야 하는가. 먼저 현장의 목소리를 들어야 한다. 다음으로 전문가들이 모여 숙의를 거쳐야 한다. 그런 다음 집행 방향을 정해야 한다. 그리고 연차적인 집행 계획을 수립해야 한다. 그래야 구단도, 감독도, 선수들도, 팬들도 적응할 수 있게 되는 것이다. 매년 그때그때 마케팅 목적에 따라서 바꾸어 놓고, 무조건 따르라는 것이다. 이건 가장 낮은 수준의 리더십이다.

2. KBO는 아마야구와 협력해야 한다

야구의 뿌리라고 할 수 있는 아마야구에 대한 협력, 또는 정책적 대안이 있어야 한다. 어떤 식으로 아마야구를 지원하고 저변을 확대시켜 나가야 할지에 대한 정책과 실천력이 요구된다. 지난해 KBO는 '울며 겨자 먹기'로 KBSA와 한국야구미래협의회를 구성했지만, 단어 그대로 '협의' 수준에 불과하다. 정관에는 아마야구를 지원하라고 이미 정해 놓았는데, 정관을 위반하고 있는 꼴이다.

일본의 '사무라이 재팬(Samurai Japan)'을 연구해 볼 필요도 있다. 일본은 프로와 아마추어의 협의체로 '일본야구인협의회'를 두고 있다. 이 협의회가 일본을 대표하는 모든 팀을 관장한다. 청소년 대표팀도 있고, 여자 대표팀도 있다. 국가대표팀도 있다. 이 팀들을 통틀어 '사무라이 재팬'이라고 부른다. '사무라이 재팬'의 최상위 레벨이 올림픽이나 프리미어12, WBC에 출전하게 되고, 이 팀은 일본 프로야구선수들이 주축을 이루는 구조다. 일본은 특유의 문화답게 이렇게 아마와 프로 간의 협업, 협의가 잘 이루어지고 있고, 이를 통해 아마를 충분히 지원해 나가는 제도적 장치를 마련하고 있는 것이다.

프로의 가장 깊은 뿌리는 아마야구겠지만, 아마야구 다음 단계인 3군 리그, 퓨처스 리그에 대한 정책도 전혀 마련되어 있지 않다. 미국 MLB 팀은 주로 한 팀당 5~7개 정도의 마이너리그팀을 가지고 있다. 그리고 이 팀들은 계속 증가한다. 그리고 이들을 도미니카 섬머 리그나 걸프 코스트 리그 등에 출전시킨다. 서로 다른 팀의 선수들이 같은 레벨에서 계속 경기를 하다 보면 좋은 선수가 되어 간다. 그러나 우리는 딱 한 가지 종류의 2군 팀밖에 없다. 실력이 향상될 기회가 제한적이다. 이들에 대한 지원도 미약하고, 중계방송도 없다 보니 관심 밖이다. 지금 KBO는 이런 부분에 대해 눈감고 있다.

3. KBO는 팬들을 위해 존재해야 한다

KBO는 구단이 회원인 사단법인이다. 사단법인의 주인은 회원이다. 그런데 아무리 사단법인의 주인이 회원이다 하더라도 지나치게 회원에게 휘둘려서는 안 된다. 회원들은 법인의 설립 목적에 충실해야 한다. 그래서 법인이라는 단체를 만들었으니까. 그런데 지금 KBO에는 회원은 있지만 법인은 없다. 여기서 되물어야 한다. '구단은 왜 존재하는가?' 'KBO는 왜 존재하는가?' 팬을 위해 존재한다. 그렇다면 앞에서도 언급했지만 첫째도 팬이요, 둘째도 팬이요, 셋째도 팬이다. 그다음이 구단이다. 그리고 그다음이 KBO다. 구단과 KBO는 팬을 위해 봉사하고 즐거움을 제공하는 서비스 기관이 되어야 한다.

그런데 지금 야구판에는 팬이 보이지 않는다. 팬들이 야구장을 떠나간다. 이런 위기를 감지하고, 대책을 수립해야 할 KBO도 잘 보이지 않는다. 다만, 구단만 보일 뿐이다. 그나마 구단이 스스로 마케팅을 조직하고, 장단기 계획을 수립하며 노력 중이다. 그런데 이 과정에서 KBO는 구단들의 뒷모습만 멀뚱멀뚱 쳐다볼 뿐, 시대적 리더십, 위기 극복 리더십을 발휘하지 못한다. 경영학 이론으로 따지자면 철저히 무능한 조직이다.

대기업들이 경영하는 구단들이다 보니, 물론 기업의 특성에 따라 차이는 있지만 시장 원리에 따라 상당히 효율적인 경영을 하고 있는 구단들이 많다. 그런데 구단들도 때로는 안타까운 점이 있다. '구단 이기주의'에 젖어 들 가능성이 있기 때문이다. KBO가 잘되고 리그가 잘되어야 구단이 잘되는 법인데 '우리 구단'이라는 생각은 강하지만 '우리 리그'라는 생각, '우리 법인'이라는 생각은 약할 때가 많다. 법인이 취약하고, 법인의 리더가 비전을 제시하는 능력이 부족하다 보니 그런 점도 있을 것이다.

한국 프로야구의 특징이기도 하지만 출범 때부터 대기업들이 특정 지역을 맡아 창단하다 보니 여전히 해당 기업의 영향력이나 입김으로부터 자유롭지 못하다. 물론 대기업 오너 집단이 특별히 관심을 가진 구단도 있지만, 그렇지 않은 구단도 있는 것 같다. 구단 사장의 재임 기간이 평균 2~3년 불과하다 보니 구단의 일관성 있는 운영이나 정책 결정 측면에서 한계를 드러내는 경우도 있다. 하지만 그것은 구단 자체의 선택이고 책임일 뿐이다. 문제는 KBO다. KBO는 어떠한 경우에도 스스로의 비전과 의사 결정 능력을 가지고 회원들을 이끌어 나가야 한다. 구단들로부터 리더십을 확보해야 한다. 방향성도 계획도 없다 보니 결국은 KBO는 보이지 않고 구단만 돋보이게 되는 것이다.

4. KBO는 비즈니스 모델을 만들어야 한다

KBO는 사단법인이기도 하지만 재단법인의 성격도 가질 수밖에 없다. 마케팅을 강화하고 돈 되는 비즈니스 모델을 만들어 내야 한다. 영국 프리미어리그가 갈수록 커가고 메이저리그가 세계적으로 진출해 나가는 것도 같은 이치다. 한국 프로야구를 널리 알리고, 마케팅을 강화하고, 그렇게 해서 야구를 사랑하는 사람들을 행복하게 하고, 구단도 잘되고, KBO도 잘되어야 한다.

그럴 때마다 거론되는 것이 바로 KBO의 통합 마케팅 능력의 부재다. 자체 방송국 설립 문제가 있다. 유료 비즈니스 모델을 확대해야한다. 상품 개발 및 판매와 결합시켜야 한다. 이런 것들이 통합적으로 이루어지는 게 통합 마케팅이다. 그렇다면 KBO는 철저한 마케팅 조직으로 변화될 필요가 있는 것이다. 통합 마케팅은 KBO 총재 핵심 공약으로 발표되기도 했다.

메이저리그에는 'MLB.com'이 있다. 메이저리그 30개 구단의 통합 마케팅 플랫폼이자 메이저리그 베이스볼의 공식 웹사이트다. 이 사이트는 야구 관련 모든 정보, 뉴스, 통계, 칼럼 등을 제공한다. 'MLB.tv'는 메이저리그 베이스볼의 경기를 볼 수 있는 인터넷 텔레비전이다. 한마디로 메이저리그에 대한 모든 정보와 미디어가 모두 종합되어 있다. 이걸 벤치마킹하면 된다. 'MLB.com'을 정확히 배우면 된다. '한국화'시키면 된다.

5. KBO는 야구 기록을 체계적으로 관리해야 한다

책을 쓰면서 곤란했던 점이 한 가지 있었다. 내 개인에 대한 기록을 건립 예정인 야구박물관에 이미 기증했기에 자료를 찾거나 활용하는 데 불편함이 있었다. '야구박물관, 도서관 및 회관의 설치·운영'은 KBO의 의무 사항이다. 그런데 자료나 기록은 수집해 두고 아직 정리가 미진한 부분이 있었다. 실무자들은 최선을 다하고 있지만, 집행부가 이 부분도 역시나 방향성을 제시하지 못하고 있었기 때문이다.

더 큰 어려움은 아마야구 기록의 부재다. 기록 자체를 찾을 수가 없었다. 프로야구 기록지도 아직 전산화되어 있지 않았다. 여전히 수기로 기록된 옛날 기록을 그나마 정성껏 도와주는 KBO 직원 덕분에 확인할 수 있었다. 비단 내 개인 기록뿐이겠는가. 아마 기록도 문제고, 프로 기록도 문제였다.

야구는 기록의 스포츠다. 미국 메이저리그 기사를 볼 때마다 놀랄 때가 있다. 어떻게든 기록을 만들어 내고 수많은 기록을 재생산해 낸다. 그리고 가치를 부여한다.

지난 8월 24일, 미국《디 애슬레틱》은 '쓸모없는 정보'라고 전제하면서도 흥미로운 야구 기사 하나를 알렸다. LA다저스 베테랑 포수 러셀 마틴(36세)은 올 시즌 3번이나 투수로 마운드에 올라갔다. 이 기록은 지난 1919년 베이브 루스 이후 100년 만의 진기록이라는 것이다. "최소 200타석 이상 들어선 야수 중 5차례 미만 투수로 구원 등판해 2차례 이상 팀이 이긴 경기에 나선 케이스는 루스와 마틴 2명뿐이라는 것"이다. 이렇다. 야구팬들을 위해서 즐거운 이야기를 만들어 내는 것이다. 정보를 가공해서 재생산하는 순간 사람들이 야구를 보면서 즐기고, 야구를 입에 오르내리게 하는 것이다. 이런 것들을 'MLB.com'이 해낸다. 우리는 과연 그러한가?

우리 프로야구는 기록 문화가 약했다. 그런데 이제 시대가 변했다. 프로야구 기록의 가치가 더욱 높아지고 있다. 이제 빅데이터 시대를 맞이하여 훨씬 그 중요성과 가치가 변화되고 있다. 기록은 철저히 기록되어야 한다. 그리고 공개되어야 한다. 그리고 야구를 사랑하는 모든 이들, 학제 간 연구를 통해 수학자, 통계학자, 경제학자, 과학자, 엔지니어, 의학자들이 맘껏 분류하고 거기서 가치를 발견하도록 도와야 한다. 이것이야말로 KBO가 할 일이다. 기록의 인프라를 제대로 깔아 두고, 맘껏 그 정보를 활용하도록 해야 한다.

기록과 관련해 덧붙일 이야기가 하나 있다. 미국에는 '사이영상'이 있고, 일본에는 '사와무라상'이 있다. 다들 선수 이름에서 비롯된 최고의 투수상이다. 나는 이 책을 통해 한국 프로야구에 이런 상을 하나 만들자고 제안한다. 그리고 그 상의 이름은 '최동원상'이었으면 좋겠다. 마침 최동원기념사업회가 주관하는 '최동원상'이 있다. KBO가 최동원기념사업회와 잘 협의하여 주관 부서에 KBO가 함께 하던지 아니면 넘겨받는 방식이 있을 것이다. 그렇게 해서 '최동원상'을 '사이영상'과 '사와무라상'의 반열에 올리자는 것이 나의 의견이다.

기록이 약하다 보니 한국 프로야구 개척자, 선구자들에 대한 예우도 많이 부족한 것 같다. 나의 스승이신 김응용 감독의 은퇴식도 사실 명예롭게 해 드리지 못한 게 늘 가슴에 남는다. KBO가 할 일이 바로 이런 것들이다. 돌이켜 보면, 1,554승 감독에 대한 예우가 아니었다. 물론 프로야구 선수나 지도자가 다들 완벽한 인간일 수는 없겠지만, 그럼에도 프로야구계에 남긴 역사와 헌신, 그 명예에 대해서는 늘 헌양하고 프로야구사에 길이 기록할 필요가 있다는 것이다. 이 또한 기록 문화의 핵심일 것이다. 기록이 곧 역사가 되기 때문이다. 그리고 그 역사의 중심에는 최동원 선배와 같은 프로야구의 위인들이 존재했기 때문이다.

6. KBO는 국제화, 교육 시스템 강화에 힘 써야 한다

뒤에 나올 야구의 국제화 부분에도 적겠지만, 한국 야구도 이제 자부심을 가지고 나아가야 한다. 미국, 일본과도 어깨를 나란히 해야 하고 우리의 야구를 세계로 전파해야 하는데, 그 중심은 역시 구단이 아니라 KBO여야 한다. 전직 감독들, 은퇴한 선수들이 외국으로 나가 지도자로 활동할 수 있도록 KBO가 프로그램을 만들어 교육시켜야 한다. 모든 선수가 다 프로 선수가 될 수 있는 것은 아니다. 그렇다면 지도자 교육, 심판 교육, 트레이너 교육, 유소년 야구 지도자 교육, 전력분석원, 기록원, 야구 해설 교육 등 다양한 교육 프로그램을 만들어 진로를 찾지 못한 프로야구 지망생들을 이끌어 나가야 한다. 교육 시스템 강화야말로 KBO의 핵심 역량 중 하나다.

6.
야구의 국제화,
어떻게 할 것인가

일본의 메이지 시대, 히라오카 히로시라는 철도 기사가 미국 유학을 다녀오면서 야구 배트 한 자루와 야구공 3개를 가지고 돌아왔다. 일본 야구의 시작이었다. 그 시절 야구는 '자유와 평등의 정신'을 구현하는 스포츠로 인식되면서 젊은 층들에게 널리 받아들여졌다. 1887년경부터 일본 제1고등학교 팀이 전성기를 맞이했다. 일설에는 하이쿠 시인 마사오카 시키(正岡子規)가 야구(野球)라는 이름을 명명했다고 하는데 실제로는 당시의 제1고등학교 선수가 붙였다고 한다.(호즈미 가즈오의『메이지의 도쿄』)

그렇게 해서 미국의 '베이스볼(Baseball)'이 '야구'가 됐다. 야구 한자 말을 군이 번역하자면 '들판에서 공을 가지고 노는 경기' 정도가 되 겠다. 아마 넓게 펼쳐진 잔디밭에 주목했던 모양이다. 일본의 야구는 한국에서 그대로 야구가 됐다. 중국은 우리와는 다르게 '방추(棒球)' 라고 부른다. '방망이로 공을 치는 경기'라는 뜻이다. 차라리 본래적 의미에 더 정확할지 모르겠다.

우리 야구만의 장점은 무엇인가

외국의 프로야구 관계자들과 한국 야구의 장점에 대해 이야기를 나눌 때가 많다. 거기에 생각을 보태자면, 우리 야구의 장점은 몇 가 지로 요약할 수 있을 것이다.

첫째, 선진 야구의 빠른 흡수 능력이다. 한국 경제와 유사하다. 흔 히들 한국 경제의 전략을 '빠른 추격자(fast follower)' 전략이라 부른다. 한국 야구도 마찬가지였다. 미국과 일본 야구의 장점을 빠르게 흡수 해 우리 것으로 만들었다. 미국의 '빅볼'과 일본의 '스몰볼'의 장점을 흡수한 우리만의 야구를 완성시켜 나가는 과정이다. 한국 경제는 '빠 른 추격자'에서 '시장의 선도자(first mover)'로 이동해야 한다고들 말한 다. 한국 야구도 그래야 할 것 같다. 세계 야구의 변화와 흐름을 우리 도 선도할 수 있도록 노력해야 하는 것이다.

둘째, 한국의 독특한 응원 문화를 찬양하는 이들이 많다. 일본이나 미국은 지나친 응원이 경기 관람을 방해한다고 생각한다. 우리는 야구장에서 함께 노래 부르고, 연호하며, 즐기는 문화다. 우리 공연장의 특징이라는 '떼창' 문화와 유사한지도 모르겠다. 외국인들 눈에는, 특히 한국에서 뛰는 외국인 선수들의 눈에는 대단히 흥미롭단다. 관중들의 참여도가 높다는 점에서 우리 야구의 특색이라 할 만하다.

셋째, 와일드카드 제도다. 가을 야구를 놓고 마지막까지 경쟁을 즐기게 만든다. 리그는 크지 않지만, 미국보다 훨씬 넓게 잡은 와일드카드 제도가 레이스 마지막까지 팬들의 참여와 승부에 대한 긴장감을 유지하게 만들었다.

중국과 동남아시아로 눈을 돌려라

이제 몇몇 측면에서 한국 야구의 국제화 혹은 국제 협력에 대해서 논의해야 한다. 지난 2002년 4월 중국에 프로야구 리그가 처음 생겼을 때, 나는 홍보위원 자격으로 개막전에 다녀온 적이 있다. 그때 느낌으로는 우리나라 고등학교 수준 정도 되겠다고 생각했다.

그리고 중단됐던 중국 리그가 3년 만에 다시 부활됐다. 올해는 4개 구단이 참가해 18게임씩 총 54게임을 치른다. 어느새 중고등학교 팀이 300여 개, 대학 팀이 200여 개에 이른다. 중국 정부는 3년 전 '중국 야구산업 중장기 발전규획'(2016~2025)을 내놓았다. 이 계획에는 중국 프로야구리그의 팀을 2025년까지 점진적으로 12~16개로 늘린다는 목표가 들어가 있다.

대만 야구가 있지만, 중국은 그쪽 도움을 받고 싶어 하지 않는다. 미국 메이저리그는 중국과 MOU를 체결하고 자신들의 야구 모델을 중국에 전파 중이다. 이들의 목표는 어린이 야구다. MLB는 2009년부터 중국의 난징, 창저우, 우시 등에 야구 센터 건립을 지원했다. 우리도 KBO 지난 집행부 시절에는 중국 야구 관계자를 초청하는 등 노력을 쏟았다. 하지만 최근에는 정체 상태로 보인다. 여러 분야의 '한류(韓流)'가 있다. 야구도 그럴 수 있다. 프로야구 선수들이 중국 야구 리그에 진출할 수도 있다. 프로야구 지도자들이 중국 리그의 지도자가 될 수도 있다. 그렇다면 중국 시장에 대한 진출 노력을 게을리 해서는 안 된다. 확고한 비전과 단계별 계획이 필요하다.

개인 차원에서 야구를 전파하려는 노력도 진행 중이다. 이만수 전 SK 감독은 라오스 국가대표 야구팀을 지도하고 있다. 좋은 선례다. 지난 아시안게임 때 이만수 감독이 선수들을 데리고 찾아왔다. 이 감독님에 대한 인사 겸 예의로 "내가 투수 출신인데, 언젠가 가서 여러분들 한번 꼭 지도하고 싶다."고 약속했었는데, 아직까지 약속을 지키지 못하고 있다.

양승호 전 롯데 감독은 베트남에서 국제학교 학생들을 상대로 야구를 지도했다. 감독의 부탁으로 베트남에 가 함께 지도한 적이 있다. 야구용품을 기증하기도 했다. 좋은 경험이었다.

이런 식으로 한국 야구를 나누는 선구자들이 있다. 한국 야구는 이들에게 좋은 모델이 될 것이고, 언젠가는 이 선수들 중에서 우리 프

2006년 한국시리즈 우승팀 자격으로 참가한 코나미컵 대회에서
타이베이 라뉴 베어스 홍일중 감독과 인사를 나누고 있다.

2005년 올스타가 경기가 있던 날, 나와 이만수 감독은 올스타가 아닌
올드스타전에 출전했다. 인천 문학경기장.

로야구에 와서 선수로 뛰는 경우도 생겨날 것이다. 우리가 미·일 야구를 받아서 우리 것으로 만들었듯이 우리는 우리의 야구를 중국이나 동남아시아나 중앙아시아 등지에 나누고, 이들이 자신들만의 야구를 만들어 낼 수 있도록 도와야 한다. KBO는 당장 실행 계획을 만들어야 한다. 선수들도 비활동기에 관심 있는 나라에 가서 야구를 함께 하는 봉사활동을 할 수도 있을 것이다. 체계적인 프로그램이 필요하다.

국제 협력을 위해 해야 할 일

야구의 국제 협력과 관련하여 우리도 할 일이 있다.

첫째는, 좀 더 안정적이고 장기적으로 올림픽 야구 종목이 유지될 수 있도록 노력해야 한다. 개최국의 형편에 따라 야구가 들어갔다 나왔다 하고 있다. 좀 더 장기적이고 일관성 있는, IOC를 상대로 한 노력이 필요하다. 스포츠 외교에 프로야구인도 능동적으로 참여해야 한다는 말이다.

둘째는, 이제 우리도 국제 야구 규칙 개정에 적극적으로 참여할 필요성을 강조하고 싶다. 최근 메이저리그 사무국은 독립리그인 애틀랜틱리그와 3년 계약을 맺고 2020년부터 야구 규칙 실험을 진행하기로 했다. 메이저리그는 수년째 홈런, 삼진, 볼넷이 과도하게 늘어나는 현상을 겪고 있다. 타자는 홈런 스윙을 한다. 홈런이 늘지만, 삼진도 는다. 투수들은 홈런을 피하는 투구를 한다. 삼진도 잡지만 볼넷이 늘어난다. 주자 없는 상황이 줄어들고 있는 것이다. 긴장감이 떨어진다. 규칙의 지향점은 홈런, 삼진, 볼넷을 줄이자는 것, 그리고 경기를 빨리 끝내자는 것이다. 그리고 축구에 VAR 제도가 도입된 것처럼, 로봇 심판 제도도 실험 중이다. 실험하려는 규칙 중 몇 가지는 이렇다.

① 왼손 투수도 1루 견제 때 반드시 투구판에서 발을 빼야 한다.
② 볼카운트 상관없이 폭투가 나오면 타자도 1루로 뛸 수 있다.
③ 투수 교체나 부상이 아니면 선수나 코치가 마운드에 오를 수 없다.
④ 수비 시프트 금지(2루 베이스를 중심으로 양쪽에 2명씩의 내야수가 서야 한다.)
⑤ 이닝 교대 시간 1분 45초로 축소
⑥ 투수는 반드시 3타자를 상대하거나 이닝을 마친 뒤 교체 가능하다.

기존 규칙으로 야구를 해 온 내 입장에서는 가히 혁명적이다. '과연 이렇게 될까?' 하는 생각부터 들 정도다.

하지만 세상에 변하지 않는 것은 없다. 야구 규칙도 변해 왔다. 예를 들어 1893년에는 마운드에서 홈플레이트까지 거리가 50피트(15.24미터)에서 현재의 60피트 6인치(18.44미터)로 늘어났다. 타자에게 유리한 변화였다. 이로써 그 이전까지의 야구 기록은 아무 쓸모가 없어졌다. 사실상 현대 야구의 시작이었다.(잭 햄플의 『야구 교과서』) 언젠가는 9회 경기가 7회 경기로 바뀔 수도 있을 것이다.

지금까지 우리는 메이저리그에서 규칙을 정하면, 일본도 따르고 우리도 따라갔다. 하지만 이제 우리도 이런 실험에, 그리고 규칙 제정에 적극 참여할 때가 됐다. 규칙 제정을 위한 국제 협의를 제안할 수도 있다. 한국 야구의 위상을 스스로 높여야 하고, 그러기 위해서는 적극 참여해야 하고, 보다 본질적으로는 KBO 행정의 보다 적극적인 변화가 필요할 때가 됐다.

밖으로 나아가라, 안으로 받아들여라

야구의 국제화 혹은 협력 중에 가장 직접적이고 시민들에게 즐거움을 선사하는 일은 해외 리그에 진출하는 일이다. 메이저리그에서 뛰고 있는 추신수, 류현진, 최지만 선수가 오전마다 안겨 주는 행복을 떠올려 보라. 차범근 감독, 박지성 선수가 있었기에 후배 축구 선수들이 유럽 축구 진출을 꿈꿀 수 있었다. 박세리 감독이 있었기에 누구든 편안하게 LPGA의 문을 두드릴 수 있게 되었듯, 메이저리그도 박찬호 같은 위대한 개척자가 있었기에 후배들은 그 길을 따라 걸을 수 있었다. 구대성 감독의 호주 프로야구 진출이나 질롱 코리아 구단 경영 사례도 좋은 모델이 될 것이다.

메이저리그와 비교할 수는 없겠지만, 고(故) 조성민과 나의 일본 진출로 이상훈, 이종범, 정민철, 정민태, 구대성, 이병규, 이승엽 선수 등이 뒤를 따를 수 있었다. 프로 선수들의 해외 진출은 더욱 장려되어야 한다.

일본에서의 선수 경험 못지않게 코치 경험도 가치가 있었다. 나는 한국 지도자들의 일본 코치 연수 프로그램에 상당 부분 노력을 쏟기도 했다. 김성한 선배, 이건열 선수 등의 일본 연수에 힘을 보탰다.

모든 교류는 상호적이어야 한다. 일본 시스템을 한국에 접목하는 것도 내가 해야 할 일 중의 하나라고 생각했다. 특히 일본의 트레이닝 파트 프로그램이 그랬다.

삼성 수석코치를 맡자마자 나는 주니치 구단 트레이너코치에게 투수 출신의 좋은 트레이너를 한 사람 소개시켜 달라고 부탁했다. 하나마쓰 코치가 한국으로 건너왔다. 그리고 그는 10년 넘게 한국 프로야구에서 일했다. 어느 기자가 이렇게 평한 적이 있다. "선 감독이 한국 야구에 일본 코치 전성시대를 열어 주었다."라고. 최소한 트레이닝 파트 부분에서만큼은 맞는 말일 수도 있다.

지금은 오키나와 전지훈련이 대세이지만, 내가 삼성 코치로 갈 때만 해도 그렇진 않았다. 어느 날 김응용 감독님이 "일본을 잘 아니까 일본 훈련장 좀 알아보지." 했다. 호시노 감독에게 연락을 했다. 때마침 호시노 감독이 야구장을 짓고 있었다. 그렇게 해서 오키나와에 있는 호시노 감독의 '아카마구장'을 쓰게 됐다. 지금도 오키나와에서 가장 좋은 구장으로 평가받는다.

기아를 위한 오키나와 훈련장도 알아봐야 했다. 역시 호시노 감독에게 부탁했다. 현재도 기아는 그때 훈련장을 쓰고 있다. 오키나와는 일본 프로야구 12개 팀 중 9개 팀이 동계훈련장으로 사용한다. 연습 경기 하기에는 최상이다. 시차나 음식에 대한 부담이 덜한 것도 장점이다.

삼성 감독 시절 오키나와 온나손 주민들과 교류 협력을 시작했다. 동계훈련 때면 주민들이 환영식을 열어 주었다. 연습 경기도 관람하고, 특산물을 선물하기도 했다. 나도 주민 대표들을 골프에 초대하거나, 저녁 식사 자리를 마련하기도 했다. 1년에 한 번씩 대구구장으로 온나손 주민 30~40명이 방문하기도 했다. 그분들을 위해 시구 행사를 진행하기도 했다. 안타깝게도 최근에는 이런 협력이 단절되었다고 들었다.

지금은 내려놓았지만, 나는 은퇴하고 난 뒤 나고야시의 홍보대사로 임명되었다. 주니치도 나를 명예 선수로 임명해 주었다. 그리고 나고야시를 방문할 때면 여러 편의를 제공받았다. 은퇴 이후에도 지속되는 인연에 감사 드린다. 오키나와 온나손 명예 홍보대사는 지금도 계속하고 있다.

7.
야구공 실밥은 108개였다

우리 집안은 독실한 가톨릭 집안이다. 나만 제외하고는. 특히 어머님께서 신실하셨다. 나는 유아 세례도 받았다. 세례명은 '다테오 (Thaddaeus)', 그때는 '다두'라고 불렀다. 초등학교 시절부터 4년 동안 '복사(服事)'를 하곤 했다. 운동에 지친 몸으로, 늦잠도 자지 못하고, 일요일 새벽에 성당에 가는 일은 힘들었다. 그래도 마운드에서 위기 상황이 닥칠 때면 뒤돌아서서 마음속으로 하느님께 '도와달라'고 기도를 드리곤 했다. 나는 아쉬울 때만 하느님을 찾는 못된 신앙인이다.

그러다 언제부턴가 야구공의 실밥이 108개라는 데에 대해서 묘한 종교적 느낌을 갖게 되었다. 108번뇌는 중생의, 나 같은 보통 사람의 고민과 고통을 108가지로 분류한 불교 용어다. 나는 야구인으로 살아오면서 인간이 가질 수 있는 여러 감정을 맛본 것 같다. 야구장에서 나는 기뻤다. 야구장에서 나는 분노했다. 야구장에서 나는 슬펐다. 야구장에서 나는 즐거웠다. 인간이 가질 수 있는 온갖 감정을 나는 야구공을 통해 느끼고 살았다. 다음은 그때 느꼈던 감정들 중 몇 가지, 그리고 기쁨, 고마움, 안타까움 등 기억하고 싶은 '인간' 선동열에 대한 몇 가지 이야기다.

끝내기 꿈

나는 지금도 꿈을 꾼다. 흥미롭게도 감독 시절에 꾸던 꿈과 선수 시절에 꾸던 꿈이 다르다. 감독이 되고부터 꾸는 꿈은 선수가 결정적인 에러를 범해, 그것도 끝내기 실책으로 팀이 지는, 그런 꿈이다. 팀 성적이 좋지 않을 때면 깊은 잠을 이룰 수 없기에 더 많은 꿈에 시달린다. 대부분 실책이나 패전에 대한 내용이다.

선수 시절의 꿈은 달랐던 것 같다. 내가 타자였다면 다른 꿈을 꾸었을까. 하여튼 주로 9회말에, 그것도 끝내기 상황에서 얻어맞는 꿈을 꾸곤 했다.

깨어 있을 때나 꿈에서나 나는 이렇듯 승패에서 자유롭지 못했다. 평생을 이런 강박 속에서 살아왔다.

손가락을 벌려 잡은 포심 그립은 제구력에 장점이 있다. 그래서 유리한 카운트를 잡을 때 활용한다.

손가락을 모아 던지는 포심 그립은 볼 스피드가 주된 목적이다.

짧고 뭉툭한 손가락

　전설적인 투수 샌디 쿠팩스는 손가락이 길다. 그래서 공을 잡기 좋았다고 한다. 역시나 전설적인 투수 놀란 라이언은 정반대였다. 손이 작았다. 그래서 공을 꼭 잡아야 했고, 손바닥으로 공을 감싸고 조이듯이 잡곤 했다. 놀란 라이언의 이야기를 듣고 반가웠다.

　선수 시절 어느 기자가 내 손가락 길이를 측정해 놓은 것이 있다. 손바닥 끝에서 중지까지의 최고 길이가 18센티미터, 손가락만 따지면 중지가 7.7센티미터, 검지는 7센티미터였다. 당시 같은 방을 쓰던 이강철 현 KT 감독은 나보다 손가락매듭 하나가 더 길었다. 후배지만 부러웠다. 프로 투수 중 가장 손가락이 길다는 당시 한화의 정민철 선수와 비교해 본 적도 있다. 5센티미터 차이가 났다. 손가락 길이 때문에 나는 포크볼을 익힐 수 없었다.

　1992년 어깨 건초염으로 재활하고 있을 때 광주일고 선배 출신 외과 의사를 찾은 적이 있다. 오른손 검지와 중지 사이의 '갈퀴' 부분을 찢어 달라고 부탁했다. 한참 검사를 해 보더니 찢었을 때의 위험성을 감당할 자신이 없다고 결론 내렸다. 그렇게까지 손가락 길이는 내게 불편함이었다.

　늘 그렇듯 하느님은 다른 쪽에 장점을 숨겨 두고 계신다. 내 손가락 끝은 짧은 대신 뭉툭하다. 손가락 끝에 힘을 주고 공을 누를 수 있는 장점이 있는 것이다. 슬라이더가 주 무기가 될 수 있었던 신체적 특징이다.

툭하면 물집

약점이 또 하나 있다. 공을 던지는 오른손 중지의 피부가 지나치게 연약하다는 점이다. 툭하면 물집이 잡혔다. 경기 도중 물집이 생겨 강판당한 적도 몇 차례 있다. 1988년 한국시리즈 1차전 때 7회까지 공을 던지고 나니 물집이 생겼다. 남은 경기가 문제였다. 경기장으로 주치의가 달려왔다. 응급처치를 한답시고 독한 처방을 썼다. 도리어 잘못되어 그걸로 한국시리즈는 끝이 났다. 지금도 오른손 중지 끝에는 당시의 흉터가 남아 있다. 누군가는 영광의 상처라고 그런다.

짝짝이 팔

야구 선수로 살다 보니 신체적 변화도 뒤따랐다. 나는 오른손 투수다. 왼팔에 비해 오른팔이 더 길게 변했다. 양복을 맞춰 보면 오른팔이 더 길다는 것을 알게 된다.

날씨 예보 허리

운동 선수치고 허리가 온전한 사람은 없을 것이다. 내 허리도 옛어른들이 말씀하셨던 그 징조들, 날씨가 흐리기 전이면 어김없이 아파 온다. 그래도 나는 다른 선수들보다는 운이 좋았다. 어릴 때부터 부모님께서 잘 관리해 주신 덕분, 좋은 몸을 물려주신 은혜다.

첫 부상

내가 처음 부상을 입었던 때는 1983년 후반기 고려대학교 3학년 때다. 이때 처음 팔꿈치가 좋지 않았다. 거의 3개월 정도 쉬었다. 스포츠의학이라는 것이 그때만 해도 한국에서는 분화되기 전이었다. 정형외과에 갔더니 '염증'이라고 진단했다.

팔꿈치 운동법

1982년 세계야구선수권대회를 준비하면서 선배들로부터 경험을 전수받은 적이 있다. 어느 날 임호균 선배가 내게 말했다.

"팔굽혀펴기를 한번 따라 해 볼래. 먼저 가슴 넓이로 팔을 짚고 손바닥을 앞쪽으로, 얼굴 방향으로 정면으로 향하게 하고, 하루에 300개씩만 팔굽혀펴기를 해 봐. 그러면 절대 팔꿈치 부상을 입지 않을 거야."

보통 팔굽혀펴기는 옆쪽으로 벌려서 하곤 했기 때문에 그 자세는 왠지 불편했다. 그런데 물리 치료를 받던 중 임호균 선배의 말이 떠올랐다. 물리 치료와 병행하여 팔굽혀펴기를 당장 시작했다. 나만의 방식으로 변형시켰다. 팔굽혀펴기는 일본에 가서도 계속했다. 이 경험을 이강철 선수에게 이야기했더니, 이 선수도 따라 하곤 했다. 이후로 나는 팔꿈치 문제를 겪어 본 적이 없다. 임호균 선배의 독특한 팔꿈치 운동 방법론 덕분이라 믿는다.

위험한 투구 폼

1986년에는 262와 2/3이닝을 던졌다. 그러곤 그다음 해 후유증 때문인지 허리가 아프기 시작했다. 첫 번째 부상은 5월 21일 인천에서 열린 청보 핀토스와의 경기였다. 투구 도중 마운드에서 살짝 미끄러졌는데 허리에 이상이 왔다. 재활 치료에 들어갔다. 몸이 좀 괜찮아진 것 같아서 22일만인 6월 12일 OB전에 구원투수로 시험 등판해 2이닝을 던졌고 세이브를 기록했다. 여전히 문제가 남아 있었다. 6월 15일 훈련 도중 다시 허리 부위에 문제가 생겼다.

이때쯤《주간야구》가 전 국가대표 감독으로 일하셨던《주간야구》의 해설가 어우홍 감독님을 모시고 내 투구에 대한 정밀 분석에 들어갔다. 당시 어 감독께서는 나에 대한 '투수정밀분석(slow video)'에서 근본적으로 투구 동작에 문제가 있어 허리 부상에 원인이 된다고 지적했다. "선동열은 공을 뿌리기 직전 몸이 활처럼 휘어, 야구에서 말하는 '아칭(arching)'이 된다. 공을 뿌릴 때 몸이 아칭이 되면 어깨, 팔꿈치, 허리 등에 부담이 커져 회복도 늦어지고 투수 생명도 짧아진다."고 분석했다. 분석에 동의하고, 코칭스태프와 함께 이 약점을 어떻게 극복할 수 있을지에 대해 연구했었다.

분석대로 시도해 보았다. 하지만 이미 11년째 굳어진 투구 폼을 고친다는 것은 불가능했다. 몸의 유연성을 강화하자는 쪽으로 결론 내렸다. 당시 어 감독님과 언론의 날카로운 분석이 있었기에 내 몸을 좀 더 이해할 수 있었다. 지금도 감사하는 마음이다.

양준혁과 이종범

모든 경기의 선발은 무조건 10명이다. 나머지 엔트리 16명은 선발 명단에 포함되지 못한다. 탈락한 선수들에게는 정말 미안한 일이다. 죄짓는 심정일 때도 있다. 각 구단 선수는 평균 100명 내외다. 그중에서 1군 엔트리 26명을 선발한다는 것은 고통스러운 일이다. 선수들의 야구에 대한 꿈과 열정을 생각하면 지금도 마음이 편치 않다. 하물며 선수의 은퇴 결정에 개입해야 할 때는 어떻겠는가. 지도자로서 가장 고통스럽고 괴로운 순간이 바로 이런 점에 대해 결단을 내려야 할 때다.

이야기를 쓸까 말까 고민했다. 다른 오해로 이어질까 봐 그러했다. 때로는 입을 다물어 버리는 것이 웅변이라고 했다. 먼저 양준혁 선수, 이종범 선수에게 미안하다는 말부터 전하고 싶다. 선수 생활을 계속하고 싶은 건 선수라면 누구나 갖는 희망이자 욕망이다. 존재 이유다. 나는 인간에 대해, 프로야구 선수에 대해 이해가 부족했다. 다음으로 두 선수를 특별히 사랑해 온 팬들에게 미안하다는 인사도 전한다.

그럼에도 당시의 결정을 되돌아볼 필요가 있다. 개인적으로도 늘 되돌아보곤 한다. 물론 나와 다른 생각들이 여전히 존재한다. 그 생각들은 당연히 존중되어야 한다. 그때 나는 한 프로야구 구단의 감독이었다. 팀 전체를 책임지며 조화롭게 구성해야 했다. 구단과 선수 사이의, 현재와 미래 사이의 균형과 이해관계를 살펴야 했다. 이제와 속사정을 털어놓는 것이 구단 등 서로에게 실례가 될까 걱정되기도 한다. 다만 상황에 대한 이해는 있어야 한다. 팀 재편에 대한 구단 측의 요청이 먼저였다. 코칭스태프들과도 내부적으로 충분한 토론을 거쳤었다. 두 선수는 야구판을 들었다 났다 하는 대스타들이었고, 최고의 프랜차이즈 스타들이었다. 감독의 개인적 의견과 형편만으로 이런 결정을 내릴 수 있었을까. 어느 감독이 구태여 이런 결정을 내리려 들까.

그럼에도 감독은 팀 구성과 관련한 결단에 대해 최종적인 책임을 지는 자다. 혹여 아직까지 비난과 아쉬움이 존재한다면, 여전히 내 책임이다. 회피하고 싶지는 않다. 하지만 당시 구단 상황에 대한 이해는 개인적 차원을 넘어서는 일이다. 좀 더 넓게 바라보고 상황을 이해했으면 좋겠다는 아쉬움이 앞선다.

절차적으로도 아쉬움은 있다. 내가 좀 더 직접적으로 개입하고, 소통을 강화하고, 대외적으로도 좀 더 솔직하게 설명했더라면 하는 아쉬움이 있다. 늘 그렇듯 내 특유의 문제 해결 방식인 '내가 잘못한 게 없으면 언젠가는 자연스럽게 알게 되겠지.' 하다 보니 문제를 악화시킨 측면이 강하다. 언론이나 팬들에 대한 예의나 설명 의무도 부족했다.

이렇듯 돌이켜 보면 나는 리더십이라는 측면에서 경험이나 노력이나 이론적으로 부족함이 많았다. 그 점에 대해서 고뇌한다. 그리고 어떻게든 극복하기 위해 성찰하고 노력한다. 나중에 기아에서 특정 선수의 군입대를 둘러싼 논란이 있을 때도 리더십의 약점은 유사했다. 그때도 직접 나서 설명하고 적극적으로 대응했어야 했다. 나는 그라운드를 약간이라도 벗어나는 문제에 대해 감독이 바라는 것은 자칫 문제를 악화시키는 것이고, 구단에 대해 누가 되는 것이라 믿었다. 그런 쪽에서는 늘 서툴렀다.

그럼에도 불구하고 당시 상황이나 내 인생의 좌우명인 순리라는 측면에서 볼 때, 그것은 순리였다. 구단과 감독과 선수의 입장이 때때로 충돌할 때가 있다. 이것은 당연하다. 구단과 감독의 결정을 선수들은 지나치게 사적 감정으로 받아들이는 경우가 종종 있다. 물론 이해되는 측면도 있다. 하지만 이로 인해 해결책이 멀어지고, 재량은 감독의 손을 떠나가게 된다. 선수의 자존심처럼 팀 전체 차원의 자존심도 존재한다. 올해에도 몇몇 구단에서 있었던 일들이다. 팀을 위한 결정이 자칫 선수와 구단 혹은 감독 사이의 갈등으로 해석되고 선수가 경기장에 나설 수 없는 사태가 벌어지기도 했다.

한국 감독이 갖는 제도적 한계를 좀 더 유연한 리더십이나 소통 방식으로 메꾸어 나갔어야 했는데, 그 점에서 나는 많이 부족했다. 감독에게 최종 책임이 있음은 부정하지 않는다. 당연히 감독 책임이다. 같은 조건하에 당시의 상황으로 되돌아간다면, 나는 어떤 결정을 내릴 수 있을까. 결과는 동일할 것이다. 다만, 과정은 좀 더 유연했을 것이다.

아교가 될 것

미국 프로야구에는 '아교(glue)' 선수라는 개념이 있다. 아교와 같은
접착제처럼 팀을 끈끈하게 단합시키는 선수다. 주장과는 다른 개념
이다.

주니치에서의 마지막 해이던 1999년. 주니치는 리그에서 9.5게임
차로 요미우리를 제치고 계속 1위를 달리고 있었다. 그런데 8월이
지나면서 상황이 급변했다. 1.5게임 차로 요미우리가 따라붙은 것이
다. 선수단에 불안감이 퍼지기 시작했다. 전체적인 멤버로는 당연히
요미우리가 좋았지만, 투수력은 분명 우리가 부족할 게 없었다. 도리
어 중간에서 마무리까지는 우리가 앞선다는 평가였다. 1.5게임 차를
두고 요미우리와 주니치 홈구장에서 경기가 있던 9월 어느 날, 선수
단 미팅이 소집되었다. 먼저 주장이 한마디 했다. 그런 다음 내게 한
마디 해 달라고 했다.

"나는 한국에서 한국시리즈를 6차례나 우승하고 왔다. 내가 보기
에 우리 팀은 충분한 힘과 능력을 갖추고 있다. 그리고 우리는 우승
할 때가 됐다. 벌써 11년 동안이나 우승을 못 해 보지 않았느냐. 그렇
다면 우승에 대한 열망은 요미우리보다 우리가 훨씬 더 강렬할 것이
다. 우리를 믿자. 자기 자신을 믿자. 소심할 필요 없다. 자기 플레이만
하면 된다. 우리만의 플레이를 늘 기억하자. 파이팅!"

눈빛이 살아나는 걸 느꼈다. 한참 후 그날 나의 짧은 연설이 주니
치 선수들의 가슴속에 오래도록 기억될 만한, 그리고 팀을 단합시켰
던 특별한 연설이었다는 이야기를 전해 들었다.

그해 우리는 11년 만에 리그 우승을 차지했다. 나중에 일본 기자가 그랬다. "베테랑으로서 이런 상황에서 경험을 공유하고, 어린 선수를 격려하며, 팀을 하나로 만드는 아교와 같은 역할이었다."고. 나중에 코칭스태프로 일하면서 선수들의 보이지 않는 역할에 대해서도 주목하는 버릇은 그때 비롯된 것 같다.

야구장 해프닝

야구장에도 사람이 산다. 때로는 유머가 있고, 때로는 여유가 살아 숨 쉰다. 1987년경 시즌이 거의 끝나갈 때쯤 일이다. OB 베어스와의 경기였다. 그때 OB에 장난기 많은 선배가 있었는데, 첫 타석에 서더니 계속 자기 오른손으로 유니폼 가슴 부위를 잡아끄는 것이 아닌가. 웃음이 살살 나왔다. 인터벌이 길어졌지만 공을 던졌다. 계속 직구를 던졌다. 그랬더니 이번엔 윙크를 하는 것이었다. 뭔가 좀 약하게 살살 던지라는 그런 의미로 이해됐다. 그냥 내 버릇대로 집어넣었다. 타구는 야수 정면으로 향했다. 그런데 다음 타석에 들어서더니 또 옷을 당기는 것이었다. 웃음을 참을 수가 없었다. 이번에도 야수 정면이었다. 세 번째 타석, 네 번째 타석은 삼진 아웃이었다. 뭔가 일부러 장난스럽게 나에게 지적하고 들어가는 눈치였다.

그러다 나중에 그 이유를 알게 됐다. 미리 말해 두지만 그때는 스포츠 토토가 없던 시절이었다. 경기 조작이라곤 상상조차 할 수 없던 시절이었다. 다만 그때만 해도 옛날이라서 친한 후배가 나오거나, 아니면 경기 승패와 전혀 상관없거나, 역시나 타이틀과 전혀 상관없는 그런 상황일 때, 조금 편하게 공을 던지거나 때로는 '칠 테면 쳐 보시죠.' 하면서 던지는 경우들이 어쩌다 한 번씩 있었다. 언젠가 대학 선배가 "야, 내가 타석에서 내 유니폼을 만지면 너도 유니폼으로 사인을 넣어. 그리고 직구만 던져." 이런 적이 한 번 있었다. 세상에나, 그 선배는 대학 선배도 아니었는데, 어떻게 그 이야기가 OB의 그 장난기 많은 선배 귀에까지 들어갔었나 보다. 그래서 그날 그런 웃기는 해프닝이 벌어졌던 것이다. 그때만 해도 이런 여유가 가능했던 시절이었다.

하지만 오해가 없기를 바란다. 프로 선수가 공에 최선을 다하지 않는다는 것은 있을 수 없는 일이다. 그래서 그때도 나는 그 선수에게 안타를 맞지 않았다. 내 공을 던졌던 것이다. 하지만 그런 식의 장난을 걸어오는 일, '너 좀 살살 던져.' 하고 입 모양으로 표현하거나 '너 잘해.' 하며 눈을 부라리는 식으로 장난치는 선배들이 종종 있었다. 나중에 OB 베어스의 그 선배가 타석에 들어서면 내가 먼저 내 유니폼을 잡아당기는 식으로 거꾸로 장난을 걸어 주곤 했다.

CF 외도

내가 야구 하던 시절과 지금 후배들이 야구 하는 시대는 많이 다르다. 광고가 대표적이다. 1992년 5월 23일 자《스포츠조선》의 머리기사는 「선동열 CF 외도」였다. 이때만 해도 '외도'였다. "해태의 억대

황금팔 선동열이 극비리에 CF 모델로 출연해서 4000만 원의 부수입을 올렸다."는 내용이었다. 내가 처음 광고 모델로 나선 것은 86년 "잘생긴 내 코를 기억하세요." 하는 멘트가 인상적인 안국약품의 어린이 감기약 '투수코친' 광고였다. 당시는 1500만 원을 받았다. 요즘 류현진 선수나 손흥민 선수의 광고에 대한 반응과 비교하면 세상이 얼마나 변했는지 느낌이 새롭다.

최근 들어 은퇴한 스포츠 스타들이 방송, 예능의 스타가 되는 경우가 있다. 사실 부럽다. 그분들이 가진 유머 감각이나 예능 감각이 특히 그렇다. 나는 야구 말고는 정말 재미없는 사람이다. 야구장 밖에서는 여전히 내향적이다. 종종 방송에 출연해 달라는 제안을 받는다. 하지만 나는 그쪽 방면에는 재능이 없는 것 같아 사양하게 된다.

스폰서 문화

일본에서 일본만의 독특한 스폰서 문화를 경험한 적이 있다. 어느 날, 주니치의 프랜차이즈 스타 선수가 말을 걸어왔다.

"선 상, 내일 나와 골프나 치시죠? 내일 아침 8시까지 우리 집으로 와서 함께 이동합시다."

다음 날 아침, 선수의 집에 갔더니 벤츠 차량이 대기하고 있었다. 나와 스타 선수는 뒷좌석에 앉고 앞좌석에는 60대와 70대의 어른 두 분이 앉아서 직접 운전을 했다. 함께 골프 라운딩을 했는데, 마치고 나니 인사라며 봉투를 하나씩 건네줬다. 집에 와서 세 보니 상당한

닮았을까? 앙팡맨(호빵맨) 캐릭터를 들고 한 컷. 1996년 2월 오키나와.

금액의 돈이었다. 독특한 문화였다.

나고야의 앙팡맨?

나고야에서는 '앙팡맨'이기도 했지만, 한국 언론에서는 '나고야의 태양'이 됐다. 과분한 느낌이었다. 하지만 선수는 팬들의 사랑을 반드시 기억해야 할 의무가 있다. 나고야 시민들의 사랑, 주니치 팬들의 '주니치 마무리 선동열'에 대한 사랑이다.

이미 자부심을 표현했지만, 나는 주니치의 20번이었다. 그 20번을 자기들보다 야구가 약간은 뒤떨어졌다고 생각하는 한국 출신의 선수가 와서 차지했다. 그런데 내가 부진할 때도 팬들은 나에 대한 관심을 포기하지 않았다. 재일 동포의 사랑을 잊을 수 없지만, 나고야 시민들의 나에 대한 응원은 지금도 자부심이다. 나고야에 가면 아직까지도 나를 알아보고 고맙다고 이야기하는 팬들이 있다. 나고야에서, 광주에서, 대구에서 팬들의 진심 어린 사랑을 받았다는 것은 참으로 행복한 일이었다. 야구인으로서 과분한 사랑이었다.

무등산 폭격기

국내에서 야구를 할 때도 별명이 여럿 있었다. 얼굴의 여드름 자국을 떠올리게 하는 '멍게'라는 별명이 있었다. 하지만 지금도 고맙게

투수 **선 동 열** SUN DONG YOL **18**

63.1.10/184cm, 87kg R·R
무등중-광주일고-고려대
● '85 최우수 방어율상
● '86 MVP, 최우수방어율상,
　최다승투수, 골든글러브 수상(투수)

연도	방어율	경기	완투	완봉	무실점	무승부	세이브	이닝	타자	안타	홈런	사사구	삼진	실점	자책점
'85	1.70	25	1	0	1	7	4	8,036	424	111		74	2	23	103	30	21
'86	0.99	39	19	8	4	24	6	6,800	972	262 2/3	153	2	59	214	38	29
계	1.20	64	20	8	5	31	10	14,756	1,396	373 2/3	227	4	82	317	68	50

1987년 해태 타이거즈 공식 프로필.

생각하는 건, 특히 광주에서 오랫동안 불러 준 '무등산 폭격기'라는 별명이다. 어느 때부터 무등산이라는 자연 지리적 특성과 강속구 투수라는 나만의 특징을 잘 조합한 상징적 별명이라고 생각하게 됐다.

별칭이 시작된 건 1985년 7월경으로 기억한다. 광주 경기를 예고하면서 어느 야구 전문 기자가 '무등산 중(重)폭격기'라고 칭했다. 그러다 어느 때부터 '중'자가 빠지고 '무등산 폭격기'가 되었다. 지금도 광주에 가면 "무등산 폭격기 오셨네." 한다. 고마운 별명이 됐다.

선동열

해태 타이거즈 시절 광주를 비롯한 호남에서 나는 택시비를 제대로 내 본 적이 없다. 음식값도 마찬가지였다. 농담이지만 어린 팬들에게 '형'이란 소리를 들어 본 적이 없다. 초등학생들조차 "저기 선동열 지나가네." "선동열이다." 이랬다.

해태 타이거즈

돌이켜 보면 나는 한때 호남의 자부심이었다. 호남 야구의 희망이었다. 호남은 정말 야구를 사랑하는 도시였다. 1980년, 광주는 암울했고, 고통스러운 시대였다. 그럼에도 바른 역사를 살아간다는, 민주화 운동의 성지라는 굳건한 자부심으로 살아가는 시민들이 있었다.

고등학교 3학년 첫 대회에서 우승을 차지했다. 우승 메달을 목에 걸고 찍은 기념사진.
그 당시에도 얼굴에는 여드름이 많았나 보다.

이들은 해태 타이거즈와 함께 슬픔과 기쁨을 나눴고, 내 공 하나하나에 탄식과 탄성을 교차시켰다. 경기가 끝나 갈 무렵이면 관중들은 '목포의 눈물'을 합창했다. 모두를 위한 응원가요, 서로에 대한 위로였다.

해태 타이거즈 시절 내내 등 뒤에는 광주와 호남이 있었다. 어느 구장에 가건, 지역을 떠나 호남 야구를 사랑하는 팬들이 있었다. 이건 지역주의가 아니다. 야구에 대한 사랑의 이야기다. 그래서 그분들의 특별한 사랑, 과분한 사랑에 대해 감사 인사를 드려야 한다. 나는 이들의 사랑을 기억해야 하고, 기록해야 할 의무가 있다고 믿는다.

광주 무등중 3학년, 1977년도 추계리그에서 우승했다.
교정에서 우승컵을 들고 아버지와 기념사진을 찍었다.

'홈(HOME)'을 바라보며

나는 야구를 모른다. 잘 모르겠다. 전 메이저리그 투수 호아킨 안두하르도 비슷한 말을 한 적이 있다. "알 길이 없다."

다만, 분명한 건 한 가지 있다. "야구는 희생의 스포츠"라는 것. 이는 나의 경험에서 비롯된다. 나는 누군가의 희생을 딛고 여기까지 왔다. 누군가의 희생번트로, 누군가의 희생플라이로 나는 한 루, 한 루를 진루해 이제 한국 나이로 곧 환갑을 맞이한다. 나는 홈인해 스포트라이트를 받은 적이 많다. 하지만 나를 위해 조용히 희생번트나 희생플라이를 날렸던 이들은 채 1루를 밟지 못하고 더그아웃으로 돌아갔다. 이제 그분들의 이야기를 해야 할 때다.

선판규

"너에 대한 아버지의 기대와 네가 유일한 즐거움과 희망이라는 사실을
너도 잘 알고 있으리라 생각한다. 나는 너에게 우리 식구가 모두
바라는 그런 사람이 꼭 되라는 말은 못 하겠지만, 최소한 기대에
어긋나지는 않는 사람이 되기 위한 노력은 해야 한다고 말하고 싶다."

당시 내 일기장 한켠에 적어 놓은 작은누님 선선자의 1981년 8월
31일 자 편지의 한 대목이다.

이 책 전체를 관통하는 주제가 있다면 아버지에 대한 그리움일 것
이다. 아버지가 계셨기에 내가 있었다. 아버지의 인생은 결코 아버지
의 것이 아니었다. 아버지는 내 뒷바라지만으로 평생을 사셨다. 자신
의 인생을 전적으로 나를 위해 희생하셨다. 아버지는 희생이었다.

김금덕

1996년 2월 24일 아침 7시, 오키나와로 전화가 걸려왔다. 광주에
서 어머니를 간병 중이던 집사람이었다.

"어머니가 위독하세요. 빨리 오셔야 되겠어요."

일본 진출 여부를 놓고 고심하던 지난해 11월, 이미 어머니는 말
기 암 진단을 받으셨다. 오키나와에서 서울로 가는 직항편이 없어 나
고야 공항으로 가 항공편을 대기 중이던 그때, 또다시 집사람 전화가

걸려 왔다. 순간 철렁했다. 울음소리가 들려왔다. '돌아가셨구나.' 하는 생각이 들었다. 아니나 다를까. "어머니가 돌아가셨어요." 하는 소리가 수화기 건너편에서 들려왔다.

그렇게 나는 임종마저 지키지 못한 불효자가 되고 말았다.

일본으로 떠나기 전날인 1996년 1월 26일, 송정리 병원에서 인사를 드렸다.

"어머니, 저 내일 일본 가야 합니다."

어머니는 한동안 말이 없으셨다. 마지막 이별이라는 것을 예감하시는 듯했다.

"그래, 잘하고 와라."

그것이 어머니와의 마지막 만남이었다. 영원한 이별이었다.

어머니는 마치 더그아웃 뒤편, 아무도 보이지 않는 곳에서 조용히 야구단을 지원하는, 그런 분이셨다. 아버지는 강한 카리스마로 집안을 이끄셨고, 어머니는 묵묵히 뒷바라지를 하셨다. 마당 한켠이나 부엌에서 나를 위해 약을 달이시는 모습. 이것이 내가 가장 많이 떠올리는 어머니의 모습이다. 그때는 약탕기로 약을 달이던 시절이 아니었다. 숯불로 부채질해 가며 정성스럽게 달여야만 효과가 있다고 믿던 시절이었다. 어머니는 매일 땀을 뻘뻘 흘리시며 나를 위해 보약을 달이셨다. 약을 달일 때마다 '우리 아들 잘돼라.'며 기도하셨을 것이다. 약 방울방울은 어머니의 기도문이었다.

2월 27일, 송정리 원동성당에서 영결미사를 가진 뒤 선산으로 모셨다. 어머니는 독실한 가톨릭 신자셨다. 세례명은 마틸다. 속명은 김 자, 금 자, 덕 자였다. 66세로 하느님의 품으로 돌아가셨다.

누구나 어머니의 은혜를 기억한다. 나도 그렇다. 하지만 희생이라는 단어에 그토록 잘 어울리는 어머니가 계셨을까. 바로 나의 어머니셨다. 어머니는 희생이었다.

김현미

내가 일본 프로야구 진출을 결정했을 때, 아버지는 며느리에게 "같이 가라."고 하셨다. 하지만 집사람의 생각은 달랐다. 어머니가 말기 암으로 투병 중이신데 어떻게 따라가겠느냐며 광주 송정리 집에 남았다. 그러곤 마지막 병간호를 도맡아 했다. 어머님 임종도 집사람의 몫이 됐다. 아버님 임종도 집사람의 몫이었다. 나는 아버님, 어머님 두 분 모두의 임종도 지키지 못한 천하의 불효자였다.

2006년 1월 19일, 아버지께서 세상을 떠나셨다. 삼성 감독 시절이었다. 이번엔 괌 전지 훈련장에서 아버지의 부음을 들었다. 역시나 집사람의 연락이었다. 전지훈련을 떠나기 직전, 아버지께 인사를 드렸다. 말씀은 없으셨지만, 눈빛으로 이별을 고하셨다. '아버지, 다녀오겠습니다. 전지훈련 다녀올 때까지 살아계셔야 합니다.' 자칫 마지막 이별이 될 수도 있겠다고 생각은 했지만, 감독 신분이라 어쩔 수 없었다. 4개월 전, 아버지는 말기 암 진단을 받으셨었다.

나는 집안에 유일한 아들이었다. 외아들로서 해야 할 의무가 많았다. 그런데 늘 집을 비워야 했다. 며느리가 아들을 대신했다. 부모님의 병간호에서부터 임종까지……. 이런 집안이 어디 있겠는가. 나는 운동 말고는 아무것도 할 줄 몰랐고, 가문에 대한 의무에 게을렀다. 선수 시절 1년에 4~5개월 정도만 집에 머물렀다. 감독 때는 이보다 더했다. 아이들을 키우는 일, 부모님에 대한 효도, 내 뒷바라지까지 집사람의 몫이 되고 말았다. 그럼에도 김현미라는 이름 대신 '선동열의 부인' '선동열의 집사람'이라는 이름으로 세상을 살고 있다. 어떤 인연이기에 오로지 나와 가족들을 위해 헌신과 희생만으로 한 평생을 살아가는 걸까?

내가 게임에 실패하면, 집사람도 마치 게임에 실패한 것처럼 살았다. 내가 감독으로 경기를 망치면, 나보다 더 고통스러워했다. 지난해 국정감사 때 불면증으로 시달리며 수면제에 의지해야 했을 때, 집사람은 전염된 듯 잠을 한숨도 자지 못했다.

2020년 1월 14일이면 결혼 30주년이다. 집사람의 30년을 감히 평가하자면 '희생'이라는 단어 말고 무슨 단어가 또 있을까.

나는 부모님과 가족들을 생각할 때마다 '희생(sacrifice)'이라는 단어를 떠올린다. 내가 야구 지도자로서 일하면서 선수들에게 가장 강조하는 이야기 중 하나는 "야구는 희생이라는 단어를 공식용어로 사용하는 유일한 스포츠다. 희생번트가 있다. 희생플라이가 있다. 야구는 다른 선수의 희생을 먹고 산다."는 것이다. 물론 다른 경기에도 패스가 있고 어시스트가 있다. 단체 경기라면 어느 경기에나 눈에 보이지 않는 헌신이 있다. 특별히 희생정신이 강한 선수도 있다. 그러나 야구는 희생이 공식화되어 있는 유일한 스포츠다. 희생을 인정하고, 계량화하고, 통계로 기록하는 유일한 스포츠다. 사실 내가 야구인으로 살면서 늘 고민해 온 것 중 하나가 '왜 야구에만 희생이라는 단어가 공식용어로 자리 잡았을까?' 하는 점이었다. 야구는 희생번트를 통해 주자를 한 루 더 진루시킨다. 야구는 희생플라이를 통해 주자를 홈으로 귀환시킨다. 모두가 희생을 전제로 하는 플레이들이다.

선민우

아들 민우는 야구를 하고 싶어 했는데, 내가 못 하게 했다. 야구인으로 평생을 살아 보니 너무 힘들었다. 자식에게까지 야구를 시킬 엄두를 낼 수가 없었다. 그래서 결사반대했다. 아들은 불만이었다.

아들은 나고야에서 유치원 1년, 초등학교 3학년까지 다니다가 귀국했다. 외국인 학교를 보내려고 했지만, 마음대로 되지 않았다. 공립학교로 전학을 시켰다. 일본에서 학교를 시작했기에 우리 학제를 따라가는 데 힘들어했다. 운동에는 소질이 상당했다. 중학교 2학년 때쯤, 다시 운동을 하겠다고 나섰다.

"정 하고 싶으면 야구 대신 골프를 해라. 야구를 이제 시작하기에는 늦었다."

솔직한 심정이었다. 다행히 골프를 시작하면서부터 많이 밝아졌다. 교우 관계도 부쩍 좋아졌다. 군대는 특전사를 다녀왔다. 나는 병역 특례 혜택을 받아 군대에 가지 않았는데, 아들이 특전사 대원이 되었을 때 아버지로서 자랑스러웠다.

프로 선수가 되는 것이 세속적 성공의 기준이라면, 아들 또한 크게 성공하고 있지는 못한 셈이다. 아직까지 세미 프로에 머무르며, 티칭 프로로 일하고 있다. 이제 서로 나이가 들어가니 아들과 술 한잔 나누며 속내를 털어놓을 때가 있다. 나는 여전히 잔소리를 한다.

"너 자신하고 싸워서 이길 줄 아는 사람이 되어라."

그러다 술이 한잔 더 들어가면 한마디 덧붙일 때도 있다.

"나 때문에 네가 희생당해서 미안하다."

아들은 '선민우'가 아니었다. '선동열의 아들'이었다. '너네 아버지는 스타인데, 너는 왜 그것밖에 못 하니?' 아들은 이런 소리를 귀에 못이 박이도록 듣고 살았다. 그저 '선동열의 아들'이었다. 아버지와 비교의 그늘에서 벗어날 수가 없었다. 돌아가신 아버지는 나를 위해 희생번트를 대고, 희생플라이를 날렸다. 돌아가신 어머니는 나를 위해 희생번트를 대고, 희생플라이를 날렸다. 그래서 내가 홈으로 돌아올 수 있었다. 나는 아버지와 어머니처럼 나의 아들과 딸을 위해 그렇게 희생했을까. 반대로 아들이 나를 위한 희생번트를 대고, 희생플라이를 날린 셈이 됐다. 보이지 않는 곳에서의 아들의 희생에 대해 늘 고맙고도 미안하게 생각한다.

선민정

야구는 집을 나갔다가 집으로 돌아오면(홈런, home run) 점수가 나고, 경기가 끝나는 게임이다. 우리가 즐겨 쓰는 야구 용어 중에 '홈인(home in)'이 있다. 일본식 야구 용어다. ホームイン (호무인) 점수를 낸다는 의미다. 집으로 돌아온다는 의미다. 영어식 표현으로도 비슷하

다. 'Reach Home, 집에 들어가다'이다.

나는 '홈인'이라는 단어를 사랑한다. 물론 나는 투수 출신이라서 홈런을 맞지 않거나, 홈인을 저지하는 것이 주된 임무였다. 하지만 우리 팀은 이겨야 한다. 먼저 점수를 내고, 지켜야 한다. 그래서 홈런이건 홈인이건 팀에 따라 상대적이겠지만 담긴 철학은 똑같다. 홈인과 홈런, 두 단어의 핵심은 '홈(home)'이다. 집이다. 따뜻한 부모님의 품이다.

그럼에도 아이들은 부모님의 품을 떠나 독립하려 든다. 아니다. 독립해야 한다. 언젠가는 부모가 세상을 떠나야 하기 때문이다. 인생을 1루, 2루, 3루, 홈으로 비유하자면 가는 길에 깔린 위험과 장애물은 얼마나 많겠는가. 그럼에도 아이들은 출루해야 한다. 자신의 인생길을 떠나야 한다.

둘째인 딸, 선민정이 길을 떠난다. 이 책을 쓰게 된 계기가 바로 딸의 결혼이다. 딸의 결혼을 축하하면서 할아버지, 할머니 이야기, 아빠 이야기, 엄마와 오빠와 너에 대한 고마움을 정리하고 싶었다. 희생을 기억하고 싶었다.

그래서 마지막으로 사랑하는 내 딸, 민정에게 편지를 쓴다.

사랑하는 민정아.

아빠가 네게 처음 쓰는 편지다.
새삼 아빠의 무심함이 부끄럽고 미안하다.

중학교 3학년 때였지.
오빠처럼 골프를 하고 싶다고.
엄마는 말렸었고.
그러자 나한테 울면서 얘기했었지, 허락해 달라고.
운동의 어려움을 아는 아빠였기에
너한테까지 운동을 시킬 수는 없었단다.
물론 공부도 운동 이상으로 어렵지만,
나는 운동의 어려움을 너보다는 더 잘 안다고 생각했고,
그래서 네게 공부를 권유했던 거란다.
지금 생각하면 미안하기도 하고,
내가 그때 잘 버텼다는 생각이 들기도 한다.

어쩌다 집에 들어오면 나는 너 공부하는 데 방해가 되곤 했지.
오빠랑 맨날 야구나 골프 경기를 시청하곤 했으니까.
그런 때면 방에 틀어박혀 책장을 넘겨야 하는 네 입장에서
얼마나 부러웠었니……
얼마나 철없는 아빠였는지 이제야 깨닫는다.
깨닫고 나니 너는 떠나가려 한다.

오빠와 마찬가지로 나는 너에 대한 아빠로서의 의무를
다하지 못했던 것 같다.
평범한 이웃의 아빠들처럼 함께 놀이공원을 가거나,
쇼핑을 하거나, 치킨집에 가지도 않았다.
너 또한 오빠처럼 '선민정'이라는 이름보다는
'선동열의 딸'이라는 아버지의 이름으로 지금까지 살아와야 했으니,
이 또한 미안한 일이었다.

아빠가 늘 함께하고, 너를 위해 희생했어야 했는데,
아빠는 크고 작은 너의 희생을 무시하거나 딛고 살았으니
이 또한 얼마나 미안한 일이냐.
지금도 네게 미안하고 고통스러운 일 중 하나는
언젠가 프로 구단 감독을 그만둘 때,
너한테까지 안 좋은 문자들이 날아들고,
네가 상처를 받았던 그때의 일들이다.
지금 생각해도 정말 미안하고 아빠로서 고통스럽다.

이제 너는 거친 세상을 향해 나아간다.
떠나보내는 것이 염려스럽기도 하지만
다른 한편, 너의 곁에 따뜻한 동반 '양시영'이 있다는 것,
얼마나 고마운 일인지 모르겠다.
양시영은 너의 동반이자 나의 사위이고, 새로운 아들이다.

이제라도 아빠가 희생이라는 단어를 늘 떠올리며
너를 위해 헌신하도록 노력할게.
그리고 언제라도 홈에서 따뜻한 사랑을 느낄 수 있도록 기다릴게.

그리고 마지막으로 두 사람의 건강과 사랑, 평화를 기도할게.

2019년 10월 27일. 사랑하는 아빠가.

감사의 말

애당초 책을 쓰게 될 줄은 몰랐다. 다만, 그간의 야구 인생을 성찰하고, 어떤 방식으로든 한 번쯤 조용히 정리해야 한다고는 생각했다. 주변의 여러분들과 여러 차례 생각을 교환하고 기획을 토론했다. 그렇게 해서 내린 결론이 책으로 한번 정리해 보자는 것이었다.

야구 이야기야 밤새도록 할 수 있지만, 야구를 글로 옮긴다는 것은 내겐 쉽지 않은 일이다. 현장에서 몸동작으로, 행동으로 표현하는 게 훨씬 쉬운 일이지, 야구 이론들, 예를 들어 투구 동작을 글로 옮긴다는 것은 지극한 모험이었다. 그럼에도 우리 말과 글로 표현해야 했다. 야구 현장에서 50여 년을 살다가 컴퓨터 화면 앞에서 글자를 찾아 공간을 메꾸어 나가는 것은 정말이지 쉽지 않은 일이었다. 그래서

391

여러분들의 도움이 필요했다.

늘 그렇듯 여러분들이 제 일처럼 나서서 도와주었다. 은혜로운 일이다.

스포츠·엔터테인먼트·예술법 전문 미국 뉴욕주 변호사인 캐슬린 김 변호사는 기획과 아이디어 단계에서부터 시작해 저작권 계약은 물론 집필까지 함께해 주었다. 법무법인 헤리티지의 몇몇 변호사분들께서도 정성을 보탰다. 온양한올고등학교 박유수 선생님은 주말마다 시간을 할애해 자료 및 원고 정리에서부터 교정 작업까지 깊숙이 도와주었다. 말을 글로 정리하거나 몇몇 실무적인 부분은 임수명, 안혜정 씨가 수고했다.

기억과 기록 혹은 자료가 상당 부분 다른 데 대해 놀랐다.

우리 프로야구에서 뛰던 시절의 경기와 기록지를 찾고 대조하는 데는 KBO 운영팀의 유병석 과장이 도와주었다.

야구라는 스포츠 특성상 영상으로 설명할 수 있으면 좋았겠지만, 그럴 수 없었기에 상당한 사진이 책의 내용이 되어야 했다. 그래서 야구 사진 전문가의 도움이 필요했는데,《일간스포츠》정시종 부국장이 전적으로 도맡아 주었다. 정 부국장은 나랑 나이도 고향도 같은데, 우연찮게 내가 프로 구단에 입단할 때, 정 부국장도 언론사에 입사하여 야구 전문 기자로 일하게 됨에 따라 평생 야구를 함께 하게 됐다. 그 인연이 이번 사진 작업으로까지 이어졌다. 진심으로 감사드린다.

해태 타이거즈 시절에 대해서는 이상국 단장의 도움 없이는 기억의 공백을 메꾸기 어려웠다. 자타가 공인하듯 이 선배는 영원한 해태 타이거즈 단장임을 다시 한번 느낄 수 있었다.

일본 프로야구에서 뛰던 시절의 기록과 자료를 확인하는 데는 KBSA의 이준성 특보의 도움이 컸다. 이 특보는 야구 전문 기자로서만 거의 30년을 일해 왔다. 그런데 딱 1년을 제외하고는 내가 속해 있던 팀이나 나에 대한 전문 기자의 위치를 내려놓은 적이 없다. 놀라운 동행이었다. 이 특보는 이번에도 자료 제공에 그치지 않고, 몇몇 부분은 여러 형태의 메모를 작성하는 방식으로 도와주었다. 일본 자료를 찾고 확인하는 데는 또 다른 도움이 필요했는데, 하시모토 기미오 선생, 친구인 사토 다케시 등이 일본에서 자료를 찾아 그때그때 보내주는 수고를 아끼지 않았다.

특별히 일본 시절의 기억을 되살리고 정리하는 데는 해묵은 장맛 같은, 오랜 벗, OK금융그룹 최윤 회장의 도움이 결정적이었다. 나고야에서 만나 일본 시절부터 23년이 넘어가는 지금까지 최 회장은 늘 나와 함께해 주었다. 책에 대한 첫 번째 기획 회의도 OK금융그룹 회의실이었다. 이렇듯 그의 오랜 시간 변함없는 우정과 헌신에 대해 감사 드려야겠다. 이 책 또한 그런 우정의 산물임이 틀림없다.

MLB 관련 자료나 데이터도 도움이 있었다. 뉴욕 양키스 이치훈 스카우터가 자료를 챙기고 번역했다.

야구인들, 야구 전문 기자들, 현장 기자들의 도움도 구석구석 박혀 있다. 여러 좋은 생각들, 대안들을 건네주었다.

나를 좀 더 객관적으로 바라보고 분석하게 해 준 훌륭한 후배 감독인 이강철 감독, 염경엽 감독은 시즌 중에도 시간을 내어 함께 토론하고 나의 야구 철학을 정리하는 데 큰 도움을 주었다.

내가 특별히 강조해 온 기본기 중 '스텝앤스로' 부분은 연속사진으로 촬영을 해야 했는데, 시즌 중임에도 두산 김태룡 단장이 이 소식을 듣고는 도움을 자처했다. 시즌 막바지 어느 월요일, 잠실경기장에서 촬영할 수 있도록 배려를 해 주었고, 특별히 내가 원포인트레슨을 한 적 있던 두산 이영하 투수를 소개시켜 주었다. 진정 어린 감사 인사를 기록해 둔다.

더불어 이영하 선수에 대한 기대와 고마움을 적어야겠다. 이 선수는 역시나 시즌 중임에도 귀찮은 모델 역할을 자처했다. 스물한 살짜리 선수가 올 시즌 무려 17승을 거두었다. 이 선수가 가진 잠재력과 야구에 대한 열정은 나도 놀랄 정도다. 현재 우리 프로야구에서 귀하다 할 수 있는 우완 정통파 에이스의 역할을 긴 시간 동안 이 선수가 담당해 줄 것이라는 데 대해 한 치의 의심도 가지지 않는다.

예전에도 여러분들의 도움으로 책을 한 권 낸 적이 있다. 1996년에 출간한 『정면으로 승부한다』인데, 나부터 이 책의 존재를 잠시 잊고 있었다. 사인을 받아 보관 중이던 책을 내게 건네주며 이 책과 비교하면서 써 나가면 쉬울 거라고 조언해 준 OSEN 홍윤표 국장님의 정성에 감사 드려야겠다.

비롯하여 기자들의 도움이야 일일이 나열하기 어려울 정도인데,

그중에서도 연합뉴스 장현구 기자, 스포츠서울 장강훈 기자, 중앙일보 김식 기자, 스포츠경향 김은진 기자 등의 도움도 컸다. 이들 중 몇몇 기자에게는 글을 쓰다 막히면 직접 전화를 해서 도움을 얻기도 했다. 감사 드린다.

　늘 함께하는 후배 방송인 남희석은 책의 진도를 채근하며 여러 차례 아이디어를 제공해 주었다.

　광주서중·일고 선배 되시는 ㈜전홍 박정하 회장님에 대한 감사 인사도 해야겠다. 박 회장님은 매년 광주일고 야구부를 위해 커다란 정성과 기부를 아끼지 않으신다. 평생 야구에 대한 사랑을 바탕으로 후원을 계속하고 계신데, 이번에는 내 책에 대한 소식을 듣고 후원을 해 주셨고, 중간중간 저술에 대한 격려를 또한 아끼지 않으셨다. 선배님께 진심으로 가슴 숙인다.

　선배 되시는 한국종합물류 김연태 대표이사의 격려와 배려도 기록해야 한다. 김 선배께서는 세상일에 서툰 나를 늘 지도하고 이끌어 주신다. 책 저술에 대한 집중력 있는 관심이 책을 끌고 나가는 데 큰 힘이 됐다. 감사 인사 드린다.

　나의 따뜻한 친구 HJLite 윤세원 대표이사의 관심과 정성 또한 기록해야겠다. 나는 평생 남의 배려 속에만 살아왔지 남에 대한 배려가 부족했다. 그 점을 깨닫는 데는 윤 대표의 배려가 결정적이었다. 김 대표, 윤 대표 두 분은 지난해 어려웠을 때는 물론, 이번 책을 쓸 때도 끊임없이 용기를 북돋아 주었다. 두 분 대표의 위로와 격려가 저술을 완주하는 데 큰 힘이 됐다.

후배 되는 디자인메탈의 박동환 대표이사에 대한 감사도 놓치면
안 되겠다. 그라운드 밖에 서면 나는 그저 박 대표의 선배가 아니라
후배인 것 같다. 늘 나를 걱정해 주고, 도리어 힘을 불어넣어 주고,
책의 완성을 독려했다. 감사 드린다.

가슴에 담고 있거나, 때론 세월로 흘려보낸 이야기들을 말로 글로
옮기는 데는 용기가 필요했다. 책을 쓰는 것은 공 던지는 일과 전혀
달랐기 때문이다. 지난 1년 동안 성찰과 침묵, 때로는 방황과 함께했
을 때 내 곁에는 늘 양승호 전 롯데 감독님이 계셨다. 양 감독님의 질
책과 너그러움이 이 책의 뿌리와 자양분이었음을 겸손하게 기록해
두고자 한다. 양 감독님께 특별한 감사 인사를 전해 드린다.

좋은 편집자를 만나는 것이 좋은 코치를 만나는 것만큼이나 중요
하다는 것을 깨달았다. 민음인 강성봉 차장을 만나게 된 건 기쁨이자
행운이었다. 강 차장은 기획 단계에서부터 참여하여 산만한 아이디
어를 잘 정리해 주었고, 적절한 긴장감으로 원고 작성을 리드해 주었
다. 강 차장과의 협업을 통해 책에 대해 알게 되었고, 편집에 대해 배
우게 됐다. 아트 디렉터 김다희 차장의 도움이 책의 완성도를 드높였
다. 특별히 야구를 사랑한다는 점이 가슴에 와 닿았다.

야구에 대한 사랑, 그리고 모든 점에서 부족한 나에 대한 배려와
나눔들이 모여 한 권의 책이 되었다. 이로써 또다시 갚아야 할 빚은
늘어 가고, 좀 더 열심히 살아야 할 동기 또한 커지게 됐다. 워낙 많

은 분들이 도와주셨고, 이 자리에 다 기록할 순 없었지만, 직접 혹은 간접적으로 이번 책을 쓰는 데 도움을 주신 여러분들께 진심 어린 인사를 드리고 싶다.

인용 및 참고 도서

제1부 **나는 국보가 아니다**

4장
59쪽 "1년째는 힘들었다. 2년째부터 본래의 모습을~:『프로야구 외국인 선수 대사전』,
    p.41, 백야서방, 2011.
59쪽 "KBO에서 7년 연속 우수 방어율에 빛나는~:『베스트 셀렉션』, 7권, p.90,
    주간베이스볼.

제2부 **선동열의 9회말 리더십**

2장
163쪽 46세까지 150km가 넘는 광속구로 7번의~:『놀란 라이언의 피처스 바이블』, p.92,
    놀란 라이언 저, 박다솜·허구연 공역, 문학세계사, 2015.
166쪽 "피칭은 야구의 75퍼센트를 차지한다.~:『야구란 무엇인가』, p.65, 레너드 코페트
    저, 이종남 역, 민음인, 2009.

4장
187쪽 뉴욕 메츠의 투수, 터그 맥그로가~:『야구 교과서』, p.49, 잭 햄플 저, 문은실 역,
    보누스, 2018.

5장
205쪽 투수로서 자기 자신을 잘 이해하면~:『이기는 선수의 심리 공식』, p.207, 하비 A.
    도프만 저, 민훈기·최희 공역, MSD미디어, 2017.

6장
217쪽 "(나는) 보통 두 개의 전술 시스템을 준비한다.~:『무리뉴. 그 남자의 기술』, p.270-
    271, 한준 저, 브레인스토어, 2013.
220쪽 "책은 야구가 '실패와 함께하는' 게임이라고 단언한다.~:『마르케스의 서재에서』,
    p.452, 탕누어 저, 김태성·김영화 공역, 글항아리, 2017에서 재인용.
222쪽 "투타 대결에서 '공격자'의 입장에 서는 것은 투수다.~:『야구란 무엇인가』, p.67,
    레너드 코페트 저, 이종남 역, 민음인, 2009.

224쪽 지키는 야구팀의 투수는 공격적이어야 한다.~:『이것이 진짜 메이저리그다』, p.291, 제이슨 켄달 저, 이창섭 역. 처음북스, 2014.

제3부 나는 연장전을 기다린다

3장
326쪽 강정호 선수가 뛰었던 피츠버그 파이어리츠의~:『빅데이터 베이스볼』, p.321, 트래비스 소칙 저, 이창섭 역, 처음북스, 2015.
329쪽 "아무래도 KIA 타이거즈 감독으로 계실 때는~: http//mycyberdiary.tistory.com

6장
350쪽 일본의 메이지 시대, 히라오카 히로시라는~:『메이지의 도쿄』, p.323-325, 호즈미 가즈오 저, 이용화 역, 논형, 2019.
356쪽 1893년에는 마운드에서 홈플레이트까지~:『야구 교과서』, p.181, 잭 햄플 저, 문은실 역, 보누스, 2018.

야구는 선동열

1판 1쇄 펴냄 2019년 10월 22일
1판 3쇄 펴냄 2019년 11월 4일

지은이 | 선동열
발행인 | 박근섭
책임편집 | 강성봉
펴낸곳 | ㈜민음인

출판등록 | 2009. 10. 8 (제2009-000273호)
주소 | 06027 서울 강남구 도산대로 1길 62 강남출판문화센터 5층
전화 | 영업부 515-2000 **편집부** 3446-8774 **팩시밀리** 515-2007
홈페이지 | minumin.minumsa.com

도서 파본 등의 이유로 반송이 필요할 경우에는 구매처에서 교환하시고
출판사 교환이 필요할 경우에는 아래 주소로 반송 사유를 적어 도서와 함께 보내주세요.
06027 서울 강남구 도산대로 1길 62 강남출판문화센터 6층 민음인 마케팅부

ISBN 979-11-5888-586-1 03810

㈜민음인은 민음사 출판 그룹의 자회사입니다.